講談社文庫

サリエルの命題

講談社

目次

サリエルの命題

プロローグ

二人だけの席には過ぎた料理の数々で、テーブルは溢(あふ)れんばかりだ。

十品はあるか。食べきれぬほどの料理を供(きょう)するのが中国人の客のもてなし方だが、これほどの品数になると、それぞれをひと口味わった程度でも満腹になってしまう。まして、テーブルを囲むのは、現役を退いて久しい老人である。しかし、箸(はし)が止まった一方で、酒を飲むペースに落ちる気配(けはい)はない。

陳士源(ちんしげん)は白酒(パイチュウ)が入ったグラスに手を伸ばすと、

「ところで、日本は二十六人目のノーベル賞受賞ですか。心よりお祝い申し上げます」

ふと思い出したように話題を変え、手にしていたグラスを顔の前に掲げた。「いや、全く羨(うらや)ましい限りです。それに比べて我が国は、いまだたった三人。日中間の基礎研究力の差は一向に縮まる気配もないどころか、ますます広がるばかりです」

「ありがとうございます」

的場利和もグラスを掲げ、祝福の言葉に応え、一気に飲み干した。

清華大学を卒業後、中国外交部に入省。ほどなくして、京都大学に二年間留学していたこともあって、陳は日本語を自在に操る。その後、外交官として順調にキャリアを積み重ね、駐日中国大使を四年間務めた。中国でも屈指の知日派だ。

陳と親交を結ぶようになったのは、的場が大村政権下で総理秘書官を務めていた頃のことである。

日中間に山積する問題を話し合うために首相の命を受けて中国に赴き、常務委員会のメンバーや政府高官と密かに会合を重ねることも度々のことではあったが、事前の根回しは欠かせない。その際に中国側のカウンターパートになったのが、当時駐日中国大使であった陳だったのだ。

以来十三年を経た今も、両国間に問題が山積しているのは相変わらずだが、国と個人の関係は別物だ。国家利益を背負って交渉に当たるという、困難かつ重要な任務を課された者同士の間に芽生えた友情と信頼の絆は揺らぐことはない。

年に一度、交互にそれぞれの国を訪ね、旧交を温めているのがその証なら、一線を退いたとはいえ、中国に太いパイプを持つ的場は現政権にとっても貴重な人材だ。まして、陳は駐日大使の後、ほどなくして中国外交部の部長として常務委員の座を射止めた。引退したとはいえ、政権内部の事情に通じてもいれば、影響力もある。一方の陳にとっても、いまだ日本政府と深いつながりがある的場は、己の存在価値を維持するための貴重な情報源だ。二人が友情と信頼の絆で結ばれていることは確かだが、それも双方にメリットがあればこそ。旧交を温めながらも、国益がかかった間柄であることに変わりはない。

その陳も、すでに七十七歳。的場もまた、七十五歳。さすがに老いは隠せぬ年齢だ。しかし、お互い酒の強さは相変わらずで、白い陶器の白酒のボトルは大分軽くなっている。

陳はすかさず透明な液体を的場のグラスに注ぎ入れる。返す手で自らのグラスを満たすと、静かにボトルを置いた。

「ノーベル賞と言えば、胃ガンの新治療薬の開発にも目処（めど）がついて、実用化間近と聞きました。これもまた、医学・生理学分野の受賞が有力視されていると、もっぱらの評判ですが？」

「やはり、基礎研究は国家の宝です。ＡＩの進歩に伴って、産業構造も雇用体系も激変すれば、基礎研究に費やす時間も、格段に短縮されると言われていますが、何に着目し、何の開発を目指すかを決めるのは、やはり人間ですからね。ものにできれば、研究者には名誉と富が、特許を取得した企業もまた大いに潤う。特に、医療分野の研究成果は、難病の克服という人類の夢が叶（かな）えられるようになるんですからね。日本のみならず、世界中の人々にとっても喜ばしいことです」

的場は会心の笑みを浮かべた。

こうした報に接すると、日本人が、日本という国が誇らしくなる。

その点、貪欲なまでに目先の利益を追い求める中国人の生き様は相変わらずだ。こつこつと研究を行い、新しい技術の確立や発見に励むことに喜びを見出すという人間はまずいない。いかに他人に先んじていち早く商機をつかみ、財を成すか。ルールもモラルもない。騙すことも厭わない。いや騙される方が悪いのだという観念が染み付いている。

高層ホテルの最上階。陳の肩越しに見える光景が何よりの証だ。

夜になった今もなお、下界に深く垂れ込めたスモッグ。林立する高層ビルの窓に灯る明かりが朧に浮かんでいるだけで、近代国家とは到底呼べぬ有様だ。日本の若者が中国の大気汚染の光景を『腐海』と称するのも言い得て妙。まさにその一言に尽きる。

ところが陳は、

「喜ばしい限りですか……。的場さんは、本気でそう思われるんですか？」

口の端を歪めながら、問うてきた。

「日本人の最大の死因はガン。中でも胃ガンは、第三位と非常に高い割合を占めているんです。これが撲滅されるということは、朗報以外の何物でもないじゃありませんか」

「的場さん……」

陳は改めて名を呼ぶと、グラスを置いた。「確かに長寿は人間の夢です。長生きは目出度いことだと言われ、誰しもがそう固く信じて疑わないのも事実です。だから夢を実現すべく、研究者は難病を克服せんと、必死に取り組んでいるわけです。特に日本は、いち早く環境の改善に着手し、最先端の医療機器、治療法を医療の現場に取り入れた。その甲斐あって、世界一の長寿大国の地位を揺るぎないものにした。さらに国民の寿命も延び続けている。そして、今回の新薬出現で、寿命はさらに延びるでしょう。ですがね、長寿という言葉の頭には大抵、不老という言葉がつくものです。長寿が可能になっても、老いは避けられません。不老を欠いた、ただの長寿に意味があるんでしょうか」

陳が言わんとすることは分からないではない。

しかし、不老の技術だって着実に進化している。

「そりゃあ、不死は不可能だとしても、不老だって一昔前に比べれば、現実に近づいてるじゃありませんか。私たちが子供の頃の七十代を考えてみてください。今の私たちのように、国と国を行き交い、こうして元気に酒を酌み交わせる老人なんて、まずいませんでしたよ」

「それで日本は大丈夫なんですか？」

陳は唐突に、真顔(まがお)で言った。

「えっ？」

「おっしゃるように、今の高齢者は昔と比べれば元気だし、若々しくも見えます。ですが、日本の高齢者の大半は、現役時代の蓄(たくわ)えも底を突き、生活の原資は年金だけ。外見はどうあれ、人間、歳を重ねれば体のどこかにガタがくる。時間に余裕がある高齢者は、なにかといえば病院に行く。そして医者は乞(こ)われるままに薬を出す。それが日本の医療です。それもこれも世界トップレベルの社会保障制度が整備されている日本なればこそ。しかし、日本は制度を支えている生産年齢人口が年を経るごとに減少していくんですよ。その一方で、国の社会保障制度に頼って生きる高齢者が増加していく。日本にとっては大変深刻な問題ではありませんか」

確かに言われてみればというやつだ。

生産年齢人口が減少する一方で、高齢者が増加していく社会において、年金、医療保障の財源をどうやって確保するのかという問題が指摘されて久しい。しかし、二〇一九年になった今も、根本的な解決策は見つかってはいない。

「それは――」

答えに窮した的場に、

「実はね、的場さん。私は少子化は正しい現象だと思ってるんです」

陳は、にわかには理解しかねる見解を口にした。

「少子化、生産年齢人口の減少は、中国にとっても深刻な問題ではありませんか。一人っ子政策を止めたのも――」

「問題は長寿。人の寿命が延び続けていることにあるのではないでしょうか」

陳は的場の問いに答えることなく続ける。「進化するのは難病の克服、長寿を可能にする技術だけではありません。AIやロボット、コンピュータの進歩にも今後ますます加速度がつくのは明らかです。では、産業技術の開発者は何を目的にそうした技術の開発に心血を注いでいるのか。資本主義の社会においては、いかにして人を使わずに済ませるか。つまり、人を使うより機械にやらせた方が、生産性も上がればコストも下がる。それなくして企業は競争に生き残れない。人間に取って代わる技術を開発できれば、巨大な市場をものにできるからじゃありませんか」

「陳さん、それは――」

「では、その時、機械に取って代わられた人間は、どんな仕事に就けるんでしょう」

陳は、的場の言葉を遮って一方的に持論を展開する。「人手を減らす技術の進歩は止まることはありません。となれば、職業のライフサイクルは当然短くなります。今は最先端産業でも、十年後には、過去の産業となっている可能性だってあるわけです。そして、技術者や研究者が最終的に目指しているのは、仕事に人間が関与しない技術の確立。つまり、労働からの解放を目指しているんじゃないでしょうか」

「陳さん、それはあまりにも悲観的な見解というものですよ」

的場は今しがた言いかけた言葉を以(も)って反論に出た。「新技術の出現は、新産業の創出につながるんです。いくらＡＩやロボットが進化したって――」

「そんな、経済評論家や学者みたいなことを言いなさんな」

陳は苦笑を浮かべながら、そっと瞼(まぶた)を閉じ、首を振る。「さっき的場さんは、何に着目し、何の開発を目指すかは人間が決めることだとおっしゃった。確かにその通りだ。ＡＩが進化しても、所詮(しょせん)は機械です。クリエイティブな能力を持つことはできませんからね。しかしですよ、世間にそんな能力を持った人間がどれほどいます？　日本、我が国、いや世界中どの国へ行っても、労働者の圧倒的多数は、ルーティーン化された仕事に就いている。そして技術者たちはそうした人間たちの仕事をいかにして無くすか、それを可能にする技術の開発に心血を注いでいるわけです。新しく生まれる産業には、その時点での最先端技術が用いられるんですから、一旦職を失おうものなら、次の仕事が見つからないってことになるんじゃありませんか？」

「それもまた、日本に限った話じゃないでしょう。むしろ、中国の方が問題は深刻だと思いますが？」

　かつてほどの勢いはないとはいえ、中国が世界の工場であることに変わりはない。国が豊かになるにつれ、人件費が高騰し、ただでさえ外資系企業が生産拠点を他国に移す流れに歯止めがかからないというのに、製造業が機械化による人員削減を図るようになれば、職をなくす中国人労働者の数は日本の比ではない。

「おっしゃる通り、我が国にとっても大変深刻な問題です。でもね、中日どちらの方がより深刻かといえば、セーフティーネットが、我が国とは比較にならないほど充実している日本でしょう」

　陳の口調には、明らかに皮肉が籠っている。「いよいよ生活に困窮すれば、生活保護。病気に罹れば、健康保険。しかも、どれほど高額な医療でも、患者本人が支払う額には上限が設けられている。生活保護を受けていれば、全額無料。いや、素晴らしい。まさに理想の国だ」

　陳は、日本社会が抱えている問題を次々に指摘する。

　それがまた、的を射ていることに加えて、解決策を見出せずにいる問題だけに返す言葉がない。

　的場は苦々しい思いを抱きながら、白酒に口をつけた。

「そうそう、ガンの治療薬といえば、オプジーボというのがありましたね」

陳は言った。「導入時からは薬価が引き下げられて一千万程度になったとは言え、当初は一人の患者にかかる薬剤費は年間三千八百万円。それが日本の健康保険制度の下では、自己負担額には上限があって、ほとんどは国が負担するんでしたよね。しかも、一度使い始めたら、患者が存命中は投与を止めるわけにはいかない。もちろん、人権意識の高い日本ですから、たとえ受刑者でも、オプジーボが効くと医師が判断すれば投与されるんでしょう？」

「そういう例は聞いたことはありませんが、おそらくは……」

「それも無料で」

「……まあ……そういうことになるのかもしれませんね……」

歯切れ悪くこたえながら、再びグラスを口に運んだ的場に向かって、

「夢のような話ですな」

陳は大袈裟に目を丸くする。「受刑者には、労働……と言っても軽作業が科せられるのが日本の刑務所でしたね。最先端の治療が無料で受けられる上に、出所時には、収監中の賃金をまとめてもらえる。こんなことが広く知られるようになれば、我が国に限らず、高度医療が必要な病気になったら、カルテを手に日本へ行って、罪を犯して刑務所に入ろうって考える人間が、後を絶たずってことになっても不思議じゃありませんな」

日本の医療制度に目をつけた外国人が、不正行為を働き治療を受けているという話は耳にしたことがあるが、想像すらしたこともない言葉が陳の口を衝いて出た瞬間、強いアルコールが喉を直撃し、的場は大きく噎せた。

中国の劣悪な医療制度を考えれば、あり得ない話ではないからだ。

医療制度がほとんど機能していない上に、病院は常に人で溢れ、早い時間に診察を受けるためには、順番待ちを生業にするダフ屋もどきの輩にカネを払って権利を買わねばならない。そこから先も、カネ、カネ、カネ……。医師への袖の下も必要ならば、医療保険加入者は国民の僅か三パーセントに過ぎない。残る九七パーセントは完全な自己負担だから、高額治療はおろか、薬だって十分に手に入れられない国民が圧倒的多数を占める。

そんな国で暮らす国民からすれば、陳が言うように日本は刑務所ですら天国と映っても不思議ではない。

よほど的場の反応がおかしかったと見えて、陳はひとしきり大きな笑い声をあげ、

「冗談ですよ、冗談」

顔の前で手を振ると、今度は一転、真顔で言った。「私が言いたいのは、早い話が、高額の医療費を使って命を長らえる圧倒的多数が、老い先短い高齢者だということなんです。将来ある子供、若者、まだまだ家庭を、社会を背負って働かなければな

らない壮年期にある人間が、先端技術のおかげで社会に復帰できるのは素晴らしいことです。しかし、七十、八十になって、ひと昔前なら、難病で助からなかった人間を、ただ生き永らえさせるためだけに、途方もない金を使って治療する。そこにどんな意味があるんでしょう。仮にガンが根治できたとしても、老いを止めることはできません。体の自由が利かなくなれば、脳の機能も衰える。そこでまた、さらなる負担、それも莫大な負担を社会が負わねばならないことになる――」

長寿を可能にする技術が進化すればするほど、困るのは国であり社会ではないのか、と陳は言いたいらしい。

「おっしゃることは分からないではありませんが……。しかし、陳さん。治せる病を放っておくわけにはいきませんよ。まして、貧富の差によって人の生死が左右されるような社会は、あまりにも残酷に過ぎますよ」

「私はね、科学の進歩というものは、人間を、社会を必ずしも幸せにするとは限らないと最近つくづく思うんです」

陳は、手の中のグラスを見つめながらしみじみと言った。「何も国や社会への負担が増すことだけを言ってるのではないんです。政治の世界だって同じじゃありませんか。ひと昔前なら、とっくに死んでいたはずの人間が、先端医療のおかげで生き延びるとなれば、国の体制に変化は起きません。一旦手にした権力は、死ぬまで離さず、社会の利益より己の利益を優先する。悲しいことに、それが我が国の権力者の性ですからね」

「えっ……では――」

陳が何を言わんとしているかは明らかだ。

消息筋を通じて、密かに伝えられた情報の真偽が裏付けられた。

感情の高ぶりが顔に出たのか、陳は的場の目を見据えると、無言のまま、こくりと頷いた。

第一章

1

厚生労働省の直轄機関、東アジアウイルス研究センターは東京の本郷に本拠を置く。

壁面に貼られた大理石のパネルが春の陽光を浴びて輝く様は、隣接する東京大学の威厳に満ちた建物群と比較しても遜色ない威容である。

約束の時間まで、三十分ほどの余裕があった。

笠井久秀が宿泊先のホテルを早めに出たのは、久々の日本の春に浸りたかったからだ。

新学期を迎えた東大のキャンパスは、五月の五月祭と並んで最も活気に溢れる時だ。激烈な入学試験に勝利し、達成感と解放感に満たされた新入生たち。彼らをサークルに勧誘せんと、ビラを片手に声をかける上級生たち。

花はすでに散ってしまったが、葉桜にも趣(おもむき)がある。銀杏(いちょう)の木にも一際緑鮮やかな若葉が芽吹き、生命感、躍動感に溢れるキャンパスに身を置くと、母校で学んでいた頃の記憶が脳裏に浮かぶ。

もっとも、笠井が東大で学んだのは、地方の国立大学の医学部を卒業した後の、博士課程でのことである。

学部で六年間を共に学んだ同級生は漏れなく医師になったが、笠井がウイルス研究者の道を選んだのには理由があった。

医師という職業の将来性に疑問を持ったからだ。

それはたぶん、自分の生い立ちに起因するところが大きい。

笠井は東北の寒村、祖父母の代まで主にリンゴの栽培で生計を立てる専業農家に生まれた。他に自家消費用の野菜や果物も栽培していたので、こと食べ物に関してはひもじい思いをしたことはない。しかし、農業による収入は天候が大きく左右する。まして、リンゴの収穫期は台風シーズンと重なる。

実際、祖父母の代には二年連続で台風に見舞われ、収穫はほとんどゼロ。そんな情景を目(ま)の当たりにした父親は、地元の高校を卒業すると町役場の職員となった。当然、リンゴ栽培は主に祖父母と母親三人の仕事となったわけだが、高齢になるにつれ、畑の維持は困難になり、笠井が中学生になった頃には、一家の収入源は事実上父親の給与だけとなった。

リンゴから得られる収入は決して低いものではなかったが、農機具は高価だし、肥料をはじめとするコストもそれなりにかかる。廃業しても、ローンの支払いは待ったなし。たちまち家計は苦しくなった。

進学校とは程遠い、地元の高校に進まざるを得なかったのがそのせいなら、東大に入れる学力がありながら、地方の国立大学の医学部に進学したのも家計が許さなかったからだ。

もちろん、息子の医学部進学を両親は大層喜んだ。

医者になれば高い収入が得られる。定年もない。生涯現役。一生食うに困らない、安定した生活が保障されたも同然だ。

おそらく、医師を職業に選ぶのは、学業に秀でたばかりでなく、そんな思いを抱いてのことに違いない。実際、笠井もそうであったし、願わくは子供を医者にという親が、世にごまんといるのは、その表れというものだ。

だが、本当にそうなのだろうか。

医者不足とは言われるものの、それも地方に限ってのことである。しかも、日本の少子高齢化が進む一方なら、特にその傾向が顕著な地方の人口は、今後年を追うごとに限りなく減少していくのは明らかだ。それすなわち、医師に生活の糧をもたらす患者がいなくなるということを意味する。ならばその時、地方の医師はどんな行動に出るのか。

こたえは明らかだ。患者、つまり、人がいるところ。大都市に移るに決まっている。

医師が都会に集中すれば、患者の奪い合いが始まる。開業するといっても、資金を回収する目処があればこそ。勤務医として職を求めようにも、医学生の絶対数が減らない限り、医者は毎年確実に増えて行くのだから、激烈な競争が繰り広げられるようになるのは目に見えている。

確かに医者は高収入を得られる機会に恵まれた職業ではある。しかし、それも今現在においての話であって、少し先を読めば、決してバラ色の将来が約束されている職業ではないのだ。

そこに気がついたのは学部の二年生の時のことで、医学部に進んだ以上、医師の資格は取得するとしても、そこから先は研究者の道に進むことを笠井は決意した。

博士課程で学ぶための生活費は、研修医としての報酬を充てた。

十分な額とは言えなかったが、二十八歳で博士号を取るまでは、歯を食いしばって耐えた。

研究テーマはインフルエンザウイルスだ。

身近な疾病(しっぺい)でありながら、感染と免疫のメカニズム、ウイルスが変異する理由、予防方法と、数多(あまた)の研究者がいくつもの謎に取り組んでいるにもかかわらず、十分な解明がなされていないこのテーマを選んだのは、生涯を懸けても、結論にたどり着けるかどうか分からない長い研究になると考えたからだ。

博士論文は評価され、笠井は指導教授の推薦を受け、東アジアウイルス研究センターを志願し、厳しい審査を突破して、研究者に採用された。そして三年の後、アメリカ・ジョージア州アトランタにある疾病管理予防センター(CDC)に派遣される機会を得た。以来、研究に没頭する日々が続き、気がつけば五年。渡米してから初めての帰国である。

構内を散策するうちに、ほどよい時間となったところで、笠井は東アジアウイルス研究センターに向かった。

受付で来意を告げると、すでに笠井が訪れることは知らされていて、来客用のＩＤカードが渡された。

三年間、研究に没頭した施設である。内部の様子は熟知しているが、ここには厳密な規則がある。

ウイルスを直接扱う東京郊外にある分室はもちろん、センター内でも研究員の移動は許可されたエリア以外はアクセスができないようになっているのだ。

渡されたカードをエレベーターホールのスキャナーに翳すとドアが開いた。乗り込んだ笠井は、またそこに設けられたスキャナーにカードを翳した。五階の表示が点灯し、エレベーターが上昇を始める。

程なくしてエレベーターが止まりドアが開いた。

「やあ、暫く」

ホールまで迎えに来ていた大神達郎が、笑みを浮かべながら手を差し出してきた。

大神は今年五十二歳。やはりインフルエンザウイルスの研究者で、現在は部門統括と副センター長を兼務している。

性格は真面目、かつ温厚である反面、部下の評価にはことの外厳しいという一面を持つ。もっとも、それは成果を正しく評価するということでもあるのだが、実のところ、こうした人間は研究者の世界には珍しい。

というのも、このセンターに集う研究者は、こと学歴、経歴に関しては甲乙つけがたく、極端に言えば小学校入学以来、常に最優秀の評価を得てきた人間ばかりで、その分だけ目覚ましい成果を上げた同僚への妬み、嫉みは激しいものがあるからだ。

なにしろ世界中のライバル相手に、誰がいち早く華々しい成果を上げるか、しのぎを削っているのが研究者の世界である。他国の研究者に先を越されても面白かろうはずがないのに、国内、それも同じ職場で働く人間に抜かれたとあっては、そうした思いに拍車がかかろうというものだ。まして、成果が画期的なものであればあるほど多額の予算がつく。資金が豊富になれば、研究に弾みがつき、さらに大きな成果を得る可能性が高まる。もちろん、それも成果を出し続ければの話ではあるのだが、将来が全く違ってくるのは一般企業と同じこと。センター内でのポジションも上がれば、いずれ一流大学の教授、有力研究機関の役職に就くのも夢ではない。

つまり、小学校以来の点取り競争を延々と繰り広げているのが研究者の世界なのだ。違いは解答が用意されていない問題に取り組まなければならないことで、想像力、独創性、積み上げてきた知識といった研究者個人の能力が問われる上に、何よりも運に恵まれなければならないのだから、成功者に対する妬み嫉みはなおさら大きなものとなる。

その点が大神は異なるのだ。

博士論文を評価し、センターへ採用してくれたのも大神だし、ＣＤＣへの道を作ってくれたのも大神である。

笠井にとって、最高の上司であり、恩人とも言える人間の一人だった。

笠井は、大神の手を握り返すと、

「お元気そうで何よりです」

満面の笑みを浮かべた。「前にお会いしたのは、シカゴでの学会ですから、もう二年になりますか」

大神はこくりと頷くと手を離し、

「遠路呼びつけてすまなかったね」

と笑いの余韻を残しながら、ふと視線を落とした。

「そりゃあ……まあ――。メールでやり取りしてますし、電話でだって話せるのに、いきなりちょっと帰国してくれ、会って話したいことがあるなんて、いったい何事です？」

大神は顔を曇らせると、一瞬の間を置き、

「部屋で話そう」

そう言うなり踵を返し、先に立って歩き始める。

大神から一時帰国を命じるメールがあったのは、二週間前のことだった。

その後交わした二度のメールで用件を訊ねても、大神は「直接会って話す」と返してくるだけだ。

よほどのことに違いないのだろうが、かといって笠井に思い当たる節はない。皆目見当もつかぬまま、帰国と相成ったわけだが、大神の様子からすると、どうやら良い話ではないようだ。

エレベーターホールの先は左右に分かれ、長い廊下となっている。

一定の間隔で並ぶのは研究室で、始業時間から二時間経ったこの時間、廊下に人の影はない。

やがて大神は廊下の一番奥のドアの前で立ち止まると、首から下げたIDカードを壁面のスキャナーに押し当てた。

鈍いモーター音とともにロックが解除されたドアを、大神は引き開ける。

大神の執務室である。

二十畳ほどの部屋の左右の壁面の書架は膨大な数の本で埋め尽くされ、正面の窓を背に置かれた机の上もまた、本やファイル、書類の山、山、山だ。いかにも研究者の部屋だが、部門統括兼副センター長の部屋には中央に低いテーブルを挟んで、それぞれ二つずつ、布張りのソファが置かれている。

「CDCに行って、もう五年か」

大神は自らソファに腰を下ろすと、「確か君のところはお母様一人だったね。息子がアメリカに行ったまま、五年も帰っていないんじゃ、寂しい思いをしておられるだろう。お母様、お元気なのか」

笠井の顔を見つめた。

それが一時帰国を命じた用件と関係があるとは思えないが、母のことを訊ねられると、疚しい思いがこみあげるのは否めない。

「おかげ様で今のところは、これといった問題はありませんので……」

そうはこたえたものの、笠井の声は低くなる。「二日に一度は電話をしてますし、アトランタ、成田間は毎日直行便が出ていますから。何かあれば、すぐに戻ってこれますので……」

「確かお父様は、ガンで亡くなったんだったね」

「ええ、肺ガンでした……」

父親がガンで亡くなったのは、笠井が博士課程に進んで一年が経った頃のことだった。肺ガンの中では、最も性質が悪い扁平上皮ガン、しかも発見時にはすでにリンパ節に転移しており、ステージはⅣ期。手術を施すには手遅れで、治療方法は抗ガン剤か放射線以外にない。

もっとも、それらの治療が、どれほどの効果が見込めるかは、医師ならば分かる。もはやいずれの治療も対症療法に過ぎず、そこから先の展開は方程式的に決まっている。

果たして父親は二年にも満たない闘病の末に亡くなった。まだ意識のあるうちに息子が東大の博士課程で学ぶことを知り、喜んだ顔を見ることができたのがせめてもの救いである。

「オプジーボがあれば、治せたかもしれなかったのに残念だったね」

「運がなかったんですね。それに、若い頃からタバコを吸ってましたし、ガンが見つかった頃は、一日二箱のヘビースモーカーでしたから……。何度も止めろと言ったんですがね」

「お母様はおいくつになられた？」

「六十八歳です」

「君は――」

「三十六になります」

いったい何が言いたいのだろう。

笠井は、少し苛立ち（いらだ）を覚えながらこたえた。

「ご兄弟は？」

「私は一人っ子なもので」

続く質問は分かっている。「酷い（ひど）田舎（いなか）でしてね。うちは代々リンゴ農家だったんですが、祖父母が高齢になって続けるのが無理になった時点で止めたんです。父は役場勤めをしていたもので……。今は、母親が自家消費用の野菜や果物を作っているだけです。田舎に帰ったところで仕事はありません。なんせ、若者はいなくなってしまって、高齢者ばかりの町ですからね。その人たちだって、寿命を迎えるのは時間の問題です。そうなったら、医者だって食っていけませんよ」

笠井は、先回りして言った。

「ならば、いずれお母様は君が引き取ることになるわけか」

「女性の平均寿命は、九十歳に近いんですよ。考えなければならない時は来るでしょうが、まだ随分先の話です」

五年もの間、帰国していないのはそれが理由の一つだ。

定年が六十五歳の時代、六十八歳は健康に深刻な問題さえ抱えていなければ、十分一人で暮らしていける年齢だ。それに、田舎は住人同士の付き合いが密で、一人暮らしも珍しくないから、話し相手には事欠かない。実際、電話口での母の話題は、今日は誰が訪ねてきたとか、野菜をもらったとかで、寂しい思いをしている様子は微塵も窺えなかったし、第一、帰省したとしても、話題が合う友人もいなければ、やることもない。

「それが何か?」

どうも様子がおかしい。

笠井は問うた。

大神は、短い間を置くと、

「実はね、君の研究なんだが、中止することが決まったんだ」

重々しい声で言った。

「中止？」

まさに晴天の霹靂とはこのことだ。

全く予想だにしなかった通達に、笠井の声は裏返る。

「君の研究内容を懸念する声が上がってね」

大神は感情の読めない顔でソファに体を沈めたまま言った。

「私の研究のどこが懸念されるというんですか」

「遺伝子操作による新型インフルエンザウイルスへの予防研究。国家同士の衝突、戦争はそう簡単に起きるものではないが、その一方でテロの脅威は高まるばかりだ。テロリストがＮＢＣ兵器を使用する危険性が懸念されて久しいが、中でも、最も恐ろしいのが生物兵器だ」

大神が言うＮＢＣ兵器とは、ニュークリア（核）、バイオ（生物）、ケミカル（化学）、それぞれの頭文字を並べたもので、生物兵器の中には、昆虫、微生物、ウイルスなどが含まれる。

「ですから――」

何を以って研究を中止せよと言うのか、全く理解できない。

笠井はすかさず反論に出ようとしたが、

「まあ聞いてくれ」

大神は制すると続けた。「核技術が流出し、テロリストの手に渡ることはあり得る話だが、実際に核兵器の開発を行うとなれば、国家レベルで取り組まなければならない巨大プロジェクトになる。大規模な研究、製造施設を持たなければならないし、大量のウランの調達、実験も行わなければならないから開発に着手した時点で必ずや他国の知るところとなるわけだ。化学兵器は密かに製造することは可能だが、ミサイル、爆弾、あるいは砲弾に搭載し、それも大量に撃ち込まなければ、効果の範囲は限られる。テロに使われたとしても、被害が及ぶエリアは限定的だ。その点、ウイルスは違う。感染と同時に増殖を始め、飛沫、空気で限りなく広がっていくんだからね」

「ちょっ、ちょっと待ってください」

笠井は慌てて身を起こすと、顔の前に手を広げ、大神を制した。「そういう事態がいつ起こっても不思議ではないからこその研究なんです。ウイルスのＤＮＡを改変するだけなら、学生の実験レベルでも可能です。しかし、兵器を目的とするなら、自己増殖するウイルスに仕上げなければならないだけでなく、毒性、感染力を飛躍的に高めなければなりません。これは、極めて困難な技術である上に、多額の資金とそれなりの設備が必要になりますが、テロ組織にできないとは断言できないんです。だからこそ、万が一の時に備えるべく、この研究が行われているわけで――」

「君は備えと言うが、この研究で得られた成果は、兵器に用いようと思えば、できるわけだろ？」

「えっ？」

「強い感染力と毒性を持ったインフルエンザウイルスの出現に備えるためには、どんなタイプの新型ウイルスが作れるのか。それを可能にするための技術力、施設、機器、どれほどの資金と人員が必要になるのか。実際にそいつを作り上げてみなければ分からない。それを検証するための研究だろ？」

大神はそこで短い間を置いた。次に口を衝いて出てきた言葉は、笠井を愕然とさせるに十分な一言だった。「それって、バイオ兵器を開発しているのと同じことじゃないか」

「随分なことを言うもんですね。そんなウイルスが開発されて、ばら撒かれようものなら大変なことになる。万が一の時にいかに素早く対処し、被害を最小限に止めるか。そのための研究ですよ」

笠井は語気を荒らげ、反論に出た。「既知のタイプにしたって、日本だけでも毎年一千万人からのインフルエンザ感染者が出て、少ない年でも二百人強、多い年では千八百人もの死者が出ているんです。超過死亡概念では、世界で二十五万から五十万人。日本だけでも約一万人。この医学、科学、医療技術の発達した時代にです。遺伝子操作によって、強い毒性、感染力を持ったウイルスが出現したらどうなるかを想像してみてください。スペイン風邪の再来ってことになったって不思議じゃありませんよ。一九一八年から一九年のたった二年間で、感染者数は世界で五億人、死者数は五千万とも一億とも言われているのは大神さんだって、ご存知のはずです。しかも、人の移動が現在とは比べものにならないほど僅か、かつ緩やかだった時代にですよ」

　超過死亡概念とは、インフルエンザの流行によって、肺炎、脳症、腎不全などの死亡者数がどの程度増加したかを示す推定値のことで、仮にワクチンの有効率が一〇〇パーセントであるとすれば、接種によって回避できたであろう死亡者数を意味する。それが、日本だけでも一万人ということは、インフルエンザそのものよりも、感染によって併発した病によって亡くなる人が、遥かに多いことを意味する。

　こんな簡単な理屈がなぜ分からないのか。

　笠井の苛立ちは募るばかりだ。

「君の言い分はもっともだ。だから、私は君をＣＤＣに送ったわけだが、軍事研究を否定した日本学術会議の決定に反すると判断されてしまってね」

「テロに備え、被害を最小限に食い止める研究が、なぜ軍事研究なんですか？」

「新型ウイルスを作る技術が漏洩しようものなら、大変なことになると――」

「漏洩って……研究はＣＤＣで行われているんですよ」

「高度なセキュリティーで守られているのは確かだが、完全無欠なネットワークは今の時代に存在しない。常にサイバー攻撃に晒されているのは事実だからね……」

「少なくとも、日本の研究機関よりは遥かにセキュリティーは保たれていると思いますが？」

笠井は言葉に思い切り皮肉を込めた。

「問題視されているのは、製造技術の漏洩だけじゃない」

大神はそれにこたえずに、話を進める。

「それは、どんな？」

「アメリカという国だ」

また一つ、大神は理解に苦しむ理由を口にする。

「どういうことです？」

「そんな技術が確立されれば、テロ集団の殲滅に頭を悩ましているアメリカにとっては、とてつもなく魅力的な兵器に映るだろうからね。戦闘地域で突如悪性のインフルエンザが発生し、テロリストがばたばた倒れて行く。原因は突然変異した新型インフルエンザだ。それも激戦地に限れば、感染が広がる速さも抑えられる。万が一、感染が広がる兆しがあっても、そもそもアメリカが意図的に撒いたウイルスだ。事前にワクチンを製造しておく時間は十分にある」

「何とも、逞（たく）しい想像力ですね」

笠井は失笑した。「どんな激戦地にだって、多くの一般市民がいるんですよ。それじゃあ、無差別殺戮（さつりく）を行うのと同じじゃないですか。いくら何でも、米軍がそんなことをするわけありませんよ。第一、ＣＤＣは――」

「ＣＤＣはそうでも、アメリカには陸軍感染症医学研究所（ＵＳＡＭＲＩＩＤ）があるじゃないか。確かにＣＤＣ、ＵＳＡＭＲＩＩＤはそれぞれ独立した機関だし、研究目的も異なるが、とはいえ双方ともにアメリカの国家機関だ。実際、情報や成果のやり取りは双方の間にあるんだろ？」

どの程度のレベルでの情報や成果の交換が行われているかは分からないが、世界レベルでの疾病の監視、情報収集、時に対処に出向くのがＣＤＣだ。アメリカ軍の行動エリアもまた世界に広がっていることを考えれば、兵を派遣する、あるいは基地がある地域で、どんな疾病が広がっているのかを把握し、対策を講じるのがＵＳＡＭＲＩＩＤの役割の一つだ。ＵＳＡＭＲＩＩＤがＣＤＣに情報を与えることはなくとも、その逆はあり得る。

こたえに窮した笠井は、

「いったい誰なんです？　そんなことを言っているのは」

おもむろに問うた。

「八重樫さんだ」

「八重樫さんって……名誉理事長の？」

声が裏返る。

八重樫栄蔵は、学士院第二部の部長を務める日本の科学界の重鎮だ。

学士院の会員になるためには、図抜けた研究実績を持つことはもちろんだが、定員は百五十名と定められており、しかも終身会員であるから、欠員、つまり逝去者が出て初めて選定の対象となる。それも、第一部は人文科学部門、第二部は自然科学部門と専門分野によって分けられている上に、第一部は三つ、第二部は四つの分科会と、専門分野がさらに細分化され、それぞれに定員がある。

しかも、新会員の選定は、各分科会員の投票によって決まるのだから、実績以上に運にも恵まれなければならない。

八重樫は、医学、薬学、歯学分野を専門とする第七分科会に属すウイルス学の権威で、昨年の十二月に部長に就任すると同時に、センターの名誉理事長になったばかりである。

もっとも、名前は知っていても、一介の研究者に過ぎぬ笠井からすれば、八重樫は雲上人だ。面識などあろうはずもなければ、人となりも詳しくは知らない。

「一月の半ばだったかな、研究ノートの提出を求めたことがあっただろ」

大神は言う。

求めに応じて、ノートのコピーを送ったことは覚えている。

笠井は頷いた。

「八重樫さんが、名誉理事長になって最初に要求してきたのが、センターで行われている研究の一覧でね。ＣＤＣに出向しているとはいっても、君の籍はここにある。テーマはもちろん、進捗状況は君から逐次報告を受けているから、私が概要を書いて提出したわけだが――」

「八重樫さんから要求されたというわけですか」

これまでの話の経緯からすれば、そこから先の展開は察しがつく。

笠井は先回りして言った。

「ノートの提出を求められた研究員は君だけだ」

大神は小さく息を吐くと、声を落とした。「いきなり呼びつけられて、これは軍事技術に転用できる研究じゃないのか。どうしてこんな研究を認めたのか、いったいどういうつもりだと、そりゃあもう凄まじい勢いで問い詰められてね」

まったく、日本の学者というものは――。

溜息を吐きたいのはこっちだ。

日本の研究界は、科学研究は社会が抱えている問題を解決することで、より快適、かつ幸せな世界を作り上げるためにあらねばならないと固く信じて疑わない原理主義者の集まりだ。もちろん、笠井とてそうした気持ちは抱いている。しかし、現実は違う。新しい発明や技術がどう使われるか、何に活用されるかを研究者はコントロールすることはできない。残念なことに不幸にするための技術をものにせんと、目を皿のようにしてその可能性を模索している研究者は、世にごまんといるのだ。

そんな内心が顔に出たのか、

「もちろん、君の研究が何を目的にしているかは、説明したよ」

大神は、慌てて言った。「だがね、八重樫さんは、頑として耳を貸さないんだ。こんな研究を許すわけにはいかん。アメリカを甘く見るな、と言ってね」

「そんなこと言ったら、先端技術のおおよそ全てがそうじゃないですか。半導体やコンピュータにしたって、兵器に使うのを目的に開発されたものではありません。兵器にも使える技術であっただけなんです。発明や技術を何に用いるかは使う側が決めることで、研究者がコントロールできるものじゃないんです」

傲慢にもほどがある。浮世離れもここまでくると呆れるしかない。

功なり名を遂げた人間が、『いい人』になろうとするのは世の常だが、想定される危機に対処すべく、事前に策を講じておくのが科学者の務めだ。それを承知で綺麗事に終始するのは研究者として怠慢以外の何物でもない。

「いや、君の理屈は百パーセント正しい。少なくとも私自身はそう思っている。しかし、八重樫さんにも立場ってもんがあるからねえ……」

大神は、またひとつ溜息を吐く。「かつては日本学術会議でも副会長を務めた人だ。軍事技術開発目的の研究を拒否する声明を取りまとめるにあたっては、旗振り役も務めた。そのお膝元で、会議の声明に反する研究が行われていたなんてことが発覚すれば、メンツ丸つぶれだからね」

「メンツ？　そんな問題じゃないでしょう、これは！」

大神の口を衝いて出る理由が、どんどん世俗的なものになっていく。

笠井の口調も自然と先鋭になる。

「第一、八重樫さんはとっくに研究の第一線を退いているじゃありませんか。名誉理事長なんて、上がりのポジション。その名の通り名誉職じゃないですか。そんな人が、現場に口を挟む資格なんてあるんですかね」

「さらなる名誉がかかっているから、余計ナーバスになってるんだよ」

大神は苦々しい声でこたえた。「八重樫さんは間違いなく学士院院長を狙ってる。そうなれば、文化勲章だって夢じゃない。それがあの人にとっては上がりのポジションなんだよ。学者も人間だからね。名声、名誉への欲は際限がないんだ。そんなものは、優れた研究成果を上げ続ければ自然について来るものだと君は言うだろうが、そんな理屈が通るのは、現役の研究者であればの話でね。功なり名を遂げ、現役を離れた研究者は、過去の実績、そして時間が勝負の決め手になるんだよ」

それか――。

大神の言葉がすとんと腑に落ちた。

名声、名誉を得ることを目的に研究に励む研究者はまずいない。自分が行った研究がどんな結果につながり、評価を得ることになるのかは、それこそ神のみぞ知るというやつだからだ。研究は試行錯誤、創意工夫の積み重ねであり、それまでの常識を覆す、あるいは世の中を一変させるような新発見、新技術の創生をものにできるのは、ほんのひと握りに過ぎない。

だからこそ、成功した時の対価は大きい。賞賛、名声、地位、あるいは富。おそらくは、見える世界が一変するであろうことは想像に難くない。

もちろん、そうなっても生涯研究者としての姿勢を貫く人間も少なからずいることは確かだが、やはりそれは残された時間によるような気がする。

確か、八重樫は七十九歳。

研究者としての盛りはとうに過ぎている。まして、研究には長い時間と体力、そして気力が必要だ。すでに功なり名を遂げ、地位すらも手にしたとなれば、欲するものはさらなる高みにあると考えても不思議ではない。

「野心を抱いているのは、八重樫さんだけじゃないからね」

大神は言う。「まして、科学者に与えられる最高の勲章を狙ってるんだ。ケチがつこうものなら一大事だ。身の回りをきれいにしておくのはもちろん、阻害要因になりそうなものは、極力排除しておこうって気にもなるさ」

「野心のためなら、一介の研究員が費やした時間と労力を無駄にしても構わないってことですか」

こみ上げる怒りに笠井の声は震える。

「しょうがないんだよ。名誉職とはいえ、人事、予算の振り分けだって思うがままだ。八重樫さんの意向に逆らえる人間はセンターにはいないんだからね」

大神はどこか達観した口ぶりでこたえた。

「で、研究を中止して、私に何をやれと？　今の研究が継続不可能ということになれば、ＣＤＣにはいられなくなるわけですが、ここへ戻って、新しいテーマを探せと？」

「ここはテーマを持っていない研究者を置いておく場所じゃない。選考の段階で、ここで取り組むのに相応しい研究テーマだと認められて、初めて入所が許される。それは、君も重々承知しているだろ？」

瞬間、笠井はソファの上で固まった。

大神の言葉に間違いはないからだ。

センターに採用されるにあたっては、それまでの実績に加えて、研究テーマが厳しく審査される。つまり、ここは研究者を育成する機関ではなく、継続して研究に取り組むだけの価値があるテーマを抱えているかどうかが問われるのだ。

腹の中が鉛の塊を飲み込んだように重くなる。それはたちまちのうちに、体中の熱を奪い、顔面が凍りついたように強張っていく。

「それって、お払い箱……。馘ってことですか」

短い沈黙の後、笠井はかろうじて言った。

大神は言葉を返さなかった。

肯定したのだ。

「私もここを出ることになってね」

大神は悄然と肩を落とし、頭髪をなぞった。

「大神さんも？」

「よほど、君の研究が気に食わなかったんだな。テーマを評価して採用した上に、CDCにまで行かせて研究を継続させたんだ。まあ、危険分子とみなされたんだろうね。地方の国立大学の教授のポストを斡旋されてね」

「そんな……」

そこまでやるのか——。

もはや、醜悪といえるほどの地位と名声への執着だ。

「まあ、研究者の世界も、一般企業と同じなんだよ。上から睨まれたら先は断たれる。施設と予算を取り上げられたらそれまでだってことを、今回の件で、改めて思い知らされたよ」

大神の実績、キャリアから考えれば、いずれ大学教授に就任するのは、あり得る話だが、地方となれば、あからさまな左遷人事だ。しかし、教授となれば、小さいながらも一国一城の主だ。助教程度のポストを斡旋することは可能なのではないか。ひょっとして、帰国を命じたのは、そのためではないのか。

しかし、笠井の淡い期待はものの見事に裏切られた。

「こんな話はメール一つで片付けるわけにはいかないからね。まして、君にとっては、これからの人生を左右する重大事だ。まだ予算の執行が、自由なうちに直接話すべきだと思ってね」

大神は、そう言い終えると話は終わったとばかりに腰を上げ、「慌ただしくてすまないが、ひと月以内に向こうでの研究を整理して、日本に引き上げてくれ。帰国後のことは、人事部が考えておくそうだ」

笠井に背を向けながら告げてきた。

考えてみれば、地方の国立大学の教授に就任したところで、八重樫が存命している限り、学会内には大きな影響力を持つ。手元に置いたところで笠井の研究テーマが変わるわけじゃなし、八重樫が研究の継続を許すはずがない。

だから大神を責める気にはなれなかった。

いや、むしろ、メール、あるいは電話で済むことを、直接告げたいという心根に感謝の気持ちを抱いた。

その一方で、笠井の胸中にこみ上げてきたのは、八重樫に対する怒りと嫌悪だ。

残り少ない人生を、大輪の花で飾るためならば、いつ現実のものとなっても不思議ではない危機への対処を怠ってもいいというのか。万が一にでも、懸念される事態が起ころうものなら、犠牲になるのは老い先短い八重樫のような人間ばかりじゃない。この世に生まれたばかりの、無限の可能性を秘めた命、いまの社会を支えている現役世代も生命の危機に晒されることになる。それを承知の上での決定だというなら、まさに未必の故意そのもの。研究者にあるまじき行為だ。

笠井は、憤然と立ち上がると、大神の背に向かって頭を下げた。

「お心遣いに感謝します。ではこれで……」

2

「そうですか……重病説は本当だったが、新薬が功を奏して回復したわけですか──」

的場の報告を聴き終えた鍋島慶介が、唇を真一文字に結ぶと、鼻から深い息を吐いた。

赤坂にある料亭『秋月』には、政財界の重鎮が頻繁に訪れる。

料理の良し悪しよりも、全て個室で、一度門を潜れば中でどう動こうと外からは把握できない。誰に会おうと「偶然同じ店になっただけで席は別だ」と言ってしまえばそれで済むからだ。

内閣総理大臣を務める鍋島の行動は、その日誰と会い、どれほどの時間を費やしたか、官邸内は言うに及ばず、プライベートに至るまでマスコミに監視され、『首相動静』として子細に報じられる。

しかし、密談、密会は政治の世界には必要不可欠だ。それはビジネスの世界も同じで、今の時代に至ってもなお、政財界の重鎮たちが会合に料亭を使う理由はそこにある。

「陳さんも渋い顔をしていましたよ」

的場は言った。「とうの昔にトップの座を退いたというのに、未だ主席と互角に渡り合えるだけの権力を握って離さない。ようやく亡き者になると思っていたのに、新薬のおかげで生き永らえることになってしまったんですから、そりゃあ溜息の一つも吐きたくなりますよ」

「こりゃあ、いよいよ来ますね」

鍋島の正面に座る塩沢隆夫が深刻な声で漏らした。「相変わらず経済成長率はまだプラスだと言っていますが、とっくの昔にマイナスに転じているに違いないんです。なんせ大企業は国営ばかり。それも西側の基準なら遥か以前に潰れていて当然なのに、国が湯水のように金を注ぎ込んで支えてきたんですからね。その結果が莫大な不良在庫と途方もない不良債権の山。それもこれも産業構造改革に着手しようとした現政権を阻止せんとする旧勢力を排除できなかったからです。その親玉がまだ生きるとなれば、もはや処置なしですよ」

今年六十五歳になる塩沢は、鍋島内閣で国家安全保障局長を務めている。

東京大学卒業と同時に、かつての通産省にキャリア官僚として採用され、以来順調に昇進を重ね、次官にまで上りつめた人物である。在職中は、アメリカのビジネススクールに国費留学生として派遣されＭＢＡを取得。さらに、ワシントン、ロンドンの日本大使館で外交官として勤務したこともあって、海外情勢にも明るい。

「中国も完全に時期を逸したね」

鍋島はぐいと盃を干した。「国営企業の近代化、過剰生産の適正化に手をつければ、国内はたちまち失業者で溢れ返る。まして、米中の対立は激化する一方だ。不良債権、不良債務、その上対米輸出が激減すれば、経済、金融のダブルパンチで奈落の底に向かって一直線だ。そんなことになろうものなら、国民の不満は共産党指導部に向く。まして、国営企業は党幹部の最大の利権だ。それを一手に握ってきた人物がまだまだ健在だとなると、塩沢さんの言う通り、もはやその時が来るのは時間の問題だな」

「三年前に、ＩＭＦ（国際通貨基金）が独自に分析した不良債権額は、中国政府の公表額の実に十倍。二百三十兆円になると言われていましたからね。その時点で、すでに我が国のＧＤＰ（国内総生産）の四割強。これだけ巨額の不良債権が焦げつけば、中国はおろか、世界経済が大混乱に陥ります。共産主義体制の限界ってこともありますが、新旧勢力の権力闘争も原因の一つ、しかも一方は九十を過ぎたかつての指導者だなんて、国際社会はもちろん、これから国を背負っていく世代はたまったもんじゃない。まさに老害以外の何物でもありませんよ」

部屋の中を重苦しい空気が満たし始める。

「まあ、共産党ってのは会社みたいなもんだからね」

鍋島は苦々しげな口調で言う。「まずは入党、そこから実績を積み上げながら出世していく。それも上司に引っ張られる形でね。それが閥になるわけだし、上司がトップになろうものなら、後任に誰を据えるかは意のままだ。他派閥にポストを奪われても、自分の閥に連なる人間が一掃されるわけじゃなし、その気になれば、死ぬまで影響力を行使できるってわけだ」

一党独裁主義の弊害については、改めて解説を受けるまでもないが、不都合な真実に敢えて目を瞑り、熱に浮かされたように中国へ莫大な投資を行ってきたのが先進諸国だ。来るべきものが来ようとしていると言ってしまえば、それまでの話なのだが、そのツケは余りにも大きい。

それに、敢えて目を瞑ってきたといえば、もう一つ、中国には深刻な問題がある。

「中国が抱えている問題は、それだけではありませんよ」

的場は言った。「かつての一人っ子政策の影響で、人口は既に減少に転じています。現時点で六十五歳以上が人口に占める割合は、約一二パーセントですが、その人数は今後十年は毎年四パーセントずつ増加していくんです。年金にしたって、国有企業や大都市部でこそ比較的充実していますが、農村部になると九〇パーセント以上が未加入。まして、医療保険制度は事実上なきに等しいわけですからね。この問題をいったいどうやって解決するのか――」

「そうですよね」

塩沢は、深い溜息を吐く。「年金制度だって不良債権処理がうまくいかなければ金融機関は崩壊。原資なんか吹っ飛んでしまいますからね。それに、不良債権は無謀な不動産事業によるものが大半ですし、住宅購入者は投資目的の一般国民で、ローンを抱えている。銀行が破綻したからって、借金がちゃらになるわけじゃなし、シャドウバンキングだって一般国民のカネが大半です。それも同時に破綻するわけですから、出資金は回収不能。中国国民は生き地獄を味わうことになりますよ」

「しかし、総理。この問題は他人事じゃありませんよ」

的場は、改めて鍋島に向き直ると続けた。「日本の少子高齢化は中国よりも遥かに先を行っています。年金の財源もさることながら、早晩深刻な問題になるのは間違いなく医療費です。医療技術は日進月歩。かつては、難病とされていたものが、治療可能な病になったのは喜ばしいことですが、先進治療はほぼ例外なく高額ですからね。それが、高額療養費制度のおかげで、患者の負担額には上限が設けられている。どれほど高額な薬、治療を受けようと、差額は全部国の負担で全国民が恩恵に与れるわけですから、この財源をどうやって捻出するか、これは本当に深刻な問題ですよ」

鍋島は憂鬱な表情を浮かべると、

「確かにそれは言えてるんだよなあ」

眉間に深い皺を刻みながらほうっと肩で息をつく。「だがねえ、治療できるものは治療する。それが医療ってものだし、経済力の有無で生死が決まる社会なんてことになったら、国民が許しませんよ」

「ですから、ことの深刻さは中国の比ではないと申し上げているんです」

的場は言った。「陳さん、言ってましたよ。他国の人間が日本の医療制度を知れば、『そうだ、日本行こう』ってことになるんじゃないかって――」

「『そうだ、日本行こう』って……何ですか、それ――」

鍋島は、怪訝な顔をして問い返してくる。

「カルテ抱えて日本へ行って、犯罪を犯して刑務所に入る。病に罹っていることが分かれば、医療刑務所で手術を施してもらえるし、高額な薬品も投与してもらえる。しかも全部タダ。それどころか、刑期の間に健康を取り戻せば、軽作業に従事して賃金までもらえる。夢のような話だと――」

「冗談じゃありませんよ」

鍋島は顔色を変え、声を荒らげる。「日本の健康保険制度は、国民のためにあるもので、外国人のためのものではありませんよ。第一、保険料も払っていない――」

「しかし、病が見つかれば、受刑者であろうとも、国籍に関係なく最善の治療を施す。すでにそうなっているじゃありませんか」

的場は鍋島の言葉を遮った。「陳さんは冗談だと言いましたが、私、それを聞いた時にぞっとしましたよ。実際、生活に困窮し、老いも進み、身寄りもない、ひとりで生活していくのが困難になった高齢者が、寝食、医療、介護の心配のない刑務所の環境に目をつけて、意図的に罪を犯すケースが少なからず発生しているのは、紛れもない事実ですからね」

鍋島は、憮然とした表情をあからさまにしながら、手酌で酒を盃に注ぎ入れると、

「ぞっとするどころか、悪夢ですよ」

吐き捨てるように言い、盃を一息に干した。

「しかし総理、これは難民の受け入れを議論した際に、懸念される事案として指摘されたことと、共通した問題ですよ」

塩沢が冷静な口調で言った。

「難民と言いますと？」

「一昨年、米朝間の緊張が極限に達した時のことです」

的場の問いかけに、塩沢はそう前置きすると続けた。「米朝間で軍事衝突が起きれば、日本には大量の難民が押し寄せることが予想されたわけですが、我が国へ向かう手段は船しかありません。小さな漁船で日本海を渡るのは、かなり厳しい。メディア

が報じるよりも難民の数は少ないとしても、収容施設云々より、遥かに深刻な問題として指摘されたのが難民の健康状態、つまり医療だったんです」

「医療環境はお粗末きわまりない上に、医者にかかろうにもかかれない国民が圧倒的多数を占める国ですからね」

そう言った鍋島の言葉を塩沢がすかさず継いだ。

「結核は蔓延していますし、栄養状態も悪い。慢性的な疾患を抱えている人間がごまんといるのは、過去に海外の日本大使館に逃げ込んできた脱北者を診察した医師のレポートからも明らかです。日本に着いた途端に、体調不良を訴えられれば、治療を施さなければなりません。いや、それ以前に、難民を収容するに際しては、真っ先に健康状態を検査しますから、そこで次から次に疾病が見つかればいったいどうなるのか……」

的場は背筋が寒くなった。

病気に罹っていると診断されれば、医師は必ず治療を施す。しかも、高度な医療環境が整備されているのが日本である。レントゲンは言うにおよばず、医師が疑念を抱けばＣＴ、ＭＲＩと検査はどんどんエスカレートしていく。検査の精度が上がれば、自覚症状がなくとも病は必ず見つかる。投薬で済めばまだしも、入院や手術が必要とされる患者が続出。それも、着のみ着のまま、難民は文字通り無一文でやってくるのだ。

塩沢は続ける。

「そんな難民が何千、いや何万と押しかけてくれば、どうやって医師を確保するのか。第一、言葉が通じませんから診察するにしたって通訳が必要だし、一人の診察に要する時間だって何倍にもなるわけです。入院治療となればベッド、手術が必要となれば、医師、手術室の確保。結核のような感染症に罹っていれば隔離施設。そこでもまた通訳が、しかも常時必要になるんですよ。つまり、どこに収容するのかなんて単純な問題じゃ済まないんです。しかも、治療にまつわるコストはどこにも請求できない。国、ひいては国民が負担しなければならないんですから、日本の医療システムを根底から揺るがす大問題になると——」

「かといって、放置、見て見ぬふりをするってわけにはいきませんしね」

鍋島は苦々しげに言い、また盃を一気に呷る。

「だから、問題の根は同じだと申し上げたわけです」

塩沢は徳利に手を伸ばしかけた鍋島を制すると、空いた盃に酒を注ぐ。「このまま、医療技術が進歩し続ければ、日本人の寿命はますます延びていくでしょう。それが、的場さんがおっしゃるように、高額医療によって可能になるというなら、今の医療保険制度を維持することはできません。いや、社会保障制度もまた、たとえばアメリカのように、個人で民間の医療保険に加入するといったような根本的な見直しを――」

「そんなことはできないよ」

その時、鍋島が、厳しい口調でぴしゃりと塩沢の言葉を遮った。「確かに、現行の社会保障制度は、医療保険を含めて超高齢化社会に対応するのは無理がある。だがね、財源を確保することができないからといって、民間の医療保険に加入しろだなんて、そんなの有権者が納得しませんよ。自己負担分を少し増額しただけでも世を挙げての大騒ぎになったじゃありませんか」

有権者が納得しない。それが何を意味するかは明らかだ。

与党が政権の座から転落するということであり、現行制度の改正に賛成した議員が議席を失う。つまり、そんな改正案が可決されるどころか、そもそも立案すらされるわけがないと鍋島は言いたいのだ。

「ですが総理。先ほどの、『そうだ、日本行こう』の話、陳さんは冗談だとおっしゃったそうですが、すでに現実になっているじゃありませんか」

塩沢の言葉に、盃を口元に運んだ鍋島の手が止まった。

言葉を飲み、不愉快さをあからさまにし、押し黙った鍋島に代わって、的場は問うた。

「それは、どういうことです？」

「日本の医療制度の盲点をついて、高額医療を受けに来る中国人が増加しているんですよ」

「本当ですか？」

「どうも、経営・管理ビザが抜け穴になっているらしいですね」

塩沢が言う経営・管理ビザとは、日本で会社を経営する場合に発給されるビザのことである。

「この手のビザで入国し、三ヵ月以上滞在した場合、国民健康保険への加入が義務づけられますが、前年に日本で所得がなければ月額の保険料は四千円です。つまり、ビザを取得しさえすれば、年額五万円にも満たない保険料で、日本人と同様の高額医療が受けられるんです」

そんな話ははじめて聞くが、的場にも経営・管理ビザについては、多少の知識はある。

「確か会社を設立するにあたっては、五百万円以上の資本金が必要じゃなかったか。そんな大金を払って、元が取れるのか」

「取れますよ」

塩沢は、間を置かずこたえた。「たとえば、オプジーボの薬価が保険適用になった時から八割も下がったとはいえ、年額一千万円。高額療養費制度の対象になりますから、自己負担額は知れたもの。ひと月どころか、あっという間に元が取れますよ。第一、ビザを申請できるのは代表取締役だけですが、ペーパーカンパニーを設立し、治療目的の中国人に斡旋する業者が存在するというのです。ビザが下りた時点で代表を解任、新たな人間を代表に据えれば、五百万を三百万に下げたとしても、業者からすりゃあ濡れ手で粟のようなビジネスじゃありませんか」

「冗談じゃないよ！　ただでさえ、国民医療費は四十二兆円を突破して、増え続けているんだ。そんな外国人が増加していけば、国の財政がもたなくなるのは明白じゃないか！」

ついに的場は声を荒らげた。

「このままではそうなってしまいます」

塩沢は断言する。「人の口に戸は立てられません。日本の医療制度の素晴らしさを知り、外国人もその恩恵に与れるとなれば、間違いなく『そうだ、日本行こう』ってことになりますよ。それだけじゃありません、労働力不足解消のために、外国人労働者を受け入れることにしましたが、現行の医療制度はそうした事態を想定していないのです。本人が健康に問題を抱えていなくとも、呼び寄せる家族が健康だとは限りません。扶養家族が海外在住で、現地で病院にかかった医療費も日本の健康保険の対象となるんです。医療制度を抜本的に見直さない限り、労働目的ではなく、病気を治すのが目的でやって来る移民が激増する可能性は考えておくべきではないでしょうか」

「塩沢さんのおっしゃる通りでしょうね」

的場は頷いた。「そもそも現行の医療制度は、超高齢化社会の到来、高額な新薬の出現、まして外国人への適用は全くの想定外で整備されたものです。今後も高額な新薬は次々に登場するでしょうし、それによって寿命がさらに延びれば、現行制度はいずれ破綻します。遅きに失した感はありますが、可及的速やかになんらかの対策を講じないと――」

「だから、そんなことは簡単にできませんよ」

鍋島は、的場の言葉を苛立った声で遮った。「そりゃあ制度改革の必要性は認めますよ。ですがね、最終的に判断を下すのは国民、有権者なんです。そして、負担を強いられるような政策を絶対に認めない。それが国民であり、有権者じゃありませんか。まして、民間の健康保険にだなんて言おうものなら、貧富の差が生死を分けることになる。それこそ、憲法に定められた生存権の侵害だと世を挙げての大騒ぎになるに決まってますよ」

鍋島は苦渋に満ちた表情を浮かべ、盃を一気に干した。

鍋島の見解は間違ってはいない。

なぜなら、今日の暮らしは明日も続く。根拠なき確信の下で日々の生活を営み、人生設計を立てているのが、圧倒的多数の日本人だからだ。しかし、社会環境というものは日々変化していく。そして、気がつけば、時代にそぐわないものと化す。その最たるものが『制度』なのだが、負担が軽減されるというなら歓迎するが、重くなるとなれば猛然と反発するのが国民である。是々非々の問題ではない。痛みを強いる改革は、為政者の過ち(あやま)によるもので、自分たちに負担を強いるのは筋違いも甚だしいと考える。そして、票は甘言を提示する政治家に流れる。

つまり、民主主義の限界。行き着くところまで、行くしかないというわけだ。

的場は、暗澹(あんたん)たる思いに駆られながら、「少子化は正しい現象だ。問題は長寿。人の寿命が延び続けていることにあるのではないか」と言った陳の言葉が、この問題の核心をついているのではないか、とふと思った。

3

そうか……そういうことだったのか……。

野原誠司(のはらせいじ)は、腹の底に重く冷え冷えとした怒りが湧いてくるのを感じながら、読みかけの朝刊を机の上に置いた。

秋田県中東部、岩手との県境に近い山間部の寒村も、四月も末にさしかかると、まさに春爛漫という表現に相応しい光景になる。

桜は満開で、これが葉桜に変わる頃になると、灰色一色だった周囲の山々の広葉樹が一斉に芽吹く。萌葱色の新緑の中に点在する遅咲きの山桜と相まった光景は、見事の一言につきる。

だが、野原がそれを目にするのは、朝夕のほんの僅かな時間だけだ。築百年以上も経つ母屋とは別に、定年を迎えた際に建てた仕事場に籠るのが常であるからだ。

今年七十歳を迎える野原は、故郷のこの寒村で一人暮らしをしている。両親が既に亡いこともあるが、生涯独身を貫いてきたからだ。

野原は代々庄屋を務めた素封家に、一人息子として生まれた。兄弟ができなかったのは、野原を出産した時、母が既に三十五歳と当時では高齢であったからだ。

もう子供は無理だと思っていたところでの妊娠。そして跡取りになる男子誕生である。親の期待もその分だけ大きく、幼少の頃から大切に育てられた。

学校の教員を務めた経歴を持つ母親は教育に熱心だった。子育て本、婦人雑誌を熱心に読み、食器、知育玩具、果ては衣服、離乳食に至るまで全て東京から取り寄せ、少しでも健康状態に不安を覚えると、列車に飛び乗り、高名な小児科医の診断を仰ぐべく、東京へと向かう徹底ぶりだった。

野原に掛ける両親の情熱は、学齢期を迎えたところでさらに高まった。

小学校入学と同時に、仙台に家を借り、母と二人の生活が始まったのだ。

野原家は広大な山林を所有しており、製材所を営んでいた。時は戦後の経済成長の真っ只中で、住宅の建築が盛んであったから、木材は完全な売り手市場。全ては、財力があればこそではあったが、野原も親の期待に応えるべく、熱心に勉強に励んだ。

教師であった母親は、野原の食事と勉強を見るのが仕事のようなものだから、家庭教師が家に常駐しているも同然である。当然、小学校から常に成績はトップクラス。『受験戦争』と称された、激烈な入試を勝ち抜き、東京大学の理科二類に現役で合格した。

理科二類を選択したのは、高校時代の生物の授業で、遺伝子の仕組みに興味を覚えたからだ。

学部選択に際して、両親は何も言わなかった。

大学を終えれば実家に戻り家業を継ぐ。ならば、今のうちは好きなことをさせてやろうという思いもあっただろうし、それ以上に東京大学卒という最高の学歴を手に入れられるのなら、何を専攻しようと構わないと考えたに違いない。

学生運動がピークに達していた時代である。

東大でもクラス討議や学部集会が頻繁に開かれたが、野原は運動自体に興味を覚えなかった。

『造反有理』『革命』『毛沢東万歳』、果ては、『ベトナム反戦』『沖縄返還』と、彼らの主張に一貫性はないし、第一、東大で騒いでいる連中は、他大学の学生が圧倒的多数を占めたからだ。

しかし、それも一人の人間との出会いで一変することになる。

高校時代に同学年であった、若林健太である。

ヘルメットから覗く長髪に、ヤッケにジーンズ。典型的な学生運動家姿の若林に会ったのは、二年生になった春の東大構内でのことだ。

高校時代、野原は校内でも知られた存在だった。

仙台きっての進学校で、常にトップクラスの成績を収めていたこともあるが、それ以上に秋田から、わざわざ仙台に移り住み、それも小学校からというのはまさに孟母三遷そのものであったからだ。

一方の若林はといえば、仙台の秀才が集う中にあっては成績は並以下。顔は見かけたことはあっても名前は知らぬ。野原にとっては、向こうから声をかけられなければ街ですれ違っても気がつかない。その程度の存在でしかなかった。

聞けば、東京郊外の私立大学に入学し、とあるセクトに入り、東大にはヘルメットをナップザックの中に入れ、毎日電車で通っているのだと言う。

なんとも、ご苦労なこったと思った。

若林の在籍している大学は、小学校からの一貫教育をしていることもあって、良家の子弟が集うことで知られており、学生運動に関心を示す者は皆無(かいむ)に等しいという。つまり、他大学に出向かなければ、運動に加わることはできないというわけだ。

「しかし、偶然だな。呑まないか」

という若林の誘いに乗ったのは、この理解しがたい行動に駆り立てるものは、いったいなんなのか。知らないことを放置できない。好奇心というよりも、身に染み付いた探究心の表れというものであったかもしれない。

ところがだ。

初めてまともに会話を交わして分かったのだが、若林は弁が立つという才能を持っていた。

酒を酌み交わすにつれ、彼は野原の恵まれた環境を「ブルジョア」という言葉を頻発しながら非難し始め、同時にいかに苦学を強いられている学生が多いことか、にもかかわらず、大学は学問の場を大衆に開くどころか、経営の名の下に学費の値上げに走り、貧しい人々を締め出そうとしている。その一方で、日本社会に君臨する権力者予備軍を養成する東大には、一般大衆から徴収した税金が湯水のように注ぎ込まれている。権力が権力を使って権力者予備軍を養成する不条理さを雄弁に語り、だからこそ、その象徴である東大に学生運動家が集うのだと言った。そして、その環境に何の疑問も抱くことなく、高みの見物を決め込むお前は利己主義者だと断じた。

若林と入った新宿にある酒場は、セクトの活動家の溜まり場であったらしい。

そうこうしているうちに次々と仲間が現れる。席に加わり野原の生まれ育ちを聞いた彼らもまた、口々に非難の言葉を浴びせ始め、糾弾の場と化した。

乳母日傘。親の手厚い庇護の下、勉強一筋に励んできた野原である。手酷い非難、いや吊るし上げに等しい行為に晒されるのは初めての経験だ。政治や思想といったものに対しての知識もなければ耐性もない。

時間の経過とともに、恵まれた環境に生まれ育ったこと自体が、なんだか後ろめたい気持ちになってきた。それはやがて、いかに自分が社会を知る努力を怠ってきたか、世の不条理に思いを馳せることなく過ごしてきたかという罪の意識を芽生えさせた。

集会に出かけるようになったのは、それからだ。

気がつけば、いっぱしの活動家になり、ヘルメットを被り、タオルで口と鼻を隠し、ゲバ棒を手に連日デモへの参加。そして、機動隊との激突の挙句の逮捕——。

不起訴に終わったものの、この一件は両親の知るところとなった。

田舎は狭い。まして、地元の名士の、しかも東大で学ぶ野原家自慢の息子の逮捕である。それも、機動隊と衝突した挙句となれば『赤』とみなされる。

家を継ぐにしても、ほとぼりが冷めてからだ。それには時間がかかる。かといって就職しようにも、不起訴に終わったとはいえ、逮捕歴のある学生をまともな企業が相手にするわけがない。

道はひとつしかなかった。

大学院への進学である。

学問の世界では過去は問われない。思想、信条も関係ない。成果が全ての世界だ。

この選択は、間違ってはいなかったように思われた。

研究テーマはウイルスの遺伝子構造である。

勉強は身に染みついた習慣で苦にはならなかったし、後がないこともあった。研究に没頭する日々は成果を生み、野原は修士号取得後博士課程に進み、助手として採用され、さらに研究に没頭する日々を続けることになった。

意欲を高める出会いもあった。

京都大学で修士号を取得、博士課程に進学するに当たって東大に転じてきた中前田（なかまえだ）貴美子（きみこ）である。

貴美子は美しい女性だった。女性が珍しい当時の研究室においては、まさに異世界に咲く一輪の花ともいえる存在だった。

当時、野原は三十歳。二十四歳の貴美子は、十分恋愛の対象となりうる年齢だ。

密かに想いを寄せていたのは、野原ばかりではなかったろう。だが、積極的にアプローチする人間が現れなかったのは、彼女の家柄によるところが大きい。

父親は東大法学部の教授。法学の世界では、名の知れた人物であったし、祖父もまた、東大医学部の名誉教授にして、学士院の会員である。

博士課程で学ぶ学友はもちろん、助手からしても、遥か彼方の雲上人。相手にして貰えるわけがないと考えて当たり前だ。

だが、毎日顔を突き合わせ、言葉を交わしていれば、やはり情が湧く。

半年もすると、昼食を一緒に摂るようになり、やがて夕食に、そして休日に二人きりで映画にでかけるようにもなった。

貴美子との距離は確実に近づいている。彼女も自分に好意を抱いてくれているのではないか。ひょっとして、貴美子は自分の伴侶となるのではないか——。

しかし、好事魔多しとはよく言ったもので、そんな矢先に事件が起きた。

しかも魔をもたらしたのが、またしても若林なのだから、運命というのは皮肉なものだ。

久しく音信を絶っていた若林であったが、後に全共闘世代と称される学生の典型的な道を辿り、就職活動が近づくと、学生運動から離れ、出版社に職を得ており、「将来有望な先端科学の現場を取材したい」と突然電話をしてきたのだ。

聞けば進路に悩む学生を対象にした青年週刊誌の企画であると言う。アイドルの水着写真がグラビアを飾るような雑誌である。学者が目にするようなものではない。

乞われるままに学内で取材を受け、構内で写真を撮らせたのだが、これが大問題になったのだ。

様々な分野の研究者が紹介されていたとはいえ、巻末のグラビアに半ページを占める写真記事。もちろん白黒だが、こともあろうにトップを飾るのは野原だ。しかもタイトルは『先端科学のトップを走る若き研究者たち』とある。

針小棒大、火のないところに煙を立てるのがマスコミの常とはいえ、たかが一介の助手に「トップを走る」はない。

果たして、不安は早々に現実のものとなった。

この手の雑誌を手に取る研究者がいようはずもないが、学部生は別だ。記事は研究室に所属する学生の間でたちまち話題になり、ほどなくして教授の知るところとなった。

それが八重樫栄蔵である。

「君は誰の許可を受けてこんな取材に応じたんだ?」

研究棟にある教授の執務室で、八重樫は掲載誌を広げ冷え冷えとした視線で野原を見据えた。

「誰の許可と言われましても――」

「構内での撮影には、大学の許可がいる。広報に問い合わせたが、そんな申請は出ていないというじゃないか」

そこを突かれると、返す言葉がない。

押し黙った野原に向かって、

「先端科学のトップを走る若き研究者ねえ」

八重樫は鼻を鳴らしながら嘲笑を浮かべ、「偉くなったもんじゃないか」と言い、それからは皮肉と叱責を以って、野原を追い詰めた。

教授は絶対的な存在だ。

まして、八重樫は早いうちから将来を嘱望され、三十九歳という異例の若さで教授に就任したばかりの気鋭の学者だ。それも東京大学という日本の教育、研究機関の最高峰でだ。

当然、プライドも高い。いや、高いどころか自分の能力に絶対的な自信を持っていることを隠さない。傲慢で、野心家で、ディマンディングでとなれば、嫌われて当然なのだが、それも部下に対しての話だ。異例の若さで教授になったのは、優れた研究成果を挙げたこともあるが、八重樫が政治の才にも長けていたからだ。

その八重樫の怒りを買ったのだ。

大学にはいられない。

そう思った。

ところがである——。

「トップを走る若き研究者と報じられたからには、それなりの待遇を与えてやらにゃいかんね」

八重樫は意外なことを言う。「まあ、確かに君は優秀ではある。パーマネントの助手にしてやろうじゃないか」

今では助手も助教と名称が変わり、期間雇用が当たり前だが、当時は期限なしの助手が存在した時代である。前者が非正規雇用者なら、後者は正規雇用者で、パーマネントの身分が与えられるということは、その後の実績次第で助教授、教授への道が開けるということを意味する。

日頃の八重樫の部下への接し方からすれば、考えられない話だったが、やはり裏があった。

パーマネントとしての採用が決まってからほどなく、地方の国立大学への転勤を命ぜられたのだ。

東大は優秀な人材を集め、最高レベルの教育と研究を行う場であると同時に、全国の教育機関や研究所に人材を供給する場でもある。誰を残し、誰をどこに送り出すかは教授の意向が強く働く。命を拒むことは研究者としての将来を断念するのと同義である。

なぜだ。たかがグラビア、それも青年週刊誌に掲載された程度で、どうしてこんな仕打ちを受けなければならないのか——。

謎が解けたのは、赴任して半年ほど過ぎた辺りに貴美子から届いた手紙によってだ。

貴美子には東京を離れてから、週に一度は手紙を出した。

彼女もまたそれに応え、同じ頻度で返事をくれていたのだが、三月もするとぱたりと音信が途絶えた。

「元気でいるのか」「どうして返事をくれないのか」

そうした手紙を何度か出した挙句に返って来たのが、「学生運動に参加し、不起訴になったとはいえ、逮捕までされた男性と、交際していることを両親に厳しく咎められた」という手紙だ。

さらに驚くことに、「八重樫先生と結婚することになった。だから、手紙はこれで最後にしてほしい」と書いてあった。

なぜ八重樫なのか。縁談が成立するまでの経緯は知る由もないが、貴美子には学生運動に加わったことも、逮捕されたことも話していないのに、誰がそんなことを両親の耳に入れたのかという新たな謎が残った。

あれから四十年。その謎がいま解けた。

投げ捨てた新聞は、経済を専門とする全国紙で、裏一面の片隅に、各界で功なり名を遂げた人物の半生を綴る名物コラムがある。

八重樫のそれが掲載されるようになって半月、今日の紙面には、貴美子との結婚までの経緯がこう書き記してあったのだ。

妻とは東大の研究室で出会った。岳父の信義は、東大ボート部の先輩で当時法学部の教授を務めており、お会いする機会が頻繁にあった。「君、どうして結婚しないんだ。異例の若さで教授になったんだ。縁談は山ほどあるのだろうが、選り好みしていたら、いつになっても嫁さんはこないぞ。どうだ、うちの娘をもらってくれんか」と持ちかけられたのも、ボート部のOB会でのことだった。

聞けば、お嬢さんは京都大学の修士課程で分子生物学を学んでおり、博士課程に進む予定だという。今では考えられない話だが、当時は女性に縁談があるのも二十四歳まで。二十五を過ぎるとぱたりと来なくなる。それをクリスマスケーキと称した時代だ。研究に打ち込む姿を喜ばしく思いながらも、親としては愛娘の将来が案じられたのだろう。

一方の私にしても、教授に就任した以上、学生を指導しながら、研究の成果も厳しく問われる立場になったのだ。私生活も整えなければと考えていたところだったので、願ってもない申し出だった。しかし、中前田先生との関係を考えると、見合いでは成立しなかった時にお互い気まずい思いをする。ならば、博士課程は東大に転じ、お互いの距離を縮めようということになったのだ。

そして、見事試験に合格。私の研究室に入ってきたのが、妻の貴美子である。

つまり、貴美子の意思はともかく、父親と八重樫との間では、端から結婚の合意ができていたわけだ。

それを知れば、誰が貴美子の両親に自分の過去を吹き込んだのかは明白だ。そして、なぜ地方に飛ばされたのかも――。

錚々たる学者を輩出してきた中前田家にしてみれば、年齢こそ離れてはいるが、八重樫は一族の系譜に名を連ねるに相応しい、いやこれ以上望むべくもない人物と映っただろう。一方の八重樫にしても、将来が約束される願ってもない話であったことは間違いない。学者の世界は徒弟制度そのものだし、何よりも狭い。野心が人一倍強い八重樫のことだ。学者としてさらなる高みを目指すためには、是が非でもこの縁談を成立させねばと思ったことだろう。

たぶん、親の目論見(もくろみ)を知った時、貴美子は拒んだのではないかと思う。

何しろ二人の年齢差は十五もある。八重樫には気にならなくとも、貴美子からすれば結婚相手としては端から対象外であっただろうからだ。

交際している人がいる。

おそらく貴美子はそう打ち明けたのではないか。

だとすれば、相手は誰だということになる。

名前を知れば、どんな人間か調べにかかるのが親だ。

同じ研究室にいる助手だとなれば、八重樫に聞くのが手っ取り早い。

どんな人間なのか、将来有望なのか、家は何をしている、家族は——。

八重樫はさぞや驚いただろう。このままでは、望みうる条件をすべて兼ね備えている貴美子との結婚が叶わぬものとなってしまうと焦(あせ)っただろう。

いや、焦りなど覚えはしなかったかもしれない。

なぜなら、教授の権力を以ってすれば、配下の助手の学者生命を絶つことなど簡単だからだ。

まして、相手が学生運動に参加した挙句、逮捕された過去があることを中前田が知れば、貴美子の意思がどうあろうと交際の続行を認めるわけがない。

恋愛も大分おおらかになってきた時代ではあったが、結婚は家同士の結びつき。親の意向が強く働く時代であった。まして、中前田家のような名家ともなれば、なおさらのことだ。

だから、貴美子の選択を責める気にはなれない。

許せないのは、地方に転じた後の八重樫の仕打ちだ。

大学といっても様々だ。先端技術の確立や、謎の解明といった研究成果が期待できる大学には優秀な人材が集う一方で、単なる教育機関として位置づけられる大学もある。限りある予算は、当然のことながら前者に厚く、後者にはそれなりにということになる。

研究に打ち込もうにも、設備もスタッフも十分とはいえず、仕事といえば文字通り教授の助手。これでは研究どころの話ではない。

だから、他に研究の場を求めようと思った。

実際、頻度こそ多くはないものの、研究者の募集は行われているし、しかも公募である。もっとも、博士号を取得し、研究室に残ることを許されても、ほとんどは有期雇用で、期間が延長されるかどうかの保証はない。今で言うポストドクターたちが、ただでさえ少ない椅子(いす)を争うのだから大変な激戦だ。

下手(へた)に辞めようものなら行き場を失う。

助手の地位に甘んじながらの応募となったのだが、ことごとく書類選考の段階で落とされる。

こうなると、選択肢は二つしかなかった。

一つは研究者の道を諦(あきら)め、実家に戻り家業を継ぐことだ。

しかし、時代の流れというのは恐ろしいもので、気がつけば住宅用建材も安価な外国産木材、果ては新素材が主流となり製材所は廃業寸前。木材への需要がなくなれば、所有している広大な山林は手入れしても意味がない。山林はたちまち荒れ果てて、資産価値はほとんどゼロという状況だった。

これまでの道を歩むしかなくなった野原は、十分とはいえない環境の中で、研究に励んだ。数多くの論文も書いた。それも、上司である教授のためにだ。研究がそれなりに評価されているという実感はあった。助教授への就任は遠からずやってくると確信していた。

ところがである。

その助教授のポストを、外部からやってきた、しかも自分よりも若く、実績も劣る人間に攫(さら)われたのだ。

納得のいかない人事だった。

当然野原は教授を問い詰めた。

その挙句に、返ってきた言葉に、野原は愕然とした。

「八重樫先生のご意向なんだよ。私の目の黒いうちは、『赤』を教授はおろか、助教授にすることすら認めないとおっしゃってね」

完全に研究者としての将来が閉ざされたことを悟った瞬間だった。

いや、それ以前にそんなものはとうの昔に断たれていたのだと思った。

屈辱と絶望感に押し潰されそうになりながら、必死に研究に勤しんできた日々は何だったのか。これまでの努力は何のためだったのか。なぜ、ここまで執拗に俺を冷遇するのだ。しかも生かさず殺さず、まさに飼い殺しにしてまで——。

当時は思い当たる節はなかったが、それもまた今日のコラムではっきりと分かった。

やはり貴美子だったのだ。

体の関係どころか、指一本触れてはいない。ただ食事をともにし、何度かデートをしたに過ぎないが、貴美子が好意を寄せたことが、あの男には我慢ならなかったのだ。望みうる全ての条件を兼ね備えた貴美子は、あの男にとって、まさに掌中の珠だ。それを掠め取られたかもしれなかった。しかも、こともあろうに、自分の配下にいる一介の助手にだ。

結果の問題ではない。存在自体が許せなかったのだ。

パーマネントの助手の待遇を与えた狙いもそこにある。

自分の権力が及ぶ場所に置いている限り、評価も昇格も己の思うがままだ。切って捨てるのは簡単だが、それよりも、生かさず殺さず、飼い殺しにしてしまえば、生き地獄を味わわせてやることができる。そして、それを可能にする権力を八重樫は持っていた。

実際、それから先の野原の研究者としての人生は酷いものだった。

十年前に定年を迎えるまで助教。研究テーマを抱えていても、メインは教授の研究のアシスタントだ。はかばかしい成果が出せるはずもなく、身分は保障されているとはいえ、助教の報酬など知れたものだ。

無意識のうちに、机の上の新聞に目がいった。

コラムには、八重樫と貴美子、二人きりの写真が載っている。

キャプションには『婚約時に貴美子と』とある。

スタジオで撮影したもので、和服を着用し椅子に座る貴美子の背後に八重樫が立っている。

月ごとに登場人物が替わるこのコラムが面白いのは、幼少期の思い出や若き日の苦労が綴られる二十日ごろまでだ。

登場人物は各界で功なり名を遂げた人物である。後半に入ると、地位と名誉を手に入れた後の話一辺倒。誰のストーリーも皆同じ。自慢話のオンパレードになるからだ。

八重樫もその例に違わないのは間違いない。

研究成果の数々、学会内での重職を務めた経歴、やがて学士院の会員になり、日本学術会議の副会長、そして東アジアウイルス研究センターの名誉理事長と、輝かしい歩みが綴られるだろう。

それに比べて、自分はどうだ。

前途を断たれ、失望のどん底に叩き落とされ、かといって新たな職場を求めようにも、八重樫が邪魔をする。

おかげで、結婚もできずこの歳に至るまで独身だ。両親もとうの昔に亡く、朽ち果てる寸前の家での一人暮らしである。

没落したとはいえ自宅はある。田舎の人間関係は今に至っても濃密で、野菜や果物のおすそ分けに与ることもあれば、退職金に年金もある。贅沢さえしなければ生活に困ることはない。だが、この格差。この境遇の違い。

その全てが、八重樫というウイルス学の世界で絶対的権力を持つ男のせいだと思うと激しい怒りに駆られた。しかし、もはや八重樫は、雲上人どころの話ではない。さらなる名誉と名声を手にし、高みを極めた後に輝かしい人生を終えることになるのだ。

　どうあがいたところで、もはや自分には対抗できる術がない。

　それがまた、やるせなさ、人生の不条理を覚えさせ、やり場のない怒りを増幅する。

　感情が高ぶったせいか、咳が出た。

　それが、野原を現実に引き戻した。

　この症状が現れて、だいぶ経つ。

　咳は、所謂空咳と言われるものだ。肩甲骨の辺りのリンパ腺にしこりがあることも気づいていた。

　この症状には、記憶があった。

　肺ガンで亡くなった父親と、寸分違わぬ症状である。

　それでも、野原は医師の診察を受けなかった。

　こんな人生は早く終わらせたい。

　それだけ、これまでの人生を失意と絶望の中で送ってきたからだ。

　しかし、大成とは程遠いとはいえ、長年染み付いた研究者の性分は捨て切れない。

　学会誌や学術書に目を通すのは言うまでもないが、ネットにも毎日アクセスする。

野原は、パソコンの電源を入れた。

真っ先にアクセスするのは、世界中のウイルス研究者が情報交換を行うサイトである。もっとも、激烈な競争が繰り広げられているのが研究者の世界である。一流と言われる研究者は、名のある大学、あるいは研究所に所属しており、そうした機関の情報管理は徹底しているから、瞠目(どうもく)するような情報にお目にかかることはない。

当初ユーザーの多くは研究者の卵である学生が主だったのだが、野原の適切なアドバイスが評判となり、次第に資金に限りがあるベンチャーの研究者がそこに加わるようになった。

もちろん報酬は発生しない。対価は感謝の言葉である。

しかし、野原にはそれで十分だった。

自分の知識、経験が後進の役に立つ。

少なくとも、このサイトの中では、頼りにされ、指導者としての地位にいられることが、素直に嬉しかった。

サイトのトップページには、新着情報が一覧となって表示される。

すでにアクセスした項目は、文字が薄くなっており、今日は三件の未読のファイルがあった。

最初の項目、最も新しいファイルのタイトルを目にした瞬間、野原は怪訝な思いを抱いた。

通常、タイトルは研究内容が一目で分かるように書かれるものだ。ところが、そこにはただ『SARIEL』とだけある。投稿者の名前は空欄だし、所属機関も記されてはいない。

サリエル？　なんだこれは――。

聞いたこともない言葉だ。

ニュアンスからすると人名のようだが、そんな名前も聞いたことがない。

それでも、野原はタイトルをクリックした。

画面が切り替わる。

表示された文面は、英語で記されていることはもちろんだが、相当なボリュームだし、体裁からすると研究報告書のようだ。

俄然興味を惹かれた野原は文面に目を走らせた。

文頭には、最初に研究の目的に続いて、全文のサマリーが記されていた。

「こ……これは――」

驚愕したなんてもんじゃない。性質の悪い偽情報ではないかとさえ思った。

しかし、その手のものにしては手が込み過ぎている。

最初のパラグラフを読み終えたところで、野原はこれが紛れもない本物である確信を抱いた。

内容、構成はもちろん、知性溢れた文面は一流、それも極めて高度な知力と技術を持つ研究者の手によって書かれたものだとしか考えられなかったからだ。

どうして、こんなものが――。

だが、そう思ったのは一瞬のことで、次の瞬間、野原は全文をプリントアウトすべくマウスを操作していた。

傍（そば）に置いたプリンターが低く唸（うな）り、ペーパーを排出し始める。

一枚、また一枚――。

徐々に厚みを増していくペーパーを見ながら、野原は自分の中で堅く封印してきた心の闇が、解放されていく気配を感じた。

4

解雇はある日突然やってくる。

上司に呼び出されるやいなや、「ユー・アー・ファイヤード」の一言とともに、その場でＩＤカードの返却が求められ、席に戻ることも許されず、私物は後日宅配便で自宅に送りつけられる。

外資系企業のドラスティックさが語られる際によく使われるエピソードだが、CDCもまた似たようなものだ。

笠井のアメリカでの研究が取り止めになったことは、日本への帰国中に東アジアウイルス研究センターからCDCに伝達されていた。本来ならばIDを返却した後は、席に戻ることすら許されぬところだが、研究室への立ち入りは禁じられはしたものの、私物の持ち出しが許可されたのには理由がある。

ハイパーティションで仕切られた三畳ばかりの広さの執務席には、L字型のデスクがあり、壁面に設えられた棚には、学術書がずらりと並ぶ。デスクの下に置かれたキャビネットの中も、書類や資料で溢れ返らんばかりの有様だ。

学術書の中には、私費で購入したものも多々あれば、書類にしても私物であるのかどうか、本人でなければ区別がつかないものが混在している。

その中から残さなければならない物と持ち出す物を選別し、後者を管理セクションに提出して、確認を受けなければならなかったのだ。

つまり、業務の効率化を図るために、仕分けを笠井本人にやらせようというわけだ。

さて、どこから手をつけたものか――。

医療、保健衛生の世界最高峰機関、最先端技術を駆使した研究が行われているのが

CDCだが、ペーパーレスとはいかないのが研究者の世界だ。ドキュメンツは膨大にある。その全てに逐一目を通さなければならないのかと思うと、溜息が出そうになる。まして、これから先のことを思うと、なおさら気合が入らない。

まずは、完全な私物からだ。

笠井は軽く肩で息をし、気を取り直すと、箱を開きデスクの上のフォトスタンドを片っ端から中に入れ始めた。

父が健在であった頃に家族で撮った写真。学会で発表した時の姿。同僚たちとのパーティーの光景。一つ一つに目をやる度に、充実した研究生活を送っていた日々の記憶が蘇る。

パーティションをノックする音が聞こえたのはその時だ。

振り向いた笠井の背後に、ヴィクトリア・カシスが立っていた。

小麦色の肌、少し縮れたショートカットの黒髪は、黒人の父親の血の現れだ。身長は一八〇センチの笠井の目の高さほど。医療保健機関の研究者らしく、均整のとれた体を白のブラウスとベージュのパンツに包んだカシスは、

「本当に残念だわ。優秀なスタッフがいなくなるのは、チームにとって大損失よ」

首を左右に振りながら悲しげな表情を浮かべる。

「上が決定したことですから、しかたありませんよ。研究者だって組織人には違いな

いんですから」

笠井は肩を竦めながらこたえると、「お世話になりました。充実した日々が過ごせたのはヴィッキー、あなたのおかげです。ここでのことは生涯忘れられない思い出です」

握手を求めた。

カシスはインフルエンザウイルスを研究するチームのリーダーだ。

年齢はたぶん四十六歳。断定できないのは、女性に面と向かって年齢を訊ねるわけにはいかないからだが、CDCの研究者の名簿には、学歴、研究歴、発表論文のタイトルが記載されているから、学士号の取得年からおおよその見当はつく。

カシスは笠井の手を握りながら、

「お別れのパーティーなんだけど、ちょっと深刻な問題が発生してね。申し訳ないけど、私を含めて出席できないメンバーが出そうなの」

表情を曇らせた。

「深刻な問題？」

笠井は思わず問うた。「どこかで、新型インフルエンザ流行の兆しがあったとか？」

だが、笠井はそれが無意味な質問であったことに、すぐに気がついた。

CDCを去る人間に、こたえる必要はないからだ。

それでもカシスは短い沈黙の後、腕に抱えていたファイルをデスクの上に置くと、

「実は、サリエルの研究データが流出したのよ」

小さく、硬い声で囁いた。

「えっ？」

笠井はきょとんとなった。

データが流出するなんてことは、起こり得ない。

しかもサリエルだって？　冗談だろ。

「まさか……」

そう続けた笠井に向かって、

「その、まさかが起きたのよ」

カシスは沈鬱な面持ちで首を振った。

背筋に戦慄が走るのを覚えた。体がこわばり、笠井は生唾を飲んだ。

「どうして……」

声が掠れるのを覚えながら、笠井は問うた。「あの研究データは外部とは完全に遮断されたセンターのホストコンピュータの中で管理されて、外部からは一切アクセスできない仕組みになっているんですよ。個人のパソコンはおろか、ＵＳＢにデータを記録することだって禁じられているんです。まさか、ルールを破った人間がいるとで

も？」

「結論から言えばその通り」

「そんな人間はここには――」

いないはずだ、と続けようとするより早く、

「カルテックよ」

カシスは言った。

「カルテック？」

ますますもって信じられない。

カルテック（CALTECH）――カリフォルニア工科大学は、日本ではあまり知られた存在ではないが、全米最高峰の頭脳が集まる総合大学だ。教育、研究プログラムは多岐に亘（わた）るが、学部の学生数は千人弱。大学院生も千三百人に満たない。東部の名門、マサチューセッツ工科大学（MIT）の学部生約四千五百人、大学院生約六千八百人に比べれば、規模は格段に小さい。つまり、単なる秀才程度では入学は叶わない。並外れた頭脳と才能の持ち主と認められて初めて身を置くことを許される大学で、世界最高峰の頭脳集団と言われるNASAのジェット推進研究所（JPL）もここにある。

優秀な頭脳が集い、最先端の研究が行われている場には黙っていても資金が集まる。国家機関はもちろん、民間企業との共同研究も盛んに行われており、その内容は

決して外部に漏れてはならないものが大半だ。

だからこそ、なぜカルテックから。しかも、よりによってサリエルの研究データが流出したとは信じられない。

「サリエルのデータ管理については、完全に外部から遮断されたコンピュータが使われていたし、ここと同様のルールが設けられていたけど、人間には記憶という能力がありますからね」

カシスは、溜息を吐いた。

「どういうことです？」

「研究室に熱心なメンバーがいてね。日々の研究データを自宅のパソコンに記録していたのよ。並みの頭の持ち主じゃ、帰宅した後にその日の研究結果を、細部に至るまで間違いなく再現することなんてできるもんじゃないけど、その点あそこにいる人たちは――」

カシスは、首を振りながら言葉を飲む。

確かに、アメリカに来ると世界には桁違い（けたちが）の頭脳の持ち主がいることを痛感する。ましてや、カルテックで学び、研究に勤しんでいるのはアメリカ人だけではない。世界中から精鋭中の精鋭が集まってくるのだ。

そして大学院生や研究者に求められる資質、いや資格には、もう一つ別の要素が加わる。それは、身元の徹底的な調査だ。
最先端の技術開発や研究を行う場において、最も警戒しなければならないのは情報の流出である。莫大な資金を投じた研究成果が、まして軍事技術の研究も行われているのだから、アメリカと敵対する国や組織に流れようものならそれこそ国家の安全保障を脅かすことになりかねない。それが、極端に学生数が少ない理由の一つでもある。

「しかし、何だってその研究員はそんなことを」

「それだけサリエルに魅せられたってこと……らしいわ」

カシスは視線を落とし瞼を閉じると、首を振りながらまた溜息を吐いた。「研究室ではセクション単位でウイークリー、マンスリーではプロジェクトに携わる全員でのミーティングが開かれていたそうなの。自分の担当する研究を記録しておくぐらい熱心だったんだもの、全体の研究がどこまで進んでいるか、当然記録しておきたくもなるわよね。それに、最終レポートの提出を手伝わされていたっていうし……」

何てこった……。

笠井は胸の中で毒づきながら、

「流出の経緯は分かってるんですか？」

硬い声で訊ねた。

「ＯＳのバグをつかれたの」

「ＯＳのバグ？」

「彼は自宅で二台のパソコンを使っていたんだけど、一台のＯＳはサポートが終わった旧バージョンのもの。もう一台は今現在主流の最新バージョン」

「じゃあ、最新バージョンの方にバグがあったわけですか？」

カシスは首を振ると、

「バグがあったのは、旧バージョンの方よ」

またしても、耳を疑うような言葉を口にする。

「旧バージョンって……。あれ、出てから何年も経つ代物じゃないですか。バグは度々発見されたけど、その都度公表されてたし、パッチが配付されて――」

「どれだけ検証を重ねても、バグをゼロにすることは不可能。それがプログラムってもんじゃない」

カシスは笠井の言葉を遮った。「そしてハッキングを試みる輩は世の中にごまんといる。個人はもちろん、組織的に試みている国家だってあるしね。実際、今この瞬間にも、世界中でハッカーの攻撃は続いているわけだし、アメリカだって例外じゃない。イランがなぜ、核開発を断念せざるを得なかったか。その理由はあなたも知っているでしょう？」

もちろんだ。

笠井は頷いた。

イランが核開発を断念せざるを得なかったのは、研究所のコンピュータがスタクスネットと言われるAPT型マルウエアに感染して、国内の核燃料施設の遠心分離機が異常作動を起こし、物理的に破壊されてしまったからだ。

このマルウエアを開発し、送り込んだのは、アメリカとイスラエルというのがもっぱらの見方だが、それはともかく、重要なのは完全に外部とは遮断されているはずのイランの研究施設のコンピュータが、どうしてこんなマルウエアに感染したのかだ。遠心分離機を物理的に破壊するまでの準備は実に周到、かつ手が込んだものであったことは言うまでもないが、感染は極めて単純な人間の行為によって起きた。

仕事を家に持ち帰るビジネスパーソンは当たり前にいる。それは研究者の世界も同じである。まして、イランの核開発は、国家の安全保障がかかっているだけに、一刻も早く技術を確立しなければならない最重要事案であったことは間違いない。帰宅後、あるいは休日に、寸暇(すんか)を惜しんで自宅で研究を進めようと思えばデータが必要になる。だから、研究所のコンピュータからデータをUSBにコピーし、自宅のパソコンを使って仕事を行った。その行為が命取りになったのだ。

今の時代、ネットを使わぬパソコンユーザーは皆無に等しい。研究者の私物のパソコンをマルウエアに感染させれば、自宅で仕事を行う際にＵＳＢも感染する。そして、研究者はＵＳＢを当然、研究所のコンピュータに接続する。その瞬間、感染が成立するというわけだ。

そう、コンピュータを仕事に用いる人間の行動パターンの盲点をつかれ、イランは核開発を断念せざるを得なかったのだ。

ＣＤＣはもちろん、カルテックにおいても、サリエルのデータを一切、外部に持ち出すことが禁じられていたのは、どこにそうした罠が待ち受けているか分からないことを熟知しているからだ。そして一旦データが外部に流出しようものなら、取り返しのつかない事態を招きかねないことも——。

カシスは続ける。

「彼だって、そんなことは百も承知。サリエルに関しての仕事は、ネットと遮断した古いパソコンを使っていたっていうの。外部と接続しなければ、ただのワードプロセッサーですからね。パソコンが盗難にでも遭わなければ、データが流出する可能性は限りなくゼロに近い」

「じゃあ、どうして」

「ネットに接続しているパソコンのキーボードが壊れて、使えなくなった。でも、どうしてもその日の内に片付けなければならない調べ物がある」

「それで、サリエルのデータが入っていたパソコンをネットに接続した？」

　あり得ないと思った。

　そもそも、規定違反を犯した彼の行為に問題があるのだが、サリエルのデータを保存したパソコンを外部とは一切遮断した環境で使っていたというからには、流出の可能性が念頭にあったのに違いないからだ。

　迂闊だ。あまりにも迂闊に過ぎる。

　そんな内心が顔に出たのだろう、

「言いたいことは分かるわよ」

　カシスは言った。「でもね、大事件、大惨事ってのは、得てして、ほんの些細な過ちや不注意、油断が原因で起こるもの。今回のケースもその例外じゃなかったってこと」

　その通りには違いないが、となると新たな疑問が生ずる。

「しかし、たった一度の接続でしょう？　それでデータが流出したってことは、彼は狙い撃ちにされたってことですか？」

「まず間違いなく……」

　カシスは、硬い声でこたえた。「彼、サリエルのデータを記録し始める以前は、そのパソコンをネットに接続して、普通に使っていたそうなの。でも、その間彼のパソコンから、データが流出した形跡はない。おそらく、このマルウエアは、最近開発されたもので、ネットに接続した瞬間、彼のパソコンに侵入し、データを一気に抜き去ったんでしょうね」

「そんなこと、できるんですか？」

「できるわよ」

「どうやって」

「メールアドレスよ」

カシスは即座に言葉を返してきた。「学校、企業、政府機関、組織に属する人間は、メールアカウントは固有のものだけど、ドメイン名は皆一緒。簡単に知ることができるじゃない。教育機関はもれなく学校名の後はeduって決まってるんだから」

笠井は「あっ」と声を上げそうになった。

メールアドレスは、@以前がアカウント名、以降がドメイン名になっている。ドメイン名が把握できれば、アカウント名は数字と文字と記号の組み合わせ。簡単なプログラム一つで、無限ともいえるアカウントを作り出すことができる。そうした単純作業はコンピュータが最も得意とするところだ。まして、開発者でさえ長年気がつかなかったバグを発見し、密かにマルウエアを送り込むだけの技術を持っているとなれば朝飯前。いや、その程度のことならば、詐欺(さぎ)メールを送ってくる人間程度の技術力でも十分だ。

「じゃあ流出したデータは、サリエルだけじゃないってことですか？　多くの企業や研究機関でも起きていると？」

「その可能性は完全には否定できないけど、いまのところ確認できているのは、今回の一件だけ」

「いったい誰が。何の目的で」

「それは分からない」

カシスは首を振る。「ただ、かなり大掛かりな組織、国家ぐるみ、あるいはそれなりの資金と技術を持ったテロ組織ということも考えられないではないけど、こと今回に限っていえば、その可能性は低いだろうって――」

「なぜ、そう言えるんです？」

「理由は二つ」

カシスは顔の前に、二本の指を突き立てた。「一つは、旧バージョンのＯＳのバグをついたこと。これは、今回のデータ流出が発覚して初めて発見されたバグなの。今現在行われている研究内容を盗もうとするなら、旧バージョンのバグなんかに着目しないだろうって」

「それは、誰の見立てなんです」

笠井は二つ目の理由を聞く前に、思わず問うた。

「NSAよ」

「エヌ・エス・エイ？」

声が裏返った。

NSA――アメリカ国家安全保障局は国防総省の諜報機関で、CIAが海外でスパイなどの人間を使った諜報活動、所謂ヒューミントを行うのに対して、シギントと呼ばれる通信や電波傍受による情報収集、分析を行うのが任務だ。もっとも、その実態は謎に包まれており、噂や推測、それも陰謀めいた形で語られることが多い。

それゆえにNSAの名前が出たことに笠井は驚いた。

「どうやらNSAが、ネットの世界を監視しているって噂は本当だったみたいね」

カシスの顔に今までとは違う憂鬱な色が浮かんだ。

「監視？」

物騒（ぶっそう）な言葉に、思わず問い返した笠井に向かって、カシスは言った。

「NSAは、ユタ州に巨大な情報収集センターを造って、ネット上で行き交う全ての情報を収集してるって言われてるの。それも百年もの間、保存できるほどの容量を持つ、とてつもない規模でね」

「情報の監視っていえば、確か、エシュロンを運用していたのもNSAでしたね」

「エシュロンも通信の監視って意味じゃ同じだけれど、通信といえば電話回線、あるいは無線の時代であった頃に開発されたものだし、今やネットは立派な社会インフラですからね。エシュロンじゃ間に合わない。監視、情報収集の仕組みを根本的に再構築する必要性に迫られたとしても不思議じゃないわ。実際、あのセンターではエシュロンに代わる、『プリズム』ってシステムが稼働しているって報じられたことがあるし」

「確か、エシュロンでは予め設定しておいたキーワードを含むデータは、全てチェックされるって言われてませんでしたっけ」

「テロリストがやり取りするメールをスクリーニングするのには、それが最も効率的な手法でしょうからね」

目を細めるカシスの黒い瞳に、暗い影が宿った。「その一方で、監視対象に該当する人間や組織の通信を漏れなくチェックしてるに違いないわ。それも、アメリカに脅威となる人間ばかりじゃない。高度かつ機密を要する技術、情報に携わる機関、人間の通信を——」

なるほど、そう聞かされれば、なぜここでNSAの名前が出てくるのかが見えてくる。

「先端技術の開発情報や研究データを手に入れたいと狙っている国や組織はいくらで

もありますからね。流出しようものなら、内容によっては、国家が危機に陥りかねない。それを未然に防ぐには、信頼できる人物でも、監視せざるを得ないってことになりますよね」

「感心するような話じゃないわよ。監視されているのは、多分私たちも同じなんだから」

カシスは、非難の言葉を投げかけると、「これは私の推測だけど、マルウエアはネットに接続されるその時を、ずっと息を潜めて待っていたわけだから、彼のパソコンに溜まっていたデータ量はかなり大きなものになっていたはずよ。それが一気に流出すれば、内容を確かめるまでもなく、異常に気づくわ」

確信の籠った声で言った。

カシスの推測は外れてはいまいと笠井は思った。

「で、そのマルウエアは誰が？」

笠井は質問を変えた。

「それは、分からない」

カシスは首を振った。「こんなことをしでかす人間が、簡単に尻尾を摑ませるようなヘマをするわけないじゃない」

「人間？」

その一言に笠井は反応した。「個人ってどうして限定できるんです？　組織、あるいは国ってことだって――」

「それが、理由の二つ目」

カシスは、そう前置くと、「データが、あるサイトで公開されたのよ」

困惑した表情を浮かべ、唇を固く結んだ。

「公開された？」

笠井は語尾を撥ね上げた。

同時に背筋に戦慄が走った。

「世界中のウイルス研究者が情報交換をするサイトにね。ユーザーは学生やベンチャーの人間たちばかりだし、データはすぐに消去されたけど、外部の目に晒されてしまったことは事実」

カシスは硬い表情を浮かべて、溜息を吐くと、「狙いがアメリカで行われている最先端の研究内容を盗むことにあったなら、せっかく手に入れたデータを公開したりするものですか。おそらく、ハッカー。それも自分の技術力を見せつけるのが目的だろうって――」

「それにしても、サリエルの技術が万が一にでも悪用されることになれば……大変なことになりますよ」

その時、笠井の脳裏に浮かんだのは、研究を中断せざるを得なくなった際に大神から告げられた「軍事技術に転用することが可能な研究じゃないか」という八重樫の言葉だ。

もちろん、自分たちが行ってきた研究の目的は正反対のものだ。

インフルエンザウイルスは、伝播力が極めて高いが、過去にそれに似た型のウイルスに感染していれば、ある程度の免疫が働くので罹患しない、あるいは軽い症状で済む場合が多い。ワクチンは、その年流行するであろうウイルスの型を事前に想定し、科学的な処理を行いウイルスの毒性を除去したものである。つまり、毒性を除去したウイルスに意図的に感染させることによって免疫をつけるというわけだが、厄介なのは、このウイルスは毎年のように僅かずつだが変異を重ねるという特性にある。ワクチンを打っても、罹患してしまうことがあるのはそのためなのだが、このウイルスが恐ろしいのは、数十年に一度の周期で人間には全く免疫のない新型に変異するのだ。

特にA型は、B型、C型に比べ症状が急速に悪化し、かつ重篤になるという特性を持つ。しかも、伝播力は極めて高く、このタイプの新型ウイルスが出現しようものなら、瞬く間に世界中に広がり、パンデミックにつながる恐れがある。

ウイルスが変異し続けるものである限り、罹患を未然に防ぐことはできないが、パンデミックを最小限に止めるためには、変異のメカニズムを解明すると同時に、より早く、かつ大量にワクチンを製造する技術を確立するしかない。

そして、変異のメカニズムを解明するためには、人為的にウイルスを変質させることだ。こうした研究は、すでに実際に行われてはいるものの、変異が自然界の中で起こるものである限り、考え得るあらゆる可能性に備えておかなければならない。

そこで研究をさらに進めるべく、実験を重ねるうちに、想像だにしなかった事態が起きた。

数十年に一度、起きるとされている劇的な変異が研究の過程で起きたのだ。

しかも、すでに確認されている鳥インフルエンザウイルスの遺伝子のある部分に手を加え、人間界ではありふれた型のウイルスと結合させるだけという、極めて簡単な方法でだ。

研究者が興奮したことはいうまでもない。

実験室の中で生まれたこのウイルスを分析すれば、インフルエンザウイルスが、なぜ突如として劇的な変化を起こすのか。そのメカニズムを解明できる可能性が生まれたからだ。

しかし、彼ら、いやこの研究に従事する誰もが、同時に底知れぬ恐怖も覚えた。

確かにこのウイルスは実験室の中で生まれたものだが、自然界では何が起こるか分からない。万が一にでも、こんなウイルスが出現しようものなら、大惨事になることは明白だ。何よりも研究者たちが恐怖を覚えたのは、悪意を持った第三者の手によって、このウイルスが製造されれば、意図的にパンデミックを引き起こすことが可能な点にあった。

このウイルスがサリエルと名づけられた所以はそこにある。

サリエルは、神の前に出ることを許された大天使の一人で、医療に通じ、癒す者とされている一方で、一瞥で相手を死に至らしめる強大な魔力、『邪視』の力を持つことから、堕天使であるともされている。

パンデミックを最小限に抑えられる可能性が生じた一方で、短期間で大量のワクチンを製造する技術が確立しないうちに生まれた恐怖のウイルス。

そして、研究者たちが懸念した事態が、今現実のものとなろうとしている——。

「分かってる……」

カシスは頷いた。「仮にサリエルが出現したとしても、ワクチンを製造することは可能だけど、問題は感染拡大の速さに製造が追いつかないことよ。ワクチンの製造期間の短縮には目処がつきつつあるけど、一刻も早く技術の確立を急がないと——」

しかし、帰国命令が下ったいま、その研究に加わることはできない。

それにワクチンの製造期間の短縮に目処がついたといっても、従来の鶏の有精卵を使う方法に比べればの話だ。

人の往来が、かつてとは比較にならないほど活発、かつ広範囲に亘る現実からすれば、新型インフルエンザの罹患地がどこかの国、あるいは地域であったとしても、感染は瞬く間に広がり、パンデミックにつながる可能性は十分にある。それを最小限に止める策は、ワクチン以外にない以上、世界中で一斉に需要が発生することになる。しかし、全ての需要に応えることは不可能だ。

なぜなら、ワクチンを作るのは製薬会社。いつ出現するか分からない新型ウイルスの発生に備えて、事前に増産態勢を整える企業なんてありはしないからだ。

研究に潜んでいた危険性が現実のものとなるかもしれないという時に、ここを去らなければならないとは――。

それが無念でならない。

笠井は、視線を落としながら唇を噛んだ。

「あなた、これからどうするつもり？」

短い沈黙の後、カシスが声をかけてきた。

笠井は視線を上げると、

「どうするも何も、行き場を失ったんです。日本に戻ったら、職探しですよ。幸い医師免許がありますからね。産業医にでもなれば、食べるのには困りません。日本企業では年に二回、健康診断をやるところが多いので――」

カシスは何事かを考えるように、また沈黙すると、

「あなた、ここに残るつもりはない？」

唐突に言った。

「残るって……。研究員として？」

にわかには信じ難い申し出に、笠井は問い返した。

「他に、どんな仕事があるのよ」

カシスはクスリと笑った。

「どうしてまた？」

そんな気持ちがあったなら、お別れのパーティーを企画する前に言うはずだ。

もっとも、アメリカでは解雇も含めて雇用の流動性が高い分だけ、従業員だっていとも簡単に職場を捨てる。それはＣＤＣも同じで、能力不足、あるいは研究そのものがなくなって去ることを強いられる者もいれば、好条件に魅せられて自らの意思で出て行く者もいる。

しかし、カシスの申し出はあまりにも唐突に過ぎた。

「最悪の事態に備えておく必要があると思うの」

カシスは笑みを消し、真顔で言った。「サリエルの技術が悪意をもって使われれば、パンデミックが起こることは間違いないし、拡大を最小限に抑えるためには、私

たちが取り組んでいる、より早く、より大量にワクチン製造を可能にする技術を一刻も早く実用化にこぎつけるしかない。つまり、私たちが取り組んできた研究の重要性は、今まで以上に増したわけ」

カシスは、そこで一旦言葉を区切ると、「もちろん、私の一存で決められることじゃないけれど、サリエルのデータ流出を深刻に捉えているのは、上層部も同じ。絶対にノーとは言わないはずよ」

決断を迫った。

もちろん、断る理由はない。

「是非……」

笠井は即答した。

5

ロチェスターは、オンタリオ湖に面したニューヨーク州三番目の都市だ。

別名『光の街』と称されるこの街には、複写機や、光学機器のメーカーが本拠を置き、かつては世界最大のフィルムメーカーの本社があったことでも知られる。

しかし、写真がデジタルにとって代わられ、事実上フィルムが消滅に等しい状態となった今、この街にかつての面影はない。

　聞くところによると、この企業の敷地は、東京の江東区に匹敵する広さがあり、大小二百を超えるビルがあったという。

　だが、それももはや過去の話だ。目につくのは捨て去られたビルの群れと、おそらくは工場の跡地であろう、取り壊された後も新たな買い手が現れず、放置されるがままとなった草生した広大な空き地である。

　街最大の企業がチャプター・イレブン、日本でいうところの民事再生法を申請して七年以上が経つ。事業のほとんどは整理され、デジタル関連の事業で細々と生き残ってはいるものの、六万人からいた従業員のほとんどが職を無くしたのだ。受け皿になる雇用基盤がなければ、当然従業員は職を求め、街を離れる。一企業の倒産によって急速に街が廃れてしまうのは、企業城下町の宿命とはいえ、現実を目の当たりにすると、やはり想像を絶するものがある。

　昼間だというのに、通りには全く人影が見えない。行き交う車もなく、両側に並ぶショウウインドウは水垢と埃に塗れ、『CLOSED』と『FOR RENT』と書かれた二つの看板が、掲げられている。

　タクシーが街の中心部を抜けると、行く手に白い建物が見えてくる。

　三階建ての平べったい建物は、用地の確保が容易いアメリカの地方都市によく見られる様式だ。

タクシーが敷地の中に乗り入れ、玄関前の車寄せで止まったところで、野原はメーターに表示された料金にチップを加えた金額を支払い、車を降りた。

オンタリオ湖の対岸はカナダである。

八月の強い日差しが照りつける。しかし、暑さはさほど感じない。

乾いた空気が頬を撫でていくのが心地よい。

ここもまた広大な駐車場に停車している車は数えるほどで、人の気配は皆無に等しい。

野原はトランクからスーツケースを取り出すと、玄関に入った。

広いロビーには、かつての名残と思しき受付カウンターが設けられていたが、そこもまた無人で、一台の内線電話と四つばかりの企業名が記載された紙が貼り付けられているだけだ。

野原は、その中の一つ、『レイノルズ・バイオ・ラボラトリー』と書かれた会社の内線番号を確認すると、受話器を取り上げボタンをプッシュした。

二度目のコールの半ばで、

「ハロー」

低い嗄れ声が聞こえ、「ミスター・ノハラ？」

名乗るより先に相手が訊ねてきた。

いや、訊ねたというより確認したといった方が当たっている。

「イエス……」

野原が応えると、

「すぐに行く。ここは入るのに少々手間がいってね。ちょっと待ってくれ」

言うが早いか電話が切れた。

誰一人いないロビーに動きがあった。

エレベーターの表示盤の数字が変わり始めたのだ。

地下二階から一階、そして地上階。

ドアが開き、白衣に身を包んだ、銀髪の男が現れた。

長身痩軀、頭髪は薄く、額の両側が後頭部にかけて、見事に禿げ上がっている。丸縁の眼鏡を鷲鼻の上に載せた神経質そうな老人だ。

「ドクター・レイノルズ？」

野原は声をかけながら歩み寄った。

レイノルズは頷きながら、手を差し出してきた。

野原がその手を握ると、

「遠路はるばるようこそ。疲れたでしょう」

レイノルズは言い、「まずは、私のラボに――」先に立ってエレベーターへと踵を返すと、壁面のスキャナーに首から下げたカードを押し当てた。

「これがないと、どこにも行けないものでね」

レイノルズは、さあ乗れとばかりに野原を促す。

「ここはどんな目的で建てられたものなんです？」

「かつてここにあったフィルムメーカーのデジタル関連の研究開発センターだよ」

レイノルズは言った。「知っての通り、デジタル化によってフィルムは過去の遺物と化した。巨人と称されたフィルムメーカーもあっという間に事実上の倒産だ。最新鋭の機材を備えたこのセンターも無用の長物と化したわけだが、あの会社には、博士号を持つ社員が七千人もいてね。経営破綻と同時に、ベンチャーに乗り出す社員も多かったんだ。設備、機材は完備されてる上に、会社にしたって再建を目指すからには少しでも資金は多いほうがいい。そこで、不要になった施設やオフィスをかつての社員たちに格安で貸し出したってわけさ」

「それにしては人の気配が――」

「ベンチャーがことごとく成功するなら、世の中は富豪だらけだよ」

レイノルズは苦笑を浮かべる。「頭脳に優れた人間が、ビジネスにも優れているとは限らんからね。カネになる技術をものにするのは簡単なことじゃない。そもそもあの会社が倒産したのは、開発競争に敗れたからだ。負けた連中がより集まってベンチャーを始めたところで、まず成功はおぼつかんさ。一人消え、二人消えして、七年経った今、この有様ってわけだ」

エレベーターが地下二階に着き、ドアが開いた。

「そもそもが今の時代、ベンチャーを志す研究者が企業に入るかね？」

先に降りたレイノルズは、廊下を歩きながら続けた。「それほどの野心を抱き、能力に自信がある人間なら、端からそんな選択はしないね。第一、時間が惜しいじゃないか」

「先立つものがなければ、起業だってできないと思いますが？」

「スポンサーを探すのも、能力の一つだよ」

歩を進めながら、レイノルズは野原をちらりと見ると、片眉を微かに吊り上げる。

「日本ではどうだか知らないが、アメリカの企業では新しいことを始める際には、どんなプロジェクトでも研究でも、まずは社内にスポンサーを探すことから始まる。手掛けようとしている事案が、当該事業部のビジネスにどれほど貢献するか、結果を出すまでにはどれだけの資金と時間を要するのかをプレゼンし、資金を出させる。研究者とはいえ管理職になると、カネをぶんどってくる才が必要になるんだよ。もっともそれにしたって出す方も、もらう方も所詮は会社のカネだ。その点、投資家は厳しい。そうは簡単に出すもんじゃないからね」

野原は黙った。

レイノルズの言葉は正しいからだ。

どんな研究を行うにしても、まずはスポンサー探しから始まるのは、大学だって同じだ。研究者の興味や探究心のために、カネを出す奇特な人間はまずいない。多額の資金が集まる研究は、実を結んだ暁には、投資を補って余りあるリターンを得られるビジネスにつながると判断されればこそだ。

レイノルズは一つのドアの前で立ち止まると、再び壁面のスキャナーにカードをかざした。

鈍いモーター音が聞こえ、ロックが解除された。

「さあ、どうぞ。レイノルズ・バイオ・ラボラトリーにようこそ」

レイノルズは、歌うように言いながらドアを開き、野原を誘った。

蛍光灯に照らされた室内を見た瞬間、野原は息を飲んだ。

四十畳はあるか。広い室内に整然と並んだ機器。大型冷蔵庫もあれば、旧式だが小型電子顕微鏡もある。棚の中に並んだ薬品、試験管、シャーレ——。何よりも目を引いたのは、部屋の奥にある見るからに頑丈な作りのドアと、その前に置かれた箱である。表面に表示されたメーカー名と商品名からすると、タイベック製の防護服だ。

だとすると、あの部屋は――。

野原の視線が向いた先に気づいたのだろう、

「これもフィルム産業が隆盛を極めていた時代の名残でね」

レイノルズが言った。「何しろ黄金期は一ドルの売り上げのうち、七十五セントが利益だったそうでね。フィルムの基本技術なんて、百五十年以上も前に確立された代物だし、進化といえば粒状性や発色が鮮明になった程度のこと。まして、いずれ写真が銀塩からデジタルに取って代わられることを、七〇年代には予測していたというからね。資金が豊富なうちに、新分野の事業をものにしなければ、会社は危ない。それこそ湯水のようにカネを使い、当時としては最先端の研究施設を次々にぶっ建てたってわけだ」

「すると、これらの機器は……」

「いったい、あの会社がここにどれだけのビルを持っていたと思う？」

「確か、二百以上と聞きましたが」

「会社そのものが経営破綻に追い込まれた上に、ほとんどの事業は整理されたんだ。当分の需要が見込める事業は他社に売却。それも数えるほどで大半は消滅。再建のためには、持てる施設、機材を格安で叩き売るか、貸すしかなかったってわけさ」

レイノルズは、部屋の片隅に置かれたテーブルに歩み寄ると、椅子を目で示し、

「どうぞ、そこに……。コーヒーを飲むかね？」

と訊ねてきた。

「いただきます」

「カフェインは気にするかね？　私はデカフェが苦手でね……」

「全く気にしません」

野原は、椅子に座りながら初めて笑った。

レイノルズは満足そうに頷くと、傍に置いたパーコレーターを持ち上げ、マグカップにコーヒーを注ぎ入れながら、

「全く馬鹿げた話だ。あれが体に悪い、これも悪いって、いったいどうしようってんだ。確かに長生きは人類の夢だが、永遠の命どころか、病を撲滅することだってできやしないんだ。なのに、野菜なら農薬、化学肥料。肉ならホルモン剤や抗生物質で、健康被害が増えたと言う」

野原に背を向けながら忌々しげな口調で言った。「農薬、化学肥料、ホルモン剤に抗生物質。いずれも科学者が開発した技術じゃないか。そのおかげで農畜産物の生産量は上がり、コストも大幅に下がった。それは販売価格の低下につながり、貧しい者の食生活も格段に改善させた。それが、当の科学者が今度は人体に害を及ぼす、やっ

ぱり自然に勝るものはないと言い出すと、次はオーガニックだ。その結果どんな社会になった。そんなものを日常的に口にできるのは、富裕層だけだ。カネがない低所得者層は、体に悪いものを食い続けろってか？」

「しかし、これほどの施設を持つからには、あなたも紛れもない富裕層なわけでしょう？」

「確かに……」

レイノルズはテーブルを離れると、マグカップを差し出してきた。「父親の遺産のおかげでね」

「お父様の？」

野原は問い返した。

「私の父は、まさにその抗生物質で大儲けした会社の経営者だったんだよ。もっとも雇われ社長だがね」

レイノルズは椅子に腰を下ろすと、コーヒーに口をつけた。「抗生物質が畜産業に使われるようになって、生産者、消費者の双方が、大きな恩恵に与った。父親の仕事は私の誇りだった。だから私が科学の道を志すのは、極自然なことだったんだが……」

レイノルズの経歴はもちろん、これまでの人生を聞くのは初めてだ。

それどころか、レイノルズとは初対面だし、実際に言葉を交わすのもこれが最初だ。本名を知ったのも、つい最近のことだ。

彼と知り合ったのは、例の情報交換サイトでのことだ。

日々寄せられる質問や相談にこたえているうちに、別にもう一人、同じ活動を始めた人物が現れたのだ。回答は適切、かつ正確で、その内容からウイルスに関して卓越した知識の持ち主であることが窺えた。野原同様、名前も素性も明かさないその人物は、程なくして『もう一人の教授』とサイト内で呼ばれるようになった。

いったい何者だろう。

どうやら、この人物も野原に対して同じ思いを抱いたらしく、ある日「教授様。もし差し支えなければ、このアドレスにメールをくれませんか」というメッセージと共にフリーメールのアドレスをサイトに記したのだ。

以来、お互いを『教授』、『もう一人の教授』と呼び合い、しかもメールだけというささか奇妙な交友が始まったのだが、サリエルの研究報告書を一読した時に、真っ先に野原の脳裏に浮かんだのが、『もう一人の教授』の存在である。

報告書は本物だという確信はあったが、内容があまりにも衝撃的過ぎて、第三者の見解を聞いてみたくなったのだ。

ところが、途端に『もう一人の教授』は一切音信不通。

ようやく、「先にいただいた報告書について、可能ならば実際にお目にかかって話がしたい」という一文と共に、名前と住所が記してあるメールが届いたのは、つい一週間前のことだった。

黙って話に聞き入ることにした野原は、マグカップを口に運んだ。湯気に混じって芳しいコーヒーの香りを感じた瞬間、空咳が出た。口に手を当て、肩を揺らす野原を、

「大丈夫かね？」

レイノルズは案ずるような眼差しで見る。

「気管支が弱いもので。大丈夫、いつものことです。ご心配なく……」

野原はそう応えると、「それで？」先を促した。

「専攻は分子生物学。中でも、興味を持ったのはインフルエンザウイルスだ。謎が多いこのウイルスに魅せられて、突然変異はなぜ起こるのか、その解明に生涯をかけようと決意したんだが……」

言葉を濁したレイノルズの瞳に暗い影が宿った。

悲しみ、後悔、怒り、年老いた今になってもなお、決して癒されることのない傷を抱えている様子が窺えた。

短い沈黙があった。

レイノルズは、小さな溜息を漏らすと、

「私は、妻を子宮頸ガンで亡くしてね」

ぽつりと漏らした。

なるほど、自責の念に駆られる気持ちも分かる。

果たして、レイノルズは言う。

「私は医者じゃないし、当時は他のガン同様、細胞の突然変異によるものだと考えられていたからね。妻は子宮を全摘したんだが、他に転移していてね。三年の後に再発、それから二年ほど闘病生活が続いてついに……」

かける言葉が見つからない。

重苦しい沈黙の後、再びレイノルズが口を開いた。

「私は、必死でこのガンのことを調べた。論文、統計、ありとあらゆる文献、データに当たった。研究者や医者にも話を聞いた。その過程でこのガンは、ひょっとしてウイルスによるものではないのかという疑念を抱いたんだ。もしそうだとしたら、妻はもちろん、愛する人を亡くす悲しみに直面する悲劇を未然に防ぐワクチンを、開発できるかもしれない。そう考えたんだ」

「研究テーマを変えたわけですね」

レイノルズは頷く。

「当時私は、大学の助教授でね。しかし、いくら説明しても十分な研究を行えるだけの予算がつかない。ところがだ。そうこうしているうちに、この仮説に注目した製薬会社が現れたんだよ。うちで研究を続けないかと誘ってきたんだ」

「それで、大学を辞めて、製薬会社の研究員に？」

「この忌まわしい病が克服できる。不幸になる人を救うこともできれば、妻の敵討ちにもなる。いや嬉しかったね。研究を進めれば進めるほど、このガンはウイルスに起因するという確信が深まっていった。そして、その正体をもう少しで解明できる。手が届きそうなところにまでこぎつけた」

「しかし、先を越されたわけですね」

子宮頸ガンを引き起こすヒトパピローマウイルス（ＨＰＶ）の発見者はドイツのツアハウゼン博士で、後にこの成果がノーベル賞の受賞につながったのは、科学者なら誰でも知っている。

「誤解しないで欲しいのだが」

レイノルズは言った。「私は、先を越されたことにいささかの失望も覚えなかった。研究者の世界は常に激烈な競争に晒されているわけだし、これでワクチンの開発に弾みがつく。それが世の中のためになり、人のためになるなら、次のステージに心血を注ごう。むしろ新たな目標を見出せたのが純粋に嬉しかったんだ」

「しかし、あなたは製薬会社をお辞めになった。そうなんでしょう？」

でなければ、その後、彼が歩む道は違ったものになっていたはずだ。

「その通りだ」

レイノルズの瞳の表情が変化した。

そこに現れたのは、怒り、そして失望だ。

「幹部から、呼び出しを受けたんだよ」

果たして、レイノルズは言う。「いったい、どれだけの研究費を投じたと思ってるんだ。それをまんまと出し抜かれやがって。こうなったからには、ワクチンの開発に全力を挙げろ。遅れを取ることは許さない。このワクチンの市場はとてつもなく大きい。なにしろ世界中の女性が必要とするものなんだからなとね」

レイノルズは、幹部の罵りを再現するかのように激しい口調で話すと、間を置くことなく続けた。

「なんてこったと思ったよ」

レイノルズは軽く溜息を吐き、一転して声のトーンを落とした。「会社が莫大な資金を投じて私の研究を後押ししてきたのは、全てはビジネス、カネ儲けのためだったってわけさ。まあ、考えてみれば、当たり前の話なんだが、やつらは、病に苦しむ人間を救うのが、医学、薬学、それに連なる分野の研究者の、ひいては製薬会社の使命だなんてことは、これっぽっちも考えちゃいなかったってことに、私は改めて気づかされたんだ」

「企業は慈善事業団体じゃありませんからね。難病、奇病と言われるものが世の中にはまだまだたくさんありますが、患者数の少ない病の研究が遅々として進まないのは、原因を突き止め、医薬品を開発したところで、市場があまりにも小さくて、研究開発費の回収が見込めない。ビジネスとして成立しないからです」

野原の言葉に、レイノルズは頷く。

「医薬品の開発には時間がかかる。その分だけ資金も増して行く。利益はかかった資金を回収できて初めて生まれるものだ。そして、回収期間は短ければ短いほどいいと製薬会社は考える。当然売価は高額になるわけだが、この医療制度が全く整備されていないに等しいアメリカで、そんな薬を使える人間がどれほどいる？　子宮頸ガンは世界レベルでみれば女性に二番目に多いガンで、女性ガン患者の死亡原因の第三位。今では毎年二十七万人もの女性が、こいつのおかげで命を落としてるんだ。しかも発展途上国の女性が八五パーセントを占めてるんだぞ」

「薬があっても、カネがなければ使えない。それどころか、治療、いやそれ以前に診察すら受けられない。医療だって立派なビジネスであることは、製薬会社と同じですからね」

しかし、日本はいささか事情が異なる。充実した医療保険制度、社会福祉制度のおかげで、万人が治療を受けることができるが、そんな国は極めて稀である。

「カネのある無しが生死を分ける。命を失いたくなければ、まずカネを出せ。そんなビジネスのために、心血を注ぐのが研究者のあり方なのだろうか。もちろん、莫大な利益をもたらす発見、技術を確立した研究者は、相応の富の分配に与れることは確かだ。それに、新薬が高額になるのは、それだけ多額の開発費を投じたからだ。コストが回収できた後は、概して売価は下がるものだし、特許が切れた後はジェネリックが現れ、価格競争が始まる。結果、万人が使える薬になるのは確かだが、今度は新たな問題に直面することになる」

レイノルズとメールで個人的なやり取りを交わすようになって四年になる。

お互いの経歴も名前も明かさぬままの付き合いであるがゆえに、当初は学術的な話題に終始していた内容も変化していった。

日々報じられる社会問題や政治についての見解。やがて、それは文明論や死生観と多岐に亘るようになった。

『もう一人の教授』と呼ばれるだけあって、ウイルス学の分野で極めて高度な知識と経験を積んでいたことは、サイトに投稿された内容を読んですぐに気がついてはいたし、他の分野を論じた内容もまた同じではあったのだが、彼の視点、思想はかなり独特なものだった。
彼の考えの一端を野原が知ったのは、ある日、送られてきたメールによる。

私は、常々思うのだが、人間は病を克服した後に、どんな社会が開けるのかを考えたことがあるのだろうか。確かに病の克服は人類の夢ではある。そして、研究者は、それを実現すべく、日夜研究に励んでいる。しかし、現時点で考えても、先進国はともかく、世界的に見れば、人類は歴史上かつて経験したことのない人口増加に直面している。すでに、食糧難は深刻な問題だし、環境破壊も同様だ。して考えると、我々ウイルスを研究している人間たちは、本来神の領域とも言える分野に手をつけているのではないだろうか。なぜなら、人類は病、それもウイルスによって引き起こされる大規模な感染によって、人口が適正値にリセットされてきたからだ。自然の摂理に抵抗すれば、必ずや手痛いしっぺ返しを受ける。神は、人間の横暴を決して許さない。鉄槌(てっつい)を下す時をじっと待っている。そう考えると、この数十年間の科学の進歩を黙って見守っていた理由にも説明がつくのではないだろうか。かつてとは比べものにならない広範囲を、かつ短時間のうちに、途方もない数の人間が行き来している時代に、強力な感染力と毒性を持つ未知のウイルスが出現すれば、いままで人類が経験したことのない規模のパンデミックが発生することは間違いないからだ。

だが、そんな考えを抱いている一方で、この『もう一人の教授』と呼ばれる人物は、サイトで不遇をかこつベンチャーの研究者や学生たちに知恵を授け続けている。野原は初めて直接言葉を交わすレイノルズに、この相矛盾した行動の理由を問いたい気持ちに駆られた。

しかし、それより先に訊かねばならないことがある。

レイノルズが自分をここに呼んだのは、それを話すために違いないからだ。

「随分前の話ですが、あなたは人類に神の鉄槌が下る時がくる。おそらく、それはウイルスによって引き起こされると伝えてきたことがありました」

野原は切り出した。

「ああ、そうだったね――」

レイノルズは頷いた。

「だから、私はあの実験記録をあなたに送ったのです。一読して本物に間違いないとは思いましたが、内容があまりにも衝撃的で、にわかには信じがたいものだったので……。それで、あなたに見解を求めたわけです」

レイノルズにサリエルの研究報告書を送ったのは、彼がサイトに寄せる回答やアドバイスには、実験設備、それもかなりハイレベルの設備なくしてこたえられぬものが少なからずあったからだ。だからこそ、はるばるアメリカ、それもロチェスターという田舎まで訪ねてきたわけだが、その謎はこの研究室に入った時点で全て解けた。

野原は続けた。

「そして、あなたは本物だと言った。ということは、あの研究報告書に従って検証を行った。つまりサリエルを実際に作ることに成功した。そうなんでしょう？」

レイノルズは目元を緩ませ、クリーンルームのドアに視線をやると、

「見るかね。私が作ったサリエルを——」

野原に視線を転じ、にやりと笑った。

断る理由はない。そのためにやってきたのだ。

「是非——」

野原は即座にこたえを返すと、マグカップをテーブルの上に置き、立ち上がった。

6

クリーンルームに入室するにあたって、レイノルズが複数の箱の中から必要不可欠

な装備を手渡してきた。

まずは防護服だ。タイベックにポリマーコートが施されたもので、頭部はもちろん、足の先まで完全に一体化したつなぎである。頭部の前面部分は透明素材が使われており、着用の後も視界が保たれる仕様になっている。マスクはN一〇〇クラス。インフルエンザウイルスの大きさは〇・一マイクロメートル。このクラスのマスクは〇・一から〇・三マイクロメートルの微粒子を九九・九七パーセント以上遮断するが、完全ではない。

「心配しなくていい。念のためだ」

レイノルズはさらにラテックスの手袋とゴーグルを手渡しながら言った。「そいつはエアラインスーツでね。中は常に陽圧に保たれる。ウイルスに感染する心配はない」

「どこからこんなものを？」

購入先を訊ねたのではない。

この手の道具は使い捨てだから購入も頻繁、かつ大量になる。まして、社名はレイノルズ・バイオ・ラボラトリー。ここまでの装備を必要とするのは、ハイレベルの危険を伴う何かを扱っていることを購入先に知らしめるようなものだからだ。

「解体業者だよ」

レイノルズは事もなげにこたえた。「あれだけでかい会社が倒産したんだ。まして、長い歴史のある会社だ。アスベストが当たり前に使われていた時代の建物もごまんとある。そいつを解体する際には、エアラインスーツが必要でね」

「建物の解体に、どうしてこんなものが？」

解体業者の仕事がどんなものかの知識はない。

野原は問い返した。

「アスベストの粒子は、直径〇・〇二から〇・三五マイクロメートル。インフルエンザウイルスよりもはるかに小さいんだよ。作業員は、そいつが立ち込める空間での仕事を強いられる。体内に蓄積すれば肺ガン、中皮腫（ちゅうひしゅ）を発症するリスクが高まる。もっとも、発ガン性を高めるのは繊維径〇・二五マイクロメートル、長さが二十マイクロメートルの繊維性粒子だという研究があるが、あくまでも仮説だ。万全の防護対策を講じておかないと、後で面倒なことになる。なにしろ、この国は訴訟社会だからね」

「では、その会社を通じて？」

「便利な世の中になったもんだよ」

レイノルズは薄く笑った。「こんな代物もネット通販で簡単に買えるんだ。まして購入量が増えればポイントがつき、単価はどんどん安くなる。購入先の解体業者は零細企業でね。定価で買うからともちかけたら、用途も聞かず二つ返事でＯＫだ。ちょっとした小遣い稼ぎになるからね」

会話を続ける間にも、レイノルズは慣れた手つきで支度を整えていく。

野原もそれに倣い防護服を身につけると、最後にファスナーをしっかり閉じた。

透明の窓越しに視線を交わし合う。

レイノルズは頷くと、

「行こうか……」

落ち着いた声で言った。

「ドクター・レイノルズ」

野原は呼び止めた。「クリーンルームが二重構造になっているのは知っていますが、ここは半導体の研究のために作られた施設なんでしょう？」

何に疑念を抱いたかを説明する必要はないはずだ。

クリーンルームは、日本語でいえば防塵室である。その名が示す通り、外部の空気中に漂う微小粒子を遮断し、清浄な環境を保つための部屋だ。半導体の場合は外部からの汚染を防ぐのが目的だが、ウイルスや微生物を扱う場合は全く逆で、内部の空気を外に漏らさないことを目的とする。つまり、前者の場合、内部は常に陽圧、後者の場合陰圧に保っておかなければならないのだ。

果たしてレイノルズは言う。

「中で何を扱おうが、クリーンルームの基本構造は変わらない。君は半導体のクリーンルームなら、中は陽圧に保たれているはずだと言いたいんだろうが、空調機能を逆にすればいいだけの話だ。簡単な工事で済む。まして、この部屋はクラス一〇〇。ウイルスが外に漏れる心配は皆無。バイオセーフティレベル3に相当する環境が保たれている」

微生物や病原体を扱う施設は、対象の危険度に応じて四段階のレベルが設けられている。インフルエンザは通常レベル2にカテゴライズされているが、遺伝子操作を行うとなると、レベル3の環境が必要となる。最高レベルの4の環境下で扱うのは、エボラ、マールブルグ、天然痘(てんねんとう)ウイルス等、数えるほどしかない。

「ここはウイルスの研究を行うには、最高の環境でね」

レイノルズは言った。「個人でこんな施設を作ろうものなら、いったい何をやるつもりだと詮索されるに決まっているが、一度放棄されたものの再利用となると話は別なんだな。まして、あの会社の倒産後、ここを借りた博士連中は、半導体の研究をしていたんだが、契約期間内は家賃を支払わなければならない。困り果てていたところをサブレットしたんだ。だからここで、私がどんな研究を行っているかなんて、誰も知りようがないし、関心すら持たんのだよ」

レイノルズは、さあ行こうとばかりに、すっぽりと頭部を覆(おお)ったフードの中で顎(あご)をしゃくったが、ふと思い出したように言った。

「そうそう、そのドクター・レイノルズってのは止めにしよう。まどろこしくていかん。私のファーストネームはロバート。友人、知人はみな私をロブと呼ぶ。それでいい」

「じゃあ、私はセイジと呼んでください」

野原がこたえると、

「OK、じゃあセイジ。入るぞ」

レイノルズはそう言うなり扉を開いた。

室内の空気が中に吸い込まれていくのが防護服越しにも分かった。

天井に取り付けられたファンの音が空間に充満する。

準備室だ。片隅に洗面台が設けられ、シャワー室らしきものもある。

レイノルズは部屋の奥に設けられた次の扉を開く。

再び空気が中に吸い込まれていく。

人がやっと三人入れるほどの狭い空間。両側の壁面には、空気の吹き出し口がずらりと並んでいる。エアシャワー室だ。

レイノルズがスイッチを操作すると、そこから強い風が吹き出してくる。

密閉された防護服の中に轟音(ごうおん)が充満する。

会話をするどころではない。ゆっくりと体の位置を変え、腕を上げ下げしながら入念に汚れを吹き飛ばす。五分ほども経ったろうか、突如エアシャワーが止むと、実験室に入るにあたっての全ての準備が完了した。

レイノルズは野原に視線を向けてくると、こくりと頷き、最後の扉を開けた。

ファンの音が充満しているのはここも同じだが、エアシャワーを浴びた直後となると、もはや気にはならない。

「これを……」

レイノルズがエアホースを差し出してきた。「青のコネクターに……」

防護服の背中近くには、青と赤のコネクターがついている。

指示に従って野原がホースをそこにつなぐと、防護服の中に空気が流れ込む。

赤は流入する空気の排出弁らしい。これで防護服の中も常に陽圧に保たれ、ウイルスが完全に遮断できるというわけだ。

レイノルズは実験室の片隅に置かれた冷凍庫に歩み寄ると蓋を開け何かを取り出した。

プレパラートだ。

レイノルズは電子顕微鏡が置かれた机の前に立つと、それをセットした。

ほどなくして傍に置かれたモニターに複数のウイルスの姿が浮かび上がった。

形状、大きさは様々だが、共通しているのは一つ一つのウイルスが棘で覆われている点だ。これはスパイクと呼ばれるもので、インフルエンザウイルスは、HA（赤血球凝集素・ヘマグルチニン）とNA（ノイラミニダーゼ）の二つのスパイクを持つ。この二つのスパイクは、電子顕微鏡を通してみれば、簡単に区別がつく。HAスパイクはまさに棘だが、NAは待ち針のように、先端が膨らんでいるからだ。

もっとも、それはインフルエンザウイルスに共通した特徴だけに、外形からでは新型はおろか、A、B型の違いも判別がつかない。変異はウイルス本体の中にある八本のRNA分節が、タイプの異なったウイルスと混合し、変化した時に起きるのだ。

当たり前のことだが、見慣れたウイルスの形状に、野原は思わず、

「これが、サリエル？」

と訊ねた。

「遺伝子構造は確認してある。もっとも、毒性については定かではない。実証実験をするわけにはいかんのでね。それは、あの報告書を信じるしかないな」

レイノルズは、確信の籠った声でこたえる。

「サリエルを作るには、H3亜型鳥インフルエンザウイルスが必要なはずですが？」

サリエルは人為的に人と鳥のインフルエンザウイルスを掛け合わせていく過程で、

突然変異を起こしたウイルスだ。

　鳥インフルエンザウイルスは野生の水禽（すいきん）類を自然宿主として常在しているが、宿主が発症に至るケースは極めて少ない。さらにいえば、こと野生の水禽類が持っているウイルスが、人間に直接脅威となるとは考えられていないのだ。

　しかし、ウイルスのタイプによっては、家禽（かきん）類に感染すると、極めて高い病原性をもたらすものがある。これが高病原性鳥インフルエンザ（ＨＰＡＩ）と呼ばれるもので、ヒト型インフルエンザウイルスと混じり合うと、劇的な変化を起こす可能性があると指摘されてきた。

　中でも、最も警戒されているのは、一九一八年にパンデミックを起こし、五千万人とも一億人とも言われる死者を出したスペイン風邪の原因となったＨ１Ｎ１型を由来とするものだ。既に出現から百年も経つウイルスは、この間に遺伝子変化の持続的作用、抗原連続変異を起こしており、何かの拍子に鳥インフルエンザウイルスと交わることで、極めて高い病原性を持つ新種のウイルスに変貌すると危惧（きぐ）されているのだ。

　Ａ型インフルエンザウイルスには百二十六種類の亜型が確認されている。中でも、人の間で伝染するウイルスは、主にＨ１Ｎ１、Ｈ２Ｎ２、Ｈ３Ｎ２の三種であり、カルテックでは、それを中心に鳥インフルエンザウイルスとの交配を重ね人為的変異を繰り返させてきたのだが、劇的な変化は起こらなかった。

ところがである。

新たに自然界から採取されたH3亜型鳥インフルエンザウイルスの遺伝子を操作し、H1N1型を交配させたところ、ウイルスが突然変異を起こしたのだ。

なぜ、こんな突然変異が起きたのか。

研究者はただちにその謎の解明に当たった。

結論が出るまでさほど時間はかからなかったらしい。というのも、パンデミックに至ってはいないものの、二〇〇四年から〇五年にかけて、鳥から人に感染したH5N1型の鳥インフルエンザウイルスのHAにおいて、百八十二番目と百九十二番目のアミノ酸が変異すると、人の細胞に結合しやすくなることが既に判明していたからだ。

そこで、突然変異をもたらしたH3亜型鳥インフルエンザウイルスのHAを分析したところ、果たして複数のアミノ酸の変異が見られた。つまり、人間の細胞に結合しやすい性質を持つことが分かったのだ。

さらに深刻なのはスペイン風邪以降、多くの死者を出したインフルエンザは、いずれも人間のA型インフルエンザウイルスが元になっている点だ。一九五七年のアジア風邪はH2N2型、一九六八年の香港(ホンコン)風邪はH2N2型と鳥のH3ウイルスの遺伝子が交雑したものだ。して考えると、このH3亜型は現在存在するインフルエンザウイルスと強い親和性を持ち、パンデミックを引き起こす可能性が極めて高い。実際、追試ではその通りの結果になったのだが、このH３亜型の発見は今のところ一例だけだという。その株を、どうやってレイノルズは入手できたのか――。

「君が疑問に思うのは無理もない。報告書にはあのウイルスの採取場所は、一切書かれてはいなかったからね」

レイノルズは言った。「つくったんだよ」

「つくった？」

「私のコレクションの中からね」

「コレクション？」

「鳥インフルエンザのウイルスを採取するために、糞(ふん)を集めていてね。鳥インフルエンザが発生したと聞けば、その地に赴(おもむ)いたし、この町はオンタリオ湖に面しているだろ。他にも小さな湖沼(こしょう)はたくさんあるし、水鳥は数も種類も豊富でね。それをこまめに拾い集めては、分析を行っていたんだ」

レイノルズは、部屋の片隅に設置された大型冷凍庫を目で示すと続けた。「もっとも、ご覧の通りたった一人の研究だ。糞からウイルスを抽出(ちゅうしゅつ)し型を特定し、さらに遺伝子を調べるということをやってたら、分析作業は遅々として進まない。そこに、この報告書だ。H３亜型は一例しか確認されてはいないが、この報告書にはサリエルの遺伝子配列が書いてある。それに近いウイルスを元に、遺伝子を操作して、H３亜型を人工的に作り出したんだ」

「じゃあ、ロブが作ったＨ３亜型が外部に漏れれば……」

「渡り鳥に感染し、飛来地にＨ１Ｎ１型のインフルエンザ患者がいればサリエルが生まれる可能性が生ずると言いたいのだね」

レイノルズは野原の言葉を先回りする。

「ええ」

「可能性は全くないとは言わないが、サリエルはＨ３亜型の遺伝子を人間が操作したことで変異を起こしたウイルスだからね。それが起こる確率は極めて低いだろう」

レイノルズは淡々とした口調で言い、「ただ……」

と言い淀んだ。

「ただ、何です？」

「Ｈ３亜型は、自然界にはすでに当たり前に存在するが、一例しか確認されていないのは、生存条件が他のウイルスよりも厳しいからかもしれないね」

「なぜ、そう思われるんです？」

「意図的に作り上げたＨ３亜型の元となったウイルスもまた、珍しい部類に入るもので、しかも川鵜（かわう）の糞から採取したものだったんだ。知ってのとおり、川鵜は水禽類の中でも鳥インフルエンザに感染する危険性が低い鳥類にカテゴライズされているが、群れで営巣するから周辺は糞だらけ。営巣地の汚れようからすれば、ある程度の個体に感染が広がっていても不思議じゃない。それに、鳥間での感染は水中の糞を媒介にして起こる。川鵜は水上の止まり木から、湖川を飛んでいる最中にだって糞を落とす。そこから、他の水鳥に感染が広がるということも十分考えられるからね。しかし、実際にはそんなことになってはいない」

「なるほど……」

「そこで、ふと思ったんだが……」

今度はレイノルズが、モニターに目をやった。「ひょっとして、自然界では、インフルエンザウイルスの変化は無数に起きているんじゃないだろうかとね。インフルエンザウイルスというのは、実に不思議なものだ。生き残るために、まるでウイルス自体に学習能力と意思があるかのように常に変化を繰り返す。だが、変異したウイルスがすべて増殖するわけじゃない。圧倒的多数は、大増殖を許されぬまま、人間には発見されることなく、生まれては消えているのではないかと……」

科学的に検証された論ではないし、根拠もないのだが、実際にサリエルの製造に成功したレイノルズの言葉だけに一理あるような気がしてくる。

「ならば、なおさらじゃないですか。発見されずに生まれては消えていくウイルスが数多存在するというなら、H３亜型は一例だけとはいえ、存在が確認されている以上、強力な感染能力を持つ新型ウイルスに突然変異する可能性は高いわけです。そして、さらに種の生き残りをかけて、新たな宿主を探し、それが渡り鳥なら――」

「自然界に生息する生き物の移動を防ぐ術はない。渡り鳥は、季節が来れば本能に導かれるまま、長距離を移動する。それも、何十日という時間を費やしてね。毎日羽を休め、そこで餌を食べもすれば糞もする。もちろん、ウイルスに感染している個体は割合からすればそう多くはないが、いつサリエルに変異するかもしれないウイルスが、世界各地に拡散していくことになる」

「まるで地雷ですね」

「地雷ね……」

レイノルズは口の端を歪め、ふっと笑った。「地雷は点で人を殺傷するものだがこいつは違う。サリエルに変異した途端、凄まじい勢いで感染は世界に広がり、人を殺傷していくんだ。地雷なんてもんじゃない。最強の殺人兵器だよ」

最強の殺人兵器。

その言葉を聞いた瞬間、野原は鳥肌立った。

人間は、人を幸せにする技術を確立することに心血を注ぐ一方で、不幸にする技術の開発にも余念がない。そして、どちらに才を発揮するかといえば、間違いなく後者だ。正に地雷はその典型だ。開発当初は人を殺める目的だったものが、いつの間にか威力を減じ限定的なダメージに抑えるのが主流になった。人を殺めるのが残虐だからではない。命を奪うより手足を吹き飛ばし、障害を抱えて生きざるを得ない人間を増やした方が相手により大きなダメージを与えることになるからだ。

だが、残酷なのは人間ばかりではない。自然界もまた同じなのだ。

肉眼では見ることができないこんな小さなウイルスも生き残りをかけているかのように進化する。しかも、異なったウイルス同士が結合することによって、人間を大量に殺戮する能力を獲得する。

なぜ、ウイルスがこんな能力を獲得する必要があるのか。そもそも、ウイルスは何のために存在しているのか。

それはまさに神のみぞ知る、いや、そこに神の意思があるとしか思えない。

「さて、そうなった時、人間社会はどう対応するのかな」

レイノルズは、不穏な光を宿し、目元を緩ませる。「サリエルは実験室で作られたウイルスだ。自然界ではまだ生まれてはいない。だが、出現の可能性は否定できないことが分かった。となればだ――」

「プレパンデミックワクチンの製造が可能になる。つまり、感染の拡大を事前に防げるということになりますよね」

「問題はその量だ」

レイノルズは言う。「もちろんアメリカでも、プレパンデミックワクチンの備蓄を行っているが、量は限られている。とても全国民に行き渡るような数じゃない。第一、パンデミックが懸念される型はすでにいくつもあるんだ。それらのワクチンに加え、サリエルのプレパンデミックワクチンとなっただけでも、製造設備を増やさなければならない。さらに、その年に流行するであろうインフルエンザに対応する通常のワクチンという遥かに大きな需要にも応えなければならない。まして、鶏卵培養法（けいらんばいよう）による原液の有効期限は三年だ。サリエルに備えるために製造能力を高めても、一度作れば、二年以上もの間遊んでしまう。製薬会社がそんなプランに応ずるとは思えんね」

プレパンデミックワクチンとは、鳥インフルエンザが人間に感染する兆候が見られた際に備えるべく製造されるものだ。現在製造されているワクチンは、鳥インフルエンザA（H5N1）型ウイルスの株をベースとしたもので、これはこの型のウイルスに感染した人間が増加傾向にあることに起因する。国家機関が備蓄を行っているのは、パンデミックがいつ起きても不思議ではないということの証左（しょうさ）ではあるのだが、厄介なのはこのワクチンを製造する株が、ベトナム株・インドネシア株、アンフィ株、チンハイ株と、実際に人間に感染した地域のウイルスが使われていることにある。

　つまり、今現在パンデミックを起こし得るウイルスは三種あると考えられているわけだが、毎年流行を引き起こすヒトインフルエンザに対応するワクチンとは全くの別物。あくまでも、万が一に備えておくものであるがゆえに製造量はおのずと限られてしまうのだ。

「状況は日本も同じです」

　野原は言った。「ベトナム株・インドネシア株、アンフィ株、チンハイ株、備蓄量は約一千万人分。各ワクチンを状況に応じて製造しています」

「その一千万人にも優先順位があるんだろ？」

「もちろん」

　野原は頷いた。「医療従事者、国民生活・国民経済の安定に従事する仕事に就く者が優先されます」

「アメリカも同じだ」

　レイノルズの瞳に宿る光がますます怪しさを増し、口元から笑みが消えた。「医師、看護師、政治家、公務員、軍人……パンデミックが起きたところで一般市民は後回し。ワクチンが製造されるまで放置されるってこともね。もちろん、ワクチンは有料だ。需要に生産が追いつかなければ価格は高騰する。つまり、生きるか死ぬかはまさにカネ次第。その点が、日本とは異なるところだがね」

「それは違います。日本だって同じですよ」

「おや？　日本では健康医療保険制度が完備されているんじゃないのかね？」

レイノルズは意外とばかりに、片眉を上げた。

「予防接種は健康保険の適用外、接種希望者の全額負担なら、料金も医者が自由に決められます」

「ほう、それは初めて知った」

「もっとも新型インフルエンザ、ましてサリエルが流行の兆しを見せれば、政府もなんらかの策は講じるでしょうが、そうなると問題は財源ですね。病院によって料金にはかなり開きがありますが、平均三十ドルというのが日本の相場です。一億二千万人に漏れなく接種するとなれば、三十六億ドル。日本円に換算して三千六百億円もの医療費が発生することになるわけですからね」

「そんなもの、大した額じゃないだろ。アメリカじゃほんの一摘みの富裕層しか恩恵を被れない高価な薬や治療を国民全員が受けられるんだ。確か、日本の医療費の公費負担額は――」

「十六兆円を超えます。確かに三千六百億円なんて額は、それからすると誤差の範囲といえるかもしれません」

野原はレイノルズが言うより早くこたえると、続けて言った。「ですがね、ロブ。

仮に国がワクチンを保険対象にしたとしても、プレパンデミックワクチンの場合、備蓄分を除いて一億一千万人分以上のワクチンを新たに、それも極めて短期間のうちに製造しなければならない事態が発生するんです。生産ラインをフルに動かしたとしても、全員に行き渡るまでにはかなりの時間を要するでしょう。となれば、先に挙げた以外にも優先順位を決める必要が生じるわけで――」

「そこだよ」

レイノルズは、フェイスマスクの前に人差し指を突き立てた。「感染は瞬く間に世界に広がって行く。世界中でワクチンの需要が一気に発生するんだ。いずれの国も国内でワクチンを製造するしかないわけだが、その間に人がばたばたと倒れて行く。まして、ワクチンの接種を受けたとしても、抗体ができるまでには一、二週間かかる。人は先を争って病院に押しかける。しかし、全員に対応できるだけのワクチンはない。となれば何を以って優先順位を決めるのかね？　カネ？　医師や看護師の身内、つまりコネか？　それとも有力者の紹介かね？」

「日本では、優先度の高い職種を明記したガイドラインが公表されていますが、ほとんどの国民はそんなものがあることを知りません。第一、優先順位を理由に拒否されようものなら、接種希望者が黙って引き下がるわけがない。大変な騒ぎになりますよ」

「騒ぎどころか、暴動になるだろうね」

レイノルズは真顔で言った。「現代社会の歪みきった構造が一気に表面化するのはその時だ。権力者、富裕層は真っ先に接種を済ませる。ワクチン製造に従事する製薬会社の人間たちもそうだろう。力、カネ、コネの有無が生死を分けることになるんだ。そりゃあ、接種を受けられない、いや、後回しにされただけでも黙っちゃいないね。日本はどうか分からんが、アメリカはこの世の地獄になるだろうね」

レイノルズの推測は間違ってはいまい。

アメリカは過去の戦争での戦死者数よりも、過去半世紀での銃による死者数が上回る社会だ。考えようによっては、建国以前から一貫して制御された内戦状態にある国とも言える。まして、トップ一パーセントが、五〇パーセントの富を握り、その格差は開く一方。そこに生死を決するのは、力、コネ、カネの有無となれば、大暴動が巻き起こるのは目に見えている。

「その時、誰が生き残るかは運次第。まさに神のみぞ知るというやつだ」

レイノルズはうっとりとした表情を浮かべた。「ワクチンの接種をいちはやく受けた特権階級は憎悪の対象になる。カネにものをいわせて身の安全を確保しようにも、ガードマンは後回しだ。応ずる者は誰もいないだろうし、ワクチンの接種を受けたとしても、完全に発症が防げるわけではないからね。剝き出しになった人間の憎悪か、ウイルスかのいずれかによって多くの人間が淘汰される。そして、神に選ばれた人間たちによって、新しい秩序が確立されていくことになる」

「あなたはその選ばれた人間になると？」

野原は問うた。

レイノルズは静かに首を振った。

「残念ながら、私に残された時間は限られていてね」

「えっ？」

「ガンが転移してるんだ。長く前立腺ガンを患っていてね。すでにリンパにも……」

「治療は？」

レイノルズは再度首を振る。

「もう八十二歳だよ。治療を受けたところで余命は知れたものだし、生命体は死を免れない。それを医療の進歩で生き永らえようとするからおかしなことになる」

「病の克服は、必ずしも人間社会を幸せにするものではない。それがあなたの持論でしたね」

レイノルズは頷くと、

「万人が等しく医療技術の恩恵に与れるというならまだしも、医療は立派なビジネスだからね。カネのあるなしが、命の長短を決めるなんて、どう考えてもおかしいよ。

そりゃあ、どん底から這い上がり、富を築いた人間も世の中には幾らでもいるさ。だがね、どんな家に生まれついたかで人生が決まってしまう人間の方が圧倒的に多いんだ。そんな世の中は間違っている」

厳しい声で断じた。

野原の脳裏に古い記憶が蘇った。

学生運動に身を投じたのは、若林に「ブルジョア」という言葉を使って恵まれた環境に育ったことを非難されたのがきっかけだった。

もはや戦後ではないと言われて久しく、経済成長の真っ只中にあった日本だったが、まだまだ貧しい時代であった。這い上がるための手段は何よりも学を身につけることだが、大学、特に私立は経営の名の下に学費の値上げに走り、貧しい人々を締め出そうとする。

自分がいかに恵まれた環境に生まれ育ってきたかに初めて気がついたのはあの時だ。そして、それを当たり前のこととして、何の疑問も抱いてこなかったことが後ろめたくなった――。

今、レイノルズが語った言葉は、あの時の己の心情に共通するものがある。しかも、彼もまた余命は限られているという。もっとも、手厚い医療保険制度がある日本では、貧富の差にかかわらず治療が受けられるのは確かだが、生への執着はとっくの昔に失せている。理由の違いはあれど、それもまたレイノルズと同じだ。

「人はガンをおぞましい病だと考えているようだが、私はそうは思わない。ガンは優しい病気だよ」

レイノルズは言う。「死ぬまでの時間が、ある程度読めるんだからね。人生を終えるに当たっての整理を自らの手で行うこともできるし、こうしてサリエルに出会えたのも、神の思し召しというものかもしれんね」

空咳が出た。

「実は、私も残された時間は余りないのです」

野原は咳払いをし、息を整えると続けた。「肺ガンなんです――」

「治療は受けていないのかね？」

野原は黙って首を振った。

レイノルズは理由を訊ねなかった。

無言のまま野原の目を見詰めると、

「今の私の願いはただ一つ。神の審判が下り、世の中の不条理が一気に炙り出された時の光景だ。人はどんな行動をとるのか、為政者はどんなアクションを起こすのか、人間の本性が全て露になるその時をこの目で見ることだ」

「我々が生きている間にサリエルが出現しなければ、あの世から見ることになりますが？」

「あの世？」

レイノルズは鼻を鳴らす。「そんなものは存在しないね。生物は死ねば終わりだ。何も残らない。消えて失せるだけさ」

「神の存在を信じているのに？」

「神はいるさ。だが、魂は別だ。この世に存在する生物の全ては、神が作りたもうたものだが、輪廻（りんね）はない。命はつど新しく生み出されるものだ。そして、神は常に慈悲を与えはしない。過ちは必ず神の意思によって正される。それも極めて残虐な形でね」

レイノルズが何を考えているかは明らかだ。

それは密かに自分が望んでいたものと同じだったが、現実のものとなろうとする段になると、さすがに怯（ひる）む。

野原は思わず生唾を飲んだ。

「見たいとは思わんかね。その時を」

レイノルズは、フェイスマスクの中で顎を上げた。

暗く沈んだ瞳に、不穏な光が宿る。

「この馬鹿げた世の中に、神の鉄槌が下された時の様（さま）を――」

熱に浮かされたように、低い声で言うレイノルズの言葉に、野原はこくりと頷いた。

第二章

1

「もう滅茶苦茶ですわ。政治家も役人も、全く学習ってことを知らんのです。何度同じ過ちを繰り返せば気が済むんですか！」

永田町にある衆議院議員会館の一室で、倉本聡太が声を荒らげた。「開催が間近になるにつれ、予算なんか無きが如きもの。そら今更止めるわけにはいかへんのは確かですが、だからってなんでもありって、こんなことやってたらカネなんかいくらあっても足りませんよ」

倉本が怒りを覚えるのはもっともだ。

東京オリンピックまで一年を切ったいま、競技会場の整備も急ピッチで進んでいる。だが、費用の総額は当初予算を大幅に上回り、すでに三兆円を超え、さらに増える一方だ。

「資材費や人件費の高騰に加えて、工期の遅れを取り戻すために、仕様の変更が相次いだんだ。それに、猛暑の中での大会になるのは間違いないってんで、暑さ対策に思わぬ出費を強いられることにもなったわけだし――」

宥めにかかった的場だったが、

「仕事が杜撰過ぎますわ」

そんな言葉など耳に入らぬとばかりに倉本は断じる。「七千億円で済ませると大見得切って始めたプロジェクトが、蓋を開けてみたら三兆円を遥かに超えるって、こないなことを民間企業でやろうもんなら、間違いなく責任者は馘やし、プロジェクトだってキャンセルされまっせ。どいつもこいつも、カネは汗水垂らして稼ぐもんやって観念が根本的に欠如してんのです。なんぼでも湧いて出て来るもんやと思うてるんですわ」

倉本は関西出身、当選三回の衆議院議員で、今年四十二歳になる。三回生ともなれば、政界の水に馴染み、永田町や霞が関の流儀に染まってしまいそうなものだが、事あるごとに民間企業の論理を口にするのは、議員になる以前、総合商社、それもエネルギー部門でプラント建設のプロジェクトに携わっていたからだ。

入社十年ともなれば、ビジネスマンとして脂が乗り始め、そろそろ中間管理職になろうという年齢だ。実際、倉本はかなり有能であったと聞くし、いずれ父親の地盤を継いで代議士に転身するにしても、まだ当分は先のことだと考えていたはずである。

そんな倉本が政界に転じたのは、代議士であった父親の突然の死がきっかけだ。

倉本誠一郎(せいいちろう)は的場が総理秘書官を務めた大村政権時代に総務大臣を務めた人物である。選挙にも強く、人望も厚い。総理総裁も夢ではないと将来を嘱望されていたのだったが、総務大臣在職中に心筋梗塞(こうそく)を発症し急逝(きゅうせい)してしまったのだ。

そこで急遽父親の跡を継ぐべく出馬となったわけだが、当選したものの、政界のことは右も左も分からない。半年後には大村も総理の任期を全うし、政権が鍋島に代替わりしたのを機に的場も引退。しかし、誠一郎とは公私に亘って深く親交を重ねた仲である。一人前の政治家に育てるべく倉本の面倒を見るようになったのだ。要は後見人というわけだが、その倉本もすでに当選三回。十分一人前になった後も、時折会っては政治談義を交わす関係は今も続いている。

「お前さんの言うことはもっともだが、事はオリンピックだ。国の威信がかかってんだ。開催までに準備が整わなくて、競技ができないなんてことになったら、世界に恥をさらすことになる。ここまできたら、とことんやるしかねえだろう」

「的場さん、それ本気で言うてはるんですか？」

倉本は呆れたように口を半開きにし、眉を吊り上げた。「それじゃ、大会本部のご重鎮と同じやないですか。覚えてはるでしょう。国立競技場の建設費が当初の見積もりを大幅に上回った時、あの人たちが、やる言うたもんしゃあない、その一言で片づけたことを」

倉本は東京オリンピック・パラリンピックを担当する内閣府大臣政務官の職にあるが、政界、官界の仕組みを知った今に至っても、政治のあり方に抱く問題意識は衰えることがない。いや、衰えないどころか、政務官になってからは増す一方だ。

的場にはそんな倉本の姿勢が頼もしくもある一方で、魑魅魍魎が跋扈する政界、そして面従腹背、前例主義の官僚たちを相手に、どこまで己の信念を貫き通せるのか。事は、倉本の将来がかかっているだけに、一抹の不安も覚えていた。

「そもそも、新設する競技場のスペックにしたかて、本当に必要なもんなんか、吟味した形跡が見られへんのです」

倉本は続ける。「半世紀ぶりのビッグイベントやし、そら、競技団体はどうせ施設を新設するんなら、もっともらしい理屈をこねて、これも必要や、あれも必要や、要求はエスカレートするに決まってますがな。それが、ナイス・トゥ・ハブなのか、マストなのかをとことん吟味して予算内に収めるのが、政治家であり、官僚の仕事やないですか。そんなこともしもせんで大盤振る舞いするさかいこないなことになるんですよ」

「しかし、そのおかげで雇用も生まれたし、経済にもプラスになったんだ。そもそもオリンピックを誘致したのは、それが狙いだったわけだしさ」

「公共事業による経済活性化なんてモデルが通用した時代は、とっくの昔に終わってますよ」

倉本は激しい口調で断じる。「これは、自宅を新築しようってのと同じなんです。夢のマイホームを新築する機会は、一生に一度あるかないかですわ。誰だってどうせ建てるなら少しでもええ家をと思いますがな。あれも、これもと条件を出したあげく、五千万円しか予算がないのに、一億五千万の見積もりが出たらどないします？そのまま建てる馬鹿はいてませんわ。優先順位を決めて必要不可欠なものだけを残して予算内に収めようとしはるでしょう」

なるほど、うまいたとえだと感心しながら、

「公共事業は国や自治体のカネ。自分の懐が痛むわけじゃない。それどころか国や自治体のカネを使って、どれだけでかいものを作るかが、自分の功績になるって考えてる政治家や官僚がいることは確かだからな」

的場は相槌を打った。

「会社にいた頃に、先輩からこないな話を聞いたことがあります」

倉本はそう前置きすると続けた。「エネルギービジネスは、国の政策と密接に結び

ついています。大きなプロジェクトを進めるにあたって、官僚ＯＢをチームに迎え入れたところ、あまりにカネの縛りがきつうて、こんなんやったら大きな仕事ができへんと捨て台詞(ぜりふ)を吐いて辞めてもうたと」

これもまた、さもありなんだ。

世間の厳しい目が注がれるようになったとはいえ、今に至ってもなお、どれほど多くの天下り先を作ったかが官僚の評価基準の一つとされているのは紛れもない事実だ。

国のカネを使う事業に行政団体や外郭団体を設立し、あるいは事業を請け負う企業にと、新規の公共事業を立ち上げるたびに天下り先を確保していく。所属省庁で定年を迎え、退職金を貰(もら)い再就職。給料を貰い、ボーナスを貰い、一定の年月を経ればまた退職金。国民が知らぬ間に、そうした利権構造ができあがってしまったのは紛れもない事実なら、それを黙認してきたのが政治家だ。

その責任の一端は、かつて政権中枢で働いてきた自分にもある。

的場は無言のまま茶碗に手を伸ばすと、冷(さ)めかけた緑茶を口に含んだ。

「いったい、この無駄銭のツケを誰が払うことになると思うてんのでしょうね」

倉本の声に怒りが籠る。「オリンピックなんてもんをぶち上げた政治家は、二十年後にはみんなおらんようなってますよ。しかも、その間年金を貰い、おそらくは充実した医療制度の恩恵を享受した挙句にですわ。生産年齢人口が凄まじい勢いで減っていくのが明らかである以上、現行の年金制度も医療制度も維持するのは不可能です。とどのつまり、いなくなった後のことは知ったこっちゃない。後はうまいことやってくれ。到底解決不可能な大問題を次世代に残すだけやないですか。余りにも無責任過ぎますよ」

「しかしなあ……。政治家っていうのは、有権者からの支持があって初めてなれるもんだ。痛みを伴う政策を打ち出そうものなら、絶対に票を投じないのが有権者だ。まして、一旦できてしまえば変えるのは難しいのが制度ってもんだからな。年金しかり、医療制度しかり、みんな現行制度を前提に暮らしているんだ。是正の必要性は認めるが、変えるのは極めて困難だぜ」

「分かってます」

そうこたえる倉本の顔には、悔しさとやり場のない怒りの色が浮かんでいる。

「お前さんと同じ問題意識を持っている議員はたくさんいるさ。だがな、誰がやろうと、痛みを強いる改革に乗り出せば、必ず次の選挙で落選だ。いや、それ以前に与野党のいかんを問わず党内意見の調整すらつかんだろう」

かくして、国の財政赤字は膨れ上がる一方。それもまた、解決は次世代に委ねられることになる。

それを承知で、こんなことしか言えない自分に、的場は忸怩たる思いを抱いたが、かといってこれといった策は思いつかない。

「しかしですね、かかる事態を解決するのは、政治しかない。それもまた事実やないですか」

倉本は、あからさまに悔しげな表情を浮かべる。

「だったらお前さんに策はあるのか？」

「そんなものありませんよ。べき論なら言えますけど……」

「べき論？　そのべき論ってやつを聞かせてみろよ」

的場は促した。

倉本は躊躇した様子で短い間を置くと、

「的場さんを前にしてこないなことを言うのは、気がひけるんですが……」

そう前置きし、話し始めた。「二十年先の日本を考えると、国が必ずや直面することになる難局を乗り越えるためにも、まずは議員の若返りが必須やと思うんです。特に政権与党の我が党には、高齢者が多過ぎます。七十、八十の老人が、生産年齢真っ盛りの若者たちの将来へのレールを敷くって、どう考えたっておかしいでしょう」

「議員定年制を設けるべきだって言いたいのか？」

気がひける、と断りはしたものの、七十五歳の人間を前にして、よく言えたものだ。

さすがに的場の口調も詰問調になる。

「実際、党のご重鎮は高齢者ばかりやないですか」

ところが本音を口にして腹が据わったのか、倉本に怯む気配はない。「閣僚にした当選回数、所属の派閥の力関係で決まる。担当分野に高い見識を持っているかどうかなんて全く関係ない。大臣なんて、ただの名誉職やないですか。企業じゃ年功序列なんて制度はとっくの昔になくなっているのに、国を率いる最高機関が、年功序列じゃ時代についていけるわけないでしょう」

「民間企業と政治の世界を一緒にするのは間違いだぜ。政治は利益を追求するもんじゃない。国民が安心して暮らせる社会を作る。それが政治なんだ。まして、国家の仕組みは複雑かつ巨大なもんだ。重職に就くためには――」

「学ばならんことは山ほどあるし、経験も必要だと言わはるんでしょう？」

倉本は的場の言葉を先回りする。「でもね、的場さん。民間企業じゃ三年もいりゃ一人前。立派な戦力として扱われるんです。いや戦力になってもらわな困るんです。まして、一億二千万人の国民の中から議員になれるのは、衆参合わせて七百十三名しかおらへんのです。いくら学ばならんこと、経験せなならんことがあるいうても、二期も務めりゃそんなもの身につきますって。いや、身につかないならそもそも議員としての資質に欠けてるってことになりますよ」

倉本の言に一理あるのは確かだが、これればかりはどうなるものでもない。

「民主主義の限界ってやつだな」

的場は言った。「議員定年制を設ける案を出したところで、誰が賛成するんだ？　議員になったやつは、いずれは大臣、あわよくば総理大臣になりたいって思ってんだぜ？　それが叶わなくても、生涯議員でい続けたい。みんなそう思ってんだ。議員定数を減らすことすらできねえのに、自分の任期を区切るような案なんか、テーブルにさえ乗らねえよ」

「分かってますよ。だからべき論だって言うたんです」

倉本は憮然とした表情を浮かべると、視線を落としながら深い溜息を漏らした。

「オリンピックが終わったら、予算を大幅に上回ったことが問題視されるでしょうが、それも半世紀ぶりの祭典のためならしゃあない。これまで行われた公共事業同様、早晩世間は関心をなくすでしょうからね」

「出て行ったカネは元へは戻らない。ならば、建てちまった施設を、いかにして有効活用するか。それを考えるのもお前さんの仕事だろ？　総理がお前さんをオリンピック担当政務官に抜擢したのは、党の次世代を担う人材だと思えばこそだ。今更べき論を口にしたってしょうがねえよ」

「オリンピックの誘致をぶち上げたのも、大盤振る舞い止む無しなんて言い始めたのも、魂胆が見え見えやから言うてるんですよ」

倉本は唾棄するがごとく吐き捨てた。「最後のご奉公だとか口じゃ綺麗事言うてますが、とどのつまりは自分の人生のフィナーレを飾りたい。後世に名を残したい。要は自分の名誉欲のためやないですか。そのために莫大な公金を使うて、後世に負の遺産を残す。これが政治家のやることですか。今の日本、これからの日本を考えれば、たった二週間の祭りのために巨額のカネを使うなら、優先すべき使い道は山ほどありまっせ」

これもまた、正論である。

オリンピックが経済に好影響を与えたのは過去の話だ。

莫大な開催費用は、国の財政に重くのしかかり、新設した施設も閉幕と同時に廃墟同然と化した例は山ほどある。すでに費用対効果はマイナスのイベントとなっていることは、誰もが知っている。

その一方で、長く問題視されながら一向に改善されない国内問題はこれといった有効策が打ち出されないまま放置されているのが現状だ。

「例えば待機児童問題なんて、これだけのカネを使うたら簡単に解決できるやないですか」

倉本は話題を転じる。「少子化対策は、国の存亡に関わる大問題です。女性の社会進出を推奨する一方で、仕事をしながら子育てができる環境整備は、ほとんど手つかず。六十五歳以上の高齢者は、すでに全人口の四分の一を超えてるんですよ。二〇四〇年、二十年後には高齢者人口はピークを迎え、人口の二・八人に一人が六十五歳以上になると言われてるんです。その時点での生産年齢人口は、現在の二〇パーセント減。医療保険や年金といった社会保障制度だって現行のままってわけにはいきませんよ」

「これからの時代、人口が増えればいいってもんじゃないだろう」

的場は陳の言葉を思い出しながら言った。

「その通りです」

即座に同意する倉本の反応に、的場はぎょっとなった。

まさかこいつ、陳と同じことを考えてるんじゃないだろうな。

「技術は日進月歩。しかし、その多くはいかにして人手を減らすかを競っているわけですからね。雇用の安定性とは程遠い社会になるのは明らかですわ。つまり、少子化自体は正しい現象なんです」

やっぱりそうだ。

「問題は長寿だと言いたいのか？」

的場は問うた。

「はっきり言ってその通りです。日本人の平均寿命は男女共に八十歳を超えてますからね。女性に至っては、九十歳に迫ろうかというところまで延びてるんです。それを可能にしたのが、医療技術の進歩。そして、新しい医療技術、新薬いうもんは、既存のもんよりとてつもなく高額なのが大半ですが、日本には高額療養費制度がありますからね」

「かと言って、ある年齢以降は高額療養費制度の適用外にするなんてことはできねえぞ。そんなこと言い出そうものなら、世間から袋叩きにあうのは目に見えてるからな。政策を打ち出せんのも議員であればこそ。落選したら、ただの人だ」

「ですがね、今の制度を維持するのは絶対に不可能ですよ。医療費はすでに四十二兆円を超えて、さらに増え続けているんです。厚労省は、六年後の二五年には、五十四兆円になると予測していますが、私に言わせりゃ甘いですよ。そんなもんで済むわけありませんって」

「目を剝くような価格の新薬が次々に出てくるし、今まで治せなかった病気が治るようになりゃあ、ますます寿命は延びていくだろうからな」

「加えて年金は、六年後には六十兆円、介護二十兆円、子育て五・六兆円、その他九兆円、総額百四十九兆円もの社会保障費が必要になるんです。五年間で、実に十五兆円の増加ですよ。この巨額の財源をどこから捻出するんですか」

「まあ、消費税を上げるか、保険料を増額するしかねえだろうな」

「消費税を上げることに国民が納得するとでも？」

「増税分は社会保障費に全額充てると、説明すれば――」

「それ、前回の値上げでも言うてましたよね」

　倉本は、冷ややかな声で言った。「ところが、実際はそうはならへんかった。政治家、官僚にええように使われて、高齢者の医療費の自己負担率が上がった言うても、若い世代からすりゃあ、高齢者のためとしか見えませんよ。当たり前ですわ。制度を支える側の人間がどんどん減っていけば、自分たちが高齢になった頃には、さらに重い負担を強いられることになるのが目に見えてるんです。若者だってそないな政策、絶対に受け入れませんよ」

　それ以前に、消費税に限らず、税の値上げを言い出そうものなら、有権者が反発することは明らかだ。下手をすれば、政権与党の座を失う事態を招きかねないのだが、方法はないわけではない。

「選挙の焦点が、増税の可否を問うものになれば、有権者は反発するだろうが、終わった後となれば話は別だ。日本人は忘れやすいし、一旦決まったことには唯々諾々と従うからな。お前さんが言う公共事業にしたってそうだろ？　アクアライン、橋、道路、新幹線。想定通りの収益を上げていない事業は山ほどあるが、誰が問題視してるよ。たまに市民団体が問題提起しても、野党ですら、できちまったもんはしょうがねえ。それで済ませてしまってるじゃねえか」

「今まではね」

倉本は首を振った。「でもね、的場さん。医療費ひとつを取っても、増額分の財源を消費税に求めるのなら、一パーセントや二パーセントの引き上げでは賄い切れません。大幅に引き上げようにも、国民が絶対に認めるわけがない。それどころか、さらなる引き上げを口にした途端、時の政権は支持を失い——」

「だから、お前さんに考えがあるのかよ」

的場は声を荒らげ、倉本の言葉を遮った。「確かにべき論を話せとは言ったが、政治、まして世の中はべき論じゃ動かないんだよ。お前さんが、それほどの危機意識を抱いているのなら、まずは世間に問題意識を共有してもらい、納得させ得る策を提示してみせなけりゃならんのだ。そんなことができるのか？」

倉本の論が正鵠を射ていることは間違いないが、それだけに青臭過ぎる。それに、国を窮地に追い込んだのは、正すべき時に正さなかった自分たち世代の責任だという後ろめたさを覚えたせいもあった。

「医療制度に限っていえば策はあります」

倉本は、きっぱりと言い放った。

「ほう、どんな？」

「まず、高額療養費制度。これは早急に見直すべきやと思います」

「自己負担額を増やすとでも？」

「年齢に応じてね」

「年齢？」

「これからの日本を背負って立つ、あるいは生産年齢にある国民は従来通り。ただし、高齢者については年齢に応じて自己負担額を増やしていく……」

倉本が何を言わんとしているかは、改めて聞くまでもない。

「そんなことできるかよ」

的場はすかさず反論に出た。「お前さんが言ってるのは、もっと長生きしたいんだったら、カネを出せってことだろ。別の言い方をすりゃあ、社会保障にすがって生きるようになった人間は、社会、国のお荷物だ。さっさと死んでくれって言ってるようなもんじゃねえか。よくもそんな酷いことを言えるもんだ。いやしくも、それが政治家の言うことかよ」

政治家どころか、人間性を疑わざるを得ない暴論に、的場は失望を覚えた。

公私に亘る誠一郎との付き合いがあったことがきっかけとはいえ、倉本の人となりが分かってくるにつれ、この男はただの二世議員にあらず、将来国を背負っていく確かな資質を持っていると見込んでいたのだが、どうやらそれは思い違いだったようだ。

こいつは、政治をビジネスと同じ感覚で捉えている。用済みになった人間に価値はない。コストでしかないと考えているのだ。

見損なった。俺は、こいつを見誤っていたのかもしれない。

「的場さん、冷静に考えてみてください」

ところが倉本に、いささかも動ずる様子はない。「途方もない金額の新薬は次々に現れる。平均寿命は延びる一方。医療費がどない高うなっても、患者の負担には上限があり、差額は全部国が負担する。そりゃあ、健康を取り戻して社会に復帰し、生産力になるというなら意味もあるでしょう。しかし、仮に病にかからなんでも、もう何年かで寿命を迎える。そないな人たちを大金使うて生き永らえさせて、どないな意味があるんですか。しかもその差額の大半は、生産年齢層が負担することになるんですよ」

「高齢者だって、これまで社会保険料を払ってきたんだ。治療を受ける権利はあるよ」

「それなら、社会保障費が不足するわけがないでしょう」

倉本は眉を吊り上げ、首を振った。「つまり、払った以上の恩恵を被っている人がそれだけ多いってことやないですか。生産年齢人口が減り、高齢者が激増していく時代に、こんなモデルがいつまでも続くわけないですよ」

「高齢者は、生きるも死ぬもカネ次第。それが正しいあり方だっていうのか？」

「社会を維持するためには、どちらを優先すべきかということを申し上げているんです」

どうやら、本心からの考えであるようだ。

的場は、倉本の目を睨みつけると、

「お前さんが年寄りは社会のお荷物だと考えていることはよく分かった。多分、俺もその一人と見てるんだろう。今後、お前さんには関わらないようにするよ」

決別の言葉を告げ、最後に念を押した。「ただ、これだけは言っておく。お前さんの策とやらは、絶対に実現しない。なぜなら、今後暫く（しばら）くの間は、有権者の多数を占めるのが高齢者になるからだ。彼らに負担を強いるような政策は絶対に実現しない。お前さんが、そんな策を打ち出そうものなら、真っ先に反発するのは高齢者だ。それは、お前さんの政治家としての道が閉ざされるということだ。それを忘れんことだな」

2

八重樫は勤労感謝の日を挟んで、十一月の一週間を生家で過ごす。

目的はふたつある。

両親の命日が偶然にもこの一週間の中にあることと、唯一の趣味であるバードウオッチングを楽しむためだ。

生家のある黒川島（くろかわじま）は、日本海に浮かぶ周囲十五キロほどの小さな島だ。

島の周辺は魚影が濃く、磯では海藻や鮑（あわび）、栄螺（さざえ）がよく獲（と）れる。島民の主な収益源は漁業によるもので、かつては三百人ほどが定住していたが、なんせ冬は厳しい。今では本土に居を構え、春から晩秋の間だけ島で暮らす住民が大半だ。

かくして島の過疎（かそ）高齢化は進む一方。一日一便しかないにもかかわらず、連絡船の利用者は四十キロほど離れた本土の病院での治療が必要な病人ぐらいのもの。それも一旦島を離れれば翌日まで便はないのだから、むしろ利用者がいない日が多く、連絡船は島民に必要な生活物資を運ぶのが主な役目になっている。

両親の命日以外の八重樫の行動は決まっている。

まず、夜明け前に家を出、徒歩で十五分ほどのところにある新沼（にいぬま）に行く。

この時期、黒川島は渡り鳥の中継地となる。新沼は小さな湖だが、それだけに鳥の密度も濃く種類も豊富だ。日の出直後から、次の目的地に飛び立っていくものもあれば、留まるものもいる。湖は深い森に囲まれており、野鳥も多い。大自然の中に一人身を置き、小鳥たちの囀りを聞きながら鳥たちの生態を観察するのは八重樫にとって至福の時だった。

そうこうしているうちに、朝食の時間を迎える。

ここでの生活は質素なものだ。

朝食はトースト一枚。それにハムと目玉焼き、そしてサラダと決まっている。島には店が一軒しかなく、調達できる食材に限りがあるからだ。

もっとも、東京の自宅にいても、食生活は似たようなものである。朝食は通勤途中にあるホテルか喫茶店、昼食は職場で出前を取るのが常だし、夕食は宴席、あるいは行きつけの店で酒を飲みながらの外食だ。

というのも一人息子が学業を終えたのを機に、貴美子が軽井沢の別荘に一人住むようになって久しいからだ。

結婚した当時、貴美子には他に好意を抱いていた男がいたことは知っていた。しかし、親の意向には逆らえない時代である。女性が結婚後も働くのは難しい時代でもあった。

貴美子にとっては結婚も、学者の道を断念し主婦業に専念するのも不本意であったことは想像に難くないが、それでも二人の間にこれといった波風が立つことはなかった。

別居のきっかけになったのは、息子の栄太郎が大学進学を迎えるに当たって、貴美子が八重樫に対する積年の思いを語ったことにある。

八重樫は現役の東大教授。それも将来を嘱望されている学者だ。一方の貴美子にしても、父親は東大法学部教授、祖父は東大医学部の名誉教授にして、学士院会員という家柄だ。

栄太郎には進むべき道があると考えていたし、その旨は幼い頃から強く言い聞かせてきたつもりだった。実際、栄太郎は学業に秀で、都内有数の中高一貫校に進学した後も、望む大学、望む学部に進学できるだけの成績を収めていた。

ところがだ。

栄太郎が突然、大学には進まず、料理人になると言い出したのだ。当然、八重樫は激怒し、激しい口論になったのだったが、その果てに栄太郎の口から出てきたのが、「この権威主義者！　あんたのようにはなりたくねえんだよ！」という捨て台詞だ。だから、果ては、「あんたは、自分の出自にコンプレックスを持ってんだろ。だから、権威に執着するんだろ」とまで言った。

確かに、それは否定できない。

黒川島は辺境の地だ。八重樫の父親は漁師、母は海女。海産物を本土でカネに換え、それで野菜や日用品を買う。それが島民の暮らしである。幼少期は、電気すらなく、小学校は全校生徒が四十名にも満たない小さなものだった。中学になると、さらに生徒は少なくなり、わずか十人程度。島民の大人のほとんどは尋常小学校止まりだったし、新制度以降の年代は中学卒だ。八重樫は五人兄弟の末っ子だが、家を継いだ長兄以外は中学を終えると本土に職を求めた。八重樫もまた、自分もそうなるものだと考えていた。

だが、中学での一人の教師との出会いが八重樫の運命を変えた。

「栄蔵君は、並外れて頭がいい。高校、大学に進学させるべきです」

その教師が家を訪ね、両親に向かってそう告げたのだ。

俺が頭がいいって？　高校、大学だって？

確かに試験は常に満点で、他のクラスメイトが、なぜこんな問題が解けないのか、授業の内容を理解できないのか、不思議でならなかったのは事実であった。しかし、クラスメイトはわずか五人。比較する母数が少ないのだから、自分が並外れて頭がいいと言われても、実感が湧くわけがない。

だが、教師の説得は執拗で、ついには一回り年が離れた長兄を説得にかかった。

結局、両親は教師の提案に応じ、県内一の高校に合格することを条件に進学を認めた。結果は合格。八重樫は島を出て本土に渡ることになったのだが、そこには、全くの別世界が待ち構えていた。

島には一台もない自動車が当たり前に走っていれば、テレビもある。あまりの人の多さに、今日は祭りなのかとすら思った。

まして県内一の高校である。越境入学は当たり前だから、下宿をしながら通学する学生も多い。

もちろん八重樫もその一人で、六人の先輩、同級生たちと、一つ屋根の下で寝食を共にする生活がスタートしたのだが、初日の夕食の席から早々、好奇の目で見られることになった。

それは、皿の上に見たこともないおかずが載っているのを見て、

「なんだ、これ……」

と呟いたことから始まった。

「何だって、コロッケじゃないか」

こたえたのは隣に座った一年上の先輩だったが、あからさまに怪訝な表情を浮かべると、「ったく、高い下宿代取ってやがるくせに、毎日、毎日、くそ不味(まず)い出来合いの惣菜ばっか出しやがって。こんなもの、そこの肉屋で買えば、なんぼもしねえじゃ

ねえか」

　忌々しげに吐き捨てた。

　島で飯のおかずといえば、両親が獲ってきた海産物が主で、肉に至っては年に数えるほどしか食卓には上らない。

　恐る恐る口に入れた八重樫であったが、これが美味い。いや、こんな美味いものが世の中にあるのかと思った。

　すると八重樫が夢中で箸を運ぶ様子を見て、

「お前……もしかしてコロッケ食うの、初めてか？」

　と先輩が訊ねてきた。

「初めてです。こんな美味いもん、世の中にあったんですね」

「美味いって……お前、どっから来たんだ」

「黒川島です」

　そこからは、食卓を囲む一同からの質問攻めだ。

　島の暮らしを問われるがままにこたえれば、「まだ、日本にそんなところがあるのか」といちいち驚かれ、最後には「まるで原人のような生活だな」と言われる始末。

　その言葉がきっかけになって、ついた仇名が『黒川原人』。

　この話は瞬く間に全校に広がった。

なんせ、県一番の進学校だ。学力もあれば知識もある。世の事情にも通じているし、あの時代に大学への進学を前提にして入学してくるのだから、十分な経済力を持つ家庭で育った者たちばかりだ。そんな人間たちからすれば八重樫は、まさに異物以外の何物でもない。

黒川原人と呼ばれ、ことあるごとに島と街の暮らしを比較されては、揶揄、嘲笑を浴びるたびに、いままでついぞ考えたこともなかった、出自というものの重さを思い知り、引け目を感ずるようになった。しかし、どうあがいたところで、これだけは変えられるものではない。

腹が立った。惨めだった。黒川島に生まれついた己の運命を呪いもした。高校なんかに進学するんじゃなかった。そうも思った。

しかし、それもひと月半ほどのことで、最初の中間試験が終わった直後、状況は一変した。

主要五教科全てにおいて、八重樫は一位。しかも全教科満点の成績を収めたのだ。一言で大学といっても難易度に応じて序列がある。全員が進学を前提にしているとはいえ、一つでも難易度が上の大学を目指している学生が集っているのだから、成績が生徒間の序列を決めるのも同然だ。

どうやら先生の言葉は正しかったようだ。俺は並外れて頭のいい人間らしい。

八重樫は己の才を確信すると同時に、有無を言わさぬ成績を収め続けさえすれば、人は黙るものだということを学んだ。そして、東大に入学し、助教授、教授と昇進を重ねていくうちに、権威が権力に結びつくということも――。

貴美子との結婚を望んだのも、さらなる高みを目指す上で、願ってもない縁談であったからだ。それだけに、栄太郎の言葉は、八重樫のそれまでの人生を全否定する以外の何物でもなかった。

「いったいあいつは何を考えてるんだ。どれほど恵まれた環境に生まれついたか。あいつは全く分かっていない」

貴美子とて、権威、権力の重さ、魅力は十分に知っているはずだ。一人息子が、親の力を利してさらなる高みを目指すどころか、全く違う道、それも大学にすら進まず、高卒で終わるとなれば、貴美子も自分の考えに同意すると思った。

ところが、返ってきた言葉に八重樫は愕然となった。

「子は親の背中を見て育つって言いますからね。栄太郎はあなたの背中を見ながら育ってきたんだもの。あの子が、そういう気持ちになるのも分かるわ」

高校卒業と同時に栄太郎は料理人の道に進み、それを機に別居が始まった。以来貴美子と会うのは、夫婦同伴で出席する公的な行事の場だけだ。離婚に至らなかったのは、口ではそうは言いながら、八重樫夫人であればこそのメリットがあるからだし、八重樫にも、中前田家の閨閥に名を連ねることの大きさを思い知らされることがいくどとなくあったからだ。

島に来て二日目、八重樫は、まだ暗いうちに家を出た。

新沼に着いた頃には、朝日が昇りはじめ、湖を取り囲む紅葉した木々の色彩が鮮やかになる。

水面に群れる水鳥の動きが活発になる。鳴き声が交錯し、羽をはばたかせる音が、身を震わせる音がそれに混じる。無数の波紋が湖面に生じ、やがて水面に吸収される。岸辺には、上陸して羽を休める鳥たちが群れをなしている。

黒川島に、外敵がいないことを知っているのだ。

水鳥や野鳥の観察に没頭するうちに日が高くなった。気がつけば、時刻は午前九時になろうとしている。

八重樫は新沼を後にし、港へと向かった。

朝食の食材は、昨日島に着いた際に購入してあったが、バターを買い忘れてしまっていたからだ。

港までは、徒歩で二十分ほどの距離だ。

紅葉した森を抜けると、日本海が目の前に開ける。遠くに霞んで見える陸地は本土である。森の中では気がつかなかったが、今日は少し風が強いようだ。碧い海面に無数の白波が立っている。

港には連絡船のターミナルに並んで商店がある。

本土から運ばれて来る肉や野菜、衣類、日常生活用品、雑誌、プロパンガスも販売する万屋(よろずや)で、二部屋だけだが民宿も兼ねている。定住者は二十名ほどと聞くが、今でも商売を続けられるのは、ここが島唯一の商店だからだ。

「おはよう」

薄汚れたガラス戸を引き開けながら、八重樫は声をかけた。

「あっ、先生」

椅子から跳ね上がるように立ち上がり、店主の越水(こしみず)が最敬礼の姿勢で八重樫を迎えた。小中学校では二年下の学年だったから、年齢は今年七十七歳。十分高齢だが、船が運んでくる商品の荷下ろしやプロパンガスを配達しているだけに、歳の割に動作は機敏だ。

「昨日、バターを買い忘れてね。あるかね？」

「バターですか……。ちょっと待って下さい」

越水は傍に置かれたガラス張りの冷蔵庫を開け、中を探る。「バター、バターと……。最近では、あんまりバター使う人がいなくなったもんで……。なんせ島じゃ、私が一等若い部類なもんで……あっ、あった！」

黄色い紙のパッケージを手に取る。

いったい、いつ入荷した代物なんだ。

日頃、周りにいる研究者相手なら、たちまち怒鳴(どな)りつけるところだが、島民のレベルは知れているだけに諦めもつく。賞味期限を見て判断すればいいだけのことだし滞在中の夕食は、越水が特別にこしらえてくれる弁当で済ませていることもある。

案の定、越水は賞味期限を確かめることもなく、早々にレジを打ちながら、

「先生、帰りは一週間後でしたね」

と訊ねてきた。

「正確に言えば、六日後だが？」

「それなら大丈夫かな」

「大丈夫って、何が？」

「いや、明日の夜半から天気が大荒れになるらしいんですよ。今朝の天気予報でそういってたんです。低気圧が発達して、台風並の風と雨を降らせるとかで」

「じゃあ、船は欠航かね」

「明日は出るでしょうが、明後日からはしばらく止まるでしょうね」

越水は軽く溜息を吐くと、「先生、最近の天気っておかしいですよね。これも地球なんたらとかの影響なんですかね？」

ふと思いついたように問うてきた。異常気象についての見解がないわけではないが、越水を相手に話すのも面倒だ。

「私は気象学者じゃないからねえ」

八重樫は、そっけなくこたえると、「まあ、帰るまでに天候が回復するなら、問題ないさ。外に出られなくなっても、それはそれでやることはあるからね。目を通しておかなければならない書類を山ほど持ってきているし――」

バターが入った袋を手にした。

「あっ、そうだ。書類って言えば、これ先生宛のもんですよね」

越水はレジの脇に置かれた箱を差し出してきた。「横文字で書かれてるもんで、誰宛のもんか分からなかったんですけど、島で横文字の宅配便を受け取る人って、先生以外にいませんもんね。三日前の便で、届いていたんですが、お渡しするのを忘れてました」

島に届く手紙や宅配便の配達も越水の仕事の一つだ。

取り扱い量が少ない上に、連絡船は日に一便。出航時間に遅れれば、配送員は翌日まで足止めを食らう。本土とは片道一時間半。天候や潮の状態によってはそれ以上かかる。島での停泊時間を加えれば、極端な話、たった一件の配送で一日が終わってしまうこともあるからだ。

宅配便や郵便物は、大きさや重さによっては越水が配達するが、島民はこの店を頻繁に訪れるから、その際に受け取ることが常態化しているのだ。これも、超高齢化が進んだ島独自のシステムである。

箱は海外の宅配便業者のものだった。箱の形状、重さから、中には大量のドキュメンツが入っているようだ。

横文字とはいってもローマ字に決まっているが、中学を卒業して以来、読むことも書くこともないだろうから、忘れてしまうのも無理からぬことだし、海外からの郵便物が島に届くこともまずあるまい。

それよりも、なぜここに送りつけてきたのか。しかも海外からの送付物である。

思い当たる節があるとすれば、全国紙に連載された自分の半生を綴った記事だ。確かに、あの中で勤労感謝の日を中心にした一週間を、黒川島で過ごすのが年中行事だとは書いたが、仕事関係のものなら研究機関に送ってくるはずである。もっとも研究機関宛には毎日大量の郵便物が届くから、目を通すにも自ずと優先順位ができる。一刻も早く、目に触れさせたいという気持ちの表れでもあるのだろうか。

しかしその考えは、即座に否定された。

差し出し人は、エリック・ギルバート。氏名の前に『Ｄｒ．』とはあるが、聞いたことがない名前だ。住所はアメリカ、ニューヨーク州シラキュース。さらにカッコ書きで、シラキュース大学、分子生物学教授とある。

アメリカ人で日本語を解する分子生物学の教授がいれば、必ずや耳に入るはずだが、そんな話はただの一度も耳に挟んだ記憶はない。

「どこからですか？」

越水は興味津々だ。

「アメリカからだね」

「アメリカ！　それじゃ、中身は英語ですか？」

「論文か何かじゃないかな。コメントや推薦文を求められることがよくあるものでね」

「はあ～」

心底感心した様子で越水は唸る。「大したもんですね。アメリカからも先生の推薦が欲しくて、こんな島まで郵便を送ってくるんですか。そんな偉い人に、こうして口を利いてもらえるだけでも、恐れ多いことです」

話をするのが目的で、立ち寄ったのではない。

むしろ、無教養な人間と話をするのは苦痛以外の何物でもない。

「さて、家に戻って朝飯を作るか。お腹が空いたよ」

八重樫は話を切り上げにかかると、「じゃあ、また夕方。弁当を楽しみにしているよ」

そう告げるなり店を出た。

いったい、なんなのだろう。

家へ向かうわずかな距離を歩きながら、八重樫はずっと考えていた。

記憶を辿っても、名前に心当たりはない。どうしてこの時期、島に滞在することを知ったのかという疑念が募るばかりだ。

その一方で、もしいち早く直接自分の目に触れさせたい、あるいは見解を求めたい内容が記されているのだとしたら、その方法を日本人の誰かに求めたという可能性もないわけでもない。

もっとも、そうした目的ならば、今の時代メールで送られてくるものだが、長い論文ともなれば、八重樫自身が読む前に、現場のしかるべき人間に読ませて、一読の価値があるかどうか判断させるのが常だ。既知の人間か、親交の深さ、相手の肩書き、実績によっても、目を通す順番が違う。それは、学者の世界の常識というもので、だとすれば、メールや他の郵便物がまず送られてこない環境で過ごす期間があることを知って、直接送りつければ、必ずや目を通してもらえると考えたのか——。

実際、黒川島では携帯電話は通じるものの、ネットは使えない。

いや、もちろん使えはするのだが、島民でパソコンを必要とする人間は島の診療所の医師ぐらいのものだし、ここにやって来てまでメールに目を通し始めようものなら、対応に追われ一日が終わってしまいかねない。だから、生家には敢えてネットに接続する環境を整えてはいなかったのだ。

自宅に戻った八重樫は、朝食を済ませると、箱を開けにかかった。

中に入っていたのは封筒である。

エアパッキンに包まれてはいるが、感触から中身は書類、それもバインダーにもとじられていない、プリントアウトしたものがそのまま入れられていることが分かった。

ただ、通常の封筒と少し異なる点は、封の部分が外見からでもはっきりと分かるほど膨らんでいることだ。もっとも、封筒とはいえ日々工夫が施されていくものではある。何の効果を狙ったものであるかは分からぬが、何かしらの意図があってのことに違いあるまい。

封筒の材質は、海外郵送にも耐えられるよう丈夫な紙が用いられている。封もしっかりと糊(のり)づけされており、手で開けるのはまず無理だ。

八重樫はカッターナイフを手にすると、封筒の上部の膨らみに、鋭い刃を突き立てた。

プシュ。

瞬間、高圧の空気が漏れる音がし、空気の圧が顔面に吹きかかるのを感じた。

思わず手で顔を拭った（ぬぐ）が、何も付着している様子はない。臭い（にお）もない。

何だ、これは――。

しかし、それ以上のことは何も起こらない。

どうやら、封の部分には高圧の空気が詰まっていたらしいが、何の目的でこんな機能を――。

怪訝に思いながらも、八重樫はカッターナイフで封を切り裂いた。

思った通り、中身は分厚いドキュメンツの束だ。

当然、カバーレターがついているものと思ったが、それらしきものは見当たらない。

最初のページに目が行った。

瞬間、八重樫は凍りついた。

そこに、小さく、ぽつりと『ＳＡＲＩＥＬ』と記されていたからである。

3

翌朝は、早くに目が覚めた。

いや、目が覚めたというよりは、ほとんど眠った記憶がない。

サリエルと称される研究報告書が、ネット上で公開されたことを知っていたからだ。

もっとも無名、あるいは不遇をかこつ研究者が集うサイトにアップされたこともあって、当初は真贋が疑われたが、それにしては体裁が整い過ぎている上に、研究の過程やデータがあまりにも詳細かつ、内容に破綻している部分が見られない。そのうち、一部の研究者の間で話題になり、どこかの研究機関から流出したものではないかという疑いが持たれるようになった。

しかし、検証を行うには、最低でもバイオセーフティレベル3の実験施設が必要な上に、そもそもこの手の研究は、狂気の沙汰だと言ってはばからない研究者が圧倒的多数を占めるため、検証を行える施設を持っていても、許可を出す機関は限られる。

そこで、いち早く検証作業を行うと手を挙げたのが、CDCだ。

CDCは研究を行っている事実を認めたものの、まだ人間に感染するウイルスの作製には至っていないと声明を出し、さらには、同様の研究を行っている機関は、アメリカ国内だけでも幾つも存在するので、万が一の場合に備えて、責任を持って調査を行うと明言した。

八重樫が、ネット上に流出したサリエルの報告書を目にしたのはその直後だ。

驚いたなんてもんじゃない。

サリエルの名前こそ記されてはいなかったが、笠井に提出させた研究ノートに記されていた内容と、一致するものであったからだ。つまり、この報告書の流出元はCDCである可能性が濃厚なのだ。

なるほど、CDCが真っ先に手を挙げるわけだ。こんなデータが流出したとなれば不祥事どころの話ではない。

しかし、八重樫は推移を黙って見守ることにした。

この事実を公にすれば、CDCの顔に泥を塗ることになる。どんな見解を以って事態の収拾を図るにせよ、当事者であるCDCに任せるに限る。厄介事に自ら首を突っ込むのは、愚かな行為以外の何物でもないと考えたからだが、さて、そうなると何を目的として、黒川島までこの報告書を送りつけてきたのかだ。

エリック・ギルバートなる人物が、シラキュース大学に在籍していないことは、秘書を通じて調べがついた。

偽名を使ってまでなぜ、こんなものを——。

世間には、いわゆる怪文書と言われるものが存在するが、研究報告書の体裁が整ってはいても、差出人不明、目的不明となれば、まさにその類いに他ならない。そして、この手の行為には、必ずや悪意が潜んでいるものだ。

地位、権力を手にした人間が、恨み、嫉みの対象になるのは世間ではよくある話だ。実際、これまでの学者人生の中では、部下となった研究者やテーマの評価を行い、予算を差配してきた。研究を断念する、あるいは研究者としての道を絶たれた人間だって数多くいたわけだから、その中に自分に恨みを抱く人間がいたとしても不思議ではない。しかし、なぜサリエルなのか……。

考えは堂々巡りをするだけで、こたえは何も出てこない。

気分を変えるべきだと思った。こんな不愉快極まりないものは、早々に捨ててしまうに限ると思った。

八重樫は起き上がるとバードウオッチングに出かける準備を始めた。

今日は父親の、三日後は母親の命日である。

墓は港の近くにあるが、住職はとうの昔にいなくなっている。

年に一度の墓参なのに、経もあげてやれないのだから、せめて掃除は入念に行わなければならない。

かつては、島を訪れる前に連絡を入れれば、わずかな労賃で引き受けてくれる島民がいたのだが、それも高齢化が進んだいまとなっては誰もいない。

雑草を抜き、墓石を磨き、箒で掃き清めしているうちに半日が過ぎ、夕暮れ時の鳥たちの姿を観察するのにちょうどいい時刻となった。

いきなり送りつけられたサリエルの研究報告書の件を除けば、いつもの年と変わらぬ一日だった。ただ、雲行きが怪しい。風も昨日にも増して、強くなってきたようだ。

本格的に荒れるのは夜半からだと越水は言ったが、少し早まるのかもしれない。激しい風雨の中では、バードウオッチングも何もあったものではない。風邪でもひこうものなら事である。

今日の午後が、今年最後の鳥の観察になるかもしれない。

そんな予感も覚えたせいで、新沼ではいつもより長い時間を過ごした。

去り際に八重樫は、ナップザックの中からサリエルの研究報告書を取り出すと、封筒に入れたまま新沼の泥の岸辺に投げ捨てた。

廃棄場所をここにしたのには理由がある。

島に滞在中の家庭ゴミは、越水が回収し処分することになっていたからだ。ゴミ袋の中身にまで、彼が興味を示すとは思えないが、万が一にでも彼の目に触れ、記念にでもと保管され、何かの拍子に表に出たら厄介なことになる。その点、高齢者ばかりになったこの島では、新沼に足を踏み入れる住人はまずいない。廃棄するには、絶好の場所だと八重樫は考えたのだ。

体に異変を感じたのは、夕暮れの水面に浮かぶ、鳥たちの姿を観察していた時のことだ。

しきりに鼻水が出だしたのだ。

晩秋、いや初冬とも言えるこの時期、日が傾き始めると島の気温は急速に下がる。まして風はますます強くなる。鼻水が出るのは、そのせいなのかもしれない。そう思った。

鼻水を啜り、湖岸に吐くのを幾度となく繰り返しているうちに、今度は喉に痛みを覚えるようになり、挙句は咳まで出てくる。

いかん。風邪をひいたか――。

八重樫は新沼を離れ、夕食の弁当を受け取るために港に向かった。

症状に好転の兆しはない。いやそれどころか、咳と鼻水はむしろ酷くなってくるような気がする。

ようやく港に辿り着き、越水の店の前に立つと、ガラス戸越しに人でごった返す店内の様子が見て取れた。

八重樫は躊躇した。

風邪をうつしてしまうことよりも、面倒なことになるのが分かり切っていたからだ。

なにしろ、島の出身者で東大どころか大学に進学したのは後にも先にも、八重樫一人なら、学士院会員がどれほどの名誉か分からぬまでも、学者として最高の地位を極めた人間であることは理解している。まさに島の英雄のご帰還だ。

超高齢者ばかりがわずかに残るだけとなった今でこそ、そっとしておいてはくれるが、十年前までは帰省のたびに宴席が設けられ、記念写真の撮影を迫られと、大変な騒ぎになったのだ。

よりによって、こんな時に何でまた――。

八重樫は、ガラス戸を開けるのをためらった。

そんな八重樫の姿をいち早く見つけたのは越水だった。

「あっ、先生が来なさった」

越水の声に、店内にいた島民が振り向く。

十人はいる。おおよそ全島民の半分がいることになる。

「あら〜先生。お久しぶりですう」

名前はとうの昔に忘れてしまったが、八十代半ばと思われる老婆がガラス戸を開けるなり、声をかけてきた。

「先生、弁当もうすぐできますから。どうぞ、中でお待ちください。外は冷えてきてますから。風邪でもひいたら大変です」

越水が入店を促す。

風邪をひきかけてんだよ。

もっとも、気温が急速に下がっているのは確かである。まして、海に面した港は遮蔽物がないだけに、風がもろに吹きつけるので、体感温度はさらに下がる。

気が乗らない勧めではあったが、店内に入ると予想通りの展開になった。

「本当、ますます偉くなられて」

「毎年島に来られてることは知っていますが、みんな歳を取ってしまって、昔のようにおもてなしができなくなって――」

「孫ですら、帰って来ない年が多いのに、先生は偉いもんだ」

八重樫を取り囲み、生き神を崇めるような目をしながら、口々に褒めそやす。

十人を超える人出だ。超高齢者とはいえ、狭い店内がこれだけの人でごった返せば室温も上がる。その温度差のせいか、鼻水が止まらなくなり、さらには咳が出始めた。

「申し訳ありませんが、風邪をひいたみたいで。うつったら大変です。傍に寄らないほうが――」

ところが忠告など耳に入らないとばかりに、

「大丈夫。風邪なんかひいたことがないから。島の年寄りは強いんだ」

「カメラ持ってくれればよかった。先生と写真が撮れれば、先に逝ってしまった父ちゃんに、冥土で自慢できたのに」

と言い出す始末だ。

「それなら、これで写真撮るか」

また、越水がスマホを取り出すものだから、集合写真にツーショットと、店内は俄か撮影会の場と化した。

その間にも、かんでもかんでも鼻水は止まらない。咳も出る。

ようやく、撮影が一段落したところで、

「どうしてまた、今日はお客さんがこんなに？」

八重樫は越水に向かって訊ねた。

「大嵐になるっていうんで、みんな買いだめに来たんです。船は二、三日止まるでしょうし、年寄りばっかりで、嵐の中を買い物には出られませんからね。ここにあるもので賄うしかないんです」

言われてみればというやつだ。

連絡船の運航が途絶えれば、ここは絶海の孤島と化す。

高齢になったとはいえ、小さな菜園程度の耕作を行っている島民はいるだろうが、収穫期はとうに過ぎている。今現在、ここにある商品が島にある生活物資の全てである。

「風邪薬が欲しいんだが……」

「ありますよ。種類は少ししかありませんけど」

越水は心配そうに顔を覗き込んでくると、「先生、それなら診療所に行った方がいいんじゃないですか」

と勧める。

「大丈夫。ただの風邪だよ。ほら、昨日アメリカから送られてきた書類があっただろ。あれに目を通していたせいで、昨夜はほとんど寝ていなくてね。疲れが出ただけだよ。薬を飲んで一晩寝れば治るさ」

半分は真実だが、冬季になると二十人ほどになってしまう島である。常駐する医師は、免許を取って間もない研修医同然の経験に乏しいひよっこだ。医療設備もレントゲン程度だし、風邪と診断されるのは目に見えている。それに、売薬に効果がないわけではないから、さっさと家に戻って床につくに限ると思ったからだ。

「はあ〜っ。昨夜は、ほとんど寝ずに仕事をなさってたんですか」

越水は大したものだとばかりに、目を丸くすると、「それじゃ無理もありませんね」

背後の棚の中から売薬を取り出す。

越水が差し出してきた三種類の薬の中から一つを選び、ちょうど出来上がった弁当を受け取った。

そこで、ふと明日の夜の弁当のことが気になった。

「船も止まった上に、これから大嵐になるとなると、明日の晩飯は――」

「心配しないで下さい。大風が吹こうが、大雨が降ろうが、私、お届けしますから」

越水は胸を張ると、「ただこの有様です。肉も魚もきませんので、冷凍食品になってしまうと思います。先生にそんなものをお出しするのは申しわけないんですが――」

空になったショーケースに目を向け、心底すまなそうに頭を下げた。

「飯が届くだけでもありがたい。甘えさせていただくよ」

八重樫はそう言うと店を出ようとした。

「先生」

ガラス戸に手をかけた刹那、背後から越水の呼び止める声が聞こえた。「もし、具合が悪くなったら連絡下さい。いつでも駆けつけますので」

心配してくれるのはありがたいが、それでお前になにができる。

そんな内心をおくびにも出さず、

「ありがとう」

八重樫は礼を述べ、ガラス戸を引き開けた。

日が落ちかかった空にかかる雲は、厚く低い。

風は先ほどよりも強くなっている。港に灯る水銀灯が揺れている。防波堤の切れ目から覗く外海に、無数の白波が立っている。

顔に雨が当たり始める。

足を早めようとするのだが、節々に痛みを感ずる。筋肉にも針で刺されたような痛みがある。鼻水や咳は、激しくなってくるばかりだ。悪寒も覚えるのは風のせいばかりではなさそうだ。

ようやく家に辿りついた頃には、雨は本降りに変わっていた。

濡れそぼつ帽子を取り、ヤッケを脱ぎ、乾いた下着とパジャマを身につけた。

そのせいか、幾分悪寒が和らいだような気がする。

しかし、食欲はない。

飯は後だ。それよりもまず薬が先だ。

薬を服用した八重樫は、念のため熱を測ろうと思ったが、そこで体温計がないことに気がついた。

健康には日頃から注意を払い、医学界の権威と誰もが認める医師の下、最新の医療設備を駆使した入念な健康診断を定期的に受けている。そのせいもあって、この歳になっても持病一つない。薬とは無縁の生活を送ってきた上に、前に風邪にかかったのが、いつだったか思い出せないほどの病気知らずだ。健康には自信があったし、学会や会議に出席するために、東京を離れる機会は度々あっても、大都市で行われるのが常で、最先端の医療設備を持つ病院がすぐ傍にある。体調を崩した時の備えなど考えたことはなかったのだ。

ここに最後に住んでいたのは長兄夫婦で、義姉が亡くなって十一年が経つ。家財道具はそのままにしてあるから、どこかに体温計があるには違いないが、探すのも面倒だ。

八重樫は、早々に寝床に入ることにした。

薬の効果か、昨夜ほとんど睡眠を取っていなかったせいか、ほどなくして睡魔が襲ってきた。

咳と鼻水は相変わらずだが、一眠りすれば症状は軽くなるだろう。

節々の痛みは、墓掃除を念入りに行ったせいかもしれない。

安堵(あんど)の溜息を漏らすと同時に、八重樫は深い眠りに落ちた。

4

体が熱い。そして酷く寒い。

八重樫は相反する感覚、どうしようもない不快感に、目が覚めた。

体を動かそうと試みると、関節が、筋肉が激しく痛む。

雨戸を閉めたせいで、部屋は闇の中にある。それでも焦点が定まらないのがはっきりと分かる。目が回るというか、浮遊感があるというか、とにかく感覚がおかしい。

突然、八重樫は咳き込んだ。喉に焼けつくような痛みが走る。咳を繰り返すたびに、痛みは酷くなる。そして、咳は咳を呼び、一向に治まる気配はない。

咳をするたび上体が持ち上がる。しかし、支えるだけの力がない。すぐに体は布団の上に落ちる。そしてまた、咳き込むたびに上体が持ち上がる。その繰り返しだ。

意思の力では抑えられない肉体反応である。

苦しさのあまり八重樫は力を振り絞って横臥した。それでも咳は止まらない。

明らかに異常な症状だ。

ここに至って、八重樫はこれは風邪ではない。インフルエンザに罹ったのではないか、とふと思った。

前に風邪をひいた時を思い出せないくらいだ。インフルエンザには罹ったことはないし、ワクチンの接種はすでに受けてある。それも流行期に入るとされる十一月以前にだから、抗体ができているはずなのだが、ワクチンも今年流行すると目された型が外れてしまえば効果はない。

雨が雨戸を叩きつける音が聞こえる。屋根は瓦葺きで、ほとんど無音であるから、その音が余計大きく聞こえる。

ざざ、ざざざ――。

雨音に強弱がつくのは、風のせいだ。その激しさからかなりの強風であることが分かる。

喉が痛い。胸が熱い。体が痛い。悪寒と熱さを同時に覚えるのは熱、それもかなり高い熱のせいだ。

助けを呼ばなければ……と思った。

しかし、診療所の電話番号が分からない。

ならば、一一九番だ。島には住民で組織される消防団があるが、救急機能はない。それでも、本土の消防署から診療所に連絡が行き、医師が駆けつけてくるはずだ。

だが――。

この症状はただ事ではない。仮に医師が駆けつけたとしても、診療所に満足な医療設備はない。薬だけの対症療法になる。

もし、それで済まなければ……。

この大嵐では、漁船も出せない。助けの船だって来ないだろう。ならばヘリコプターということになるのだが、この大嵐の中で果たしてヘリコプターが飛べるのか。まして夜間だ。

恐怖を覚えた。

それが力となって、八重樫はやっとの思いで腹這いになった。

スマートフォンを探り、パネルをタッチし、1、1、9を押す。

腹這いになると胸が圧迫されて苦しい。

姿勢を変えようとした瞬間、八重樫は激しく嘔吐(おうと)した。

朝食を済ませた後は、栄養食品しか口にしていなかったから、胃の中は空のはずだ。パネルの明かりの中で、布団の上に液体が広がっていくのが見えた。

胃液だ。

顔面から胸元の辺りまでもが、たちまち胃液塗れになる。

仰向けになると、また激しい咳が出る。

それでも、八重樫はスマートフォンを耳に押し当てた。

回線がつながるまでの、信号音が耳に響く。短く断続的なその音が、心臓の鼓動に同調しているように思えてくる。

やがて、ついに回線がつながった。

「はい、一一九番。火事ですか、救急ですか」

署員がすかさず訊ねてくる。

ところが声が出ない。

「救急……」

やっとの思いで、八重樫は告げた。

「場所はどこですか？」

「く……ろ……かわ……じま――」

「黒川――」

署員は一瞬絶句すると、「じゅ……住所はどこですか」

緊迫した声で訊ねてくる。

八重樫が、咳き込みながら答えると、

「誰がどうしましたか？」

マニュアル通りに問うてくる。

本人であることは、咳や声の様子から分かるはずだ。それに、助けをすぐに出せないこともだ。

「すぐに……診療所に……。酷い高熱と……咳で――」

そこまで言うのがやっとだった。

もはや、スマホを持つことも、会話を交わす力もない。

スマホが手から滑り落ちる。

朦朧とする意識の中に、

「もしもしぃ、もしも～し。どうしました。大丈夫ですか」

署員が必死に問いかけてくる声が聞こえた。

どれくらい時間が経ったのだろう。

目の前が薄っすらと明るくなった。

何が起きたのか。自分がどうなっていたのか、もはやそれすらも分からない。

ただ、体が熱い。そして寒い。

呼吸が苦しい。息が思うようにできない。

「八重樫さん、八重樫さあ～ん。分かりますか。聞こえますかあ」

瞼をわずかに開けるのがやっとだ。酷く霞む視界の中に、覗き込む人影らしきものが朧(おぼろ)に見えた。

誰であるのかは分からない。ただ声が聞こえるだけだ。

目が開いたことで、意識があると思ったのだろう。

「どうしましたか？」

こたえる力がない。言葉の代わりに出たのは激しい咳だ。

自分の意思では動けないほど弱っているというのに、どこに、こんな余力が残っているのか。

その一方で確実に力は失われ、再び瞼が落ちていく。

診療所の医師か――。

混沌とする意識の中で、消防署に医師の派遣を要請したことを、八重樫は思い出した。

「いかん――」

医師の緊迫した呟きが聞こえた。

何かを取り出す気配に次いで、声が聞こえた。

「黒川島の石橋です。緊急を要する重篤患者が出ました。自衛隊に緊急医療搬送の依頼をしていただけますでしょうか」

自衛隊か――。

ということは、まだヘリは飛べるんだ――。

安堵の気持ちを八重樫は覚えた。そのせいか、意識が急速に遠のいていく。

深い闇が訪れた。

八重樫にとって幸運だったのは、石橋の要請に対する自衛隊の返答を知らずに済んだことだ。

「この悪天候の中ではヘリは飛ばせない。船を向かわせることも不可能だ」

つまり、黒川島に留まることを余儀なくされたのだ。

そして、惨事は起きた。

5

『新型インフルエンザか　島民全員死亡』

朝刊の一面トップ、黒地に白抜きの見出しがでかでかと躍る。

改めて記事を読むまでもない。

昨日の夕方からテレビはこのニュース一色だ。

大型の低気圧は、三日間にわたって日本海に留まった。それは、まさに爆弾低気圧と称するのに相応しい規模で、猛烈な強風と豪雨を日本海沿岸地域にもたらした。すでに収穫期を終えた農作物への被害は軽微ではあったものの、河川の氾濫や土砂崩れが各地で起きた。交通網は寸断され、被害を受けた家屋多数。死者、行方不明者も十数名となった。本来なら大ニュースだが、今回ばかりはそれも霞む。なにしろ、黒川島は全滅。死者は二十四名を数えるに至ったのだ。

　八重樫から助けを求める電話を受けた消防当局は、ただちに島の診療所に勤務する医師、石橋を向かわせた。尋常ならざる容態と判断した石橋は、治療設備の整った本土の病院に搬送すべく、自衛隊ヘリの出動を要請した。しかし、暴風雨が吹きすさぶ中ではそれも不可能だった。

ほどなくして石橋からは、八重樫の死亡が伝えられたというが、それは惨劇の序章に過ぎなかった。夜が明ける頃から、石橋の下には島民からの往診依頼が相次ぎ、暴風雨の中、診療所を訪れる島民も少なからずいたという。

看護師は一名しかおらず、検査機器はレントゲンが精々、入院施設さえない診療所である。まして石橋は、研修医に毛が生えた程度の新米だ。それでも、同じ症状を示す患者が続出すれば、何らかの感染症が発生していることは察しがつく。

本土の病院に増援を要請したものの、船もヘリも出せない。そうこうしているうちに、患者の症状は急激に悪化し、次々に死んでいく。ついには、石橋本人も発症し、やがて連絡は完全に途絶えた。

風雨が収まり、ようやく島に最初の救援隊がヘリで到着したのは、八重樫から救援依頼の電話が入った三日後の早朝。救援隊が目の当たりにしたのは、想像を絶する光景だった。

診療所には死体が転がり、各家にもまた死体。それも布団にくるまり、眠るように絶命していたという。

それでも野原は新聞を開き、記事に目を通し始めた。

電話が鳴ったのは、その時だ。

スマホのパネルに『レイノルズ』の文字が浮かんでいる。

耳に押し当てるや否や、

「ハロー……」

レイノルズの間延びした声が聞こえた。「想像以上の威力じゃないか」

「昨日の夕方から、こちらはサリエルのニュース一色。大変な騒ぎだ」

「こちらも、ブレイキング・ニュースで第一報が流れて以来、大騒ぎだ。夢うつつの中で聞いていたので、幻聴かと思ったが、何度目覚めても、CNNはもちろん、ABC、CBS、どのチャンネルもこのニュース一色だ。現実だという確信をようやく抱くに至ったよ」

ロチェスターは午後九時だ。

黒川島の第一報が伝えられてから半日以上が経つが、実のところレイノルズと言葉を交わすのはこれが初めてだ。

サリエルを送りつける準備自体は、それほどの時間を要するものではなかった。現代社会において、新型インフルエンザがいかなる過程を辿って、パンデミックを起こすのか。その過程をつぶさに見たいというのがレイノルズの願いである。

自ら感染者となり、パンデミックを引き起こすのは簡単だ。しかし、目的を遂げる前に、死んでしまったのでは意味がない。かといって、ウイルスが機能する環境は限定的で、簡単に感染させることは難しい。

ところが、レイノルズは、その方法があると言う。

となれば、誰をターゲットにするかだ。

そこで、思い出したのが、八重樫のこれまでの人生を綴った新聞連載である。

勤労感謝の日を中心にした一週間を、生まれ故郷の黒川島で過ごす——。

もし、八重樫を第一感染者とすれば、パンデミックにつながっていく様子が、つぶさに見られるというわけだ。

正確な住所など必要ない。郵便番号と『Dr. EIZO YAEGASHI KUROKAWAJIMA JAPAN』、僻地への配送物ならそれで十分だ。

野原は八重樫との間にあった出来事を、洗いざらい打ち明けた。

レイノルズが反対するわけがない。黒川島というロケーションも気に入ったようだ。そこで、早々に準備に入り、実行の時を待つことになったわけだが、三ヵ月の間に、レイノルズのガンが急速に悪化し始めた。

サリエルを閉じ込めた封筒を隣街のシラキュースのホテルから送り終えた頃には、ロチェスターに戻るのがやっと。医師の診断を仰いだところ、よくここまでもったと驚かれ、その場で入院となったという。

すでにガンは全身に広がり、もはや治療の術はない。これもまた、一仕事を終えたことによって気が緩んだのか、到底我慢できないほどの痛みも覚えた。入院した端から、施される治療は痛みを和らげる、いわゆるターミナルケアだ。モルヒネが投与されているせいで、意識が朦朧としていることが多く、ここ数日間は全く音信不通の状態が続いていたのだ。声が間延びしているのは、やはりモルヒネのせいだろう。

「クレイドルの仕組みを聞いた時には、そんなことが可能なのかと驚いたが、うまく機能したようだね。驚いたよ」

野原は素直な感想を口にした。

「これもまた、世の中には不遇をかこつ研究者がいかに多いかの表れというものでね」

横になっているのか、レイノルズの鼻息がスマホにかかる。そのノイズが一瞬大きくなった。

嘲笑(あざわら)っているのだ。

レイノルズは続ける。

「ウイルスを極めて簡単、かつ劇的に増殖させることができる技術だ。本来ならば大注目を浴びる画期的な研究成果だが、こんなものが悪用されれば大変なことになる。圧倒的多数の研究者、それも権威と言われる研究者は、活用するよりも悪用された場合のことを真っ先に考えるものだからね」

インフルエンザワクチンを製造するにあたっては、病原体となるウイルスが必要になる。つまりワクチンを大量に製造するためには、ウイルスそのものを人工的に増殖させなければならない。

通常、ウイルスの増殖には有精卵が使われるのだが、この方法には、製造過程において抗原変異が起き、ワクチンの有効性が低下するという問題点があった。

いかにして短期間で大量のウイルスを増殖させるか。この技術の開発を巡っては、世界中で多くの研究機関が取り組んでいるのだが、そうした中で開発されたのがクレイドルだ。

レイノルズは、それが誰の手によって開発されたのか、詳細は一切明かさなかったが、ダークウエブの中のあるサイトを通じて知り合った中堅の研究者からこの情報を手に入れたと言った。獣医学という門外漢の独自の発想によるもので、彼が着目したのは鳥の糞の中では一定期間インフルエンザウイルスが生存するという点だったという。

糞と同じ環境を人工的に作り上げ、さらにウイルスが自己増殖する環境、つまり人工的にヒトの細胞と同じ機能を持つ培養床(ばいようしょう)を開発すれば、短期間のうちに大量、かつ低コストでウイルスの増殖が可能になるのではないかと考えたのだ。

まさに門外漢であればこその発想である。

研究は実を結んだ。独自に開発した技術を用いた培養床は、シート状に加工が可能で、常温下でも十日間はウイルスが増殖し続けることが確認された。まさに画期的な研究成果である。研究者はこの技術をクレイドルと名づけた。ウイルスが、健やかに増殖するシート。日本語に訳せば『ゆりかご』である。

しかし、これが大問題となった。

悪意を持った人間に、この技術が使われでもしたら大変なことになると、研究機関の上層部がこの成果の公表を禁じてしまったのだ。

「技術というものは、開発者の意図に反する使われ方をする宿命を持つものだ」

レイノルズは続ける。「社会に貢献するために新技術の確立に心血を注ぐ研究者がいる一方で、人を殺傷するための技術の開発に取り組んでいる研究者がいるのもまた事実だからね。そして、今の世界情勢を考えれば、国同士が激突する戦争はまず起こらない。テロ組織のような国家なき集団と国の戦いへと変化している。アメリカは確かに大国だ。最強の軍事力を持ってもいる。しかし、軍事力が抑止力として機能するのは、攻撃対象が明確であればこそ。その点テロ組織は違うのだ。報復しようにも、敵の居場所が明確にならないどころか、敵が自国民であることだってあり得る話なんだ。それじゃあ、振り上げた拳の落とし所がないからね」

「はからずも今回の件で、その懸念が現実のものとなってしまったわけだ」

「彼も、まさかクレイドルが使われたとは夢にも思わんだろうさ」

また、鼻息がスマホに吹きかかる。「研究の成果を封印された、それも画期的な成果ともなれば、不満を抱くのも当然だし、研究者なら誰かに理解してもらいたい、自分の能力を誇示したいという衝動も覚えるものさ。彼も、その一人だったというわけだ」

なるほど、そういうことか。

おそらく、クレイドルを開発した研究者は、あのサイトの存在を知り、『もう一人の教授』と呼ばれていたレイノルズにダークウェブを通じて成果を打ち明けたのだ。的確なアドバイスを行っていた点は『教授』と遜色はないが、文面を読めば、『もう一人の教授』がネイティブであることは一目瞭然だ。そこで、個人的な信頼関係が構築され、二人の間でやり取りが始まったのだろう。

「今回の件にクレイドルが使われたことは、まず誰にも気づかれないだろうね」

野原は言った。「バブルシートが内包された封筒のフラップの部分に膨らみがあっても不審には思わないだろうし、だからこそ、八重樫はサリエルに感染したんだ」

「頑丈に糊づけされた封を開くためには、カッターナイフかハサミを用いる。刃を突きさせば、高圧の空気で満たされた袋に穴が開く。中はクレイドルで増殖したサリエルでいっぱいだ。そいつが一気に噴き出す。しかも無臭な上に、すぐに発症するってわけじゃない。八重樫だって、別に不審には思わんさ」

「仮に、サリエルの論文、封筒の存在に気がついた人間がいたとしても、差出人は架空の人物。それも、シラキュースのホテルからの発送だ。クレイドルの機能が分かるまでには相当な時間がかかるだろうし、そこから防犯カメラの画像を確認し、人物を特定し、とやってたら、いったいいつになることやら」

「その頃には、とうの昔に私はいなくなってるよ」

余命の話をされると、なんと返していいものか、言葉に詰まる。

「まあ、クレイドルどころか、封筒の存在に気がつく者なんかいないだろうね」

それでも野原は、空咳を繰り返しながら言った。「もっかの関心は、ウイルスが新型なのか、そうではないのか。その一点に集中しているんだ。間違いなく死者の体内からは、死滅したサリエルが検出されているだろうから、新型ということになれば、感染源はどこだということになるわけだが、黒川島は渡り鳥の中継地だからね」

「しかし、そうなるとサリエルの感染はこれ以上広がらないということになるな」

レイノルズは声のトーンを落とす。「島で感染させるという君のアイデアは素晴らしかった。たった一人の感染者から、サリエルがどう拡散していくのか、その過程がつぶさに見られる絶好のロケーションだ。しかし、島民が全滅してしまったとあっては、これ以上感染が広がりようがない」

「悪天候は想定外だった」

野原もまた、声を落としたが、その一方で少しばかり安堵の気持ちを覚えた。

八重樫に狙いをつけたのは積年の恨みによるものだ。貴美子を奪われただけでなく、権力をもって研究者の道を絶たれたのだ。その一方で八重樫は、名声と地位を獲得し、確実に成功者への階段を上りつめていく。

こんな理不尽があっていいものかと思った。全てを手にしていく八重樫が眩しくもあった。たぶん人はそれを嫉妬というだろう。負け犬の遠吠えと嘲笑うかもしれない。だが、この気持ちは権力者によって、運命を変えられた人間にしか到底分かり得ないものだ。

そしていま、八重樫は亡き者となった。それも彼が専門とするウイルスの力によってだ。しかし、サリエルの驚異的な威力を目の当たりにした時、野原の胸中にこみ上げてきたのは後悔の念と恐怖である。

「分からないのは、なぜこれほどの短時間に島民全員に感染が広がったのかだ。しかも全滅なんて考えられない。スペイン風邪だって、致死率は高く見積もっても二パーセント程度。医師と看護師以外は高齢者だったのは事実だが、まさか全員が死亡するとは……」

「その点についての報道は？」

「いまのところはなにも……。島への立ち入りは厳重に制限されていてね。報道内容は公的機関の発表を元にしたものに限られているので――」

「集団感染が起きた理由は分からんが、死亡率の高さはやはり、感染者が高齢であったからだろうな。体力が劣る人間の症状が重くなるのは、インフルエンザの常だ」

レイノルズは、そこで言葉を区切ると、低いうめき声を漏らした。

「ロブ……大丈夫か？」

「モルヒネの効きも大分落ちてきてね……。こいつを使うと痛みが和らぐんだが、眠りにつく時間が長くなって困る。サリエルのニュースを見ることが唯一の楽しみなのに……」

サリエルの威力は想像以上だ。もはや、生物兵器の域に達していると言っても過言ではない。それでもなお、楽しみだって？

「パニックこそ起きてはいないが、日本は大変な騒ぎだ。感染がほぼ高齢者に限られていたとはいえ、全員死亡の衝撃はあまりにも大きい。新型インフルエンザなら大変なことになると……」

野原は、もう十分だという気持ちを暗に匂わせた。

「その大変な事態というやつを見たいんだ」

ところがレイノルズは断固とした口調で言う。「病を克服し、長寿を可能にするのは人類の夢だが、そんな考えは間違っている。長寿は必ずしも幸せにつながるとは限らない。生態系を考えれば、人間の長寿はむしろ害悪だ。まして、長寿が富裕層という限られた人間たちの特権になるとなれば、こんな不条理なことがあっていいわけがない」

「しかし、サリエルがパンデミックを引き起こそうものなら、死ぬのは高齢者ばかりじゃない。将来を背負って立つ、赤ん坊や若者だって――」

「言ったろ？」

レイノルズは野原の言葉を遮った。「新型インフルエンザだと判明すれば、各国は必死になってワクチン、抗インフルエンザ薬の製造に取り掛かる。しかし需要は爆発的。生産はとても追いつかない。そこで、直面することになるのが、誰に先にワクチンや薬を投与するのかだ。金持ちかね？　未来ある若者？　それとも、国家を支える指導者かね？　この世の中の不条理が一気に炙り出されるのはその時だ。なんせ、後回しにされた人間は、価値が低いと宣告されたに等しいんだからね。当然民衆の怒りは爆発する。さて、その結果何が起きると思う？」

野原は、黙って次の言葉を待った。

「リセットだ」

レイノルズは言った。「民主主義国家では、為政者を決めるのは国民だ。そして、富める者も貧しき者も、一人が持つ票の重さに変わりはない。自分を見捨てた人間を、誰が支持する？　そんな人間たちが社会を率いる体制を誰が認める？　社会は大混乱し、カオスとなるかもしれない。だが、やがてそれも収まる。そして、そこに新しい秩序が生まれる。サリエルは、結果的にこの社会を、人類を救うことになるんだ」

「しかし、感染者が全員死亡した今となっては……」

「まだ手はある」

レイノルズは言った。「だが、私はもう動けない。そこで君に頼みがある」

「頼み？　どんな？」

「もう一度アメリカに来てくれないか？」

「アメリカに行ってどうしろと？」

「サリエルを私の下に届けて欲しい」

それが何を意味するかに説明はいらない。

レイノルズの余命は残り少ない。

自らがサリエルに感染し、パンデミックを引き起こすつもりなのだ。

再び沈黙した野原に向かって、

「セイジ……頼むよ――」

レイノルズは、苦しげな息を吐きながら懇願する。

こう」
野原はしばしの間を置いて言った。「分かった……。できるだけ早く、そちらに行
「ロブ……」
もちろん、野原にそんなつもりはさらさらない。
末期ガンの進行は、方程式のように決まっている。モルヒネで眠る時間が多くなっ
ているということは、間もなく意識の混濁が始まるはずだ。レイノルズが自力で動け
なくなった以上、手を貸さねばパンデミックは起きない。サリエルは人類に警鐘を鳴
らしただけで、発生の謎を秘めたまま、封印された存在となるのだ。
「ありがとう……」
レイノルズは弱々しい声で礼を言う。
「じゃあ、近々……」
すんでのところでパンデミックは抑えられた。神は、人類に警鐘を鳴らしはした
が、鉄槌は下さなかったのだ。
野原は神の存在を初めて知った気がして、ほっと息をついた。

6

「サリエル？」

想像もしなかった言葉がカシスの口を衝いて出た途端、笠井は驚愕のあまり、思わず問い返した。「黒川島で発症したインフルエンザはサリエルによるものだったのですか？」

「遺体から検出されたウイルスのＲＮＡ型から間違いないと――」

そうこたえるカシスの顔には、極限に達した緊張感が現れている。

「そんな馬鹿な！」

笠井は首を振りながら声を荒らげた。「確かに流出した研究報告書をベースにすれば、サリエルを作ることはできますが、それには高度な専門知識と実験室が必要です。あのデータが流出した時には、注目する研究機関があったにせよ、我々が責任をもって調査、検証するといった時点で、騒ぎは収まったじゃないですか。しかも、発生地は日本ですよ。日本でサリエルを誰にも気づかれぬまま作るなんてことは絶対に不可能です」

「遺伝子解析の結果、サリエルだと断定されたんだ。そして、日本で発生したのもまた事実だ」

傍から口を挟んだのは、カシスの下でサブリーダーを務めるフランク・コッドだ。赤毛の剛毛で頭部から頰、顎までもが覆われた偉丈夫（いじょうふ）で、話す英語に独特なアクセントがあるのは、彼が英国の出身であるからだ。

「サリエルが自然界で発生することはあり得ない。としたら、誰かが密かに製造し、あの島に持ち込んだとしか考えられないわ」

カシスの推測に反論の余地はないのだが、サリエルを作るためには、最低でもレベル3に該当する実験室が必要になる。そんな設備を持っている研究機関は日本では限られるし、仮に誰かが製造を試みたとしても、秘密裏に行うことは不可能だ。

「あなたが言いたいことは分かっている」

黙った笠井に向かってカシスは続けた。「日本には、レベル4の実験室は一ヵ所だけ、レベル3も限られているし、管理体制も万全。どう考えても、サリエルなんか作れっこないものね」

「実験室だけじゃありません。サリエルの製造には、ウイルスを増殖するための機材をはじめ、特殊な機器も必要なら、作製者をウイルスの感染から防ぐための防護措置も徹底しなければなりません。仮に、誰かがサリエルを作ったとしても、黒川島をピンポイントで狙うとしたら、島にどうやってウイルスを持ち込むんです？　それも、作製者自身が感染することなくですよ。そんなことができると思いますか？」

笠井の言葉に、二人は顔を見合わせ沈黙する。

「確かにそうには違いないんだけど……」

カシスは言葉を濁すと、「一つ、興味深いことが分かったの」話題を転じた。

「興味深い？」

「あなた、八重樫博士を知ってるわよね」

その名前で思いつくのは一人しかいない。

「八重樫って……東アジアウイルス研究センターの？」

笠井は問い返した。

「実は、状況からすると、最初の感染者は八重樫博士だったと思われるの」

これまでに入った情報では、島民が全員死亡としか伝えられていない。

「なんだって!?」

驚愕のあまり、笠井の声が裏返る。「どうして、八重樫さんが黒川島に？」

「博士の生まれ故郷だったらしいわ。島に滞在中に発症して、医師が消防署に助けを求めてきたっていうの。でも、大嵐の中では船はもちろん、ヘリコプターも飛ばせない。その後さほどの時間をおかずに死亡したと――」

「なんてこった……」

笠井は呻いた。

皮肉なんてものじゃない。

インフルエンザウイルスの突然変異のメカニズムを解明するために、意図的に新型インフルエンザを作り上げる研究を、生物兵器に転用される恐れがあると批判し、中断させた挙句、自分をセンターから追い出した。その本人が、こともあろうにサリエルの第一感染者となり、命を奪われたとは……。

「私たちの研究が危険過ぎると批判した八重樫博士が第一感染者だなんて、偶然にしては出来過ぎだとは思わない？」

カシスの言葉に笠井はぎょっとした。

「出来過ぎって……。それじゃ、八重樫さんは狙われたとでも？」

「でなければ、こうは考えられないかしら。八重樫博士は、あの流出したデータを検証するために、名誉理事長を務めていた研究所で、密かにサリエルを作らせた。博士はそこで、感染してしまった――」

「絶対にあり得ない」

笠井は断固として否定した。「確かに研究機関にはレベル3の実験室があるけど、八重樫さんの一存で、サリエルを作ることなんかできません。それに彼は、インフルエンザは専門外だし、我々の研究に反対した本当の理由は、己の野心のためで――」

つい口を滑（すべ）らして、慌てて言葉を飲んだ笠井だったが、

「野心？」

コッドが、片眉を上げすかさず訊ねてきた。「野心ってなんだ？」

こうなったら仕方がない。

「八重樫さんは学士院院長を狙ってるって、もっぱらの評判だったんですよ。その地位を手に入れれば、次は文化勲章。日本では、科学技術や文化に著しい貢献をした者に与えられる最高の栄誉です。人為的に新型インフルエンザを作り出すなんて研究は、生物兵器に転用されたら大変なことになる。事実、この研究には反対を唱える科学者が圧倒的に多いわけですからね。そんな研究をしている人間を自分が名誉理事長を務めている研究機関に置くわけにはいかない。まさに触らぬ神に祟りなしってやつですよ。とにかく自分のキャリアの汚点となるような研究は、一切認めない人なんです」

「やれやれ……」

コッドは呆れたように首を振る。「自分の名誉欲のために、君を切って捨てたってわけか」

「私だけじゃありません。ここに、私を送り込んだ上司も……」

「その上司は？」

カシスが間髪を入れず問うてきた。

何を言わんとしているかは明らかだ。

「それはありません。彼は、地方の国立大学に飛ばされましたが、そこにサリエルを作れるような施設はありません。仮に作れたとしても、八重樫さんを狙い撃ちにするなんて不可能です」

「自らキャリアになって、八重樫博士と接触しない限り感染させる方法はないものね」

「そんなことをすれば、八重樫さんが発症する以前に感染者が出ていたはずですよ。だけど、発症者は島に限定されているわけでしょう？」

「確かに……」

コッドが頷いた。

「実は、今回の一件を知った直後、黒川島のことを調べてみたんです」

笠井はファイルを開いた。ネットで調べた黒川島の資料である。「この時期、黒川島の居住者は高齢者ばかりになって、島を訪れる人は極端に少なくなるそうです。天候が荒れれば、島と本土を結ぶ唯一の交通手段である連絡船は欠航して、文字通り孤島と化す。発症当時には、大型の低気圧が近づいていて、船が欠航することは分かっていたはずです。サリエルを作った何者かが自らキャリアとなって島に入ったら、帰る術はない。当然、死亡者の中に島外居住者がいたはずです。しかし、今現在入っている情報では、八重樫さん以外の死亡者は全員島民なんでしょう？」

「しかし、自らがキャリアとなることを決意したとすれば、自爆テロ同然の行為だ。人知れず島のどこかで、死んでいる可能性だってあるんじゃないのかな」

「タイミングをどうやってはかるんですか」

今度は笠井がコッドの言葉を遮った。「感染から発症までの期間。発症した時点から、どんな経緯を辿って症状が悪化していくのか。流出した報告書には、実際に人間が感染した際に想定される記述は、何もなかったじゃないですか」

「まあ、今ここで、それを議論しても始まらないわ」

カシスは、沈鬱な表情を浮かべながらも、「島民が全滅したのは気の毒だけど、感染が島に限定されたのは不幸中の幸いだったわ。もし、悪天候でなかったら、発症者が次から次へと本土の病院に運び込まれていただろうし、感染に気がつかないうちに船に乗り込みでもしようものなら、パンデミックにつながっていたって不思議じゃないわ」

安堵するかのように、ふっと小さく息を吐く。

「全くだ……。はからずも島が隔離病棟になったわけだからね」

コッドもまた、やるせない口調で同意する。

「でも、サリエルが何者かの手によって作られたのは事実。となれば、今後もまた同じ手口でサリエルが撒かれる可能性はあると見ておくべきだわ」

カシスの顔に宿る緊張感が増し、声が硬くなる。「厄介なのは、これがサリエルだと公表すれば、次は誰がこんな研究を行っていたかの詮索が始まるってことよ」

「しかし、あの研究報告書を目にしている研究者は少なからずいるわけで……」

「サリエルを持っているのは、日本の研究機関だけよ」

カシスが何を言わんとしているか、説明を求めるまでもない。

口封じをしようというのだ。

「黒川島の住人を全滅させたのが、人為的に作り出されたインフルエンザウイルスだったなんて知れたら、誰もがテロが起きたと思うに決まってるわ。その瞬間から、世界中が大パニックに陥る」

その通りだ。

感染の拡大は人の移動と密接に関係する。世界中で、今この瞬間にもどれほどの航空機が空を飛んでいるかは、フライトレーダー24にアクセスすれば一目瞭然だ。世界中の航空機の飛行状況がリアルタイムで把握できるサイトだが、空白地帯は北朝鮮領空ぐらいのもので、無数の蟻が列を作って毛細血管を織り成すがごとく、世界中の空を埋め尽くしている様に驚かされる。

人の移動がこれほどまで短時間のうちに、かつ広範囲にわたるとなれば、サリエルに感染した人間が、一人でも飛行機に乗り合わせれば、密閉された空間の中では確実に感染者が出る。そして、ハブ空港から別便に乗り込もうものなら、世界的なパンデミックにつながる可能性は極めて高い。

それが人為的に作られたウイルスとなれば、恐怖は倍増。大パニックが起きるのは間違いない。

その点から言えば、最初の発生地が日本であったことは、ＣＤＣにとって幸運だったと言わねばなるまい。ウイルスがサリエルであることは、日本でもまだごく一部の人間しか知らないはずだ。厚生労働省を通じ官邸にも報告が上がっているはずだが、アメリカの意向に日本政府が逆らえるはずがない。おそらく箝口令が敷かれているだろう。

もちろん、黒川島を見舞った惨劇の原因は新型インフルエンザによるものだと早晩公表せざるを得ないとしても、サリエルの名前が公表されることはない。

「しかし、ヴィッキー。今回の発生が意図的に引き起こされたものだという可能性が捨て切れない限り、早急に策を講じる必要がある。惨事を引き起こしたのがサリエルだと分かった以上、ワクチンの製造、治療薬の製造に取り掛からなければ。もし次のテロが起きたら――」

「その通りよ」

カシスは深く頷いた。「でも、これからワクチンの製造に取り掛かっても、万が一に備えるというのであれば、それこそ世界の人口分の量が必要になる。生産能力は絶対的に不足しているし、保存期限の問題もある。それに予防策はワクチンが最も有効だけど、そのためには活性化しているサリエルそのものが必要になる。ワクチンを作れば、今度はその株をどこで手に入れたかってことになるじゃない。となれば、取れる策は一つしかない」

「インフルエンザ治療薬、トレドールですね」

笠井は言った。

トレドールとは、日本の製薬会社が開発したインフルエンザ治療薬の製品名で、人の細胞内に侵入したウイルスの遺伝子の複製を防ぐという効能がある。面白いのは、この薬がインフルエンザのみならず、ウイルスを原因とする病の多くに効果を発揮することだ。いわば万能薬といった極めて優れた薬ではあるのだが、副作用の危険を伴うことから、製造、販売は認められていない。

ただ、既存の治療薬が効かない新型インフルエンザが出現した場合、事態の緊急性に鑑(かんが)みて、厚生労働大臣の承認があれば、製造が認められることになっている。

「しかし、トレドールの製造を行えるのは、世界でも日本の製薬メーカー一社だけですよ。しかも、常に製造しているわけじゃありませんから、生産能力だって知れたもの。当の日本にしたって、万が一に備えて五万人分の備蓄しかないんです」

「パンデミックに備えるためには、現時点ではトレドールしかないわ」

カシスは言った。「世界中に感染が広がる恐れがある限り、トレドールの備蓄量をできるだけ増やすしか手はないの。もちろん、日本の製薬メーカー一社に頼っていたら、いつのことになるか分からない。世界中の製薬メーカーが、少なくとも自国の分を賄えるだけの生産態勢を整えるようにしなければならないの」

「しかし、作ると言っても、特許の問題もあれば――」

「よかったな、里帰りができるよ」

コッドが、髭面の中から白い歯を覗かせた。

「えっ？」

「あなたがいてくれたのは幸運だったわ」

カシスが言った。「一刻を争う緊急事態。日本の厚生労働省、製薬会社との調整をあなたにやってもらいたいの。いちいち私たちが日本に行って調整するよりも、日本人同士の方が話は早いし、あなたは今回の件の裏も、ＣＤＣやアメリカの事情も良く知っているんだもの。調整役に適した人材は、あなたをおいていないわ」

なるほど、そういうことか。

頷いた笠井に向かって、カシスは続けた。

「各国の保健機関との調整は、あなたの報告と並行して私たちが行う。とにかく、時間との勝負よ。もし、サリエルを作った人間の狙いが、黒川島に帰省中の八重樫博士にあったとしたら、二度目の感染が起きる可能性はまずないとも考えられるけど、とにかく誰が、何の目的で、こんなことをしでかしたのかが分からない以上、最悪の事態を想定して策を講じておくことよ。だから、すぐに日本に行って欲しいの」

「すぐにって？」

「アサップ……」

カシスは声に力を込めて、間髪を入れず命じた。

アサップ――アズ・スーン・アズ・ポッシブル。つまり、可能な限り早く。この場合、直ちにと言っているのだ。

「分かりました。では明日の便で――」

「日本側のカウンターパートは、すでにあなたのアドレスにメールしてある。日本に到着次第、すぐに仕事にとりかかれるはずだわ」

なんとも、手際のいい話で――。

胸の中で、つぶやきながら、

「長い旅になりそうですね」

笠井は立ち上がった。「すぐに支度にとりかかります」

第三章

1

「的場さん。今日おいでいただいたのは、他でもありません。ひとつご意見を伺いたいことがありまして」

赤坂の料亭『秋月』の一室で、的場が席に着くなり、床の間を背にした鍋島が熱燗(あつかん)が入った徳利を差し出しながら切り出した。

同席しているのは、副総理の大鷹啓治(おおたかけいじ)と官房長官の佃靖史(つくだやすし)である。政権の重鎮中の重鎮が二人も顔を揃えるとなれば、よほど重大な相談であるに違いない。

「はて、意見とは？」

的場は総理自らの酌を受けながら訊ねた。

「衆議院を解散しようと考えているのです」

まったく予想だにしなかった言葉に、的場は驚愕のあまり盃を落としかけた。

「解散？」

「これから先のことを考えると、今がチャンスだと思いましてね」

鍋島は、徳利を膳の上に置きながら言った。

「これから先とは、どういうことです？　政党支持率、内閣支持率ともに数字は悪くない。それどころか、野党議員のスキャンダルが相次ぎ、党にとっては願ったり叶ったりの状況にあるじゃないですか。現時点で、衆議院を解散する理由はどこにもないでしょう」

「オリンピックですよ」

特徴ある嗄れ声で答えたのは大鷹である。「開催まで一年を切り、世間はすっかりお祭り気分ですが、新施設の建設費、交通インフラ整備費、その他諸々、祭りが終わってみれば大赤字。不採算事業の最たるものとして、猛烈な批判が持ち上がることになるのは目に見えていますからな。今でこそマスコミも水を差すような報道を控えていますが、終わった途端、いつもの調子で煽り立てるに決まってるんです。任期満了を待っていたのでは、大変な批判の中での選挙戦を強いられることになる」

「なるほど」

的場はぐいと盃を傾けた。「年明けの早い時点で解散すれば、次の任期満了を迎えるまでに四年の時間ができる。となれば、オリンピック問題も雲散霧消。選挙の争点にはなり得ないというわけですか」

「誘致したのは東京都でも、プレゼンテーションには時の総理が登壇して、国として全面的な支援を確約したんですから、当然責任を問われるわけです」

佃がすかさず言葉を継いだ。

佃は鍋島の懐刀と言われるだけあって、万事において抜け目がない。次の総理総裁を狙っているというのも、衆目の一致するところだ。ここで、その目が潰えたのではたまらないとばかりに、こんな策を出してきたのは、おそらく佃だろうと、的場は思った。

「しかし、都も酷いもんですな」

的場は盃を置いた。「七千億でできるなんて、何を根拠にしたんだか。こんなに費用が膨れ上がるなんて、出鱈目もいいところじゃありませんか。新設した競技場にしたって、各競技団体が出してきた要望の必要性をしっかり吟味したんですかね。五十六年ぶりの世紀の祭典となれば、理想の競技施設を建てるビッグチャンスです。使うかどうかも分からない設備を、あれもこれもと出してくるに決まってるじゃないですか」

なるほど、倉本が怒りを覚えるのも当然だ。

的場は、倉本との会話を思い出しながら溜息を吐きたくなるのをすんでのところで堪(こら)えた。

公共事業において、予算見積もりと称されるものが、計画を通すための方便に過ぎず、形骸(けいがい)化しているのは今に始まったことではない。しかし、こんな感覚でやっていたら財政再建など不可能で、ツケを払わされるのは次世代を担う若者たちだ。

「今に始まったことじゃありませんよ。役人仕事なんて、昔からそんなもんじゃないですか」

大鷹は苦笑を浮かべ、まるで他人事のように言う。「まあ、ホテルはすでに予約で満室。開催期間中はもちろん、来日したついでに、日本各地を観光する外国人がカネを落としていくでしょうから、地方もおおいに潤うでしょう。日本のホスピタリティに触れれば、再来日も見込めるでしょうし、全く意味のないイベントだとは言えませんよ。長期的視点で見れば、むしろプラスであるはずなんですが、世間は、すぐに目先のことを問題視するもんですからなあ」

しかし、さすがに大鷹は冷静である。

「問題は大義です」

すぐに会話を本題に戻す。「解散をするにはまたとないチャンスなんですが、野党のスキャンダルに付け込んだのが見え見えじゃ、逆風となりかねませんからね。世間の注目は、来年に迫ったオリンピックに集まっているし、国政も今現在大きな問題は抱えていません。かといって、任期満了を待てば、我が党の形勢は極めて不利になる。そこに頭を痛めておりまして……」

「解散なんて言ってる場合ですかね」

的場は空になった盃に、自ら酒を注いだ。「黒川島の島民が全滅した原因は、インフルエンザの疑いが濃厚だそうじゃないですか。大鷹さんは、世間の話題はオリンピック一色だっておっしゃいますが、この二日間の報道は、オリンピックのオの字もない。黒川島の話題でもちきりです。もし、原因が新型インフルエンザであったのなら、選挙どころの話じゃありません。解散しようものなら、大変な批判に晒されることになりますよ」

「黒川島の件に関しては、現在分析を行っている最中です。結果が出るまでには、まだ少し時間がかかるそうですから、策を講じるのはそれからということになります」

鍋島は盃を呷ると、的場の視線をしっかと捉えた。

総理総裁の座を射止める人間というものは、感情の揺らぎを表に出さぬ習慣が身についているものだが、そこは人間だ。隠せない癖というものがある。

鍋島の場合、口外できないことへのこたえを迫られると、真実であることをことさら強調するかのように、相手の目を見据える癖がある。もっとも、長年、政界の裏方

として働き、大村政権下にあっては総理秘書官を務めた的場であればこそ分かること
で、その癖に気づいている者はまずいない。
「しかし、総理。島民全員が死亡しているんですよ。それも最初の発症者が出て、わ
ずか三日の間にです。インフルエンザだとすれば、新型以外に考えられないでしょ
う」
「島民は高齢者ばかりでしたから」
「若い医師も看護師も亡くなっているではありませんか」
「もちろん、新型である可能性は念頭にありますよ」
鍋島はこの間にも視線を逸らさない。「しかし、科学的分析結果が出ない以上、新
型とは断定できないのです」
「実際、今回の件に関しては、常識では考えられないことが多々ありましてね」
佃が言葉を継いだ。「新型だったとしたら、なぜ黒川島で発生したのか。それ以外
の場所では、新型のインフルエンザに感染したという報告は一つもありません。最初
の発症者は東アジアウイルス研究センターの八重樫先生と目されていますが、先生は
二日前に島に来たばかりだったんです。もし、先生がウイルスを島に持ち込んだのだ
としたら、感染したのは本土という可能性が高い。つまり、他にも感染者がいるはず
だというのが専門家の見解なんです。しかし、本土では他に発症例は一件たりとも確

認されてはいないんです」

「島民の発症は、翌日の未明から。しかも家族の一人が発症してから、一日も経たないうちに次の感染者が出ている。黒川島は、渡り鳥の中継地点として有名だそうじゃないですか。突然変異を起こしたウイルスを鳥が運んできたんじゃないか。そう推測する専門家もいるようですが」

マスコミは連日このニュースで持ちきりだ。テレビはニュース、ワイドショーに専門家をコメンテーターとして迎え、盛んに新型インフルエンザの可能性を訴える。否(いや)応(おう)なしに、この手の情報は耳に入ってしまう。

「いつものことですよ」

佃は苦々しげにいう。「島民全員死亡。新型インフルエンザウイルスの出現の可能性を匂わせれば、そりゃあ誰しもが恐怖に駆られますよ。一刻も早く、最新の情報を手に入れようと、テレビにしがみつく。不安を煽れば煽るほど、視聴率が上がるわけですから、分析結果が出るまでは、あることないこと言いたい放題。視聴者の不安を駆りたてる報道一色になるに決まってるじゃないですか」

「そうはおっしゃいますが、最悪のケースを想定して備えるのが、政府の務めじゃありませんか」

「すでに、指示は出しています」

鍋島は言った。「新型インフルエンザだった場合、現在製造されているワクチンが効かない可能性もあるわけです。早急にワクチンの開発、製造に着手したいのですが、活性化しているウイルスがない以上、それは不可能です。仮に手に入ったとしても、全国民に接種可能な量となると、かなりの時間を要します。そうすると、取れる策はただ一つ。治療薬の備蓄しかありません」

「治療薬って、リレンザとかタミフルのことですか？」

「それが効くなら問題解決へのハードルは低くなりますが、もし新型だとすれば、効果がないということも考えられます」

「となると新薬ですが、そんな薬あるんですか？」

「あります。トレドールという薬が」

鍋島は力強く頷いた。

どうやら、今度は真実のようだが、そんな薬の名前は初めて聞く。

「その薬は、どこにあるんです？」

「日本です」

鍋島はすかさずこたえる。「中越化学製薬が開発した、新型インフルエンザの特効薬と目されている薬です」

「目されていると言いますと？」

「トレドールは、遺伝子に作用してウイルスの増殖を阻害する薬なのですが、マウスでの実験で、副作用があることが分かりましてね。実際に使用された例がないんです。ですから常に製造しているものではなく、厚労大臣が必要と認めた場合に限り製造できることになっているのですが、的場さんがおっしゃるように、万一の場合に備えるというならトレドールの増産態勢を可及的速やかに整えるしかありません」

「それでは、すでにご指示を？」

「今頃、梶本さんが記者発表を行っているはずです」

鍋島は厚生労働大臣の名前を出しながら、口元に笑みを浮かべた。

「しかし、常に製造していないということは、これから準備を始めても――」

「その通りです。万が一に備えて、すでに備蓄はしておりますが、五万人分のみ。国民全員分を用意するのは、やはりそれなりの時間を要します」

たったそれだけ？

「それじゃ、国民の不安は取り除けないじゃありませんか」

芽生えかけた希望の芽が、瞬く間に萎れていく。

「的場さんの懸念はもっともですが、最初の発症者が出て、かれこれ五日。以降ただの一人も感染者は出ちゃいないんです。こう言っちゃ何ですが、絶海の孤島であったことが幸いしたんですよ。嵐によって人の移動が不可能になったことで、黒川島は隔離病棟になったわけです。あの大嵐は、我が国にとって、まさに神風だった。おかげで日本は救われた。そうも考えられるじゃないですか」

佃には失言癖がある。

こんな言葉を外で漏らそうものなら、大変な非難に晒されるのは火を見るより明らかなのに、懲りるということを知らない。もっとも、それが癖というものなのだが、それよりも気になったのは、佃が感染はこれ以上広がらないことを確信しているかのように思えたことだ。

「そうだ……こういう手は使えませんかね」

何か閃(ひらめ)いたらしく、大鷹が眉を開く。「もし、新型インフルエンザだとしたら、一旦発生したからには、いつ、どこで次の発症者が現れるか分からない。それは来年かもしれないし、再来年であるかもしれない。そんなことになろうものなら、選挙どころの話ではなくなるわけです。ワクチンの製造、薬の備蓄を早急に行うと同時に、国として完璧な体制をもってその時に備える必要がある。インフルエンザのシーズンは、これからがピークです。三月の時点で、新たな発症者が出なければ、感染拡大の恐れはかなり低くなる。そこで、解散を打つというのはどうでしょう」

「さすがは大鷹さんだ」

佃は膝を打って満面の笑みを浮かべる。「国民が何を恐れているかって言やあ、パンデミックだ。黒川島の再現となれば、それこそ国難に直面することになるんですからね。完璧な感染拡大防止態勢を整えるためには、まずは政府の体制を盤石にしておくことだ。いや、それだけじゃない。インフルエンザは夏にだって発生しますからね。オリンピックを前にして、新型インフルエンザに感染した患者が出ようものなら、開催中止だってあり得る話だ。そんなことになれば、一大事どころの話じゃない。それなら国民だって十分納得するでしょうからな」

「どうでしょう、的場さん」

大鷹が、意見を求めてくる。

確かに大義は立つかもしれないが、大鷹までもが次の感染者は出るはずがないと踏んでいるようなのがどうも腑に落ちない。

いったい、こいつらは何を知っているんだ。黒川島で何が起きたんだ。

もっとも、それを訊ねたところで話すわけがないのは百も承知。それが政治の世界というものだからだ。

的場は、盃をぐいと空けると、

「いいんじゃないでしょうか。国民も不安を抱いていることに違いはないんです。国難を未然に防ぐべく、盤石の体制を整えるためだと言えば、大義になるかもしれませんね」

目元を緩ませる三人の顔を見ながら、気の無い返事をした。

2

アトランタから成田までは、直行便で十四時間半を要する。

到着したその足で、笠井が真っ先に向かったのは、東アジアウイルス研究センターである。

帰国の目的は、トレドールの量産化を世界レベルで可及的速やかに行うべく、関係各機関との調整を行うことだが、研究報告書の真偽はCDCが検証すると明言したのだ。それに、黒川島で犠牲になった島民から採取されたウイルスの分析を行ったのは、東アジアウイルス研究センターである。少なくとも、一連の経緯をセンター長にだけでも話しておく必要がある、というのがCDCの考えであったからだ。

「サリエルねえ……」

笠井の説明を聞き終えた稲村宗一郎が、皮肉めいた口調で言った。「アメリカ人はコードネームをつけるのが得意だからな。まったく上手い名前をつけたもんじゃないか。ええっ？」

稲村は東アジアウイルス研究センターのセンター長だ。

年齢は五十一歳。白髪混じりの豊かな頭髪をオールバックにまとめ、端正な顔立ちに銀縁眼鏡をかけた容姿は、冷徹な学者そのものだが、顎を引き上目遣いに笠井を見据える稲村の目には怒りの色が宿っている。

「こうした事態を恐れて、この手の研究には世界中の圧倒的多数の学者が反対を唱えてきたのに、まんまとその懸念が現実のものとなったってわけだ」

稲村は、デスクの上を指先でとんとんと叩きながら、苛立ちを露にする。「しかも、サリエルが人為的に作られたウイルスだってことを公表するなという。まったくアメリカらしいよ。サリエルがパンデミックにつながったら、いったいどうするつもりなんだ」

まともに話したことは数えるほどしかないが、稲村が感情を表に出すのは珍しい。なにしろ、研究員の間で『アイスマン』と呼ばれるほど仕事に厳しく、期待通りの結果を出さぬ研究員は、顔色一つ変えずに馘にする。もちろん、センター長になるからには優れた実績を残してきている。その分だけプライドも高い。

アメリカの意向で箝口令を敷かれたとあっては面白かろうはずもないし、ましてCDCから日本側との調整を担わされたのが、こともあろうに一介の研究員にすぎなかった笠井である。

「ご説明申し上げましたように、今回の件はテロの可能性も捨てきれないというのが

ＣＤＣの見解です。ただ、すでに最初の感染者が出てから一週間。この間、サリエルに感染したと思われる発症報告が一件もないことを考えれば、パンデミックが起きるとは――」

「じゃあ、テロだとすれば、八重樫先生が狙われたとでも言うのかね」

稲村は、笠井の言葉が終わらぬうちに言った。「誰が？　何のために？」

「それは分かりません」

「八重樫先生は立派な学者だ。尊敬されこそすれ、他人から恨みを買うような人じゃない」

そりゃあ、あんたはそう思うだろうさ。

笠井は胸の中で毒づいた。

センター長の人選には、八重樫の意向が働く。自分を引き上げてくれた恩人に悪い感情を抱くはずがない。しかし、人に対する評価は相性や置かれた立場によって大きく異なるのが常である。

八重樫は権威主義の権化のような男だった。それは、さらなる己の名誉のために、研究を中断させられた当事者である自分がよく知っている。研究者の世界とて、組織に所属している限り上司の命には逆らえない。有能であったとしても、自分の地位が脅かされると思えば、部下を潰しにかかる上司だっている。『桜の樹の下には屍体が埋まっている』という言葉のごとく、頂点を極め大輪の花を咲かせた人物の陰には、泣きを見ることになった人間が少なからず存在する。研究者として成功の頂点を極めんとしていた八重樫が、どこで恨みを買っていたとしても不思議ではないのだ。

「しかし、現にサリエルは使われたのです。八重樫先生や島民がサリエルに感染し、命を落とした。これは紛れもない事実なんです」

すかさず稲村が言葉を発しかけたが、それより早く笠井は続けた。「日本国内ではサリエルを作ることも、八重樫先生をピンポイントで狙うことも不可能だというのも分かっています。しかし、何者かがサリエルを作り、なんらかの手段をもって黒川島に持ち込んだ。そうとしか考えられないんです」

これればかりは反論のしようがない。

稲村は不愉快そうに、口をもごりと動かすと、

「で、早急にワクチンとトレドールの量産に取り掛かれということだが、ワクチンを作るためには、活性化したサリエルが必要だ。まあ、君たちはその現物を持っているわけだから、作ること自体はわけないが、となるとそのウイルスをどこから手に入れたのかということになるよな。それに、新型のウイルスとなれば、インフルエンザの研究者なら、誰だって興味を示す。流出した研究報告書を目にした人間は少なからずいるんだ。ワクチン製造用のサリエルを分析すれば、同一のものだと分かってしま

う。それはＣＤＣ、いやアメリカにとっては困ったことになるんじゃないのかね」

さあ、どうするとばかりに、覗き込むような目で笠井を見た。

想定された質問だし、そこが最もＣＤＣが頭を痛めた点だが、誰が考えたものか、用意された回答は驚くべきものだった。

「あの研究報告書がどこから流出したものかは、サリエルに携わっていた者以外、知る人間はいません」

笠井は言った。「つまり、出処不明。どこぞの誰かが行った研究だ……」

「はあっ？」

稲村は、あんぐりと口を開けて、目を丸くすると、「そんな虫のいい話が通ると思っているのか？」

声を裏返らせた。

誰だってそう思う。実際、アメリカを発つ直前、携帯にかかってきた電話でカシスからこの回答を聞かされた時には、笠井だって驚愕したどころの話ではなかったのだ。

笠井は淡々と言った。

「それに、サリエルは遺伝子を操作して作ったウイルスですが、突然変異は自然界でも起こり得ます。つまり、自然界においても、条件さえ整えば突然変異が起こらないとは言えないわけで――」

「それが、たまたま日本の黒川島で起きた。そして真っ先に感染したのが、八重樫先生だったたってことにしようってのか？」

「その可能性もゼロではありませんからね」

笠井は言った。「サリエルを作るためには、高度な専門的知識と技能、そしてしかるべき施設が必要です。日本国内で人知れずサリエルを作ることは不可能。となれば、どこぞの国、あるいは大掛かりなテロ組織が関与しているとしか考えられないのですが、人為的に作られたウイルスによるものだと明言すれば、それこそ第二のテロがいつ起こるか分からない。大パニックを引き起こしかねませんので……」

「そんなこと言い始めたら、自然発生による新型インフルエンザだって同じじゃないか！」

稲村は激昂し、バンと掌でデスクを叩き、声を荒らげる。「島民全員死亡だぞ！世間は新型インフルエンザの仕業かどうかで、すでに大騒ぎになってるんだ。新型だってことになりゃ、次は既存のワクチンや治療薬で対処できるのかって話になるよ。それが効くとは限らんから、ただちにトレドールの増産って話になってるんだろ！」

「新たな感染者が出ればそうなるかもしれません。しかし、その可能性は現時点では極めて低い。それがＣＤＣのみならず、アメリカの研究機関の考え方です」

「と言うと、他の研究機関も動き出しているのか？」

「はっきりとは聞かされていませんが、間違いなく……」

これもまた、カシスとの先の電話で告げられたことだが、彼女はそれらの研究機関名を明かさなかった。それでも、アメリカにはウイルスを研究している機関は幾つもある。かつて八重樫が懸念したUSAMRIIDもその一つだが、今回の一件がテロである可能性が高いと考えられている以上、少なくとも複数の機関がすでに動いているのは間違いあるまい。

笠井は続けた。

「大勢の人命がかかった重大事案です。事実の隠蔽は、本来あってはならないことですが、すでにこの件は、政治マターとなっているのです。我々としては、万が一の事態が起きることを想定して、サリエルのパンデミックをいかにして防ぐかに努めるしかありません。それに、今回の一件は、災いを転じて福となせる可能性もないわけではありませんので」

「災いを転じてって……なぜ、そんなことが言える」

稲村は、あからさまに怪訝な表情を浮かべる。

「パンデミックにこそつながってはいませんが、すでに中国では鳥から人へ、さらに人から人へと感染する新型インフルエンザウイルスが確認されています。にもかかわらず、世界のどの国も、新型ワクチンの備蓄はおろか、開発にも着手してきませんでした」

「当たり前の話じゃないか」

稲村は鼻を鳴らす。「流行すると目される季節性インフルエンザに対するワクチンの製造を優先しているんだ。新型は確かに脅威だが、発症例が限定的であれば、どちらのワクチンの製造を優先するかは論を俟たない。第一、世界のワクチンの製造能力は、一年間で十億回から二十億回分しかない。日本に至っては、年間二千万本強しか製造していないんだ。しかも製造しているのは、いずれも事業規模が小さな四社・団体だけ。新型の製造に切り替えようものなら、今度は季節性インフルエンザが大流行ってことになってしまいかねないからね」

「つまり、新型インフルエンザの大流行の兆しがあって、初めて開発に着手し、量産化に取り掛かるということになるわけです。新型ウイルスがいつ現れても不思議ではないというのは、かねてから多くの学者が指摘していたことです。その度に、パンデミックが懸念されているわけですが、活性化しているウイルスがなければ、ワクチンは作れない。それでパンデミックをどうやったら防げるんですか」

「だから、トレドールだと言いたいのかね」

「その通りです」

笠井は頷いた。「黒川島のサリエルが、テロによるものであろうとなかろうと、新たな感染者が出る可能性が捨て切れない以上、ただちにトレドールの量産に取り掛かるしかありません。これは最悪の事態に備える体制を作る絶好のチャンスなんです。私が災いを転じて福となすと申し上げたのは、そういう意味です」

「しかし、トレドールは臨床試験が完全に終わったとはいえない代物だぞ。いくら緊急事態だとはいえ、服用させた挙句、その後副作用に苦しむ人が出ようものなら、それはそれで大変なことになるぞ」

もっともな懸念ではある。

実際、入念な臨床試験を行った上で承認された薬が、その後副作用に苦しむ多くの人を生んだ例は少なからずある。所謂、薬害と言われるものがそれだ。

「それでも、緊急事態への備えは必要だと思います」

「背に腹は代えられないってわけか」

稲村は、苦しげに呻いた。

「すでに日本政府はトレドールの増産、備蓄を行う方針で動き出しています。テロである可能性も捨て切れませんし、もし、自然界で突然変異が起きたものならば、事態はもっと深刻です。アメリカも備蓄を行う方針を固めつつあります。おそらく、他国も続くでしょう。その調整役を担わされて、私は日本にやって来たわけです」

元より稲村を訪ねたのは、あくまでも経緯を説明するのが目的だ。見解を聞く必要もなければ指示を仰ぐ必要もない。

笠井は、そう言い、

「では私はこれで……」

一礼すると、席を立った。

3

黒川島の島民全員死亡の原因が、新型インフルエンザであったことが正式に公表されたのは、事件発生から八日後の午前中のことだった。

官房長官の緊急記者会見が行われると同時に、テレビは一斉に速報を流し、昼からの情報番組は急遽専門家や医師をコメンテーターに呼び、ほとんどの時間をこの話題に割くことになった。

そろそろ師走（しわす）の声が聞こえて来る頃である。年が明ければ、オリンピックまで、六ヵ月と二十四日。施設の多くはすでに完成し、準備も着々と進んでいる中での新型インフルエンザの発生は、今後の展開次第では、開催が危機に陥る可能性すらある深刻な事態だ。

永田町にある内閣府の政務官室に、急遽呼び出した厚生労働省の二人の官僚を前にして、

「佃さんは感染者が出てから一週間以上も経つのに、新たな感染者は出ていない、厳重な警戒監視が必要だが、感染は限定的なもので終わると思われると会見で言うたけど、本当に大丈夫なんですか？　よりによってオリンピック間近となった日本で、パンデミックが起きようものなら大変なことになりますよ」

倉本は、厳しい口調で問うた。

「今のところ、官房長官が会見で述べたことが全てです」

すかさずこたえたのは、健康局結核感染症課感染症情報管理室長の石坂一平(いしざかいっぺい)である。「黒川島は渡り鳥の中継地として有名な島ですから、おそらく、感染源は島に飛来した渡り鳥が持ち込んだか、あるいは島でウイルス同士が交雑し、人間に感染する能力を持ったか、今のところそうとしか考えられないのです」

「しかし、佃さんは感染力、毒性共にきわめて高いと思われる、とも言うたやないですか。本土で感染者が出ようものなら――」

「確かに、思われるとはおっしゃいました」

石坂は倉本の言葉を遮った。「しかし、あくまでも推測です。官房長官は予防を喚起するためにおっしゃっただけで、実は感染力、毒性については何も分かってはいな

いのです」

「何も分かっていないって……、どういうことですか？」

「島民は、医師と看護師を除けば全員が後期高齢者ですから、インフルエンザに罹った場合には、重篤な症状に陥る可能性が高いです。全員死亡というのは、確かに衝撃的ですが、世界中で膨大な死者を出したスペイン風邪だって、致死率は二パーセント程度と言われておりますから、いくら新型とはいえ、致死率百パーセントなんてウイルスが果たして出現するものなのかと……」

「しかし、もし、渡り鳥由来の新型インフルエンザとなれば、黒川島を飛び立った鳥は本土に向かうわけやないですか。そこで、新たな感染者が出るいう可能性も十分に考えられるんと違いますのん」

「ですから、官房長官も厳重な警戒監視が必要だと会見でおっしゃったのです」

代わってこたえたのは、課長補佐の槙枝詩織だ。「まだ、このウイルスの特性は、はっきりとは分かっていませんが、鳥由来であることは確定していますし、鳥から鳥、そして人間へと感染することは否定できませんので」

二人とも初めて会う官僚だが、ダークスーツに身を包み、淡々とした口調でこたえる石坂とは対照的に、ベージュのパンツスーツに白のブラウス、金の細いネックレスを身につけた槙枝は、官僚というより企業、それも外資で働くビジネスパーソンといった印象を受ける。

「そやったら、万が一にでも、本土で新たな感染が確認された場合の対応策は決まってはるんでしょうね」

倉本が本題を切り出すと、予め用件は伝えてあっただけに、

「ございます」

石坂は即座にこたえる。「まず、感染をいかにして防ぐかが最も重要です。パンデミックにこそつながってはいませんが、鳥由来のインフルエンザが人間に感染し、さらに二次感染が起きたという事例は、すでに海外で何件か発生しております。そのほとんどは鶏からのものですから、国内各地の養鶏場、および食用鳥類の飼育場への野鳥の侵入を徹底的に防止する策を講じなければなりません。ウイルスの密度が濃ければ濃いほど、人が感染する可能性は高くなるわけですから、養鶏場の経営者、および従業員の健康状況を厳重に監視せよとの指示をすでに農水省を通じて出してございます」

「しかし、石坂さん。黒川島には養鶏場なんかなかったやないですか。渡り鳥が持ち込んだウイルスに感染したんなら、鶏を介さずとも人間に直接感染することだってあり得るんと違いますのん」

咄嗟(とっさ)に問うた倉本に、石坂は少し困惑した表情を浮かべながらも、

「ですから、官房長官も鳥の死骸を見つけても、絶対に触れてはならないと注意喚起を行ったわけでして――」

用意してきた文章を朗読するかのように、淡々とした口調でこたえる。

「第一感染者は、東アジアウイルス研究センターの八重樫先生だと目されているわけですよね。インフルエンザは専門外でも、分子生物学の泰斗やないですか。そないな人が、鳥の死骸に触れたりしますか？」

「感染源、感染拡大の経路も含めて、対応チームが現地に入り、調査を進めている最中ですので、現時点ではおこたえしかねます」

確かに、石坂の言う通りだが、さらに訊ねた。

「そしたら、新たな感染者が確認された場合の対策は？　我が国は東京オリンピックを目前に控えてるんですよ。万が一にでも、感染拡大というような事態に陥れば、開催が危ぶまれることにもなりかねんのです。これまでの投資も、準備も全て水の泡。日本は大損失を被ることになりますが？」

「承知しております」

石坂は、さすがに深刻な表情になると、「まず、真っ先に行わなければならないのは、改めて言うまでもなく感染を最小限に抑えることです。感染が疑われる患者が出た場合、ただちに隔離。新型ウイルスの感染者と確認された時点で、そのエリアから一定範囲の人の移動を制限する方針です」

すぐに返してきたが、どこか歯切れが悪い。

「制限するって……そないなことが可能なんですか？　新型と季節性インフルエンザの判別はすぐにつくんですか？」

「それは……」

果たして石坂は口籠ったが、

「先生。症状の変化の過程を知るのは、死亡した島の診療所の医師だけなんです。ですが、罹患者が次々に発生し、診療所での診察に加えて往診に追われるという異常事態に直面し、カルテの記載も十分とは言い難く、この新型ウイルスに関しましては、感染源、感染経路、症状の進行具合と、何一つ明確になっていないのです」

すかさず槙枝が代わってこたえた。「もちろん、高齢者がほとんどだったとはいえ、極めて短期間で全員が死亡しているのは事実です。既存の季節性インフルエンザとは、毒性、症状の進行度合い共に明らかに異なると考えるべきで、少しでも感染した疑いがあるとされる場合には、まず治療施設内に留め置き、外部との接触を遮断する。現在のところ、それが考えうる最も有効な対応策なんです」

「疑わしき患者は隔離するってことですか？」

「あれ以来、新たな感染者が発生していないのは、悪天候が続いたおかげで、黒川島が事実上の隔離施設となったからだと考えられています。もし、通常通りフェリーが運航されていたら、あるいは救援のヘリが飛んでいたら、感染が拡大していた可能性は極めて高かったという指摘もあります。そう考えれば、やはり隔離が感染拡大を防ぐ、最も効果的な策であることは明らかかと……」

槙枝は相変わらず冷静な口調で言う。

なるほど隔離が最善の手段なのは確かだが、問題はそれがどこまで可能なのかだ。

「隔離と簡単に言わはりますけどね、何十人、何百人いう単位で、感染の疑いがある人間が発生したらどないするんです。医療機関にだってキャパってもんがある。大都市で発生しようものなら、そんな数じゃ済まないかもしれへんやないですか。潜伏期間のことを考えれば、世界中に感染が広がる可能性かてないとはいえんでしょう。当然、経済活動にも多大な影響が出れば、感染が国内に限定されたとしても、オリンピックの準備に遅れが生じる。第一、日本のイメージが台無しや。黒川島のニュースは、世界中で報道されているんですよ。今のところ、宿泊施設や航空券を含め、キャンセルが出たという話は聞こえてきませんが、大流行いうことになったら、観光客どころか、選手すらやって来なくなりますよ」

そもそもオリンピックの開催は、日本の将来に負の遺産を残すだけで、やる意味などありはしないというのが倉本の持論だが、まがりなりにも担当省庁の政務官の職にある限りは、とにかく成功裏に終わらせるのが責務だ。莫大な公金を費やしたイベントが、水泡に帰すことになれば、不可抗力で済まされる話ではない。

「その点は、大丈夫だと思います」

石坂は、一転して断言する。「万が一、感染が広がる兆しが見えたとしても、治療効果が期待できる薬がありますので」

「薬？　ああ、梶本厚労大臣がおっしゃっていた例のやつですか？」

医学、薬学に関しては全くの素人だ。

倉本は問うた。

「まだ、実際には使われたことがありませんが、簡単に言えばウイルスの遺伝子複製を防ぐ……つまり、それ以上、体内でウイルスを増殖させないよう、作用する新薬がございます」

「でも、実際に治療に使われたことがない言うことは、安全性に問題があるんと違いますのん？」

「動物実験の段階で、副作用が起きる可能性が高いことが分かっておりまして……」

「そないなものを使うて大丈夫なんですか？　インフルエンザを抑えられたはええが、別の病を発症したんじゃ、何のための薬か分かったもんやないでしょう」

「しかし、新型インフルエンザを治療し、かつ感染の拡大を抑えるという点では、その薬が最も効果があるとされておりまして、かかる事態に備えて、国はすでに五万人分の治療薬を備蓄しておりますので」

「たった、五万……？」

いったい、日本はどれだけの人口を抱えていると思ってるんだ。

倉本は、愕然としてあんぐりと口を開けた。

「もちろん、全国民分の備蓄が理想ではあるんです。しかし、使われなければ全てが無駄になるわけでございまして、購入、備蓄のコストを誰が負担するかとなれば、国ということになります。しかも、厚労大臣の承認があって、初めて製造も可能。要は、緊急事態、他に効果が見込める手だてがないという時に、止むなく投与が認められる薬でございますので……」

「その、緊急事態が起こるかもしれへんのでしょう？」

そんなお寒い状況で、よくも大丈夫などと言えたものだ。

官僚答弁そのもののこたえに、

「そんなもの、備えになるか！」

倉本は思わず声を荒らげた。

「しかし先生。そうは申しましても、いつ発生するか分からない事態に備えて、全国民分の薬を国が用意するとなれば、大変な予算が必要になるわけでございまして、財政的にもそんな余力は……」

「いつ発生するか分からん危機に備える言うなら、防衛装備だって同じやないか。防衛省に毎年どれだけの予算が割り当てられてると思うてんねん。それに比べたら、大した額やないやろが！」

倉本の怒りを込めた言葉を聞いた瞬間、二人は表情を消し沈黙した。

そんな理屈が通るわけがない。政治家、それも与党の政務官の言としては暴言そのものだからだ。第一、万一の事態から国民の命を守るためとはいえ、国が莫大なカネを投じて備蓄した薬が使用されぬまま廃棄されたとなれば、税金の無駄遣いだと非難するのは誰でもない、国民である。

さすがに気まずくなった倉本は、ついと視線を逸らすと、

「そしたら、その新薬の増産を始めると、そういうことなんやね」

どちらにともなく問うた。

「すでに、厚労大臣からは、その旨の指示が出ております。可及的速やかに、量産するようにと……」

石坂は、相変わらずの口調でこたえる。

「十分な量が揃うまでには、どれほどの時間がかかるんですか？」

「それは、現在担当部署が調整中で、今のところ明確にはおこたえできません」

「ワクチンは？」

「ワクチンは治療薬よりも、さらに時間がかかります。まず、活性化したウイルスが存在しませんし、それが手に入るということは新たな感染者が確認されたということです。ワクチンの開発期間という問題もありますし、製造能力にも限りがございまして……。実際にワクチンが使えるまでには、どうしても時間がかかってしまいますので……」

「じゃあ、もし、今日、明日にでも新たな感染者が出ようものなら、そのわずか五万人分の治療薬で感染の拡大を防ぐしかないってわけだ」

「そういうことになります」

「なんてこっちゃ……」

呻きと共に、溜息を漏らした倉本に向かって、

「先生……」

槙枝が言った。「お気持ちはよく分かります。新型インフルエンザの出現は、かねてより予想されていたことだ。少なくとも、人口分の薬を用意しておくべきだ。何もかも先生のおっしゃる通りです。ですが、これが行政の限界でもあり、政治の限界なのです。いつ起こるか知れない天災への備えにしても、食料、医薬品、その他諸々、十分な備蓄を行うのは簡単です。ですが、実際に使われなければ、税金の無駄遣いだ

という声が必ず起きます。そして、本当に天災が起きた際には、なぜ準備しておかなかったのかという声が湧き起こる。全国民に納得してもらえる備えをするのは、不可能なのです。まして、この薬は安全性が完全に確認された薬ではありません。止むにやまれず投与した結果でも、薬害が起きれば、取り返しのつかない事態になることだって考えられるのです」

確かにその通りではある。

国民は勝手なもので、平時には無駄を指摘するくせに、実際に災難が我が身に降りかかるとなれば、態度が豹変する。なぜ、国は、行政はかかる事態が予想できたのに準備を怠ったのか。怠慢だと罵り、責任を追及するのが常だ。

うっかり引き合いに出してしまったが、自衛隊だってそれは同じだ。大半の国民は知らないが、自衛隊に武器はあっても備蓄している弾薬はごくわずか。もし、ある日突然、有事が起きても、あっという間に尽きてしまうほどの量しかないのだ。

「そしたら、もし感染者が出た場合はどないなるんです？　新薬の備蓄量からすれば、早いもん勝ちいうことになるんですか？」

槙枝の言葉を無視して、倉本は問うた。

「その検討もまた、現在省内で行っているところですが……」

石坂が言葉を濁し、一瞬の間を置くと続けて言った。「実は、五万人分以外に三十万人分の備蓄がございまして」

「三十万人分って……どこに？　なんで佃さんはそのことを言わなかったんですか」

「防衛省です」

槙枝が代わってこたえた。

「防衛省？　なんでまた」

「半島有事に備えてのことです」

「つまり、こういうことです」

石坂が代わって説明を始める。「一昨年、北朝鮮の核兵器の開発を巡って半島情勢の緊張が高まり、一触即発の事態を迎えた際に、政府が懸念したのは核兵器の使用もさることながら、ＢＣ兵器の使用だったのです。北朝鮮は化学兵器だけでも五千トン、それとは別に、生物兵器も所持しているとされています。生物兵器の恐ろしいところは、ミサイル等のハードウエポンを使わずとも、感染者を敵国に侵入させれば、当該疾病が瞬く間に広がるという点にあります。これは国防からは、大変深刻な問題で、有事に備え密かに三十万人分の新薬を製造備蓄することになったのです」

ＢＣ兵器とは、生物、化学兵器のことで、米朝の激突が懸念されたあの時、核兵器の使用が危惧される一方で、この手の兵器の存在を不安視する声があったことは記憶している。

石坂は続ける。

「北朝鮮が保有している生物兵器は、十三種類はあると言われておりまして、天然痘や炭疽菌によるパンデミックが起きれば、誰が行ったのかはすぐに分かってしまいますが、インフルエンザは違います。遺伝子を操作することで、強毒性の新型インフルエンザウイルスを作ることは理論的に可能とされておりますので……」

そう聞けば、新薬の備蓄が秘密裏に行われたことも理解できる。

迂闊に生物兵器が使用される可能性を政府が公言しようものなら、パンデミック以前にパニックが起こるに決まっているからだ。

しかしである。

「五万人分が三十五万になっても、焼け石に水や。絶対的に足りないことに変わりはないやないか」

倉本は言った。

「そうは申されましても、これで対処するしかないのです」

石坂の口調には、これ以上議論を交わしても無駄だという意思が表れている。「薬で感染の拡大を最小限に抑え込み、ワクチンの開発を待つ。ワクチンさえ用意できれば——」

「ちょっ、ちょっと待ってください」

ふと思いついて、倉本は石坂を制した。「ワクチンの開発に成功すれば、誰もが一刻も早く接種を望みますよ。今度はワクチンの争奪戦が始まるってことになるやないですか」

短い沈黙があった。

やがて石坂は硬い表情で口を開くと、

「ワクチンの接種は、以前から決まっている新型インフルエンザが出現した場合に備えて用意してある、プレパンデミックワクチンの接種優先順位に基づいて行われることになるのではないかと……」

反応を窺うように上目遣いで倉本を見た。

「優先順位？　そんなものがあるんですか？」

倉本はぎょっとして問い返した。

「別に秘密でも何でもございません。厚労省、内閣官房のホームページ上に、詳細かつ明確に掲載してございます」

「そんなん、誰も知らんのと違います？」

国会議員である自分でさえも知らないのだ。一般国民が知っているわけがない。

「海外で新型インフルエンザが発生したというニュースが流れると、メディアでも少しはその話題に触れることがあるんですが、感染が限定的となると、所詮は他人事になってしまうようでして……」

そうこたえる石坂の言葉には、むしろ話題にならない方がありがたいといったニュアンスが込められているような気がした。

「で、その優先順位ってのは？」

「優先順位は職業別に詳細にランク付けされておりまして、ざっくり申し上げますと、第一に医療従事者、第二が新型インフルエンザ等対策の実施に携わる公務員、第三が妊婦、感染者が多い若年者層、集団行動が多い児童、乳児、糖尿病、肥満、高齢者といった感染による害が大きい者の順番になっております」

「それ、ほとんどの国民が当てはまるやないですか」

「さらにその中で優先順位が詳細に決められているわけでして――」

どうりで、話題にならない方が、ありがたいわけだ。

黒川島の惨劇が、新型インフルエンザによるものだということはすでに知れ渡っている。ワクチンが開発されたとなれば、一刻も早く接種を受けようと、医療機関に人が殺到するのは火を見るより明らかだ。そこで、自分の優先順位が低いと分かり、ワクチンの接種が受けられないと知ろうものなら――。

「それ、どないして整理するんです？　ワクチンができたと聞けば、誰だってすぐに病院に行くに決まってるやないですか。そこで、職業や年齢、病歴を医者がいちいち確認するんですか？　それで、優先順位が低いからって、接種を断らせるわけですか？」

二人はこたえに詰まり、視線を落として沈黙する。

やっぱり、そこから先のことは考えてはいないのだ。

まさにお役所仕事の典型だ。感染が限定的となると、所詮は他人事になってしまうようでと石坂は言ったが、それは世間一般の人間だけではない。役人もまた同じだ。

「じゃあ聞きますけど、国内のワクチンの製造能力って、いったいどれほどのもんなん？」

「既存の季節性インフルエンザのワクチンの製造量が昨年度で二千七百万人分ですので、それに加えて新型もとなりますと、どれほどになるかは――」

石坂が視線を落としたまま答える。

「そしたら、仮に全製造能力を新型インフルエンザ用のワクチンに特化したとしても、月産二百二十万人強分しかできないってわけや。で、医者の数は？」

「およそ三十一万人です……」

「あのさ、医療従事者いうたって、医者だけやないですよね。看護師だって患者と接するわけやないですか。検査技師もいれば、事務職だって同じ空間で仕事をするんやで。それだけやない。医者だって家族がおるでしょう。自分だけワクチン打って、妻子や親は後回しにするかいな。看護師や検査技師だって同じやで。まずは身内からなんてことになったら、いったいいつになれば優先順位第二位以降に順番が回ってくるの？」

答えなどあろうはずもない。

そもそも年間二千万人分程度のワクチンで、これまで大きな問題は起こらなかったのだから、有事に備えて余分な生産能力を確保している企業があるはずがない。つまり、限りあるワクチン接種の優先順位を決めただけ。ワクチンの増産プランも接種するに当たっての実施要綱も決まっていないというわけだ。

その甘さ、杜撰な仕事ぶりが倉本には我慢ならなかった。

「新薬だって同じやないですか」

倉本は勢いのまま続けた。「三十五万人分の備蓄しかないとなれば、医者は三十一万人もおるんや。医者が万一に備えて、家族、親戚縁者の分を溜め込んでもうたら終わりやないですか」

「いや、新薬に関しては、指定医療機関に向けて配付されることになっておりますので……。それに、先生。今回の新型インフルエンザにつきましては、まだ分からないことが多過ぎるのです。どれほどの感染力を持つのか、発症からの経緯も、既存のインフルエンザ治療薬が効くか効かないかも、まったく解明されてはいないのです」

「それに、先生は新たな患者が発生すれば、国民全員に感染が広がり、致命的な結果を招くようにおっしゃいますが、そんなことはあり得ません。新型インフルエンザは確かに脅威ですが、あのスペイン風邪でさえ死亡率は二パーセントと言われているんです。第一、あれから八日が経つのに、新たな罹患者はただの一例も報告されてはいないのです。このまま、収束することも考えられるわけで――」

槙枝が、必死の形相で訴えてくる。

「そうなることを祈りたいのは山々やけど、私はオリンピックを成功させなならん責務を担わされとるんです。開催まで九ヵ月を切ったからには、万が一の事態を想定して、万全の対策を講じておく義務があるんや。この件は、厚労省だけの問題やないんです。もはや、我々の問題とも言える域に達しているんですよ。そやから、今日あなたたちに来てもろうたわけです」

厳しい言葉を吐きながら、万が一新たな感染者が出て、感染が拡大しようものなら――。

三兆円以上ものカネを投じた世紀のイベントが水泡に帰してしまった時の光景、その後の日本の姿が脳裏に浮かぶと、改めて背筋に凍りつくような戦慄が走るのを倉本は覚えた。

4

笠井が厚生労働省で最初の会議を持ったのは、日本に到着した翌日のことである。

午前九時ちょうどに設定された会議は、省内の副大臣室に設けられた。

副大臣室は、秘書を務める職員たちが働く部屋の奥にあり、執務席と応接コーナーがある。

慶事でもあったのか、あるいは日本の政治家の部屋にはつきものなのか、サイドボードの上には三つの胡蝶蘭（こちょうらん）の鉢植えが置かれ、その横には、豪華な生花と家族の写真が並べられている。

「――つまり、今回黒川島で確認された新型インフルエンザは、実験で確認されたウイルスの突然変異と同じ現象が、自然界で起きたとしか考えられない、というのが我々CDCの見解です」

虚実ない交（ま）ぜの見解を話し終えた笠井は、最後にそう締め括ると、一同の顔を見渡した。

「実験でって……人為的にウイルスを変異させるなんて、誰が、何のためにそんなことを」

釈然（しゃくぜん）としない様子で、真っ先に口を開いたのは、政務官の兵頭五郎（ひょうどうごろう）だ。年齢は四十代半ばといったところか。政治家の経歴に興味はないが、この年齢で政務官のポストに就くからには、議員としてのキャリアはそれなりに長いのだろう。もっとも、大臣にせよ、政務官にせよ、所詮は政治家の持ち回りポストだ。医療に関して、深い知識を持っているはずもなく、兵頭は素人まる出しの質問を口にする。

「実は、こうした研究を行っている機関は少なからず存在いたします」

笠井は言った。「パンデミックにこそ至ってはいないものの鳥由来の新型インフルエンザウイルスが人間に感染したケースは、実際に何件か発生しております。しかし、ウイルスがなぜ突然変異するのか。そのメカニズムは、いまだ解明されてはおりません。そして、常に進化するのがウイルスです。かかる状態が続く限り、強い感染力を持つウイルスが出現すればパンデミックに発展し、国家どころか、人類が存亡の危機に立たされることになりかねません。だから、こうした研究が行われているのです」

「確かに、自然界では定説を覆すようなことが起きますからね」

感慨深げな表情を浮かべ、頷いたのは事務次官の興梠英人（こうろぎひでと）である。キャリアが長いだけあって、何か思い当たる節があるらしい。

「あれは一九九七年でしたか、それまで鳥インフルエンザは鳥固有のもので、人間には感染しないと考えられていたのが、実際に香港で感染が確認された時の衝撃は大変なものでした。省内の担当部署の人間が、日本中の鶏を全部殺すしかないと、震え上がっていたのをよく覚えています。あの時、香港の防疫責任者が、香港で飼われていた鶏を全て殺処分するという大英断を下さなかったら、おそらく世界中に感染が拡大していた可能性があったわけですからね」

「しかし、今回確認されたウイルスは、人工的に作られたものと同じだったわけだから、ワクチンを製造するのは可能なんだろ？」

兵頭は、またしても素人まる出しの質問をする。

「問題は時間です」

笠井は興梠に目を向けた。

「製造はできますが、副作用などの安全性の確認には、抗体をどの程度発現させるか、本当に機能するのか、といった検証を行う必要があります。かつて日本では学童へのワクチン接種が義務づけられておりましたが、効果に疑問があったことに加えて、副作用の危険を指摘する声もあり、任意となった経緯がございまして……」

「アメリカでもワクチンの副作用でギラン・バレー症候群の発症者が相次ぎ、大きな社会問題になったことがあります」

笠井は興梠の説明を補足した。「百パーセント安全が保証される薬剤はないのですが、十分な検証を行わないうちに投与した結果の副作用となれば、製薬会社、国の責任問題に発展しかねませんので」

「それに、安全性が確認できたとしても、需要量を満たすまでには、かなりの時間を要するのが現状でございまして……」

興梠は苦しげに言う。「ワクチンの製造には、鶏の有精卵が必要で、急な需要には対応できないのです。養鶏業者も有精卵は、我々と製薬会社が立てた年間計画に基づいて生産をしておりますので、増産ということになりますと、態勢を整えるだけでもどれほど時間がかかるか……」

「じゃあ、もし黒川島を襲った新型ウイルスが、備蓄が整う以前に流行し始めたら、ワクチンは間に合わないってことになるわけか？」

「だから、トレドールを増産するしかないと、彼は言ってるんじゃないか」

それまで、黙ってやり取りを聞いていた副大臣の織田忠和が、初めて口を開いた。

「未然に感染を防ぐことができないというなら、罹ってしまった時にどうするかだ。効果が見込める薬があるなら、使うしかないじゃないか」

苛立ちの籠った声に、兵頭は気まずそうな表情を浮かべ口を噤む。

「しかし、副大臣、トレドールもまた、安全性という点においては、まだ十分とは言えない薬でございまして……。それに、これは笠井さんの見解をお聞きしたいのですが――」

興梠は、そこで視線を転じてくると、「日本の研究機関の予測では、国内に新型インフルエンザウイルスが侵入した場合、一週間程度で全国に広がるとされております。黒川島でインフルエンザが発生してから、とうにその期間は過ぎているのに、新型ウイルスによるインフルエンザの発症報告は、ただの一件もございません。もちろん油断はできませんが、発生は限定的なものだったとは考えられませんか？」

丁重な口調で訊ねてきた。

キャリアを積み重ねてきた次官とはいえ、研究者と同等の知識があるわけではない。おそらく、どこかの研究機関が作成したレポートの類から得た知識なのだろうが、興梠がそうした願望を抱きたくなる気持ちは分かる。

副作用もさることながら、トレドールを以って対処しようとすれば、もう一つ、大きな問題が出てくることに気がついているからだ。

「海外でウイルスに感染した人間が、国内にウイルスを持ち込んだ。あるいは国内と言っても、本土で初めての感染者が出た場合ならば、そう考えてもいいかもしれませんん」

笠井はこたえた。「インフルエンザウイルスの感染力は距離に反比例します。もし、私がウイルスを持っていたなら、副大臣は、まず間違いなく感染します。政務官と次官が感染する確率は七〇パーセント。この部屋の端から端までとなると、そうですね……一〇パーセントといったところでしょうか」

笠井の正面の席に織田が、左右の席に兵頭と興梠が、テーブルを囲む形で座っている。

感染力の強さに表情を硬くする三人に向かって笠井は続けた。

「日本の大都市の交通機関、特に朝夕の通勤ラッシュの混雑ぶりは、先進国の中でも突出していますし、オフィス環境もパーティションで区切られた独立型ではなく、セクションごと島に纏められているのが大半です。そして、飛行機、新幹線と短時間のうちに長距離移動が可能な交通網が整備されてもいるわけですから、国内で新型インフルエンザに罹患した人間が出れば、おっしゃるように、一週間以内に全国、いや世界中に感染が拡大していたことでしょう。ですが、今回のケースは、状況が根本的に異なります。たまたま本土と離れた島で起きたから、感染は拡大しなかった。単に運が良かっただけだと私は考えています」

「結果的に香港で鶏を全部殺処分して、感染拡大を防いだのと同じことになったってわけか」

織田は、ほっとしたように軽く息を吐く。

「だからといって、安心するのは早計に過ぎます」

笠井は声に力を込め、念を押した。「このウイルスが鳥、それも渡り鳥由来のウイルスであるのなら本土で新たな発症者が出る可能性はかなりの確率になると考えるべきです。万が一にも、ウイルスが大都市に持ち込まれようものなら、まず間違いなくパンデミックにつながり、瞬く間に世界中に拡大して行く……。事は、もはや日本だけの問題ではありません。世界中の国々が、その時に備えておく必要があることに変わりはありません」

「興梠君、ただちにトレドールの生産に取り掛かったとして、全国民に行き渡る量が確保できるまでには、どれくらいの時間が必要なのかね」

織田が訊ねた。

「どれほどの時間がかかるかと申されましても、今すぐには……。それに、製造しておりますのも中越化学製薬一社だけでございますので……」

「それはライセンスの問題で、トレドールを製造できる製薬会社は数多くあります」

笠井は言った。「市販薬の製造ラインをトレドール向けに切り替えてでも増産に踏み切るべきだと考えます。それも世界中の製薬会社が、自国分だけではなく、可能な限り多くの量を」

「可能な限り?」

兵頭が、眉を寄せ怪訝な表情を浮かべる。

「海外諸国、特に途上国では、薬そのものを製造することが困難な国も数多くあります。しかし、そうした国々でも、日本人はもちろん、他の国々の人間の行き来はあるわけです。先ほども申し上げましたが、これは日本一国の問題ではありません。世界中の国々、いや人類が直面している危機なんです」

「しかし、そうは言っても、製薬会社だって製造に踏み切るからには、買い手があればこそじゃないか。そのコストを誰が負担するんだ？　そりゃあ、医療行為には違いないわけだから、保険適用の上、一定金額を患者に負担してもらうことにするとしても、感染者が出なけりゃ──」

そんなことを言ってる場合か、と返したくなるのをこらえて、

「黒川島の島民が新型ウイルスに感染し、全員死亡したのは事実なんです。最悪の事態に備えるべきです。感染してもトレドールで治療可能ということになれば、国民も安心するでしょうし、もし感染者が出なければ、その間にプレパンデミックワクチンの製造に着手し、未然に感染を防ぐことも可能に──」

「ワクチンの製造？　トレドールに加えてワクチンもかね」

兵頭は驚愕し、声を裏返らせる。

「活性株を人工的に作ることは可能なんです。日本では有精卵の調達という問題があるにせよ、ワクチン自体の製造だけなら、一年もあれば全国民に行き渡る量が製造で

きるはずです」

「一年って、何を根拠に？　日本の季節性インフルエンザワクチンの製造能力は年間二千数百万人分しか――」

「季節性インフルエンザワクチンに限れば、その通りです」

笠井は興梠の言葉が終わらぬうちに言った。「インフルエンザワクチンの製造ラインは、他のワクチンの製造とほぼ変わりません。全ての製造能力をプレパンデミックワクチンの製造に振り向けたとすれば、十分可能です」

「それは無茶です。他のワクチンの製造を止めることなんかできませんよ」

「それを決断するのが政治じゃありませんか。だから、私がご説明に上がったわけです」

笠井の厳しい言葉に、三人は黙った。

重苦しい沈黙が場に流れた。

「笠井さん……。あなたは、あのウイルスは自然界で突然変異が起きて誕生したとおっしゃいましたが、黒川島を襲った新型ウイルスは、人為的に作られたものじゃないかと一部の研究者の間で囁かれていると、耳にしましたが？」

瞬間、心臓が一つ強い拍動を刻んだが、

「そういう噂があることは承知しています」

笠井は平然とこたえた。「だとすれば、あのウイルスは、この日本国内で何者かの手によって作られたことになります。あれほど危険なウイルスを人為的に作れるような施設を持つ研究所は限られますし、誰にも知られることなくあのウイルスを作ることは不可能です。仮に、噂通りなら、黒川島で誰かが島民にウイルスを意図的に感染させた。つまり、テロが起きたということになります。となれば、今度は本土でテロがいつ起きても不思議ではないということになります。早急に万全の対策を講じる必要性は増すということになりますが？」

完全に論破された輿梠は、ぐうの音も出ないとばかりに、唇をもごりと動かし沈黙する。

「そのワクチンも、途上国の分も用意しろと言うのかね？」

兵頭は、鼻から深い息を吐く。

「もちろん、日本だけではありません。国際社会が、一丸となって製造に取り組まなければなりません。特に先進国には、その義務があると思います」

「じゃあ、アメリカは、その義務とやらを果たすのかね」

兵頭は、胡乱（うろん）な眼差しを向けてくる。

「ＣＤＣはすでに、その必要性をアメリカ政府に、先進諸国へは、ＷＨＯを通じて訴えるべく、動き始めております」

そう断言した笠井だったが、アメリカ政府という言葉を口にした瞬間、思わず「あっ」と声を上げそうになった。

新たな感染に備えることばかりに考えが行き、今まで気づかなかったが、サリエルの実験にCDCが関与していることが発覚しようものなら、実際に作ったのが誰であるにせよ、世界中の国々の厳しい非難にさらされることになるのは間違いない。それは、アメリカがパンデミックを防止する全ての任務を担わされ、莫大な支出を強いられることを意味する。

ひょっとして、それを防ぐために、俺を日本に？

しかし、それがアメリカの狙いだったとしても、今はパンデミックに備えるのが最優先だ。

笠井は、そう思い直し、織田に視線を向けると、

「まずはトレドールです。可及的速やかに、かつ大量にトレドールを製造するためには、中越化学製薬からライセンスの提供を受けなければなりません。それが、迅速に行われるよう、日本政府にご協力いただきたいのです」

声に一段と力を込めて、決断を迫った。

5

「それで、厚労省はどないするつもりなんです？　方針は決まったんですか」

　正面の席に座る、兵頭に向かって倉本は訊ねた。

　二人は当選同期というだけでなく、世襲議員であることに加えて、当選三回で政務官に任命されたという共通点がある。異なる点は、倉本が四十二歳、兵頭が四十四歳と年齢ぐらいのものだ。

　メディアでは親の七光りと揶揄されることも多いが、それだけでポストが与えられるほど、組閣人事は甘いものではない。誰しもが一介の『議員』で終わるつもりはないのが代議士の世界なら、大臣はおろか、総理総裁の座を夢見ぬ議員は皆無だからだ。

　政権内、あるいは党内の重要ポストは、当選回数が多いほど、任命される可能性が高くなる。しかし、議会の三分の二を上回る議席を持つ民自党内には、二人を上回る当選を重ねたベテランでさえ、いまだ副大臣はおろか、政務官のポストにすら就いたこともない議員が大半を占める。その点から言えば、異例の抜擢であるのは間違いなく、当然、二人が妬み嫉みの対象にもなれば、任命した総理に反感を抱く議員も数多い。しかし、それを承知で鍋島が、二人に政務官のポストを与えたのには理由がある。

倉本の場合は、オリンピックという世紀のイベントを成功に導くためには、若い人間の発想と行動力が必要とされることに加えて、開催に向けて整備されたインフラを閉幕後、いかにして継続的に有効活用するか。兵頭の場合は、医療、年金といった社会保障制度の見直しが、いずれ避けられない時代がやってくる。その時政権の中枢で解決を強いられるのが、この世代の議員になる、と鍋島が考えたからだ。

つまり将来、国の政治を背負って立つ人材と鍋島に見込まれたわけだが、もちろん、二人とも政治家になった以上、端から総理総裁の座を目指していることに変わりはない。お互い口にこそ出さないが、ライバルだという意識は常に抱いている。

だが、それはまだ先のことだし、世間の関心はインフルエンザ一色だ。会食の場の最初の話題が、その話になるのは当然のことなのだが、兵頭によると、今日行われた会議の場でアメリカのCDCで働く日本人研究者が、可及的速やかにトレドールの備蓄を、しかも世界規模で進める必要性があると説いたという。

「万が一に備えなきゃならんのは分かるんだが、全国民分どころか、先進国が協力して途上国の分も、つまり世界人口分のトレドールを作るとなりゃ膨大な量だ。どこの国が、どれほどの生産を請け負うのかってことも各国政府と協議しなきゃならんし、作ったはいいが途上国にトレドールの代金を支払う能力があるとは思えんからな。となりゃ、今度は財源って問題が出てくる」

兵頭は、眉間に深い皺を刻み、溜息を吐くと、ワイングラスに手を伸ばした。

「国民全員分を用意するとなると、どれくらいの費用がかかるんですか？」

「大量生産すりゃ、製造原価は格段に下がるだろうが、仮に一錠百円としても、初日八錠を一日二回、二日目から八日目までは、一回三錠を一日二回。都合五十八錠も服用しなきゃならんそうだ。乳幼児や妊婦、健康状態によっては投与できない人がいるとしても、仮に一億人分を備蓄するとなれば、五千八百億円……」

兵頭は沈鬱な表情を浮かべながらグラスを傾け、白ワインを口に含んだ。

「ご、五千八百億！　感染者が出なんだら、それ全部国の負担ですか」

倉本は驚愕し、息を飲んだ。

「しかも、それに加えて医師の診療報酬だ。トレドールは、医師の処方がなければ出せない薬だからね。十五歳以下の医療費は自治体が全額負担しているところだってあるし、健康保険は患者が三割、高齢者に至っては一割か二割だ。こっちの差額は、すべて健康保険で賄うことになる」

「でも、トレドールが処方されるってことは、少なくとも患者自身が薬代の一定額を負担するわけやないですか。全額国が負担するってわけでは……」

「そんな簡単な話じゃないんだよ」

兵頭はグラスをトンとテーブルの上に置く。「そのCDCの研究者が言うには、トレドールの備蓄と並行して、ワクチンの製造も行う必要があるって言うんだ。まあ、ワクチンができれば、ほとんどの国民が接種を希望するだろうし、保険の適用外だ。最終的には、希望者が費用を負担することになるから、国の懐が痛むわけじゃないんだが、それじゃ五千八百億円は安心料ってことになってしまう」

「厚労省の事務方も、ワクチンができるまでは、トレドールしかないって言うてましたが……」

倉本は、そこで自分の解釈と、兵頭の話に大きな矛盾があることに気がついた。

「でも、全国民分のワクチンを用意する言うたら、何年かかるか分からへんのと違います？」

「ワクチンと名のつくものの製造ラインなら、応用が利くんだとさ。すべてのワクチンの製造ラインを新型インフルエンザワクチン用に変更すれば、一年で一億人分は作れると言うんだ」

「でも、ワクチンの製造には、活性株が必要なんでしょう？　それ、現時点では存在しないんと違いますのん」

「それが、あるんだよ」

「あるって……」

会食の場は、広尾の住宅街にあるイタリアンレストランの個室である。しかも二人だけだというのに、兵頭はぐいと身を乗り出すと、

「これは、機密だ。ここだけの話だぞ」

小声で囁き、ことの次第を話し始めた。「実はな、黒川島を襲った新型インフルエンザウイルスは、突然変異のメカニズムを研究している過程で偶然できちまったものと同じだってことが分かったんだよ。つまり実験室の中で起きた突然変異が、自然界でも起きてしまったってことらしいんだ」

「そないな偶然ってあるもんなんですか」

「まあ、誰でもそう思うさ。だけど、そんな物騒な研究を行っている機関は、日本には存在しないし、人為的に作ろうにも、専門的知識と高度な設備が必要だ。そんなことを人知れずやれる環境は日本にはない。状況からして自然界でウイルスが突然変異を起こしたとしか考えられないんだよ。それに、黒川島は渡り島の中継地だしな……」

「渡り鳥から感染したとすれば、いつ本土で起きても不思議やないですもんね」

「ＣＤＣの人間もそう言うんだよ」

兵頭は並べられた三つの前菜の中の一つ、蛸のマリネを口に入れた。「正直、俺に

はそっち関係の知識はからっきしだ。インフルエンザウイルスの専門家にそう言われると、やはり万が一の場合に備えておく必要があるんじゃないかと思えてきてさ……」

「しかし、仮にトレドールの増産を始めたとしても、備蓄が十分整わないうちに、新たな感染者が出ようものなら、大変なことになりますよ」

倉本は言った。「厚労省のキャリアからレクチャーを受けた後、ちょっと調べてみたんやけど、国は新型インフルエンザが発生した時に備えて、プレパンデミックワクチンを備蓄しているんやけど、一千万人分しかあらへん。そやし、接種に当たっては優先順位が設けられているんです」

「優先順位？」

兵頭は、きょとんとした顔をして問い返す。

「知らへんのですか？」

まあ、そんなものかもしれない。兵頭の関心は、もっぱら社会保障制度にある。

倉本は続けた。

「治療に当たる医療従事者。次に、社会システムを維持するのに欠かせない仕事というように、事態収束、社会機能を維持するのに必要な職業から優先順位が決められているんですよ」

「まあ、そうするしかねえだろうなあ。トレドールにしても、十分な備蓄が整わないうちに、感染が拡大する兆しが見られるようなら、それに倣うしかないだろう」

「兵頭さん。トレドールにはこのプレパンデミックワクチンの優先順位ってやつは、応用できないんと違いますかね」

倉本は言った。「説明を受けたその場では気がつきませんでしたけど、トレドールは、治療薬であって、予防薬ではないんです。新型ウイルスへの感染が確認されなきゃ処方されへんのです」

「あっ、そうか……」

兵藤は、虚を衝かれたように、目を見開いた。

「感染が認められた患者に次々に処方していったら、たちまち備蓄分は底をつく。そないなことになったら、どないなります？　黒川島の島民が全滅したのは、体力の劣った高齢者ばかりだったせいもあるんやないかと事務方は言うてましたけど、もし新型ウイルスの毒性のせいなら、黒川島の再現が、本土でも起こるってことになりませんか？」

「確かに……」

兵頭の顔に緊張感が漲り始める。

「トレドールの備蓄が尽きた途端、感染者がばたばた死んで行く。感染は広がるばかりとなれば――」

　倉本の脳裏に、優先順位を決めるにあたって、一つの案が閃いたのは、その時だった。

　閃くと言えば光を放つものだが、そうではない。黒雲が天から降りてくるような、あまりにも絶望的、かつ悪魔的な案に、倉本は思わず言葉を飲み、沈黙した。

　しかし、それが今の、いや将来の日本社会が抱えることになる、到底解決不可能な大問題を解消する千載一遇（せんざいいちぐう）のチャンスでもあるように倉本には思えた。

「どうした？」

　兵頭が、怪訝な表情を浮かべる。

　倉本は、グラスに残ったワインを一気に飲み干すと、

「兵頭さん……。こんなこと言うと、人間性を疑われるでしょうが、これはある意味、チャンスかもしれませんよ」

　低い声で言った。

「チャンス？　チャンスってどういうことだ？」

「もし……もしですよ、新たな感染者が出たその時、トレドールの絶対量が不足しているということになれば、日本は国家存亡の危機に直面する事態となりますよね」

「その通りだ」

ただならぬ気配を察したのだろう、兵頭は喉仏を上下させながら、小さく頷く。

倉本は言った。

「これは沈没する客船から、どういう順番で救命ボートに乗せるかって話と同じやないかと思うんです」

「救命ボートに乗せるといやあ、女、子供だよな」

「女性の優先順位が高いのは、子供を産み育てるのに必要やから。子供は将来の社会を背負っていく存在やからでしょう？　まあ、今の時代に、女性は子供を産み育てなんて言うと、大バッシングを浴びますけど、昔はみんなそう考えていたわけです」

「社会に必要な人間って……」

どうやら、何を言わんとしているかを察したらしい。

兵頭は顔色を変え、言葉を飲んだ。

「チャンス言うのは、そういうことです」

倉本は頷いた。「工業、商業、農業、果ては車の運転に至るまで、産業技術はいかにして人手を排除するかを目指して日々進化してるんです。人間が関与する必要がのうなれば仕事も減る。職に就いたとしても、そこにもまた新技術が現れるでしょうから、これから先、産業や職業のライフサイクルが格段に短くなるのは間違いないんです。そう考えればですよ、今現在、深刻な社会問題として捉えられている少子化は、必ずしも間違ってはいない。むしろ、当然であり、問題は長寿ってことになりませんか？」

兵頭は、倉本の顔をまじまじと見つめると、

「お前……そんなこと公の場で言おうものなら、バッシングどころの話じゃねえぞ。政治生命、終わっちまうぞ」

「兵頭さんだって、気がついているはずです」

倉本は言った。「進歩しているのは、産業技術だけじゃありません。医療技術だって同じです。かつては難病とされていたものが、新薬や新治療技術の出現によって治るようになった。確かに、将来ある子供や、現役世代、子育て中の世代が、難病を克服し社会復帰が可能になるのは素晴らしいことです。ですが、新薬、新治療技術というものは、あまりにも高額に過ぎるものが大半です。しかも高額療養費制度があるおかげで、個人負担額には上限がある。残りは健康保険が負担することになっているのが、日本の医療保険制度です。まして、高齢者人口が増加するに従って、年金の支出額は増加する一方。このままやったら、現行の社会保障制度が破綻するのは時間の問題やないですか」

「だからいろいろ策を検討してるんじゃないか。オプジーボのような超高額治療薬には、年齢制限を設けるべきだという意見も医師の間から出ているし、年金にしたっ

て、支給年齢を引き上げて——」

反論に出た兵頭だったが、口調は苦しげだ。

「それだけじゃありません」

倉本は続けた。「寿命が延びれば延びるほど、介護問題はますます深刻になる。介護付き老人ホームに自費で入居できるのは、ごく一部の富裕層だけです。まして、男女共に未婚者は増加傾向にありますし、独居高齢者も増える一方。面倒を見る人間がいなければ、誰がケアするんですか。カネがなければ、放置するんですか。病気にかかったら、医療費を誰が負担するんですか。蓄えが尽き、年金だけじゃ生活できないとなれば、誰が面倒を見るかといえば、結局は行政。自治体であり、国やないですか」

その後の話は、言わずとも分かるはずだ。

自治体であろうと、国であろうと、投じられるカネは税金だ。それも、投じられるカネが恩恵を被る高齢者がすでに支払った額を超えれば、現役世代が将来に備えて支払っているカネを回すしかない。その肝心の現役世代が、減少の一途を辿っているのだから、彼らがそうした支援を必要とするようになる以前に原資が底をついてしまうのは明らかだ。

重苦しい沈黙が、二人の間に流れた。

兵頭は、テーブルの一点を見つめて考え込んでいる。

「考えておくべきですよ」

倉本の言葉に、兵頭は視線を上げた。「全国民分のトレドールの備蓄が整う前に、新たな感染者が出た場合、必ずや優先順位を決める必要性に直面するはずです。職業にするのか、あるいは年齢にするのか、さらに配付の方法も含めて……」

「お前は、年齢でと言いたいんだろうが、そんな方針を打ち出そうものなら、優先順位が低い高齢者は社会のお荷物、死んでくれと言ったも同然だ。野党はもちろん、党内の議員だって、一人として賛成なんかするやつはいねえよ」

兵頭の言う通りである。

高齢化社会から超高齢化社会に移行しつつある今、この年代層に支持されるかどうかで選挙の勝敗が決まる。そして、落選すればただの人。それが議員の宿命である以上、有権者の反感を買うような政策に賛同する議員がいるわけがない。

「まあ、どういった方針を打ち出すにせよ、トレドール配付のガイドラインは、早急に検討を始めるべきです」

倉本は苦笑を浮かべると、「ワクチンの備蓄が整わないうちに、新たな感染者が出ようものなら、間違いなくトレドールの争奪戦が始まります。感染が広がる一方で、治療薬が存在するのに、備蓄が尽きたなんてことになれば、批判の矛先(ほこさき)は行政に向く。それすなわち政府への批判です。どっちにしても、政権が窮地に立たされることになるのは間違いないんですから」

そう言い放ち、ワインクーラーに入ったボトルを手にすると、空になったグラスに自らの手でワインを注ぎ込んだ。

第四章

1

『次は、黒川島で発生した新型インフルエンザに効果があるとされる治療薬、トレドールについてです。全国民分の備蓄を当面の目標とし、トレドールの量産に取り掛かってからひと月が経ちますが、原材料の生産が追いつかず、現在のところ約百五十万人分の備蓄量に止まっています』

香取吉弥(かとりよしや)の朝は早い。

起床は午前六時と決まっており、寝床を抜け出すとテレビをつけ、ニュースを見ながら、身支度を整えるのが毎朝の決まりだ。

新型インフルエンザによる島民全滅という惨劇が起きてから二ヵ月半が経つ。

当時の報道は凄まじいもので、朝から晩まで報道内容はこの話題一色であったが、一向に新たな感染者が現れる気配はない。加えて、先月政府が全国民に行き渡るだけのトレドールの備蓄に着手すると公表したこともあって、新型インフルエンザを巡る報道は、潮が引くように少なくなり、この三週間ばかりは、以前のように、いよいよ開催まで半年を切ったオリンピックがメインである。

『今のところ、新たな感染は確認されていませんが、厚労省は厳重な警戒を促す一方で、今後の状況次第では、トレドールの備蓄量を下方修正することもあり得るという見解を示しています』

ニュースを続ける女性キャスターの声を聞きながら、香取が身支度を整え終えるのとほぼ同時に、妻の妙子(たえこ)も着替えを終える。

「それじゃ、行ってくるよ」

香取は六十七歳、妙子は六十五歳。

結婚してから四十年も経てば、意思の疎通はつうかあで済むことの方が多い。

大学卒業後、新卒で入社した出版社を定年まで勤め上げ、五年前に退職。妙子もまた、別の出版社に勤務しており、彼女が定年を迎えたのを機に東京を離れた。

一足早く引退生活に入った香取が始めたのは、移住先の選定である。

出版社の仕事は多忙を極める。香取が勤務していたのは総合出版社で、週刊誌、月刊誌、文芸と各部署を転々としながらキャリアを積み重ねたのだったが、いずれも締切仕事である上に、雑誌の場合は取材も頻繁にあれば、記事を書くこともある。文芸にしても、作家との日頃の付き合いもあれば、取材への同行、資料探しもある。

妙子も同じような生活であったが、結婚当初は、いずれ一人くらいは子供を……と言っているうちに、気がつけばお互い四十歳を超え、それから子供をもうけたのでは、現役中に子育てを済ませることはできないし、出版界を取り巻く環境は入社当時とは様変わり。市場規模は年を追うごとに縮小するばかりだ。

引退後は、夫婦二人の蓄えと退職金、そして年金が今後の生活を支える全てである。

東京に住み続ければ、豊かな生活が送れるのは確かだが、その分、万事においてコストが高くつく。それに二人とも、田舎暮らしに憧れを抱いていたこともあった。体の自由が利くうちは、自給自足の生活をしながらゆったり暮らそう。日々の出費をセーブすれば、たまに東京に出かけ、ささやかな贅沢をすることもできるだろうし、介護が必要となっても、田舎には都会に比べて格段に安い老人ホームがある。

もっとも、田舎暮らしが簡単なものではないことは、マスコミの世界に身を置いていれば、何かと耳に入ってくる。買い物は大変だし、医療設備が整った病院へ行くのも一苦労だ。そして何よりも難しいのが地域住民との人間関係だ。

田舎暮らしのデメリットを考慮しながら入念な調べを行い、ようやく見つけたのが、山形県との県境にほど近い、宮城県の山間部、鈴森町にある古い一軒家だった。

東日本大震災で、住居が被災したのを機に集落を離れた住民も多く、直近の民家とは、五百メートルほども離れている上に、スーパーがある町に出るのに車で十分以上も要する僻地だが、それと引き換えに煩わしい人間関係とは無縁の生活を得られたことに、二人は十分満足していた。

着替えを済ませた妙子は、朝食の支度のために台所に向かう。

香取は土間に置かれた長靴を履き、竹籠を手にすると、玄関のドアを開け外に出た。

日の出まではまだ三十分ほどあるが、闇は溶けつつある。

庭越しに見える畑に、この時期収穫できる作物はない。

しかし、一面が雪に覆われた中に、黒い土で汚れた部分がある。

こんもりと盛り上がった小さな山は『むろ』だ。

収穫期に畑で採れたジャガイモやニンジン、大根や白菜といった野菜を、土中に掘った穴の中で保存している、天然の冷蔵庫である。

土をかき分け、口の部分を塞いでいたムシロを取る。中から一日分の野菜を取り出し元に戻すと、今度は庭の片隅にある鶏舎に向かう。

鶏舎と言っても、主に二人が食べる卵を採るのが目的だから、十五羽の鶏しかいない小さなものだ。

卵は有精卵だし、産みたてで新鮮だ。冬が過ぎれば雛が生まれ、鶏の数が増す。時には、それを潰して食べることもある。

鶏舎は元々そこにあったもので、古い木材の柱の上にトタン屋根が載せられ、膝の高さほどの腰板から梁までの間が金網で覆われた粗末なものだ。

特徴的なのは、鶏舎からトタン四枚分ほどの、張り出した屋根が設けられていることだが、これは放牧スペースである。

この部分が合成繊維のネットで覆われているのは、町のホームセンターで聞いたところによると、トンビなどの猛禽類の襲撃から、鶏を守るためだというが、なにしろいつ作られたのか分からない代物だ。破れている部分も目立つのだが、どう見ても猛禽類が侵入するとは思えない大きさだから、そのままにしている。

香取は、放牧スペースの扉を開き、中に入った。

柔らかな土の感触が、長靴の底を通して伝わってくるのを感じながら、鶏舎の扉に手をかけた。

寒さが厳しい間は、金網の部分をビニールで囲っているせいで、外からは中の様子を窺うことはできない。

鶏舎の扉を引き開けた途端、中に籠っていた糞便の臭いが鼻をついた。本来気温が高い夏の方が臭いはきつくなるはずなのだが、網の部分を完全に覆ったせいで、空気の流れが悪くなり、むしろ冬の方が酷く感じる。

鶏舎内の地面の上には藁を敷き、さらに、鶏が卵を産みやすいように、奥の部分は厚めにしてある。

そろそろ、藁を換えなきゃならんな——。

香取はそう思いながら、卵を探しにかかった。

鶏舎は六畳ほどの広さがある。

歩を進めるにつれ、鶏たちは首を前後に動かしながら道を空けるように移動する。

藁を厚く敷いた部分に、二羽の鶏が蹲っている。

日の出前であることに加えて、ビニールで覆われているせいで、鶏舎の中ははっきりとは見えないが、白い鶏の姿同様、この暗がりの中でも卵を見つけるのは簡単だ。

実際、蹲っていた一羽の鶏が立ち上がったところに、二つの白い卵がある。

拾い上げようと、手を伸ばしかけたその時、香取は異変に気がついた。

白い卵のすぐ傍に、大量の羽毛が一塊になっているのだ。

なんだ、これ——。

しかし、正体を確かめようにもこの暗さではよく見えない。

香取は顔を近づけた。

鶏の死骸らしい。

イタチか――。

瞬間、そう思ったが、それにしてはどうも様子がおかしい。

その手の小動物に襲われたのなら、羽毛がもっと散乱しているはずだし、肉の部分、胴体はもちろん、頭部に至るまで、綺麗になくなっているはずである。ところが、トサカがある。胴体部分にしても羽毛が密生した状態で残っているのだ。

香取は、詳細に観察すべく、さらに顔を近づけながら、羽を摘み上げた。

ぬるりと湿った感触を、指先に感じた。

胴体部分が見えた瞬間、

「うわっ！」

香取は思わず声を上げた。

鶏の死骸には違いないが、肉や内臓が溶けているように見えたからだ。

どうしたら、こんなになるんだ。なにが起きたんだ。

しかし、生活の足しにと鶏を飼っているだけの香取には、思い当たる節はない。まして、病気にしたって鶏が溶けるなんて話は聞いたことがない。

とにかく死骸を処分するのが先だ。

香取は籠の中に拾い上げた卵を入れると、死骸を手に鶏舎を出た。

その間にも、溶けた鶏から体液と思しきものが滴り落ちる。

鶏舎を出た香取は、糞を始末する際に用いているスコップを使って地面に穴を掘った。雪が積もっている上に、地表の部分が凍っているせいでなかなか作業は捗らない。

「どうしたの？」

妙子の声が聞こえたのはその時だ。「ご飯の支度が進まないじゃない。なんかあったの？」

「ちょっとこっち来て、これを見てみろよ」

ただならぬ気配を察したのだろう。妙子は合わせた綿入れの前を手で押さえ、小走りに駆け寄ってきた。そして、地面に置かれた鶏の死骸に目をやると、

「イタチ？」

と言いながら、眉を顰めた。

「いや、そんなんじゃない。溶けてんだよ」

「溶けてるって、なにが？」

「鶏が……。肉も内臓も——」

「そんな馬鹿な……」

「ほら……」

香取はそう言いながら、死骸をひっくり返した。

「うわあ……」

妙子は小さな悲鳴を上げ、目を背けると、「どうしたらこんなになるの？　なにが起きたの？」

金切り声を上げた。

「分からない」

「まさか、病気じゃないわよね」

「鳥の体が溶ける病気なんて聞いたことあるか？」

首を振る妙子に向かって、香取は続けて言った。「だろ？　俺だって聞いたことないよ。昔、人間が溶けるって病気の話を書いていたSF作家を担当したことはあったけど……」

二人とも、現役時代はあらゆるジャンルの書籍を読み、その道の大家（たいか）、あるいは権威と仕事をした経験もあったし、社会に情報を発信する側にいただけに、大抵のことには通じているという自負の念を抱いている。もし、鳥にせよ動物にせよ、体を溶かす病があるのなら、どちらかが知っているはずだ。

「これさあ、だいぶ前に死んでたんじゃないの？」

妙子は死骸から目を転ずると、香取をじろりと見据えた。

「そんなことないよ」

「だって、卵を採りに行く時間ってまだ暗いじゃない。小屋の中なんてもっと暗いんでしょう?」

「まあ、そりゃあそうなんだが……」

「見落としてたんじゃないの?」

「だけどさ、こんなになるまで、放置してたら、さすがに腐敗臭だって――」

「冬の方が、糞の臭いがきついって言ってたじゃない。鶏の糞の臭いは強烈だもの」

妙子がそう言うのには理由がある。母校の大学のキャンパスは、隣接する形で大きな養鶏場があり、風向きによってはその強烈な臭いが充満し、学生が散々悩まされたからだ。

そう言われると、そんな気もしないではない。

黙った香取に向かって、妙子は続ける。

「腐敗の進行具合だって、条件によって様々だもの。アメリカの、確かテキサス州立大学サンマルコス校だったと思うけど、死体農場ってのがあって、状況によって人体の腐敗がどう進むかって研究が行われているくらいだもの。使われる死体の数は、常時七十体程度。それがずっと続けられてるってことは、腐敗の過程だって千差万別。一概には言えないってことじゃない」

そんな話は初めて聞くが、学校名まで明確に口にするところを見ると事実ではあるのだろう。

「かもな……」

「それに、あなた毎日鶏の数を数えているわけじゃないんでしょ？」

それも指摘の通りである。

「ああ……」

「だったら、やっぱり気がつかなかっただけなんじゃない？　鶏にも寿命もあれば、なんかの拍子に死んじゃうことだってあるわけだしさ。気にし過ぎよ」

妙子は軽い口調で言うと、「卵を私に渡して、あなたは穴を掘る。埋め終わる頃には、朝ごはんができてるから」

手を差し出してきた。

二人は知らなかった。

強毒型の鳥インフルエンザウイルスは、全身の細胞を破壊し、感染した鶏は体の形を維持することができず、溶けたような状態になることを。そして、死骸には、大量のウイルスが含まれることを――。

2

厚労省にほど近い溜池交差点にあるシティホテルが笠井の宿泊先である。徒歩圏内に赤坂、六本木、銀座、新橋という繁華街があり、食事には苦労しない。

感染拡大の兆候は見られないとはいえ、まだ油断はできない。解決しなければならない問題は山積しており、ホテルに戻ってくるのは、早くとも午後八時を過ぎるのだが、東京の繁華街は不夜城だ。アメリカの食生活は、お世辞にも充実しているとは言えなかったが、こちらはいつでも店が開いている上に、選択肢が豊富なのが、何よりも嬉しい。

もっかの課題は、トレドールの原料の確保である。増産に踏み切ったものの、肝心の原料の備蓄が底を突いてしまったことに加えて、先進国がこぞってトレドールの製造に乗り出し、製造能力を遥かに超える需要が発生していたからだ。それでも、百万人分程度の原料備蓄があったことは評価すべきだが、喉元過ぎれば熱さを忘れるとはよく言ったもので、ここに来て、厚労省内では「トレドールの備蓄は、もう十分なのではないか」という意見が出始めていた。

その最大の根拠は、過去に大流行し、多くの死者が出たスペイン風邪でさえ、日本国内での死者は、一九一八年から二〇年の三年間で四十八万人。致死率は一〜二パーセントと推定され、現在の日本の人口から計算すると、死亡者は三十二万〜六十四万人ということになるからだ。

加えて、黒川島でサリエルが確認されてから、二ヵ月半になろうというのに、以降ただの一件も新たな感染者の報告がないこともあった。

「トレドールの備蓄は必要だとしても、国民全員に行き渡る量を確保するのは過剰ではないのか」、と言うのだ。

もっとも、そんな意見が出るのも無理のない話ではある。このまま事態が収束すれば、トレドールの購入費用は国の全額負担。使用されぬまま、有効期限が来てしまえば全量廃棄。大量生産と引き換えに、購入価格が半分近くまで下がったとはいえ、二千億円を超える税金をドブに捨てることになるからだ。

それは何も日本に限ったことではなく、ここに来て、本当に備蓄する必要があるのかと、製造は最小限に止め、様子を見るという方針に舵を切った国も出てきた。さらに、今日の会議では、状況を見極めながらとしつつも、備蓄量の一定数を他国に融通する案までもが検討されていると聞かされた。

有事に備え、万全の態勢を整えておくのが、政治、行政の務めとはいえ、備えが無駄になれば、やはり批判に晒される。結果をもって是非を判断するのが世間だからだ。

　しかし、安心するのはまだ早すぎる。

　黒川島を見舞った悲劇が、テロによるものだとしたら、サリエルは、いつ、どこで使われるか分からない。そして、その可能性は常にあるのだ。

　笠井のスマホが鳴ったのは、一人赤坂で夕食を摂り、風呂を浴びてメールのチェックに取り掛かろうと、ノートパソコンを開いたその時だった。

　パネルには、『石坂（厚労省）』の文字が浮かんでいる。

　感染症情報管理室長だ。

　庁舎を出た後に、厚労省の人間が、連絡をしてくるのは初めてだ。

「はい、笠井です」

　応える声が自然と硬くなる。

「石坂です。たった今、新型インフルエンザに感染した疑いのある患者が出たと報告が入りまして……」

「どこでです？」

　早口で言う、石坂の声は緊迫している。

　訊ねる間に胃が重くなり、スマホを握りしめる指先が強張った。

「宮城県です。山形との県境にある鈴森町で、夫婦二人にインフルエンザの症状が見られ、かなり深刻な状況にあると――」

「深刻とはどの程度の？」

「地元の病院に搬送された時点で、細菌性肺炎を起こしており、その後脳症を併発して、危篤状態に陥っているそうです」

「脳症？……」

笠井は絶句した。

どちらもインフルエンザが引き起こす合併症だが、そこまで悪化することは稀だし、肺炎の場合は、高齢者や基礎疾患を抱えている免疫不全患者に発症することが多く、脳症の場合は幼児に多く見られるものだ。

それが、二つの合併症が同時に起こるとは――。

「それ、いつの話です。患者は、いつ病院に搬送されたんですか？」

笠井は続けざまに訊ねた。

「救急車の要請があったのは、本日の午後四時頃だそうです。依頼者は、女性ですが、救急隊員が駆けつけた時には、二人とも意識がなくなっていたそうです」

笠井はベッドサイドに置かれた時計を見た。

時刻は、午後十時半になろうとしている。

「ということは、病院に搬送されてから、六時間ほどで、そこまで症状が悪化したわけですね」

「診察に当たった医師も、初めて経験するあまりにも異常なケースです。それも二人が同時に同じ症状を示していることから、感染症の可能性が強いと考えまして、ただちに、喉の粘膜細胞を採取し、保健所に送ったところ、インフルエンザウイルス、それも新型である可能性が極めて高いと判定されたのです」

「それで、患者は今もその病院に？」

そう訊ねたのは、宮城、山形の県境となれば、病院があっても、感染拡大を防止する施設が完璧に整っているとは思えなかったし、この二ヵ月半の間、笠井が厚労省と重ねてきた会議のテーマは、トレドールに関するものだけではなかったからだ。新たな感染者が出た場合、治療機関が取るべき対応について、既に作成されていたマニュアルを再検討し、感染を最小限に抑える対策を練り上げてきたのだ。

「新マニュアル通り、現在もその病院で治療を続けています」

石坂は言った。「治療に当たった医師、看護師はもちろん、救急隊員、及び彼らと接触を持った人間も病院に留めております」

「外来患者や、見舞いの家族は？」

「外来患者については、救急車の要請が午後四時というのが幸いしました。診療時間外ですから、そちらへの感染はまずないと考えていいでしょう。見舞いについては、現在調査中です」

インフルエンザによる脳症が疑われる症状はいくつかあるが、意識障害が見られる場合は、ただちに患者を二次、三次医療機関に送ることになっている。

しかし、黒川島のケースからすれば、サリエルの感染力は極めて高いと考えなければならない。感染者の生命を優先するか、感染の拡大を最小限に抑えるか、極めて難しい問題だが、パンデミックにつながったのでは、対処不能となってしまう。

感染を最小限に抑えられるかどうかの鍵は、初動にある。万が一、新たな感染者が出た場合、接触する人間を極力少なくするために、一治療機関内に留め置くことにしたのだ。

「幸いと言えば、もう一つ、病院の設備が整っていることです」

石坂は続ける。「鈴森町は、人口六千人と小さな町ですが、ＣＴはもちろん、ＭＲＩまであるそうでして」

「人口六千人の町に、そんな設備があるんですか？」

「私が言うのも何ですが、かつての箱物行政のお陰です。もっとも、病院には、内科医が一人しかいません。今後、新たな感染者が出ることも考えられますから、直近の大学病院に依頼して、早急に医師を派遣してもらえるよう、現在手配中です」

今のところ、厚労省の対応は満点だ。

気になるのは、ウイルスが果たしてサリエルなのか。もし、そうだとしたら、どういう経緯で感染が起きたのかだ。

「発症者について、詳しいことは分かっているのですか？」

笠井は問うた。「年齢、生活状況、周囲の環境とか……」

「今現在、分かっているのは、男性が六十七歳、女性が六十五歳の夫婦ということだけです。既往歴（きおうれき）も生活環境も不明です。ただ、現在管轄の保健所のチームが発症者の自宅に向かっておりますので、随時情報が入ってくるでしょう」

「となると、残るはウイルスの特定ですね」

笠井は話題を変えた。

「検体は、自衛隊のヘリで東京に運ばれ、東アジアウイルス研究センターに到着し次第、詳細な分析が行われることになっていますので、そう遠からず正体は判明するかと……」

「で、トレドールは？　現地にトレドールを送る手配を行ったんでしょうね」

「もちろんです」

石坂は間髪を入れず答える。「とりあえず、三百人分のトレドールを所轄保健所に向けて輸送するよう指示が出ています。万が一のことがあれば、それで感染の拡大は抑えられるかと……」

「分かりました」

笠井は頷くと、「私はこれから本郷に向かいます。些細なことでも結構です。新しい情報が入り次第、この携帯に連絡を入れてください。もし、これが黒川島を襲った新型ウイルスと同じものであったなら、初動を誤れば大変なことになりますので……」

「分かっています」

石坂が同意の言葉を告げてくるのに笠井は頷き、

「では……」

回線を切りながら、今この時から長い日々が続くことを覚悟した。

3

溜池交差点から本郷までタクシーを使い、東アジアウイルス研究センターに着いたのは、午前零時少し前のことだった。

普段、この時刻ともなると、仕事を続けている職員はまずいないのだが、さすがに今日は違う。横一列、フロアの半分ほどの窓に、明かりが灯っている。

感染症を研究しているセクションだ。

石坂との電話が終わった直後、ここを訪ねる旨は稲村に伝えてある。彼も厚労省からの連絡を受け、急ぎ研究機関に向かっている途中だと言った。稲村の住まいは湯島だから、溜池方面よりも格段に近い。

一階のロビーで守衛に来意を告げると、すぐに来客用のＩＤカードが差し出された。

エレベーターを使い、センター長室のあるフロアに上がる。

人気のない廊下を急ぎ足で歩き、ドアをノックすると、

「入りたまえ」

中から稲村の声が応えた。

「えらいことになったな。もし、こいつがサリエルだとしたら、黒川島のようにはいかんぞ。感染の拡大を防ぐのは難しいかもしれない」

稲村の顔は蒼白だ。危機感と緊張のあまり、声が震えている。

無理もない。ウイルスの怖さを熟知している者なら、本土で感染者が出たとなれば、誰しもがパンデミックを考える。

「患者から採取した検体は？」

「先ほど到着した。すでに、遺伝子の解析に取り掛かっているところだ」

精密な分析には時間がかかるが、簡易分析でも、サリエルなのかどうかの判断はつ

く。それに要する時間は二時間もあれば十分だ。

笠井は頷くと、

「どんな結果が出るにせよ、このウイルスは極めて毒性が強いものであることに間違いありませんね。インフルエンザが細菌性肺炎や脳症を引き起こすことはありますが、そこまで重症化するのは稀です。それが、二人とも二つの症状を併発しているんです。既知のウイルスとは桁違いの脅威であることに間違いありません」

硬い声で言った。

「発症者が住んでいたのは山奥の過疎地だそうだね」

「ええ、宮城県の鈴森町という、人口六千人の小さな町です」

「こう言っちゃ何だが、都市部ではなかったのが救いだよ。これが大都市で発生していれば、瞬く間に感染が拡大していって、手がつけられない状態になるところだ。うまく、封じ込めることができれば、黒川島同様、犠牲者の数を最小限に抑えられるかもしれないからね」

稲村は、夫婦が助からないようなニュアンスで言うが、それも無理はない。肺炎、脳症共に、治療薬はあるが、二つの症状を併発したという例は聞いたことがないし、すでに危篤というからには、症状の進行が極めて早いと見ていい。しかし、まだ二人は生きているのだ。なのに『犠牲者』と呼ぶことにはさすがに抵抗を覚える。

そんな、笠井の内心が顔に出たのか、

「となると、黒川島のサリエルは、やはりテロではない。自然界で発生した可能性が強いってことになるな」

稲村は、話題を変えてきた。「黒川島でサリエルが驚異的な感染力と威力を持つことは分かったはずだ。あれがテストだとしたら、次は本番だ。人口密集地でやるだろうからね」

その言葉を聞いた瞬間、笠井ははっとして、

「センター長、パソコンを拝借できませんか」

と言った。

「構わんが……何をするんだ」

「鈴森町の立地を調べたいんです。ひょっとして、近辺に池か湖があって、渡り鳥が来るんじゃないかと……」

「そうか、黒川島は渡り鳥の中継地だったな。黒川島から飛来した鳥が、感染源ってことも考えられないわけじゃないよな」

「宮城には、渡り鳥が飛来する湖沼が幾つもありますからね。だとすれば、黒川島と鈴森町、二つの点がつながります」

笠井がそう言い終える間に、稲村は執務席に戻り、マウスに手を掛けた。

キーボードが、軽やかな音を立て始めたその時、スマホが鳴った。

石坂だ。

「笠井です――」

耳に押し当てたスマホから、

「感染者の自宅に向かった保健所のチームから、たった今報告が入りました」

そう告げる石坂の声は緊迫している。「鶏舎から、鶏の死骸が発見されたそうです」

「ニワトリ?」

その言葉に反応して、稲村はキーボードを叩く手を止め、笠井の顔を見上げる。

「鶏舎って……黒川島を襲ったウイルスの感染源が、渡り鳥の可能性が疑われた時点で、全国の養鶏業者には、野鳥の侵入を防ぐための措置を周知徹底するようにと、保健所を通じて指示が出ていたはずじゃありませんか」

「それが、感染者は養鶏を生業にしている人じゃないんです……」

石坂は、困惑した口調で続ける。「感染者は定年を機に、東京から鈴森町に移住した夫婦で、自給自足に等しい暮らしをしていたらしいんです。鶏は卵、あるいは肉を調達する目的で飼っていたらしく、鶏舎もまた粗末なもので、野鳥との接触もあり得る状態で飼われていて……」

それだ! と、笠井は直感的に思ったが、次の言葉を聞いた瞬間、体が硬直し、心底震え上がった。

「鶏舎の中からは、十数羽の鶏の死骸が発見されたのですが、全て体が溶けていると――」

「溶けているって……」

大変なことになったと思った。

一九九七年に香港で発生し、人間に感染した鳥インフルエンザの感染源となった鶏の死骸の写真が脳裏に浮かんだからだ。

強毒性のウイルスは、全身感染を引き起こし、細胞を破壊する。もちろん、これまで人間が感染した鳥由来の新型インフルエンザでは、人体をそこまでにした事例はないのだが、可能性としてはあり得るし、いずれにしても強い毒性を持っていることに疑いの余地はない。

稲村もまた、その言葉を聞いた瞬間、顔を蒼白にして天を仰ぐ。

「とにかく、すぐに鶏の死骸の画像と感染者の詳細を記したデータをこの携帯にお送りします」

「石坂さん、データは携帯ではなく、東アジアウイルス研究センターの稲村センター長宛てにお願いします。アドレスは――」

稲村がすかさず名刺を差し出してくる。

そこに記されたアドレスを読み上げた笠井は、

「新しい情報が入りましたら、随時知らせてください。まずは、画像とデータを拝見します」

と告げ、回線を切った。

「最悪だ――」

稲村は沈痛な面持ちで、深い溜息を吐いた。「鶏が溶けているって……肺炎と脳症を併発したと聞いた時点で、相当に毒性が強いとは思っていたが、まさかそこまでとは……」

「迂闊でした……」

笠井は唇を嚙んだ。「鳥が媒介する可能性は念頭にありましたが、自家消費用の鶏を飼っている人がいることには頭が回りませんでした……」

「鳥インフルエンザに罹った鶏が出ようものなら、養鶏業者には一大事だ。殺処分になった鶏については全額補償されるが、養鶏業を再開するに当たっての雛の購入費用の貸付金には上限がある。不足分は金利が低いとはいえ、自治体の貸付金だ。まして、再開までの期間は、事実上無収入になるんだ。そりゃあ、感染防止には真剣に取り組むだろうが、自家消費が目的ではな……」

「むしろ、そうした人たちの方への啓蒙、指導を徹底させるべきだったんです。それを……」

悔やんでも悔やみきれない。

笠井は内心にこみ上げてくる、自責の念を口にした。

「おっ……来た」

稲村が体を起こし、マウスを操作する。

石坂からのメールが届いたのだ。

添付されているデータは二つ。そのうちの一つ、画像データを稲村は開く。

そこに現れた写真を見た瞬間、笠井は息を飲んだ。

白い羽の塊が、藁が敷かれた地面の上に幾つも転がっている。そして、鶏のアップに引き続き、手袋をはめた手が、死骸を持ち上げる写真が続く。でろりと崩れた体の部分から、防護服に身を固めた保健所職員の足元に、体液が滴り落ちているのがはっきりと分かる。

ここまで破壊しつくすのか……。

それは、想像を絶する惨状だった。

鶏だと判別がつくのも、羽、嘴、鶏冠、脚といった部分がかろうじて原形を留めているからだ。肉や臓器はほぼ完全に溶け、その部分だけであったなら、これがどんな生物だったのか判別は不可能だろう。少なくとも、香港で撮影された鶏の死骸よりも格段に酷い。その一点からしても、かつてないほどの強い毒性を持つ新種のウイルスだと見て間違いない。

「これは……」

絶望的な沈黙の後、稲村は次の画像を開いた。

そこからの数枚は、鶏舎の外観や、外部からの鳥類の侵入を防ぐために設けられたネットが破れている様子、運動場と思われるスペースに散乱した糞といったものが撮影されていた。

「センター長……」

笠井は言った。「感染の拡大は絶対に阻止しなければなりません。これだけ、毒性が強いウイルスが、パンデミックを起こそうものなら、取り返しのつかないことになってしまいます」

「それは、君の言う通りだが……」

「ウイルスの正体を確かめると同時に、鈴森町及び、周辺自治体の人の動きを制限する必要があると思います」

「人の動きを制限するって……そんなことできるわけが——」

「大都市ならば、大混乱になるでしょうが、鈴森町は過疎高齢化が進んだ町です。今のうちなら、混乱は最小限に抑えられます。感染拡大を抑える方法はそれしかありません」

「しかし、野鳥がウイルスを運んできたとしたら、他の地域でも――」

「やはり当該地域を封鎖するしかありません。そして、速やかにトレドールが投与できるようにしておくしか、感染拡大を防ぐ手段はありません」

それが、あまりにも非現実的なプランであることは百も承知だ。しかし、それ以外の手段は思いつかない。

「私は、これから厚労省に戻ります。一刻も早く手を打たないと……。遺伝子の簡易分析の結果が出たら、すぐに連絡をください。お願いします」

笠井は、そう言い残すと、ドアに向かって小走りに駆け出した。

4

午前零時半、厚生労働省の大臣室に、梶本が現れた。

酒を飲み、寝ついたばかりのところを叩き起こされたのか、白目は充血し、顔も赤い。瞼の辺りがすこし浮腫(むく)んでいるようでもある。

起立して迎えた三人に声をかけるでもなく、応接コーナーに歩み寄ると、上座のソファに腰を下ろし、

「新たな感染者が出たって？」

一同をじろりと上目遣いに見渡した。

「宮城県の鈴森町に住む六十七歳と六十五歳の夫婦です。現在現地の病院で治療を受けていますが、肺炎と脳症を併発しておりまして、容態はかなり厳しいようです」

座りながら答えたのは、事務次官の興梠である。「今回のウイルスが、黒川島のものと同じ型であるかどうかは、現在東アジアウイルス研究センターで遺伝子の解析を行っておりますが、症状からすると、強毒性のウイルスであることは間違いないと思われます」

「トレドールは？」

梶本は不機嫌な声で訊ねる。「かかる事態に備えて、あの薬を備蓄したんだろ？」

「トレドールは、感染初期の段階でウイルスの増殖を抑える薬でございますので、肺炎や脳症には効果が見込めません。症状がここまで進むと……」

「そんなに酷くなるまで、病院へ行かなかったのか！　高熱、寒気、インフルエンザの初期段階には、自覚症状ってもんがあるだろうが。普通の風邪の類とは、明らかに違うことは分かりそうなもんじゃないか！」

「お言葉ですが、大臣……。今回の新型インフルエンザにつきましては、黒川島の島民が全滅したこともあって、発症後、どのように症状が悪化していくのか、一切分からないのです。ただ、今回のケースから、発症から重篤な状態に陥るまでの時間は極めて短いと推測され――」

「じゃあ、何のためにトレドールを備蓄したんだ！　重篤な状態に陥るまでの時間が短いと言うなら、何の役にも立たないってことじゃないか！　そんな薬に、いったい幾ら国のカネを注ぎ込んだと思ってんだ！」

梶本は、顔を朱に染めて声を荒らげる。

「感染者がもれなく、同じ経過を辿るとは限りません」

興梠は、冷静な声でこたえる。「黒川島より、若干年齢が若いとはいえ、今回の発症者も高齢者です。肺炎、脳症共に、既往歴、体力によっては起こる可能性は高くなる傾向がございます。それに、この二人が居住していたのは、過疎が進んだ町の中でも、さらに山奥だそうですから、搬送時間もそれなりにかかるわけで、早い段階でトレドールを服用していたら、この夫婦の症状も、ここまで悪化することはなかったかもしれません」

なるほど、うまいことを言うと、兵頭は思った。

梶本の自宅は東京郊外にある。

深夜のこの時間ともなると、首都高速に渋滞はないとはいえ、連絡を受けてから厚労省に到着するまで、一時間ほどの時間を要した。

その点、兵頭と織田は、赤坂の宿舎住まいだ。梶本が到着するまで、すでに事態の概要は、興梠から説明を受けていたのだが、今の答弁には大きな矛盾がある。

「大臣、これをご覧ください」

興梠は、すかさずテーブルの上に数枚の紙を置いた。

所轄保健所から送られてきた画像のプリントアウトだ。

「何だこれは……」

それを手にした梶本が、怪訝そうな表情を浮かべ画像に見入る。

「鶏の死骸です」

「鶏？」

「感染源は、この夫婦が飼っていた鶏と思われます」

「これが鶏って……」

「溶けているんです」

梶本はぎょっとなり、興梠に視線を向ける。

「溶けてる？」

「このウイルスが極めて高い毒性を持つことの証です。強毒性のインフルエンザウイルスは、細胞を破壊してしまうのです」

梶本の顔から血の気が引き、赤らんでいた顔がまだらになる。

「そ……それは、本当のことか？　それじゃ人間も？」

「人間が、同様になるかどうかは分かりませんが、可能性としてはないとは断言できないそうです」

興梠の答弁の矛盾がより明確になる。

感染者が、短時間のうちに重篤な状態に陥ったのを、年齢のせいにしながら、このウイルスは人間を鶏同様の姿にしてしまう可能性があると言う。原因がウイルスの強毒性にあるのは明白だ。つまり、年齢いかんにかかわらず、発症すれば短時間のうちに、二人と同じ経過を辿る可能性は十分に考えられるのだ。

しかし、あまりにも衝撃的な画像に、そこまで考えが回らないと見えて、

「こんなウイルスが、都市部に侵入したら……」

梶本は、呆然とした面持ちになると、言葉を飲んだ。

それは、この画像を見せられた際の、織田の反応そのものだった。

もちろん、兵頭も驚きはしたが、同時に、「ついに」、「やはり」という思いが先に立った。というのも、倉本とトレドールの配付方法について議論して以来、新たな感染者が出た時の方策をずっと考え続けてきたからだ。

倉本の考えは過激に過ぎる。世間はもちろん、対策を講じる官界、政界の人間たちでさえ、耳にした次の瞬間、猛然と非難の声を上げるだろう。

しかし、本当にそうなのか。それで済ませていいものなのか……。

確かに、救うべき命に優先順位を設けることは許されるものではない。全国民の生命をいかにして守るか。それが行政、ひいては政治家の義務だ。しかし、想定外の危機に直面した時、被害を最小限に抑えるべく、最善の処置を施すのも行政、政治家の義務のはずだ。まして今回の場合、今後の展開次第では、薬の備蓄が尽きた時点で、そこから先の発症者を見殺しにするしかないという現実に直面する可能性は捨て切れない。感染の拡大が収束した後の社会を、この国のそれからを考えると、倉本の言も暴論とは言えない。むしろ、考えておくべきことなのではないかと、兵頭は思うようになっていた。

「まずは、感染拡大を防ぐことが重要ですが、同時に厚労省としては、最悪の事態を想定した方針を決めておくべきだと考えます」

兵頭は言った。

「方針？」

隣に座る織田が、眉間に皺を刻み、視線を向けてきた。「方針ってなんだ？」

「トレドールの配付方法、優先順位です」

「何でそんなものを決めなきゃならないんだ。治療薬はそれ以外にないんだろ？　だから備蓄を——」

「問題は、その備蓄量には限りがある。使い果たした時点で、それ以降の発症者に治療を施すことができなくなるってことですよ」

兵頭は、織田の言葉を遮ると続けた。「感染者に片っ端からトレドールを処方すれば、先に罹った者勝ちってことになってしまいます。まして、もし今回鈴森町で発生したウイルスが、今までに類を見ない強毒性のもので、重篤な状態に陥る可能性が高い、あるいは死に至るかもしれないとなれば、何としても事前にトレドールを確保しようと、間違いなく争奪戦が起こります。医療機関からの要請があるがままに、トレドールを配付すれば、百五十万人分の備蓄はたちまち底をつきます。それだけじゃありません。事前配付を行えば、感染が拡大する地域があり、トレドールがただちに必要となっても、自分たちの地域に感染が広がることに備えて、たとえ手元に在庫があったとしても他に回すことを拒むということだって考えられるじゃないですか」

「その優先順位ですが、厚労省には新型インフルエンザが出現した場合を想定して、プレパンデミックワクチンの優先順位を定めたガイドラインがございます。今回の場合も、それに準じればいいのではないかと……」

興梠が、慇懃な口調でこたえた。

梶本と織田が、同時に「ガイドライン」という言葉に反応し、何のことだとばかりに顔を見合わせた。

「あれは、今回のようなケースには使えませんよ」

兵頭は即座に否定した。「プレパンデミックワクチンの配付にあたっては、指定の政府関係者、行政職、医療従事者が最優先となっていますが、医師だけでも全国に三十一万人。それに看護師や、レントゲン、CT、MRIを扱う放射線技師にも必要です。そしてトレドールは、院内処方ということになるでしょうから、薬剤師にも配付することになる」

「いや、先生、それは違います。インフルエンザの治療にあたるのは、主に、内科、耳鼻咽喉科の医師ですから――」

「医者だって、他人の命より自分の命、家族の命でしょう。その時に備えて、身内の分まで確保するに決まってますよ。それが友人、知人の範囲にまで広がることだって考えられるじゃありませんか」

「まさか、そんなことは――」

「ないと、言い切れますか？」

興梠は、もごりと口を動かし沈黙する。

「兵頭君……そこまで言うからには、君には考えがあるんだろうね」

梶本が鋭い眼差しを向けてくる。

「あります」

兵頭は間髪を入れずこたえた。「まず、最優先すべきは、学童や若者、そして生産年齢世代だと思います」

「それって、高齢者は後回しにするってことか？」

梶本の顔色が変わった。

眼光が鋭くなり、こめかみが一度ピクリと脈打つ。

それも無理はない。

梶本は七十一歳。立派な高齢者だ。

「これからの国を背負って立つ世代を優先するのは、当然のことだと思いますが？」

「つまり、先が知れている老人は、死んでも構わない。そう言いたいのかね」

白目が赤さを増しているように感じるのは、気のせいではない。煮えたぎる怒りの表れだ。

「高齢者の生活を支えているのは、生産年齢層ですよ。ただでさえ、少子化、人口減が進む一方の我が国において、生産年齢世代がこのウイルスによって、減少するようなことになれば、誰がこの高齢化社会を、ひいては国を支えていくんですか」

「口を慎め！　いやしくも、お前は国会議員。しかも政務官だろ！」

梶本は、怒りを爆発させる。「第一だな、そんな方針を打ち出そうものなら、世論が黙っちゃいないぞ！　それこそ政権、いや我が党は、猛烈な非難に晒され――」

「そうはおっしゃいますが、プレパンデミックワクチンにしたって一千万人分しか用意されていないのです。しかも、優先順位は職業によって、それも同じ業界でも所属する企業によっても異なるんです。それが、公開されているのに、私が知る限りにおいて、異議を唱えた人間は一人としておりませんが？」

「公開されてる？」

織田の問いかけにはこたえずに、兵頭は興梠に視線をやった。

「厚労省、内閣官房のホームページにもございます……」

「そんなもの、誰も見てないからだよ。知れば——」

「マスコミの人間が見ていないはずはないと思いますがね」

織田は兵頭の言葉が終わらぬうちに言った。

「マスコミ？　マスコミがなんだってんだ？」

「たとえば放送局員は、優先順位が高い特定接種の対象とされておりますが、同じ放送局でもＮＨＫと民放では類型が違うんです。これは、マスコミの中でも順位があることを意味するわけですよね、興梠さん」

「それ……本当の話なのか？」

織田は、興梠に向かって訊ねた。

「新型インフルエンザが発生し、パンデミックにつながりかねないとなれば、パニックが起きる恐れがあります。感染防止の啓蒙、正確な情報の伝達を、全年齢層の国民にもれなく、かつ迅速に行うためには、やはりテレビ、ラジオです。そして、全国を網羅する放送局ということになれば、ＮＨＫでございますので……」

「中央銀行はＮＨＫと同類型ですが、新聞は民放と同じ。これは一般銀行と同類型です。普段の新聞記者の報道姿勢からすれば、職業で優先順位を決めるのか。差別だ。人の生死を職業で決めるのかと、真っ先に嚙みついてくるはずです。しかし、新聞も民放も、そんなことは一切報じません。それは、なぜだと思います？」

こたえを探しあぐねているのだろう、梶本、織田の視線が、輿梠に向けられる。

しかし、彼は目を伏せたまま沈黙する。

「それでも、彼らが特定接種の対象者であることに違いはないからです」

兵頭は言った。「想定されている新型インフルエンザは三種類。プレパンデミックワクチンは、それぞれ一千万人分の備蓄があります。そして、厚労省の想定では、特定接種の対象者も一千万人の範囲内。つまり、優先順位はあくまでも、特定接種対象者の中での話であって、対象になる職業に従事している限り、まず間違いなく接種を受けられるからです」

倉本にリストの存在を聞かされた翌日、兵頭は厚労省のホームページにアクセスし、その存在を確認した。

そこに記載されていた厚労省の方針、優先順位が決まった理由は驚くべきものだった。

「興梠さん。残る一億一千数百万人の国民へのプレパンデミックワクチンをどうするかについて、厚労省はあの文章の中で、なんと書いていたか覚えていらっしゃいますよね」

兵頭は訊ねた。

「いや……それは――」

「住民接種に関する基本的考え方として、基礎疾患を有する者、妊婦、小児、成人・若年者層と優先順位が決められています。ですが、高齢者は一番最後、しかもウイルスに感染することによって、重症化するリスクが高いと考えられる群、それも六十五歳以上と、わざわざ年齢まで書いてある。その根拠は何だったでしょう？」

再度迫った兵頭に、

「緊急事態宣言が出された場合、国民生活及び国民経済に及ぼす長期的な影響を考慮すると定めた特措法第四十六条第二項と、我が国の将来を守ることに重点を置いた結果でございます。特定接種者は前者の観点から、住民接種は後者の観点から考慮したものです……」

興梠は苦しげに答えた。

「しかし、あの文章には、住民接種は、特定接種の対象になる者、及び特定接種が行われない場合、先行的な接種の対象となる医療従事者以外の接種順位とありましたよね。そして、また別の項にはこうも書いてありました。パンデミックワクチンを特定接種に使用する場合は、住民接種とトレードオフの関係にある。国民より先行的に接種を開始することに国民の理解が不可欠だと」

興梠は、再び視線を落とし押し黙る。

「トレドールは、百五十万人分しかないんですよ」

兵頭は言った。「特定接種者全員に行き渡らないとなれば、その中で対象者を絞り込まなければならない。そんなことになれば、対象から漏れた人間たちが黙っちゃいませんよ。まして、一般国民に回す分は事実上ゼロだ。批判どころの話じゃない。暴動が起きますよ」

大臣室の中が重苦しい沈黙で満たされた。

「じゃあ、何か。お前は、住民接種の優先順位を適用しろというのか」

梶本が、嚙み付かんばかりの形相で問うてきた。

「国の将来を考えれば、そうなりませんか？」

「先生……。お言葉ですが、高齢者が住民接種の優先順位が低いのは、歳を重ねるにつれ、インフルエンザに罹患する回数が増え、ある程度の抗体を持つ方が少なくないというのも理由の一つでございます。つまり、若年層よりもインフルエンザに罹り難いと考えられるわけで、決して高齢者を見放すというわけではないのです」

興梠が必死に弁明するが、ならば、そう書いてあるはずである。

「この住民接種の優先順位については、厚労省が公表している資料に全て目を通しましたが、そのことごとくが『決める必要がある』『議論する必要がある』、方針を記したものはたった一つだけ。それだって、最後は結局、国民の理解が不可欠だじゃないですか。第一、特定接種者の優先順位を決めても、肝心の配付については、何も決まってはいない。こちらもまた、検討する必要があるで終わってる。じゃあ、検討の結果は出たんですか。国民の理解を得るために、具体的なアクションを起こしたんですか」

新型インフルエンザのパンデミック。それに伴う、ワクチン接種の優先順位。

誰だって、そんな事態が起こることは、想像もしたくないだろうし、その時、誰を優先するかなんてことを考えたくもないだろう。

なぜならば、誰を助け、誰を見捨てるのか。人の命の重さを値踏みする行為以外の何物でもないからだ。

「じゃあ、誰が治療に当たるんだよ！　誰が情報を流すんだよ！　誰がトレドールを管理し、発症者が出たら、誰が患者を病院に運ぶんだよ！」

織田が声を荒らげた。「治療に当たるのは、内科か耳鼻科の医者だろうが。医者だって、若いのもいれば年寄りだっている。それに感染力が高いったって、何も国民全員が罹患するってわけじゃないだろうが。大体だな、ワクチンも治療薬もなかった時代に流行したスペイン風邪だって、皆が皆罹ったわけじゃねえ。致死率にしたって、世界で二パーセントって言われてんだぞ」

「織田さん……二パーセントって、今の日本なら、二百四十万人以上の国民が亡くなることになるんですよ。それに対して治療薬は僅か百五十万人分しかないんです。第一、二パーセントなんて、人の動きが今よりも遥かに遅く狭い時代の致死率じゃありませんか。今の時代にそんな数字で済むわけがないでしょう」

そこで、兵頭は鶏の死骸が写ったペーパーを手に取ると、「しかも、今回のウイルスの毒性は極めて強い。織田さんが、おっしゃることは分かります。しかし、少子化が進む一方の我が国において、子供は宝です。生産年齢層が減少すれば、高齢者の生活にだって甚大(じんだい)な影響が出るんです。だから国を支えていく、あるいは支えている年代の治療を優先する。職業云々よりも、よほど納得がいく理屈じゃありませんか」

梶本、織田の二人に迫った。

「しかし、先生……」

異議を唱えたのは、またしても興梠である。

しかし、しかしって、さっきから——。

兵頭は、興梠の顔を睨みつけた。

「もし、先生の案を方針とするならば、まずは基本的対処方針等諮問委員会を開き、意見を聞いた上で基本的対処方針を変更し、特措法第十八条第二項第三号に掲げる重要事項として、新たに新治療薬投与にあたっての優先順位の法整備をする必要がございます」

そのいかにも官僚然とした、言い草に腹が立った。

「そんなことを言ってる場合か！　そんなことやってたら——」

「我が国は法治国家です。緊急事態とはいえ、法を整備せずして行政は動けません」

「新薬について優先順位を定めた法はないだろうが！」

「ないなら、やってもいいという理屈は通りません。それが法でございます」

「なっ……」

兵頭が返す言葉に詰まったその時、興梠のスマホが鳴った。

「失礼いたします」

名前を確認した興梠は、すぐにスマホを耳に押し当てた。

「興梠だ……なに！　……今回のウイルスは、黒川島のウイルスが変異したものらしいだって？」

どうやら、部下からの緊急連絡であるらしい。

瞬く間に、顔面から血の気が引いていく興梠を見ながら、どうしたらこの案を実現できるか、そう考えた瞬間、兵頭の脳裏に、ふと倉本の顔が浮かんだ。

5

東アジアウイルス研究センターを出たところで、笠井はスマホを取り出し、カシスに電話をかけた。

「サリエルが変異した？」

報告を聞いたカシスが絶句する。

そして、一瞬の沈黙の後、

「まさか……そんな馬鹿な……なにかの間違いじゃないの？」

声を震わせながら、問うてきた。

「まだ簡易の段階ですが、分析を行ったのは東アジアウイルス研究センターです。変異を起こしているのは、まず間違いないでしょう」

「そんなの考えられない！」

もはや悲鳴だ。カシスは、珍しく感情を露にする。「突然変異は起こり得る。いえ、インフルエンザウイルスは、常に変異するものだけど、劇的な変化は十年単位で起きるものよ。これほど短い間に、変異するなんて――」

インフルエンザウイルスは、僅かながらも常に変異する。毎年ワクチンの投与が推奨されるのはそのせいなのだが、カシスは肝心なことを忘れている。

「ヴィッキー……」

笠井は、カシスの言葉を遮った。「サリエルは、まだ研究途上で、どんな特性を持つのかさえ、はっきりとは分かっていない代物だし、水禽類がインフルエンザウイルスを保有しているケースは珍しいことじゃない。実際、鈴森町には、渡りの水鳥が飛来する沼があるし、そこで何らかの要因で、サリエルと水鳥が保有していたウイルスが交雑して、変異を起こすってことはあり得るんじゃないかな」

カシスはすぐに言葉を返さなかった。

考え込んでいる気配が伝わってくる。

しかし、それも僅かな間のことで、

「だとしたら、大変なことになるわよ」

カシスは暗く沈んだ、低い声で言った。「鶏の死骸の写真を見たけれど、変異したサリエルが、極めて強い毒性を持つことは一目瞭然だわ。まして、感染者は脳症と肺炎を併発しているんでしょ。こんな症例、今まで聞いたことがない」

「懸念しているのは、まさにその点なんだ」

笠井はすかさず返した。「感染源は、夫婦が飼っていた鶏に間違いないだろうけど、彼らがいつ鶏と接触したのか。感染から発症までは、どれほどの時間があったのか。病院に搬送された時点で、すでに問診さえできないほど症状は悪化していて、何も聞けなかったんだ。もっとも、黒川島のケースからすれば、感染から発症するまでの時間、発症から重篤化するまでの時間も従来のインフルエンザとは比較にならないほど短いと考えていい。今回のウイルスは、それと同等、あるいはさらに短いと見て間違いないと思うんだ」

「だとしたら、対処を誤れば、確実にパンデミックになるわよ。厚労省は、どんな策を講じるつもりなの？」

「現地には、すでに三百人分のトレドールを送ったというから、発症が確認された時点で、すぐにトレドールを投与すれば、ウイルスの増殖は止まるはずだ。万が一の場合に備えて、感染する可能性のある人間は、全員病院内に留めてあるそうだからね」

「留めるって、隔離したってこと？」

「隔離というか、病院から外に出さないようにしてるんだ」

「感染の可能性の有無を決める基準は？」

「感染者が出た鈴森町は、人口は六千人しかいない、過疎化が進んだ町でね。それも住人の大半が高齢者なんだ。感染者が病院に搬送されたのは午後四時過ぎ。感染者と接触した人間は、救急隊員と医師、看護師と極めて限定される上に、外来診療は午後三時まで。見舞いの人間が出入りすることはあっても、病室に入るには、入退室記録に記入するのが決まりだ。その記録を元に、感染者が病院に到着した後、院内に立ち入った人間が特定できたそうなんだ」

再び、短い沈黙の後、

「それはグッドニュースだけど、それで済めば幸運以外の何物でもないわ……」

カシスは、改めて不安を口にする。「変異したサリエルを、鶏舎に侵入した野鳥が運んできたなら、同じことが別の地域で起きる可能性があるんだから。鈴森町で感染拡大を封じ込めることができても、次は人口密集地の近くってことになろうものなら、もうその手は使えないわよ」

「あれだけ、強い毒性を持つウイルスに感染した鳥が、長く生きられるとは思えないけど」

カシスの指摘はもっともだ。自分の見解が、希望的観測に過ぎないことも分かっている。しかし、そうとでも考えなければ、事態はあまりにも絶望的だ。

今度は、笠井が黙る番だった。

果たしてカシスは言う。

「私も鶏舎内にウイルスを持ち込んだのは、野鳥だった可能性が高いと思うけど、その野鳥がどこで、どういった経緯で感染したのか、それがサリエルそのものだったのか、あるいはその時点ですでに変異していたのか、自然界でウイルスが変異するメカニズムが解明できていない以上、新たな感染者がどこで出るか、分かったもんじゃないのよ」

「その時は、同じ手段を講じるしかないね」

笠井はこたえた。

「感染の可能性のある人間を隔離するってこと？」

「そう……」

「今回は高齢化が進んだ地域だったから、そんな対策が講じられたのよ。それに、鈴森町で新型ウイルスへの感染者が出た。それも短時間のうちに、重篤な容態に陥ったなんて報じられてみなさい。身体に異常を覚えた時点で、みんな病院に駆け込むに決まってるじゃない」

確かにその通りだ。

再び沈黙した笠井に、カシスは続ける。

「その時、なにを使って病院に行く？　症状が軽いうちなら、電車やバスのような公共交通機関を使う人だっているはずよ。もし、その人が新型ウイルスに感染していたらどうなる？　それだけじゃないわ。人の移動に制約はかけられないし、短時間のうちに広い範囲を膨大な数の人が行き交っているのよ。感染に気づかず遠出して、途中で発症するってことだって考えられるじゃない。まして、トレドールの備蓄は百五十万人分しかないんでしょう？　もし、東京で感染者が相次ぐようなことになったら……」

カシスの言に反論の余地はない。そして、感染の拡大を最小限に止めるための手段は、ただ一つだ。

「他の地域で感染者が出た場合の医療機関、行政機関の対応を早急に確立し、封鎖地域を迅速に定め、人の移動を完全に遮断する。それが考え得る最善かつ最も効果的な手段だろうね」

カシスは、すぐに返事をしなかった。

最も効果的な策ではあるが、困難を極めるものでもあるからだ。

果たしてカシスは深い溜息を吐くと、

「そうね……それしかないかもしれないわね。サリエルが、今に至るまで黒川島以外に広がらなかったのは、あの島が事実上の隔離状態にあったからだものね……」

無力感を噛みしめるかのように漏らした。

「それに、鈴森町で新たな感染者が出たことが報じられれば、トレドールの争奪戦が始まるのは目に見えているからね。そんなことになろうものなら――」

「それは、アメリカだって同じだわ」

カシスの声に緊張感が漲る。「万が一にでも、変異したサリエルがアメリカに入ってこようものなら、どんなことになるか……。トレドールの製造は始まったばかりなのよ」

「アメリカの備蓄量は？」

笠井は訊ねた。

「ようやく三十万人分程度に達したところ……」

カシスは沈んだ声で言う。「一人でもアメリカで感染者が出れば、トレドールの奪い合いが始まる。そして、真っ先に入手に動くのは富裕層。それこそカネに糸目をつけず、買い占めにかかるでしょうからね」

カシスの読みは絶対的に正しい。

全国民が健康保険に加入しているわけではない。高額療養費といった制度もない。医療費が最も高いマンハッタンでは、盲腸の手術ですら八百万円もの治療費を請求された例もある。つまり、人間の命は平等どころか、財力が人の生死を分ける。それがアメリカだ。

「そんなことになろうものなら、暴動どころか内乱になるわよ」

カシスは言う。「極端に開いた貧富の格差という、アメリカの歪んだ構造を、圧倒的多数の国民が改めて突きつけられることになるんですからね。警察や兵士だって治安維持に動くどころか、暴動に加わるわよ。当たり前じゃない。彼らだって、生命の危機に直面することになるんだもの。カネの力で生き延びられる人間を守る理由なんて、どこにもないわ」

「やっぱり、地域封鎖しかないな」

笠井は改めて言った。「トレドールが絶対的に不足している以上、感染の拡大を防ぐ方法はそれしかないよ。これから厚労省に戻るけど、万が一に備えて鈴森町のしかるべきエリアを完全封鎖することを提案してみるよ」

「うまく行くことを願ってるわ……。そして、新たな感染が他の地域で発生しないことも……」

時刻は、午前一時半になろうとしている。

通りの向こうから、行灯(あんどん)を灯したタクシーがこちらに向かって走って来るのが見えた。

「この案は、絶対に通すから」

笠井は決意を込めて言うと、「方針が決まったら、すぐに報告するよ」

回線を切り、タクシーに向かって手を挙げた。

第五章

1

「どういう風の吹きまわしかね。お前さんとの関係は終わったはずだが？」

政務官室に入った的場は、ソファに腰を下ろすなり、あからさまに不快感を露にする。

無理もない。決別を告げた相手に、午前一時を過ぎた時刻に叩き起こされ、「大至急内閣府においでいただきたい」と要請されたのだ。

「非礼は重々承知です。この通りお詫び申し上げます」

倉本は頭を下げると、「どうしても、的場さんにお願いしたいことがありまして」早々に用件を切り出そうとした。

「お願い？　お前さん、よくそんなことが言えるな。年寄りを邪魔者扱いしておきながら、どの口が言ってんだ」

語気を荒らげる的場だが、ここは来てくれただけでもよしとすべきだ。それに、これから話す内容を聞けば、怒りの炎に油を注ぐことになるのは目に見えている。

「事は一刻の猶予もならない、国家の存亡に関わる緊急事態です。的場さんのお力添えがどないしても必要なんです」

倉本の言葉に、

「国家の存亡に関わる緊急事態？」

ただならぬ言葉に、的場は不快感を浮かべながらも問い返してきた。

「宮城県で、新型インフルエンザに感染した患者が出まして……」

「新型インフルエンザって……あの黒川島を全滅させたやつか？」

「しかも、今回のウイルスは、あのウイルスが変異したものやと……」

「いつ……」

「感染者が病院に搬送されたのは、昨日の夕方。ウイルスの簡易分析の結果が出たのは、つい先ほどのことです」

「宮城県のどこで」

「鈴森町という人口六千人の過疎の町です。感染者は六十代の夫婦二名。両名とも脳症と肺炎を併発しており、危篤状態にあるそうです」

まだ事の重大性に気がついてはいないらしい。

果たして的場は、眉間に皺を刻み、怪訝な表情を浮かべながら、

「黒川島を襲ったウイルスなら、なんたらいう特効薬があるんじゃなかったのか」

と訊ねてきた。

「症状がここまで悪化してしまうと、トレドールをもってしても回復は望めません。それに、トレドールの医療機関への配付は、まだ始まっておりませんでしたので……」

倉本はこたえると、「しかも救急車を要請したのは、感染者自身だったそうで、病院に到着した時には、すでに意識がなかった。つまり、短時間のうちに病状が急激に悪化しているわけで、極めて強い毒性を持つと考えられるのです。事実、感染者の自宅鶏舎からは、溶けた状態で鶏の死骸が発見されておりまして……」

続けて言った。

「溶けた鶏の死骸？」

「強毒性のインフルエンザウイルスは細胞を破壊し、溶かしてしまうんやそうです……」

「本当の話か、それ……」

的場は初めて事の重大性を認識したらしい。目を見開き顔を強張らせると、言葉を

飲んだ。

「本当です」

倉本は頷いた。「ワクチンもない。発症から重篤化するまでの時間は、極めて短い……となれば、症状が悪化する以前に、トレドールを服用するしかないんですが、現時点での備蓄量は百五十万人分しかありません」

的場の顔から血の気が失せ、呆然とした面持ちになる。

倉本は続けた。

「今のところ、二人以外の感染者の報告は入ってはおりませんが、考えておかなならんのは、感染が拡大していく兆候が見られた際に、トレドールを誰に優先的に投与するかです」

「優先的にって……そんなの、発症した者から順に――」

「それではトレドールの備蓄が尽きた時点で治療手段がなくなってしまいます」

的場は、倉本が何を言わんとしているのか理解できないらしい。

「投与しなけりゃ、死んじまうんだろ？　命にかかわるってんなら、見殺しにするわけにはいかねえだろが」

当然だとばかりにこたえる。

「的場さん……。それは違うと思います」

「違う？　何が違うんだよ」

「改めて申し上げますが、トレドールは百五十万人分の備蓄しかありません。限られた命しか救えんのです。となれば、優先すべきは今現在、そして将来国を支えていく人間、年齢層なんじゃないでしょうか」

血の気が失せていた的場の顔が朱に染まっていく。それは怒りの表れだ。

果たして、的場は鬼のような形相で倉本を睨みつけ、唇を震わせる。

「つまり、こういうことです」

元より的場の怒りを買うのは覚悟の上だ。

兵頭からの電話で叩き起こされたのは、的場に連絡を入れた十五分ほど前のことだ。

兵頭は、宮城県の鈴森町で、新型インフルエンザに感染した患者が出たこと。今回のウイルスは黒川島を全滅させたウイルスが変異したもので、感染が拡大すれば、トレドールが不足しかねないこと。現在大臣、副大臣、事務次官を交えて、対策案を検討しているが、優先順位を定める必要性を説いたものの、全員に否定されたことを告げた。そして、対策案が固まり次第、官邸で総理を交えての会議が開かれることになっているが、厚労省からの出席者は、大臣、事務次官、担当官僚のみ。このままでは、優先順位を決める必要性を総理に説くことができないと言った。

しかし、将来を見込まれて抜擢されたとはいえ、政務官に過ぎぬ倉本が総理に、しかも深夜に面談を望んでも叶うわけがない。そこで、兵頭が提案してきたのが、的場にその任を担ってもらうことだった。

前政権で総理秘書官として辣腕(らつわん)を振るった的場は、鍋島政権下にあっても強い影響力を持つ知恵袋、懐刀とも言える存在だ。官邸への出入りが許されていることはもちろん、鍋島と直接会話を交わせる間柄にある。

もちろん、兵頭とて倉本と的場が断絶状態になっていることは承知している。しかし、国家存亡の危機に発展しかねない非常事態だ。

倉本は、それから暫しの時間をかけて、厚労省内の対策会議の場で兵頭が発した提案の内容、大臣、副大臣、事務次官に拒絶されたことを話し、優先順位を決める必要性を改めて的場に説いた。

「……で、俺に、そのお前さんたちの提案とやらを、総理の耳に入れろってのか？」

倉本の説明が一段落するまで黙っていた的場が口を開き、声を震わせた。

案の定、的場の怒りの炎に油を注いだことは間違いない。

「その通りです」

倉本は的場の視線を捉えたまま、こくりと頷いた。

「お前、正気か？　……よくもそんなことを言えるな」

「的場さんは、新型インフルエンザが発生した際、プレパンデミックワクチンの接種には優先順位が設けられていることをご存知やないようですね」

「ワクチンの優先順位？」

思った通りだ。

的場は、驚いたように目を見開く。

「これまで想定されてきた新型インフルエンザには三つのタイプがあるのですが、厚労省が定めたガイドラインでは、政府関係者、医療従事者、行政、報道機関、社会インフラ業務に従事する人間たちなどを特定接種対象者とし、発生が確認され次第、優先的にワクチンを接種するとしているんです。さらに、住民接種にあたっても基礎疾患を有する者、妊婦、小児、成人・若年者層と優先順位があり、発症すれば重篤化するリスクが高い六十五歳以上の高齢者は一番最後とされているんです」

「そんな馬鹿なことがあるか！　誰がそんなことを——」

「なぜ、妊婦、小児、成人・若年者層の優先順位が高いのか」

倉本は、的場の言葉を無視して続けた。「我が国の将来を背負っていく世代やからです。沈没の危機にある船から、誰を先に救命ボートに乗せるかといえば、女、子供でしょう。それと同じですよ。助かる命に限りがあるなら、将来ある命を優先する。それは、いつの時代にも通用する原則やし、異議を唱える人はまずいないと思いますが？」

救命ボートに優先して乗せるのは、女、子供――。

確かにその通りだ、と的場は思った。

もし、自分がそうした事態に遭遇すれば、考えるまでもない。「女、子供が先だ」と率先して声を上げるだろう。

しかし、倉本は「異議を唱える人はまずいない」と言うが、それは違う。己の意思で覚悟を決めるのならともかく、他人から覚悟を強いられるとなれば、反発を覚えるのが人間だ。

「そんな簡単な話かよ！」

的場は吐き捨てた。「お前さんが言ってることは、将来ある若者のためなら、年寄りが犠牲になるのは当然だってことじゃねえか。国にそれを明言しろって言ってんだぞ。命の価値を国が、政治が決めるなんてことが許されるわけねえだろが！」

「そしたら、厚労省が定めたガイドラインはなんなんですか」

倉本は、間髪を入れず反論する。「プレパンデミックワクチンの優先順位には、まず特定接種と住民接種の二つがあることは、今説明した通りですが、備蓄分の一千万人分は、特定接種対象者で完全に底をついてしもうて、住民接種には回らへんのです。ならば、このガイドラインってやつをどう解釈したらええんですか？　高齢者どころか、子供も若者も後回しやって、国が言うてるようなもんやないですか」

「それは、仮に犠牲者が出たとしても、被害と社会的混乱を最小限に止めるためにそうせざるを得ないってことだろ。医者が死んじまったら、誰が治療すんだよ。新型インフルエンザといっても、既存の治療薬が効くかもしれない。感染しても、必ずしも死ぬとは限らねえから、優先順位ってもんが成り立つんだろが」

「鈴森町で確認されたウイルスは、全く想定されていなかったタイプのウイルスなんです。黒川島を短期間のうちに全滅させせ、鶏の細胞を破壊してしまうぐらい強力な毒性を持つほどに変異してるんです。そして唯一の治療薬、トレドールは百五十万人分しかあらへんのです。発症した順に、トレドールを処方していったら、それこそ国の将来を担う人間たちが――」

「優先順位より、感染を拡大させない策を講じるのが先だろ！　そのトレドールってやつが、効果があるってんなら、感染者をただちに隔離して、薬を飲ませりゃ――」

「的場さん……」

倉本が絶望的な眼差しを向けてくる。「一昨年の冬にインフルエンザが大流行しましたが、一月下旬の一週間だけでも、百万人を超える感染者が出たんです。インフルエンザの感染力は、それほど強いんですよ」

紛れもない事実だけに、的場は言葉に詰まった。

倉本は続ける。

「もちろん、第一に考えるべきは、感染の拡大を最小限に抑える策を講じることです。しかし、最悪の事態も想定しておかなならんのです。なぜ、黒川島の次は鈴森町であったのか。断定こそされてはいませんが、渡り鳥から野鳥に、野鳥から鶏、そして人間へと感染した可能性が極めて高いと厚労省は見ているそうです。となれば、国内のどこで新たな感染者が出たとしても不思議やないでしょう」

これもまた、倉本の言う通りだ。

考えてみれば我が身とて、すでに七十五歳。日本人男性の平均寿命が八十歳を超えたとはいえ、自分が生まれた時代なら立派な長寿だ。それに、一番小さな孫は中学生。もし、我が身がこのウイルスに感染し、トレドールによる治療を受けられたとしても、将来ある、そしてこの国を背負っていくことになる孫たちの世代に行き渡らなくなるかもしれないならば、投与を拒む気持ちになるだろう。

内心に渦を巻いていた怒りが急速に萎えていく。

その余韻を吐き出すかのように、的場は溜息を漏らした。

「お前さん、野に下る覚悟はできてるのか？」

的場は静かな声で問うた。

「と申しますと？」

訊ね返してきた倉本に、

「優先順位を公表すれば、高齢者を見捨てるって言ったも同然だ。内閣どころか、党の支持率だって急減するぞ。次の選挙じゃ、雁首揃えて討ち死にだ」

「そうでしょうか」

ところが、倉本は口元に不敵な笑みを浮かべる。「今だって、我が党の支持者は若者が圧倒的に多く、年齢が上がるにつれて、野党支持率が高くなるという傾向がありますからね。次の選挙に負けたとしても、野党の時代が続くなんてことにはなりませんよ」

「大した自信だな」

皮肉を言ったつもりだが、倉本は意に介す様子もない。

「それに、どっちにしても、トレドールの優先順位は、早晩決めなければならなくなりますよ」

「どうしてそう言える」

「今現在、インフルエンザの流行期の真っ只中。鈴森町で新型インフルエンザの感染者が出たことは、今日のうちにマスコミが報じるでしょう。そうなれば、既存のウイルスに感染した患者も、新型じゃないのかという不安に駆られるに違いありませんからね」

「それは、検査すれば――」

「ただのインフルエンザや。新型ではないと医者が言うても、患者はトレドールの処方を要求しますよ」

「医者が必要ないと言ってしまえばそれまでじゃないか」

ところが、倉本は的場の言葉を無視して、

「それに、政府が黙ってたって、今日のうちにも配付方法、優先順位については、マスコミから質問が出ますよ。当たり前やないですか。先に罹った者勝ちになるのか、それともプレパンデミックワクチンのガイドラインに倣うのか。彼らの多くは、特定接種の対象者ですが、トレドールはプレパンデミックワクチンの十分の一しかあらへんのです。ガイドラインに倣ったとしても、特定接種対象者の中でさえ、圧倒的多数がもらえんことになるわけです。彼らにとっても己の命に関わる大問題。そら、必死になりますって」

どこか、愉快そうに言う。

「国会議員は？」

的場は、低い声で返しながら、倉本を睨みつけた。「優先順位以前に、量に限りがあるとなりゃ、マスコミの連中は真っ先にそれを聞いてくるぞ」

「それは、政府が決めることですが、いずれにしても、優先順位については方針を決めざるを得なくなるのは間違いありません。だから、総理にこの提案をお伝えいただきたいのです」

倉本は、断固とした口調で言い放つと、「万が一にでもパンデミックが起きてからでは遅いんです。方針が定まらんうちに、感染が拡大しようものなら、助かる命も助けられなくなってしまうことになりかねませんので」

決断を促してきた。

高齢者を犠牲にするのも止むなしと言わんばかりの考え方は気に食わないが、いずれにしても優先順位、配付方法を考えておくべきだという倉本の考えは、理にかなっているのかもしれない。

テーブルの上に置かれた倉本のスマホが鳴ったのは、その時だ。

パネルに、『兵頭五郎』の名前が表示されているのが目に入った。

「倉本だ」

スマホを耳に押し当て応えた倉本の顔が、たちまちのうちに凍りつく。「一人死亡？　奥さんの方も、時間の問題だって？」

それが、誰のことなのかは聞くまでもない。

鈴森町で、新型ウイルスに感染した夫婦のことだ。

もはや、一刻の猶予もならない。

的場はスマホを取り出すと、電話をかけた。

相手は言うまでもない。

鍋島だ。

2

鈴森町で新たな感染者が出た知らせは、すでに鍋島の耳に入っていた。

内閣府と官邸は、通りを一つ隔てたところにある。

「新型インフルエンザの件で、至急お目にかかりたい」

的場の申し出を鍋島は快諾したが、裏口を使うよう指示があったのは、既にこの件で取材に動き出したマスコミが、玄関ロビーで待機しているからだ。

総理執務室に招き入れられた的場は、開口一番、

「総理、今回の件は、対処を誤ると取り返しのつかないことになります。まさに国家存亡の危機に陥りかねない、緊急事態です」

切迫した声で言った。

「分かっています」

目が充血しているのは、十分な睡眠を取っていないせいだろうが、すでに、鈴森町で発生した新型インフルエンザの脅威については、説明を受けたと見えて、硬い声と表情から、極度の緊張を覚えている様子が窺えた。

会議に備えてか、執務室内には官房長官の佃がおり、彼の表情もいつになく硬い。

「効果が見込める治療薬はトレドールしかないそうですが、配付方法は決まったのですか」

的場はソファに腰を下ろしながら問うた。

「それも含めて現在、厚労省が対策案を検討中で、原案が提出され次第、関係閣僚、厚労省担当者を交えて、第一回目の会議を行う予定です」

「発症した二人のうち、男性は死亡したそうですね」

「女性も死亡しました」

「えっ？」

「たった今、報告がありまして……」

鍋島は沈鬱な声で答える。

通り一つを車で渡るうちに、二人目の死亡者が出た。その事実に、的場は改めて恐怖を覚えた。

「総理、配付方法はもちろんですが、トレドールによる治療には、優先順位を設けるお考えはおありですか」

的場は切り出した。

「優先順位？　どうしてそんなものを決める必要があるんです？」

鍋島は怪訝な表情を浮かべながら問い返してくると、「トレドールは、ウイルスの増殖を抑える薬なんですよ。感染者にただちに服用させれば、以降症状が悪化することはない。治癒するまで感染者を隔離して、厳重な監視下におけば、感染の拡大を抑え込むことができるじゃありませんか」

「黒川島は日本海、今度は宮城県。何百キロも離れたところで、新たな感染者が出たんですよ。となれば鈴森町の近辺、いや、遥かに離れた場所で新たな感染が起こることも――」

「確かにその可能性は否定できませんが……」

同席した佃が、傍から口を挟んだ。「しかしですねえ、今回は鶏舎と言っても個人宅の鶏小屋に侵入した野鳥が感染源である可能性が高いという報告を受けております。養鶏業者は、日頃から野鳥の侵入には万全の注意を払っていますし、新型インフルエンザと判明してからは、所轄保健所に、ただちに鈴森町周辺の養鶏業者、および個人が飼っている鶏を全て殺処分するよう命じてあります。殺処分は本日早朝から、保健所、自衛隊を動員して行われる予定ですし、亡くなった夫婦と接触した人間は、全て把握し、病院内に隔離しているとの報告も受けております。ただちに感染が拡大するとは思えませんがねえ」

「最悪の状況を念頭に、対策を考えておくべきではないでしょうか」

表情とは裏腹に、どこか楽観的な見解を述べる佃を無視して、的場は鍋島に目をやった。「佃さんがおっしゃるように、鶏への感染は防げるかもしれません。しかし、人の動きは妨げられません。万が一にも、新たな発症者が出ようものなら、トレドールは百五十万人分しかないというじゃありませんか。量に限りがあるなら――」

「鈴森町には、すでに三百人分のトレドールが到着しています」

佃は再び的場の言葉が終わらぬうちに返してくる。「それに、有線放送を通じて鈴森町の全町民に健康状態に異常があった場合は、ただちに連絡するよう、注意喚起を行ってもおりますので、新たな感染者が出ても迅速に対応できるはずです」

「有線放送って、それはいつのことです？」

「黒川島を全滅させたウイルスが変異したものだと分かった時点ですから、つい先ほどのことですね。同時に外出、町外への移動は極力控えるようにとの、勧告も行っております。夜中に叩き起こされることになったんですから、全町民が聞いたでしょう」

地方、特に鈴森町のような小さな町では、有線放送が全世帯に備わっており、役場が地域に必要な情報を日々町民に発信している。

広い範囲での告知となれば、テレビやラジオだが、鈴森町のような小さな自治体で勧告を周知徹底させるなら、確かに有線放送が最も効果的な媒体ではある。

佃は続ける。

「仮に町内で新たな感染者が出たとしても、患者を隔離し、トレドールをもって対処すれば、人から人への感染は抑え込むことができるのではないでしょうか。幸い、鈴森町は高齢化が極度に進んだ町です。厳冬期に外を出歩く高齢者はそういないでしょうからね。今回の場合、人から人への感染があったとしても限定的なもので終わるのではないかと……」

「それは、どなたの見解ですか？」

「それは……」

佃は口をもごりと動かして、返事に詰まったが、「それに、治療薬の優先順位を決めるべきだとおっしゃいますが、そんなことをしようものなら、それこそ大変な騒ぎになりますよ。現時点では、感染拡大を防ぐための処置は万全だ。まずは、国民に不安を抱かせないことを第一に考えるべきですよ」

巧妙にこたえを避けた。

会見を行うのは、官房長官である佃の役目だ。その矢面(やおもて)に佃は立たされることになるのだから、マスコミや国民から反感を買うのが分かり切っている答弁を避けたい気持ちになるのは分からなくはない。

「しかし佃さん、記者会見の場では、優先順位についての質問は真っ先に出ますよ」

的場は言った。「当たり前じゃないですか。備蓄量には限りがあるんですから、感染が拡大し続ければ、やがて薬は尽きる。じゃあ、そうなった時はどうするんだって考えるに決まってるじゃないですか」

視線を落として口を噤んだ佃に代わって、

「的場さんには、優先順位についての案がおありになるんですか？」

鍋島が、不意に訊ねてきた。

「あります」

「是非、お聞きしたいものです」

「まず、優先されるべきは――」

的場の話を聞くうちに、二人の顔色が変わっていく。そして、ついに佃が声を荒らげた。

「それ、年寄りは死んでくれって言ってるようなもんじゃありませんか！」

「国の将来を考えれば――」

「そんなこと、口が裂けたって言えませんよ！　命の重さを年齢で決めるなんて誰が納得するもんですか！」

「冷静に考えてください」

的場は落ち着いた声で告げた。「あなたにだって、孫がいるでしょう。あなたと孫、二人が同時に新型インフルエンザを発症した。しかし、治療薬は一人分しかない。そうなったら、あなた、その薬を飲めますか？　孫の将来を、命を絶ってまで、生き延びる道を選べますか？」

「そういう問題じゃないでしょう！」

「そういう問題なんですよ！」

的場は、厳しい声で断言した。「実際、厚労省のガイドラインにだって、国の将来を考え、プレパンデミックワクチンの住民接種に際しては、妊婦、小児、成人・若年者層を優先するとあるんです。もっとも、それに際しては、国民の理解を得る必要があると書いてあるだけで、具体的な策は記載されていないそうですがね。その理解を得なければならない時が来てしまったんですよ」

「的場さん、それはあなたご自身でお考えになった案なんですか？」

佃が訝（いぶか）しげな眼差しを向けてくる。「大体、鈴森町で感染者の一人が亡くなったことを、どうしてご存知なんです？　我々だってつい今しがた聞いたばかりの情報ですよ」

「倉本君から重要な話があるので、内閣府へ来てくれと要請されましてね。トレドールによる治療には、優先順位を設けるべきだと、総理に進言してくれないかと頼まれたんです」

「倉本？　なんで倉本が。あいつはオリパラ担当の政務官じゃないですか」

「兵頭君と一緒に考えたようですね」

「兵頭って……あいつは今、厚労省で会議の真っ最中のはずですが？」

「その会議の場で、兵頭君は優先順位を決める必要性を説いたそうですが、否定されたそうです。そりゃあ私だって、この案を聞かされた時には、怒りにかられましたよ。ですがね、倉本君と話すうちに考えが変わったんです。治療薬に限りがあるなら、救う命にも優先順位があるとね。しかし、省の会議で否定された上に、兵頭君は官邸会議には出席できない。それで、倉本君に依頼して、私に優先順位を設ける必要性を説き、総理の耳に入れるよう――」

「どっちにしたって、掟破りじゃないですか！」

佃は、激昂しながら吐き捨てた。「あいつら、総理に目をかけられているからって、調子に乗りやがって！」

その時、黙って二人のやりとりを聞いていた鍋島が口を開いた。

「いや、佃さん、これは考えておかなければならないことかもしれんよ」

佃は信じられないとばかりに、呆然とした面持ちになる。

「まず、第一にすべきは感染拡大の防止というのは、佃さんの言う通りなんだが、もし、感染が拡大することになったら、確かに優先順位を決めておく必要があるね」

「じゃあ、二人の案に従って、仮に新たな感染者が出ても、高齢者は見捨てるってわけですか？」

「覚悟を問われるのは、高齢者ばかりじゃないよ」

鍋島は言った。「我々政治家だって覚悟を問われることになる。優先順位を設けることを公表すれば、世間は政治家や行政機関が自分たちの分は確保した上でと考えるだろうからね。実際、政治家だって与野党にかかわらず、トレドールを是が非でも入手しようと奔走する人間が湧いて出てくるさ。だが、そんなことになれば、政治への信は失墜する。たとえ事態がこのまま収まったとしても、二度と政治というものに対しての信を取り戻すことはできない。それは、日本が別の意味で国としての体をなさなくなるということだ」

「お言葉ですが総理。政府、行政機関が機能しなくなったら、それこそ社会は混乱の極みに陥ります。感染拡大を阻止することもできなければ、経済、社会インフラ、国としての機能が完全に停止してしまうことになります」

「総理……」

「今言ったじゃないか。国民に覚悟を強いるからには、我々も覚悟を見せなければならない。そうじゃなければ、国民が納得するわけがないと言ってるんだ」

鍋島は佃を窘める。「それに、全国民が新型インフルエンザに感染するなんてことはあり得ないよ。あの、世界中で猛威を振るったスペイン風邪だって、当時新型であったにもかかわらず、感染しなかった人間もいるんだ。もちろん、今回の新型はそれ以上の脅威かもしれない。だが、その危険性を知れば、国民だって感染予防に努めるだろうし、感染が確認されたと同時に、その地域内、それも広範囲で学校を、あるいは職場を閉鎖し、人の移動も制限するといった、封じ込め対策を取って、積極的に協力してくれるんじゃないかな」

「しかし、広範囲にわたって人の動きを制限すれば、経済活動が――」

「パンデミックが起きようものなら、経済どころの話じゃないよ」

鍋島は断固とした口調で言った。「それに、百五十万人分の備蓄は、あまりにも少ないというのは、その通りなんだ。全人口の一パーセントちょっとしかないんだからね。封じ込めに失敗した時に備えて、やはり優先順位は決めておく必要があるよ」

総理にそう言われると、佃も黙るしかない。

そこで鍋島は、的場に視線を向けると、

「去年の春だったか、的場さん、会食の場でこうおっしゃいましたよね」

ふと、思い出したように言う。「今後も高額な新薬は次々に登場するだろう。それによって寿命がさらに延びれば、現行の健康保険制度は破綻する。可及的速やかになんらかの対策を講じる必要があると——」

「ええ……」

的場は頷いた。

「医者の中にも、高齢者に高額な新薬を投与するのは、社会負担をいたずらに増やすだけだとおっしゃる方もいます。しかしね、使えるのに使わないのと、使える量に限りがあるのとでは状況が違います。沈没寸前の船から、誰を先に逃がすかとなれば、女、子供という論に異議を唱える人はまずいないでしょう。子供や孫より自分の命が大切だと考える人はいないというのもその通りのはずなんです。もっとも、だからといって、ただちに優先順位を公表するのは時期尚早(しょうそう)だとは思いますがね」

そこで、鍋島は佃に視線を戻すと、「的場さんがおっしゃるように、今日の記者会見では、優先順位の質問が出るだろうが、それには、現在検討中であるとこたえるだけにしてはどうだろう。まずは感染の拡大を全力を挙げて阻止する。国民にも、予防を怠らないよう注意を喚起する。それで感染の拡大が起きなければよし。もし広がるようであれば、それこそ沈む船から誰を逃がすか……その是非を世に問うことにしては……」

まるで、鍋島の言葉が終わるのを見計らったかのように、総理執務室のドアがノックされると、秘書官が姿を現した。

「総理、会議の準備が整いました」

鍋島は立ち上がると、

「的場さん、貴重なアドバイスに感謝いたします。あとは、感染が拡大せず、優先順位の話を公表せずに済むことを祈るばかりですが、せめてもの救いは、これが衆議院を解散する前であったことです。もし、解散していた直後なら、取り返しのつかないことになっていたに違いありませんからね」

軽く頭をさげ、開かれたままのドアに向かって歩き始めた。

3

「誠司さん、なすて治療を拒むの。医療技術は進歩すてんだからさ。飲まず、食わず、点滴も拒否なんて馬鹿なごどしねえで、ここは先生の言う通り、放射線治療を受げで、治してしまわねえど」

朝一番に病室を訪ねてきた萩原賢作(はぎわらけんさく)が、懇願するように訴える。

足がふらつくのを覚えたのは、ひと月前のことだ。

悪性の肺ガンは方程式のように進行する。

原発巣からリンパ節に飛び、最終的には脳に転移するのだ。

この時点での治療方法は、一つしかない。ガンマナイフ、あるいはXナイフによる放射線治療である。

肩甲骨のあたりのリンパ腺に、しこりが触れるようになって久しいのに一切治療を受けることなく放置してきたのだ。それも、この人生を一刻も早く終わらせたいと願ってのことだから、死への恐怖は微塵もない。唯一の願いは、誰にも知られることなく、一人あの家で最期の時を迎えることだったが、思い通りにはいかないものだ。

三日前、離れの仕事場に向かう途中足がもつれて転倒し、激しく頭部を庭石にぶつけ、そのまま意識を失ってしまったのだ。

自宅を訪ねてくる人間は滅多にいない。まだ雪が残っているこの季節、そのまま放置されれば、間違いなく翌朝までの間に凍死したはずである。しかし、秋田にも春の訪れを告げる兆しはある。残雪の中に芽吹くフキノトウを採取しに来た村の住人に発見されてしまったのだ。

頭部に激しい出血が見られれば、真っ先に行われるのがレントゲン、CTでの検査だ。そこで、ガンの脳への転移が発見され、ただちに放射線治療を行う必要があるとされたのだが、当の野原が頑として応じない。

本人が拒む治療を行うことはできない。家族に説得してもらおうにも、野原は独り身である。そこで、呼び出されたのが遠縁の萩原だ。

「わざわざ来てもらって申し訳ないが、放射線治療なんか受けたら、賢作さん、あんたが迷惑するよ」

野原は、ベッドに上体を少し起こした姿勢で萩原の顔を見据えた。「ガンマナイフ、Xナイフはピンポイントでガン細胞を殺す治療だが、画像で確認できたものに限られる。CTやMRIでも確認できない細胞は必ずあるし、再発すれば全照射だ。当然、正常な脳細胞もやられる。そうなりゃ、俺がどうなるか、賢作さん、分かってるのか?」

萩原は、困惑した表情を浮かべ口を噤む。

遠縁には違いないが、祖母同士が姉妹であったというだけのつながりだ。実際、小学校入学と同時に故郷を離れた野原が萩原と会うのは母の葬式以来になる。

「ボケちまうんだよ」

野原の言葉に、萩原はぎょっとした顔になる。

「賢作さんも律儀な人だよなあ」

野原は続けた。「婆さん同士が姉妹だった関係なんて、今の時代じゃ他人同然だ。知らぬ存ぜぬで済んだろうに、下手に首を突っ込めば、面倒みなきゃならなくなるぞ」

萩原は、一瞬言葉に詰まったが、

「だどもさあ、治療は受げねえつうし、点滴も外してすまうって……先生だって困り果てでんだよ。それを見かねた婦長が、なんとかすてけねがって……。俺ど誠司さんが、親戚だっつごとは、この辺りの人は皆んな知ってんだもの、知らんぷりはできねえべさ」

歯切れ悪く言うと、困ったとばかりに肩を落とす。

そこが田舎の煩わしいところだ。まして、萩原は隣町の町会議員、それも議長を務める地元の名士だ。かつて野原家が庄屋を務めていた時代には、その威を利用して財を大きくしたというから、知らぬ存ぜぬというわけにもいくまい。

「賢作さん、心配しなくていいよ。点滴も拒否、食事も拒否すれば、ボケる前に死んじまう。医者のせいでもない。俺の意思だ。ボケちまったら、それもできないからな。飢(う)えは苦しいもんだが、無理やり生かされれば、俺も賢作さんももっと苦しい思いをすることになるんだ……」

野原は薄く笑ってみせた。

それは紛れもない野原の本心だった。

足がもつれるようになると同時に、記憶が曖昧(あいまい)になった。今日は調子がいいようだが、呂律（ろれつ）が回らなくなるようにもなった。

　検査で脳への転移が確認された直後の問診で、医師は認知機能のレベルを調べるために、今日の日づけ、簡単な計算といった質問を投げかけてきたが、野原は一切こたえなかった。

　ここから先の治療は、延命治療以外の何物でもなく、父が死に至るまでの経緯をみずからも辿るだけだと分かっていたからだ。しかし、だからといって流れに身を任せるつもりはない。人生の終わらせ方も決めていた。

　自発的餓死である。

　実に原始的な方法だが、飲食を一切断てば人間は確実に死ぬ。まして自宅でとなれば、体力が弱るにつれ、自力で床を離れることもできなくなる。まさか、その前に病院に運ばれるとは考えもしなかったが、実行は可能だ。患者本人が拒む以上、医師とて治療行為はおろか、延命治療を施すことはできない。

「野原の家も、俺で終わりだ」

　ますます困惑の色を濃くするばかりの萩原に向かって、野原は続けた。「こうして来てしまったからには、俺の死体を引き取るのは賢作さんってことになってしまうが、もちろん葬式なんかする必要はない。ただ骨を野原の墓に入れてくれるだけでいい。迷惑かけちまうが、家、土地、わずかだが貯金もある。その一切合切（がっさい）を賢作さんに譲るよ」

「誠司さん……」

萩原の声音が変わった。

当たり前だ。田舎とはいえ、代々庄屋を務めた野原家の一切合切が、全て自分のものになるのだ。まして、自発的餓死を選んだからには、野原が死を迎えるのは時間の問題だ。

「急いで譲渡の書類を作ってくれないか」

野原は言った。「意識のあるうちに、ハンコつかねえと、間に合わなくなるぞ」

「そんただこと、言われても……」

二つ返事で応じるのは、さすがにばつが悪いと見えて、萩原は語尾を濁したが、目元が緩んでいるように見えるのは、気のせいではあるまい。

「それがなけりゃ、野原の家はどうなるのかな。少なくとも、あんたには相続権はないんだぜ」

萩原は、わざとらしい溜息を吐くと、

「学者さんの考えることは分かんねえげんとも、この辺でも誰のものが分がんねえ家や土地が増えて問題になってっからな。野原の家が、そんなごどになったら、村も困るよなあ」

空き家問題にかこつけて申し出に同意した。

「賢作さん、悪いが今日のところはここまでにしてくれないか。正直、話をするのも辛くてね……」

その言葉に嘘偽りはない。

頭を打ったせいなのか、脳に転移したガンのせいなのか、あるいは空腹のせいなのかは分からないが、こうしている間にも、時折目の焦点が合わなくなる。眩暈にも似た感覚もある。

「……分かりやんした……。じゃあ、今日のところは、これで……」

渋々といった体を装ってはいるが、どこか救われたように萩原は応えると、病室を出て行った。

一人になった野原は、ベッドサイドの小机に置かれたリモコンを手に取った。

絶食状態に入って二日。喉も渇けば、酷い空腹感も常に覚える。

気を紛らわす、唯一の手段はテレビしかない。

『トレドールの優先順位に関しては、配付方法も含めて必要性の有無を現在厚労省内で検討中です』

どうやら官邸で行われた記者会見の様子らしい。

演台を前に、官房長官の佃の姿が画面に浮かび上がった。

『今回鈴森町で確認された新型インフルエンザに対応できるワクチンはないわけですよね。効果が見込める薬品はトレドールただ一つ。しかし、備蓄量は百五十万人分しかないとおっしゃる。感染者がそれを上回ったら、対処のしようがないってことなんでしょうか』

画面には映らないが、そう問いかける女性記者の甲高い声といい、感情的と思える口調といい、かなりの危機感を覚えていることが窺えた。

鈴森町で発生した新型インフルエンザ？　トレドール？

いったい何が起きたんだ。

野原は思わず画面を食い入るように見つめた。

『まずは、感染の拡大を抑えることが先決です。ですから、当面の間、鈴森町一帯を完全に封鎖することにしたわけです』

『しかしですね、今回発生した新型インフルエンザは、黒川島で確認されたウイルスが変異したものである可能性が高く、しかも、感染者が飼っていた鶏が感染源である疑いが濃厚なわけですよね。だとすればですよ、新たな感染がどこで発生しても不思議ではないということになるんじゃありませんか？』

愕然とするような言葉が、次から次へと出てくる。

黒川島で確認されたウイルスだって？　それが変異した？　まさか、そんなことが

――。

ただでさえ思考力が低下しているところに、想像だにしなかった事態の発生を聞かされ、野原は混乱した。

『その可能性は否定できませんが……』

佃が言葉を濁したところで、同じ女性記者がここぞとばかりに質問を発した。

『感染が大都市に広がったらどうするんですか？　今回のウイルスは毒性が極めて強く、発症から重篤化するまでの期間も短い。そして治療薬がトレドールしかないとなれば――』

『質問は、一社ひとつ、簡潔にお願いいたします』

官邸の担当者が傍から質問を遮ったのを機に、

『とにかく、今回の新型インフルエンザウイルスについての精密な分析は、現在も行われている最中でありまして、まだ詳しいことは分かっておりません。政府としては、最悪の事態を念頭に置き、万全の対応が取れるよう、厚労省、および各関係機関に指示を出しております。今後、ウイルスに関しての情報、政府の対処方針も含め、進展があり次第、ただちに会見を通じて国民にお知らせいたします。私が現時点で申し上げられることは以上です』

佃は、そう言い放つとファイルを閉じ、会見を終わらせた。

画面が切り替わり、女性キャスターの顔が大写しになった。

『今朝、官邸で行われた佃官房長官の会見の様子をご覧いただきました。末松さん、記者会見の場では、優先順位という言葉がしきりに上がっておりましたが、これはどういうことなんでしょう』

キャスターが質問を発すると同時に、中年の男の姿に画面が切り替わった。

肩書きを示すテロップには『城南大学医学部内科教授　末松大輔』とある。

『はい。これまで出現する可能性が高いと想定されてきた新型インフルエンザには、三つのタイプがありまして、人間への感染が確認された場合に備えて、国はそれぞれ一千万人分のプレパンデミックワクチンを三年サイクルで製造し、備蓄してきたんです』

末松は、そこで優先順位の高い職業が大まかに記されたフリップを持ち出すと、厚労省が定めたガイドラインの内容と、これらの職業に従事する人間にプレパンデミックワクチンを優先的に接種すると定めた根拠を説明した。

『じゃあ、該当しない仕事に就いている人たちは、インフルエンザに罹ってもしょうがないってことですか？』

突然口を挟んだ男の肩書きには、元プロサッカー選手とある。『そりゃあ、お医者さんがインフルに罹ったら、治療する人がいなくなりますから、優先順位が高いのは分かりますよ。だけど、新型インフルエンザって、どんな症状になるのか分かんないわけじゃないですか。もしかすると死ぬかもしれないわけでしょう？　なのにワクチンが一千万人分しかないって、日本には一億二千万人もの人がいるんですよ。全然足りないじゃないですか』

『新型ウイルスがどういう症状を引き起こすかは分からないというのはその通りなんですが、罹ったからといって、必ずしも生命を脅かすというわけではありません。それに、高齢者は、何度もインフルエンザに感染するうちに、ウイルスへの耐性を持っている場合が多く、罹りにくいとされているんですね。実際、スペイン風邪では世界中で多くの人間が亡くなりましたが、感染した人が全て亡くなったわけではありませんし、流行も自然と収まったわけです。医学がこれほど発達していなかった時代にもかかわらずです。それも――』

『でも、今回のウイルスは違いますよね』

末松の言葉を途中で遮ったのは、お笑い芸人の若い女性だ。『黒川島は全滅。それも高齢者ばかりでしたよね。今回、鈴森町で亡くなったのも高齢者じゃないですか。しかも、予防するワクチンがなくて、効果が見込めるのはトレドールでしたっけ、その薬しかないわけですよね。そしたら、もし感染が広がって薬がなくなっちゃえば、その後に罹った人は助からないってことになるんじゃないですか？』

『ですから政府は感染拡大、所謂パンデミックを防ぐために、鈴森町一帯を封鎖することにしたんでしょうね』

そうこたえる末松だったが、口調は苦しげだ。『今回の新型ウイルスは、飼っていた鶏が感染源である可能性が高いと見られています。鶏小屋は、野鳥の侵入が容易だったといいますから、たぶん飼っていた鶏が別のタイプの鳥インフルエンザにすでに罹患していて、そこに黒川島由来のウイルスに感染した野鳥が侵入し、鶏の体内で変異した可能性が高いんじゃないかと私は推測しています。だとすれば、養鶏業者の鶏舎は、日頃から野鳥の侵入を防ぐための措置を行っていますから、鶏から人間への新たな感染が起きる可能性は低いと考えられるのです』

『しかしですねえ、野鳥かどうかは別として、現に黒川島由来のウイルスが、本州に持ち込まれたのは間違いないわけですよ』

変わって口を開いたのは、中年の痩(や)せぎすの男で、肩書きはジャーナリストだ。

『大体ね、今も出ましたけど、プレパンデミックワクチンにしたって、一千万人分の備蓄しかないんでしょ？　しかもその優先順位ってやつを見ると、医者の次に高いのは、行政機関が多いように思うんですが、我々一般人のことは一切考慮されていないように思えるんですが』

『いや、一般人にも優先順位は設けられておりまして……』

末松は、そこで二枚目のフリップを取り出した。『前のフリップに挙げたのは、特定接種に該当するもので、それとは別に住民接種というのがありまして――』

『ちょ、ちょっと待ってください』

ジャーナリストが、慌てて口を挟んだ。『それって厚労省、ひいては国が、国民の生命に関わる危機が発生した場合、誰を助け、誰を見捨てるかを決めたってことですか？　命の重さを国が天秤にかけたってことになりますよね』

『そう思われるかもしれませんが、これにも理由がありまして――』

『そう思われるかもじゃなくて、そうじゃないですか』

ジャーナリストは理由など聞く必要はないとばかりに断じると、『大体、特定接種者に分類される職業に従事する人間て、何人いるんですか？　一千万人分しかないワクチンを先にその人たちに回したら、どれだけ残るんですか？　命に関わる問題を広く議論することもなく、国民が知らないところで決めるなんておかしいですよ。私もこんなガイドラインが設けられているなんて、今日初めて知りましたよ』

『私も』

『僕も』

コメンテーターたちが、次々にジャーナリストの言葉に相槌を打つ。

もちろん、野原はガイドラインの存在を知っている。優先順位がいかなる根拠で設けられたかもだ。

しかし、その時脳裏に浮かんだのはレイノルズのことだ。

「ロチェスターに来て欲しい」

電話口では承諾したが、もちろん野原は彼の元を訪ねなかった。

サリエルの威力があまりにも強く、己のしでかした行為に恐怖と後悔の念を覚えたし、万が一にでも再びサリエルへの感染者が出ようものなら、対応策はただ一つ。トレドールしかなく、限りある治療薬を巡って目を背けたくなるような争奪戦が繰り広げられることは明らかだ。

人間の本性、生存本能、今の社会が内包している矛盾の全てが、一挙に吹き出し複合的に結合すれば、収拾がつかない事態に陥るのは目に見えている。そして、それこそがレイノルズの願望であったからだ。

あれ以来、レイノルズは一切の音信を絶った。

あの様子からすれば、もう彼はこの世にはいないのだろうが、あのクリーンルームの中で作られたサリエルは、今に至るまで自然界で生き続けていただけでなく、変異を遂げて、この瞬間にも誰かの体内で増殖を続け、発症の時を密かに待っているかもしれないのだ。

なんてことを……。

野原は、テレビの電源を切った。

レイノルズの願い通りの展開になったってわけだ……。

ドアがノックされる音が、うつろに聞こえた。

もはや返事をする気力もない。

それも、先刻承知とばかりにドアが引き開けられると、担当医が入ってきた。

「野原さん。自発的餓死なんてだめですよ。しっかり治療を受けないと――」

懇願するように話しかける医師に向かって、野原は無言のまま首を振った。

償いにはほど遠いが、苦しみの果ての死。それが、今の自分に科せるせめてもの罰だ。

野原は、深い溜息を吐くと、瞑目した。

4

「酷いもんだ……。現物を目にした瞬間、凍りついたよ――」

東アジアウイルス研究センターのミーティングルームで、曾根田泰治が、信じられないとばかりに首を振った。

曾根田は、インフルエンザウイルス研究部門のセクションリーダーだ。

鈴森町で死亡した夫婦から採取されたウイルスは、ただちに東アジアウイルス研究センターに送られ、簡易分析が行われた。その直後に持ち込まれたのが、感染源と目される鶏の死骸である。

細胞を溶かしてしまうほどの毒性を持つウイルスだ。分析は、完全に外部環境と遮断された、最低でもバイオセーフティレベル3の実験室で行わなければならない。

簡易分析に続き鶏の死骸の検査を行ったのだから、曾根田は昨夜から一睡もしていないはずだ。しかし、疲労の色は見えない。額に滲(にじ)む脂汗、そして蒼白になった顔色、血走った眼に浮かんでいるのは、恐怖と絶望感だ。

当然だ。

インフルエンザの研究者は、ウイルスの感染力がいかに強いものかを熟知している。ワクチンや治療薬の開発に心血を注いでいるのも、感染の拡大を未然に防ぎ、罹患したとしても重篤な容態に陥ることを防ぐためだ。

しかし、ウイルスは常に変異する。そのメカニズムが解明されていない以上、変異の度合いによっては、パンデミックという最悪の事態を招きかねない。まして、強毒性となれば大惨事となるであろうことは研究者の常識である。想像するだに恐ろしい、まさに悪夢以外の何物でもない事態が、いよいよ現実となるかもしれないのだ。

「感染源が鶏なのは一目瞭然だよ。実際、体液、溶けかかった肉片を調べたらウイルスだらけだ。こんなものが人間に感染したら、そりゃあひとたまりもないよ」

「増殖のスピードは？」

「それは、いま検証中だが……」

曾根田は、暗い眼差しを笠井に向けると、「毒性の程度にもよるが、感染者の容態の急変ぶりからすると、既知のウイルスとは比較にならないほどのスピードで増殖する可能性があると考えておくべきだろうね」

声を落とした。

「罹患者が二人とも肺炎と脳症を発症しているところをみると、年齢のいかんにかかわらず、短時間で致命的な合併症を引き起こす可能性もありますね」

「肺炎、脳症どころか、他臓器にもなにかしらの影響が及んでいるかもな……」

「他臓器？」

思いがけない見解に、笠井は訊ね返した。

「それを調べるためには、遺体を解剖する必要があるんだが、なんせ東北にはバイオセーフティレベル3の設備がないからね」

死亡原因が新型ウイルスとなれば、通常の病理解剖のようにはいかない。

外界と完全に遮断された設備が必要だし、解剖に当たる医師もまた、完全防御の装備を纏っての作業となる。なにしろ、ウイルスの浸潤した遺体を検案するのだ。うっかり、体液に触れようものなら執刀医が感染してしまう。

「こう言っちゃなんだが、唯一の救いは、発生地が過疎の町であったことだよ」

曾根田は言った。「地域封鎖という手段を講じたのは正解だ。もし、これが大都市で起きていたらと考えるとぞっとするよ」

「まったくです……」

興梠によれば、鈴森町全域を封鎖するという判断は、関係者会議が開かれる以前に官邸が決めていたという。

「鶏が溶けたと言えば香港のケースがそうだったが、あの時は香港の鶏を全て殺処分にしたおかげで感染の拡大が防げたんだ。さすがに人間はそうはいかんからね。策が功を奏してくれればいいんだが……」

そう祈りたいのは、笠井とて同じだが、

「今のところ鈴森町では人から人への感染は確認されていませんが、黒川島由来のウイルスだとなると、人から人への感染はあり得ると考えるべきです。油断はできませんよ」

背広の上着に入れていたスマホが鳴ったのは、その時だ。

「失礼」と断りながらパネルを見ると、カシスの名前が浮かんでいる。

「ハロー……」

「状況はどう？」

カシスは、いきなり訊ねてきた。

「発生地域一帯は完全に封鎖されました。私が提案するまでもなくね……。新たな感染者の報告はありません。今のところは……」

「人の移動を禁じたのは賢明な措置だわ」

カシスは当然のように言うと、「人口密集地で感染者が出ようものなら、どこまで感染が広がるか……。トレドールに限りがある以上、対処不能になってしまうわ。でも……」

そこで、語尾を濁した。

「でも、なに？」

カシスは一瞬沈黙すると、

「封鎖は完璧なのかしら」

懸念を口にした。

「搬送と治療に当たった、救急隊員、医師、看護師は全員院内に留まっているし、そもそも高齢化が進んだ町で、人の移動が限られている地域だからね。公共交通機関はバスだけだし、しかも日に何本もない。外出禁止の指示も、もれなく伝わっているというし……」

「でも、それって亡くなった夫婦が変異したサリエルに罹患したってことが分かってからの話でしょう？　二人は病院に運び込まれた時点で、意識がなくて話も聞けなかったっていうじゃない。発症する以前に、他の人間と接触していた可能性はないのかしら？」

「えっ……」

感染が確認されてから、管轄保健所の人間が、夫婦と接触した人間の有無を確認したとは聞いていたが、思い返してみると、病院に搬送された後のことで、それ以前に遡(さかのぼ)って調べたのかと問われれば、定かではない。

リタイアメントを機に田舎暮らしを考える人間が増えている理由は様々だが、ネット通販であらゆるものが手に入るようになり、こと物資面では都会にいるのと遜色ない生活が送れる環境が整ったことが大きい。

鈴森町に生まれ育ち、高齢になるまで住み続けてきた住人ならいざ知らず、長く都会で暮らしていたなら、パソコン、スマホを自在に操り、日頃からネット通販を使っていることは十分に考えられる。そして、注文品を運んで来るのは、宅配業者か郵便局員だ。

背筋に戦慄が走った。

頭の芯がジンと音を立て、それに心臓の鼓動が重なる。

「ヴィッキー……」

絞り出す声が震えるのを感じながら、「大変だ……。すぐに、確認しないと……」

笠井は回線を切ると、すぐにパネルをタップした。

プッ、プッ、プッ――。

短い発信音を聞きながら、「頼む……杞憂(きゆう)で終わってくれ」

笠井は神に祈った。

5

「大変な騒ぎです……。抗議の電話が殺到していますし、ネットは大炎上なんてもんじゃありません。命の価値を国が決める権利がどこにあるって、そりゃあ物凄(ものすご)い剣幕だそうで……」

厚労省の大臣室で興梠が苦々しい顔をして、深い溜息を吐いた。

「今回ばかりは、佃さんも読みを誤ったな」

眉間に深い皺を刻んだ梶本が、ソファの上で足を組み直す。「対策会議でも優先順位のことは話に出たんだが、鈴森町は完全に封鎖した。感染が広がらなければ黒川島で知れたこと、騒ぎは自然と収まる。下手に優先順位の件に触れれば、寝た子を起こすようなことになりかねないと佃さんがおっしゃってね」

「それにマスコミが、この件に触れてくるわけがないとおっしゃる理由も、納得いくものでございましたし……」

対策会議に同席した興梠が言葉を引き継いだ。「彼らも特定接種対象者ですからね。それこそ国民からすれば、特権階級とみなされるわけです。だからこんな重大事案を一切報じず、口を噤んできたんだと、彼らもまた、非難の矢面に立たされることになるわけですから」

「プレパンデミックワクチン同様、トレドールも一千万人分の備蓄があるなら、マスコミだって騒ぎ立てなかったろうが、トレドールが、百五十万人分しかないとなりゃ話は別だ。マスコミを特定接種の対象にしたのは、正確な情報を早く、広く伝えるためだ。マスコミの中でも全国津々浦々までもれなくカバーするメディアとなればテレビ、それもＮＨＫだ。大半が特権を剝奪されたあげく、命の危機に晒されることになるんだ。ジャーナリストだって人の子だ。恨み骨髄（こつずい）、嚙みついてもくるさ」

そこで、梶本は視線を転ずると、「ところで君は、倉本君とグルになって、的場さんを通じて総理に優先順位を決める必要性を進言したそうだね」

不快感を隠そうともせず、冷ややかな眼差しを兵頭に向けてきた。

「そんな、グルだなんて人聞きが悪い」

元より掟破りは承知の上だ。

兵頭は平然と返した。

「君、勘違いしてないか。当選三回の若造が、政務官に取り立てられたのは、将来を嘱望されてのことだが、党も組織なら、官庁もまた組織だ。職責に応じた権限というものがある。まして、法に基づいて動くのが行政機関だ。トレドールの優先順位を決めようにも法律がないと興梠君に言われたにもかかわらず、しかも、厚労省を預かる私を飛び越えて、若造二人で総理に進言だなんて、いったいどういう了見だ」

口調こそ穏やかだが、それが梶本の怒りの深さを窺わせる。

「総理の耳に入れたからこそ、官房長官も記者会見をなんとか乗り切ることができたんじゃありませんか」

「なに？」

「厚労省を担当している記者たちは、プレパンデミックワクチンのガイドラインの存在は先刻承知。自分たちが特定接種の対象となっていることも、もちろん知っています。しかし、トレドールの備蓄量は絶対的に少ない。じゃあ、自分たちはどうなるんだ。そのまま適用されるのかどうかは、彼らにとって最大の関心事になるのは目に見えていましたからね。実際、その通りになったじゃありませんか」

そこをつかれれば、梶本に返す言葉などあろうはずもない。

歯嚙みの音が聞こえそうなほどに、こめかみをひくつかせながら、凄まじい形相で睨みつけてくる。

兵頭は続けた。

「新たな感染者が出ようものなら、優先順位を巡る騒動は、こんなもんじゃ済みませんよ。厚労省どころか、おっしゃるようにマスコミ、政府はもちろん、怒りの矛先は、国民から特権階級とみなされているあらゆる層に向くでしょう。真実であろうとなかろうと、権力と結びついている者が、トレドールをいち早く確保する。国民の多くがそう考えるでしょうからね」

「いやに嬉しそうじゃないか。騒動になるのがそんなに楽しいのか」

梶本の言葉には明らかに皮肉が籠っている。「君が、何を考えているのか分からんが、それも感染が広がる兆しがあればの話だ。鈴森町は封鎖されたんだ。対象地域内で感染者が出ても、外に広がる兆しがなければ、あっと言う間に忘却の彼方だ」

「それじゃ、あまりにも惜しくありませんか？」

「惜しい？　惜しいってなにが？」

梶本は、片眉を吊り上げながら問い返してきた。「まさか、感染が拡大すればいいとでも言うのか」

「そうじゃありません」

兵頭は苦笑しながら首を振った。「医療制度はもちろん、社会保障全般について、現行のままでいいのか。根本的に見直すべきなのか。国民的議論に発展させるチャンスを逃すことになるからですよ」

「社会保障制度の根本的見直しぃ？」

梶本は語尾を吊り上げ、目を丸くする。「社会保障を見直すって、どういうことだ？」

社会保障制度全般を担当する厚労省のトップにしてこれだ。

しかし、失望には及ばない。

政治家は誰しも、せめて大臣にはなりたいと夢見ているものだが、確たるビジョンがあってのことではない。ただ肩書きと地位に魅せられているだけだからだ。

「現行の社会保障制度が、いったいいつまでもつとお考えなのです？」

それでも兵頭は、溜息を吐きたくなるのを堪えて切り出した。「オプジーボで知れたこと、これから先、難病を克服する新薬や医療技術が次々に出現してくるんですよ。しかも、開発企業は長い年月と人員、莫大な研究費を注ぎ込んでいるんです。オプジーボ同様、べらぼうな値段がついたらどうするんですか。全国民が健康保険に加入し、医療費が数割で済めば、高額療養費制度もある。年齢、所得にかかわらず、薬価からすればただ同然の負担で投与を受けられる。こんな制度を続けていたら、カネがいくらあったって足りませんよ」

「だからと言って、治せる病に苦しんでいる人を見捨てるわけにはいかんだろうが」

「いくら貯金があっても、収入以上の大盤振る舞いを続けていたら、どうなるかは明らかでしょう」

兵頭は嘲笑を浮かべた。「国民の平均年収が四百三十二万円。健康保険料は三人世帯なら、年額三十九万弱。四十年で千五百六十万円——」

「馬鹿高い薬の治療を受ければ、生涯かけて支払った保険料の元が取れちまうってのか？」

梶本は兵頭の言葉を途中で遮ると、「頭どうかしてんじゃないのか？　そりゃあ出た当初は高額でも、使う患者が増えりゃ、オプジーボで知れたこと、値段は下がるだろうが！」

語気を荒らげた。

「すでに現状はそうなっているじゃありませんか」

梶本が感情をむき出しにすればするほど、兵頭は冷静になる。「国民医療費は二〇一五年の時点で四十二兆四千億。そのうち健康保険と患者負担で賄えているのは、たった六割に過ぎないんですよ。残りは全て税金で穴埋めしてるんじゃありませんか」

「先生がおっしゃることも理解できないではありませんが、我々だってその問題には、かねてより大きな危機感を覚えておりまして、いろいろ策を講じてきたわけでございます」

興梠が二人の論争に割って入った。「高齢者の健康保険料も引き上げましたのも、一つには増大する医療費を捻出するのが目的なのは先生もご承知のはずです。それに、この件につきましては、医師の間でも危機感を持っている方が多くおりまして、過剰診療は――」

「保険料を上げたって、焼け石に水じゃないですか」

兵頭はみなまで聞かずに遮った。「だいたい、当の医師の五割以上が現行の保険制度はもたないと考えているんですよ。その理由として挙げているのが、高齢者の医療費増大、医療の高度化です。寿命が延びれば延びるほど、医療機関にかかる頻度が高くなり、介護だって必要になる。再生医療技術が発達すれば、ますます寿命は延びる。事実、五年後には五十四兆円が必要になるって予想されているじゃありませんか」

「いざとなりゃ、可能な範囲で税率を引き上げるしかないだろうな」

しらじらしく梶本は言った。「人の命にかかわることだし、そもそも保険なんてものは、世話にならずに済めばそれに越したことはないいんだ。誰にでも起こり得る、万が一の場合に備えてあるものなんだ。税金が上がるのを拒んだ挙句、健康保険制度が崩壊したら、困るのは当の国民じゃないか」

「大臣、そんな理屈は通りませんよ」

兵頭は言った。「なにを念頭に置いておられるのかは分かりませんが、消費税にせよ、所得税にせよ、あるいは法人税にせよ、増税すれば消費は冷え込む。消費が冷え込めば、企業の業績は落ちる。当然、雇用も減るわけです。それじゃあ、子供を持つどころの話じゃないでしょう。かくして、少子化は進む一方、高齢者は増える一方となれば――」

「それと、トレドールの優先順位を定めることと、どんな関係があるって言うんだ！」

梶本が苛立ちを露に一喝する。

「十分に生きた世代と、将来、今現在国を背負っていく世代とを同列に考えるべきではないということです」

兵頭がそう言った途端、梶本の顔が蒼白になった。

それでも構わず、兵頭は続けた。

「健康保険の財源が確保できないとなれば、全国民に一律の治療を施すことは不可能です。なにかしらの基準を設け、意味のある治療を――」

「お前の考えは聞くまでもないよ！　トレドール同様、生産年齢層、将来ある子供を優先し、高齢者は死んでもかまわないっていうんだろ！」

ついに梶本は、兵頭をお前呼ばわりすると激昂のあまり、握りしめた拳でドンとテーブルを叩いた。「日本が世界に冠たる長寿大国になったのは、国民皆保険制度、高額療養費制度があればこそだ。どうせ、高齢者の自己負担率を高くすべきだって、お前は言いたいんだろうが、その多くは年金生活者だ。現行制度が続くことを前提に、ライフプランを立ててんだ。いまさら、そんなことができるかよ！」

「現行制度が設けられた時代と現在では、人口構成も違えば、医療技術も違います。第一、世界では——」

「黙れ！」

ついに、梶本は立ち上がると、「口が裂けてもそんなこと言えるか！　言った途端にどんなことになるかは猿でも分かるわ！　どうしてもやりたいというなら、お前が総理になってやるんだな。もっとも、公言した途端、政治生命は終わっちまうがな！」

憤然と立ち上がり、執務席に向かって歩き始めた。

6

霞が関に戻った笠井は、感染症情報管理室に向かった。

カシスからの電話を切った直後、石坂には亡くなった二人の夫婦が、発症以前に外部の人間に接触したかの有無を再確認する必要があると伝えてあった。

発症すると、短時間のうちに重篤な症状に陥ることは分かっていたが、潜伏期間についてのデータはない。感染源は鶏であるとみて間違いないにしても、彼らがいつ鶏舎に入ったのか、死骸に触ったのかは不明である。

通常のインフルエンザの潜伏期間は一日から二日だが、発症する一日前から感染力を持っているとされる。黒川島のケースからすれば、感染力は極めて強いとは考えられるのだが、これもまた推測の域を出ない。少なくとも、前日に遡って調査する必要がある。

石坂は、調査の必要性を認め、その旨をただちに現地に命じると言ったが、いまだ連絡がないところをみると、まだ結論は出ていないようだ。

「石坂さん。何か分かりましたか」

入室するなり席に駆け寄り、そう訊ねた笠井に向かって、

「いや、まだ調査中です。宅配業者、郵便局員以外にも、日常生活の中で接触を持つ可能性のある業種は、他にもあるそうで……」

果たして石坂は言う。

宅配業者と郵便局員は自分が告げた業種だが、他にもと言われるとにわかには思いつかない。

「他にもと言いますと？」

「鈴森町は都市ガスも下水も未整備でしてね」

都市生活に慣れてしまったせいか、思いが至らなかったが、言われてみれば笠井の実家もトイレは形式こそ水洗だが、下水は未整備で、排泄物を地下のタンクに溜めておき、満杯になったところでバキュームカーが汲み取るものだし、ガスは未だにプロパンだ。

「調べはすぐにつくとは思うのですが、もし接触した人間が確認されたら、いま起きている大騒動に拍車がかかり、それこそ、パニックになってしまうんじゃないかと……」

石坂は、顔を引きつらせる。

「大騒動って……鈴森町で何か起きているんですか？」

「そうじゃありません。笠井さん、ご存知ないんですか？」

首を振った笠井に、

「トレドール処方の優先順位ですよ」

石坂は言った。「今朝、官邸で行われた記者会見で、メディアから質問が出ましてね。備蓄量は百五十万人分しかない。感染が拡大した場合、プレパンデミックワクチンの接種同様、優先順位を定めるのかと――」

やはり……。

治療薬はトレドールのみ。しかも、絶望的なほどに不足しているとなれば、ジャーナリストも人の子だ。もし、自分がウイルスに感染した場合に思いがいく。恐れていたことがいよいよ現実となろうとしている恐怖に駆られ、笠井は口を噤んだ。

「優先順位については、兵頭政務官がその必要性を訴えていたのですが、そんなこと、国が決められるわけありませんよ。根拠になる法律も整備されていないし、法案を出そうものなら国家が国民の命の価値を決めるのかと、猛烈な非難の声が上がるに決まってますからね。実際、記者会見の場では、記者たちの間からそうした声が相次ぎましたし、優先順位という言葉がテレビで流れた途端に、厚労省には問い合わせと抗議の電話が殺到してるんです。ただでさえ、対応に忙殺されているのに、マスコミはあまりにも無責任ですよ」

「兵頭政務官が、必要性を訴えたとおっしゃるからには、優先順位についての案を出されたわけですか？」

「生産年齢にある者、妊婦や子供を優先すべきだ……。要は、国の将来を支える人間を優先し、高齢者は一番最後だと……」

「プレパンデミックワクチンの住民接種の優先順位に倣えというわけですね」

石坂は、頭髪を撫で上げながら背もたれに身を預け、溜息を吐いた。

「そんなことが言えるのも、内輪の会議だからです。公言しようものなら、政治生命を断たれるのは目に見えていますからね。最終的に方針を決めるのは、官邸であり議会ですが、そんなの通るわけありませんよ」

「しかし、実際にプレパンデミックワクチンのガイドラインには、そう明確に記載されているじゃありませんか。内閣官房、厚労省だってホームページで公開してるし、マスコミだって知っているはずです。だから、記者会見の場で、そうした質問が出たんでしょう？」

「プレパンデミックワクチンの備蓄量は一千万人分。住民接種より特定接種対象者の優先順位が高い。しかも、特定接種者だけで備蓄は尽きてしまう。つまり、一般にはワクチンは回らないわけです。そして、全員がその対象になるわけではないにせよ、マスコミは特定接種の対象ですからね」

石坂の言葉には、明らかに皮肉がこもっている。

彼が何を言わんとしているかは明らかだ。

「プレパンデミックワクチン同様、自分たちが優先されるのかどうか、気になったと？」

「報道の自由は、報じない自由でもあるとはよくいったもんです」

石坂は鼻を鳴らす。「この件は、国民的議論を重ね、社会的コンセンサスを得ておくことが絶対に必要なのに、私の知る限り、プレパンデミックワクチンの投与に優先順位が定められていることを報じたメディアはほとんどありません。ガイドラインの最後に、『広く議論する必要がある』と記した当の会議のメンバーでさえ、内輪の会議の場で触れることはあっても、議論を広めようとはしませんでした。なぜだか分かりますか？」

もちろん分かる。

ガイドラインの是非を問う議論になれば、誰であろうと肯定する者は激しい批判に晒されることになるに決まっているからだ。

「傲慢」、「人間としてあるまじき考え」、「命の価値は平等だ」、ましてや、高齢者を後回しにするとなれば「年寄りは社会のお荷物なのか」、「さっさと死ねというのか」という声が上がるのは目に見えている。

そう問われれば「イエス」と公言できる者などいるわけがない。どんな理由があろうとも、『人の命』と言われれば黙るしかないからだ。

「もっとも、これだけの大騒動になってしまったからには、トレドールの処方に優先順位を設けるべきか否か、国民の間で激しい議論が交わされることになるでしょう。それでも結論なんか出るわけありませんよ。なぜなら、この問題をとことん突き詰めていくと、日本の医療保険制度のあり方に、議論は発展していくでしょうからね」

石坂が言わんとしていることの意味が分からない。

「医療保険制度？」

笠井は問うた。

「国民全員が供出したおカネで、お互いの医療費を支え合う。WHOが認めているように、日本の国民皆健康保険は世界にも類を見ない素晴らしい制度です。ならば、なぜ日本の医療保険制度をモデルとして取り入れる国が現れないのか。世界には医療費が無料の国がいくつもあるのに、同様の仕組みを取り入れる国がないのか」

「福祉国家と言われる国は、大抵税金が高額ですし、デンマークに至っては、所得に対する税金と社会保障費の割合が七〇パーセントを超えているのに、病気になっても、病院は自由に選べない。しかも高度な医療が必要とされても長期間待たされるといいますからね。日本の医療保険制度は、その点からしても、はるかに充実していますよね」

「つまり、福祉国家といえども、こと医療に関していえば、無料である代わりに国民の治療を受ける権利、医療機関選択の自由が制限されているわけです」

「デンマークではただちに、あるいは希望する病院でとなると保険の適用外となりますから、その場合の医療費は自己負担。万が一の時に備えて、民間の医療保険に加入している人が増加していると聞きます。結果的に、国民の医療費負担が増すだけでなく、所得による医療格差がより明確になる傾向があるとも言われていますからね」

「その点日本では病院の選択はもちろん、いつでも診療が受けられます。医療費がどれほど高額になっても高額療養費制度がありますから、自己負担額には限度がある。そりゃあ、WHOは賞賛しますよ。しかし、医療保険の財源にだって限度がありますす。その不足分の多くは、国が税金で負担しているんですよ。こんな制度を取り入れようものなら、所得の七〇パーセントでも足りません。だから、どこの国も日本をモデルにしないんです。一度、サービスレベルを上げたら、そう簡単には下げられない。それが医療保険制度であり、社会保障制度なんです」

そこまで聞けば、石坂が何を言わんとしているかが見えてくる。

「医療技術は進歩する一方ですし、これから先に導入される医療技術や新薬は、とてつもなく高額になるでしょうからね……」

「その医療技術の進歩に加速度がつく一方ってことが問題なんですよ」

石坂は深刻な声で言う。「それは、製品のライフサイクルが短くなることでもあると思うのです。製薬会社、医療機器メーカー双方ともに、開発費の回収期間は短いに越したことはありません。医薬品の特許期間は二十年ですが、治験を重ね認可が下りた頃には、残り五年、十年なんていうのはざらですから、短期間のうちに、開発費を回収しようと思えば、機器も薬価もべらぼうな額になるわけです。しかもそれが、難病とされている病が、次から次へと克服されていくことを意味するとなれば、どうなります？」

「人間の寿命が延びることになりますね」

「人間に限らず、生命体は老化を避けられません。老化するに従って、病を発症する可能性は高くなる。ところが、研究者はその病を治療するための薬や技術の開発に必死に取り組み、次々に実現させているんです。そして、医師は、治療にベストを尽くし、患者もまたベストの治療を受けることを望む。当たり前ですよね。患者が負担する医療費の天井は決まってるんですから」

「つまり、石坂さんはトレドールの優先順位の議論を突き詰めていくと、このままでは医療保険制度はもたない。財源に限りがある以上、こと高額医療に関しては、誰を優先すべきかという議論に発展するとおっしゃるわけですね」

「そうなりませんか？」

石坂は逆に問い返してくると、続けて言った。「国民健康保険制度が施行されてから六十一年にもなるんですよ。当時の平均寿命は男性六十五歳、女性七十歳。それがいまや男性八十一歳、女性八十七歳。男性は十六年、女性は十七年も延びているんです。もちろん、この間に保険料は何度も改定されていますが、医療技術の進歩に伴う医療費の高騰に制度が追いつかなくなっているのは事実なんです。もはや小手先の改定では通用しません。制度を根底から見直さなければ、制度自体が崩壊するのは時間の問題ですよ」

石坂の言は、たぶん正しい。

六十一年前の定年年齢は、確か五十五歳。男性ならば現役を退いて十年、女性だって、それからさらに五年で寿命を迎えていた時代に設けられたのが、現在の健康保険制度だ。それがいまや、定年は六十歳。男性は二十一年、女性に至っては二十七年も引退後の生活が続くのだ。制度が導入された当時は治療困難だった病も克服されたものもあれば、病状の進行を抑えることが可能になったものもある。そして、そのことごとくに医療費が発生し、大半は健康保険によって賄われるのだから、財源が尽きるのは時間の問題だ。いや、健康保険料だけではとうの昔に賄い切れず、不足分を税金で補塡しているのが現状だ。

「しかし、国民は現行の医療制度ありきで生活しているわけですからね。変えると言っても――」

それこそ、ハードルがあまりにも高すぎる。国民のコンセンサスが得られるわけがない。

そう続けようとした笠井を石坂は遮り、

「民間の保険会社が、こんなパッケージを販売していたら、とっくの昔に潰れてますよ」

と断言する。

「じゃあ、医療保険制度を国ではなく民間の保険会社に任せるべきだとでも？」

「それも考え方としてはありかもしれませんね」

「しかし、それでは収入の多寡によって、受けられる治療が違ってくるということになってしまいますよ。アメリカはそれじゃまずいというので――」

「別にアメリカの制度がいいとは思いません。無駄な検査、治療、薬の処方をなくし、意味のある治療を施す制度を作らなければならないと言っているだけです」

石坂は再び笠井の言葉を遮ると続けた。「すでに、高齢者一人あたりの医療費は、若者の五倍。入院日数は七・三倍、外来は四・三倍にも達しているんですからね。そりゃあ、医者は必要な検査、治療、投薬をやっているだけだと言うでしょう。ですが、高齢者がさらに増えていくのは推計からも明らかです。本当の意味で高齢者に施す医療とはどうあるべきか、一度原点に立ち返って考えてみる必要があると思いますよ」

数ある推計の中にあっても人口動態統計は、まず外れることはないものだけに、石坂の言には説得力があるのは事実だ。

「ということは、デンマーク、あるいはイギリス型の医療が望ましいとおっしゃっているようにも聞こえますが、それだって、所得によって受けられる治療が変わってくることに違いないじゃありませんか。オプジーボなんて薬は誰も使えなくなってしまいますよ」

笠井の反論に返ってきた言葉は、驚くべきものだった。

「べらぼうに高い治療薬が、誰でも気軽に使えるのが、そもそも間違っているんですよ」

「じゃあ、財力のあるなしが生死を分ける。寿命が残り少ない高齢者には、高額医療を施すのは無意味だとおっしゃるわけですか?」

「現行の医療保険制度を維持しようとするなら、保険料を格段に増額しなければなりません。それが認められないというなら、保険負担分を少なくするしかないじゃないですか」

「いや、しかし……」

そうは言ったものの、対案は思い浮かばない。

「実際、すでに患者の経済力による医療格差は広がっているじゃありませんか」

言葉に詰まった笠井に向かって、石坂は言う。「確かに医療費そのものは、多くの部分が健康保険によってカバーされ、高額療養費制度のおかげで、自己負担分にも天井が設けられています。しかし、入院治療となると話は違ってきますからね」

「差額ベッド代のことですか？」

「その通りです」

石坂は大きく頷く。「全額保険でカバーできる部屋は常に満杯ですからね。その一方で、富裕層は個室に入り、すぐに手術や治療を受けて、さっさと退院して行く。差額代が払えない患者は空きが出るまで待つしかないのが現状なんです。もちろん、保険で全額カバーできる部屋を増やすべきなのですが、新設、改装となると、最近の病院はそれを機に、むしろ差額ベッド代が発生する部屋を増やす傾向にありますからね。しかも、東京で個室に入ろうものなら差額ベッド代は一流ホテル並みの金額になるんですよ」

これもまた、石坂の言う通りだ。

病院だってビジネスである限り、いかにしてより多くの収益を上げるかに知恵をしぼる。医療費そのものは健康保険でカバーされても、入院となれば万人に平等な環境が整備されてはいない。むしろ経済力による格差が広がっているのは紛れもない事実である。

「病院だけじゃありません。新医療技術の開発に日夜取り組んでいる医療機器メーカー、製薬会社だって同じですよ」

石坂は、さらに続ける。「病を克服するためには違いありませんが、開発に成功すれば、莫大な市場が生まれる。とどのつまりはビジネスになるからやってるんじゃないですか。それが証拠に、人命を助けるためだと言って、売価を安くしてくれますか？　特許にはこだわらない。どこの会社もご自由に使ってくださって結構ですと言いますか？」

「そりゃあ、彼らはそれで食べているわけですから……」

「でしょう？」

石坂は声を張り上げた。「しかも、研究は、大きな市場が見込める疾病が最優先。稀な病で苦しんでいる患者がいることは百も承知しているのに、そちらには眼もくれません。それもこれも、克服してもカネにならないからです。なんのことはない、研究開発の世界でも優先順位という概念が、すでに定着しているんですよ」

これもまた、紛れもない事実だけに、笠井は返す言葉が見つからず、沈黙するしかない。

やがて石坂は口を開くと、

「優先すべき命の順番を国が定めていたことを、国民は知ってしまったんです。仮に感染の拡大を抑え込むことができたとしても、大変な論争になることは間違いないでしょう。もっとも、どれだけ時間を費やしても、決着のつかない論争になるでしょうがね……」

すっと視線を落とし、溜息を吐いた。

間違いなくそうなるだろう。結論が出ないというのも、その通りだ。

なぜなら、優先順位を決めるということは、命の重さには違いがある。それを社会が認めることになるからだ。

石坂のスマホが鳴ったのは、その時だ。

素早くスマホを手に取りながら、パネルに表示された名前を見た石坂の目に緊張が走った。

「石坂だ……」

話に聞き入る石坂の顔が、たちまちのうちに青ざめていく。

やはり、感染した夫婦と接触した者がいたのだと、笠井は直感的に思った。

しかし、事態はもっと深刻だった。

「なに……院内で新たな感染が疑われる患者が出た？」

言葉を交わすたびに強張っていく石坂の顔を見ながら、笠井は背筋が凍りつきそうな戦慄が走るのを覚えた。

7

「その後、感染者の容態は？」

仙台駅で待ち構えていた車の助手席に乗るなり、笠井はハンドルを握る老山(ろうやま)に向かって訊ねた。

石坂に入った報告によると、発症者は医師や看護師ではなく、入院中の八十歳の高齢女性で、現時点では断言できないものの、症状が進行していく過程があまりにも急激であることから新型インフルエンザに感染している疑いが極めて高いという。

笠井が現地に向かうことを申し出たのは、対処が後手に回ったのでは、封じ込めの機会を逸することになりかねないことへ懸念を覚えたことに加えて、変異したサリエルの脅威がどれほどのものであるか、経過の一部始終をこの目で見たいという気持ちがあったからだ。

仙台への移動中には石坂からメールが入り、先に亡くなった夫婦と接触を持った人間はいないことが確認されたという。しかし、それも宅配業者、郵便局員、ガス、衛生職員に限ってのことで、それ以外の接触者は、これ以上調べようがないとあった。

あれから四時間が経つ。

「いまのところ、容態に変化はないそうです。悪化しているわけでもなく、かといって回復に向かっている兆しもないそうで……」

老山は、前を見ながら答えた。

「トレドールは投与したのですか？」

「ええ……。とにかく感染拡大を防ぐのが先決ですし、果たしてトレドールが、この新型インフルエンザに効果があるのかどうかを確認しなければなりませんので」

老山は鈴森町を管轄地域の一つに持つ、保健所の職員だ。

歳は、まだ三十前後と若いが、口ぶりからは実直な人柄がうかがえる。

「症状の進行が収まっているところからすると、やはり効果は期待できるようですね」

「木下(きのした)先生も、そうおっしゃっているそうです」

老山は、感染者が確認された直後に、鈴森町に向かった医師の名前を口にした。

面識はないが、木下は東北大学第一内科の教授で、東アジアウイルス研究センターに在籍していた頃、何度か学会での発表を聞いたことがある。

「感染の経緯については、何か分かったのですか？」

　笠井は問うた。

「お亡くなりになった夫婦が、病院に運び込まれた当初は、誰も新型インフルエンザだなんて考えもしていませんでしたからね。お亡くなりになるまでの間に、治療に当たった医師も看護師も院内を忙しく移動していたそうですから、多分その時に感染したのではないかと……。なんせ、過疎地の病院ですから、看護師だって外来と病棟の双方を担当していますし、今回感染が疑われる患者の病室には、何度か治療に携わった看護師が出入りしたことが確認されていますので」

「ということは、他にも発症者が出る可能性は高いということになりますね」

「木下先生もそれを心配されています」

　老山は頷く。「感染が疑われる患者さんは、呼吸器系統の病気での入院で、かなり体力を消耗されていたそうですから、発症が早くなったのではないかと……」

「医師や看護師の不安は大変なものでしょうね」

「さすがに医療従事者ですから、表立って不安を口にすることはありませんが、内心では……」

　老山は声のトーンを落とした。「病院全体が隔離状態に置かれた上に、防護服で身を固めた医師が、ずっと容態に変化がないかを監視、いや観察してるんですから

「防護服？」

現場の様子を初めて聞かされた。笠井は思わず聞き返した。

「そりゃそうですよ。院内に立ち入る人間は防護服、それも酸素ボンベを背負って入るんです。入院患者の治療に当たる医師も……」

考えてみれば、それも当然だ。

インフルエンザの感染力は強く、テーブルを挟んだ程度の距離なら、七〇パーセントの確率で感染してしまう。完全に外気を遮断する装備を身につけるのは当然だとしても、宇宙服さながらの防護服を着用した人間たちがいる一方で、自分たちは仕事着のまま。しかも『監視』されているわけだから、病院関係者が覚える不安は尋常なものではないはずだ。まして、入院患者に至っては彼らの比ではないだろう。

「みんな立派ですよ……」

老山は、感嘆するように言う。「ウイルスは目に見えませんからね。自分の体内で、いまこの瞬間にも増殖を続けているかもしれない。そう考えただけで、私だったらとても平静ではいられませんよ。それをじっと耐えているんですから……」

「しかし、入院患者に新たな感染者が出たことは、彼らも知ってるんでしょう？」

「ええ……」

老山は頷いた。「もっとも、知らせたのは、感染者の症状が小康状態に入ってからですが……」

「じゃあ、最初のうちは知らせなかったんですか？」

「木下先生だって、あの人たちがどんな気持ちでいるかは重々承知しておられますからね。必死の思いで不安や恐怖と戦っているところに、新たな感染者、それも院内感染者が出たなんて、不用意に告げればどんな行動を起こすか予測できませんから……。それで、トレドールを投与した後、改善されないまでも、症状が悪化する兆しが見られないことが確認された時点でということになったんです」

「どんな行動を起こすか予測できないか……」

笠井は老山の言葉を繰り返した。

もし、新たな感染者が東京のような大都市で発生していたら、いったいどんなことになっていたのだろうという思いを抱いたからだ。

「まだ、鈴森町だから、この程度で済んでるんですよ」

果たして老山は言う。「田舎は人間関係が密ですが、高齢になると、やはり行動範囲は狭くなりますからね。まして、亡くなった夫婦は、東京からの移住者で、周囲との付き合いはまったくなかったに等しいといいます。いまのところ感染がこの程度で済んでいるのも、そうした地域特性のおかげなんです。これが大都市で発生していたなら、あっという間に感染が拡大していたでしょうし、トレドールを他人に先んじて手に入れようと、大パニックになるのは目に見えてますよ」

「それに、三百人分とはいえ、トレドールが用意されているのも大きいでしょうね……」

笠井は、腕組みをして考え込んだ。

来日外国人の多くが、日本人は規律を守るし、モラルも高い、何よりもいざという場合の団結心、助け合いの精神は図抜けて強いと賞賛する。

広範囲にわたって、あれほど甚大な被害と犠牲者を出した東日本大震災の時でさえ、不足する物資の奪い合いや略奪行為というものは皆無に等しかった。米軍のヘリコプターが隔絶された地域に救援物資を届けた際には、「ここはもう十分だから、他で待っている人たちのところへ」と促したことをはじめ、世界を驚愕、感動させたエピソードは山ほどある。しかし、あれも被災地が東北、それも人間関係が密である地域であったからだ。もし、東京で直下型地震が起き、あの時と同様の事態に陥ったとしたら、果たして日本人はどういう行動に出るのか……。

そんな笠井の内心を見透かしたかのように、老山は言う。

「生存できる条件が整っているのといないのとでは大違いですからね。東日本大震災の時には、被災者の行動が、世界中から賞賛されましたよね」

「ちょうどいま、そのことを考えていたんです。もし、あの地震が東京を襲っていたら、どんなことになっていたかと……」

「私も震災直後に被災地に入りましたが、確かに被災した方々の行動は立派でした。世界から賞賛されるのも当然だと、日本人として誇らしく思っています。でも、津波で壊滅的な被害を受けた沿岸地域は別として、内陸部となると、長時間停電したことを除けば、日常生活に困るほどのことはなかった地域も多かったんです」

「えっ……そうなんですか?」

意外な言葉を聞いて、笠井は問い返した。

「そりゃあ、あれだけの巨大地震です。倒壊は免れても、家の中はめちゃくちゃで、寝る場所の確保ができなかった人たちが数多くいたのは事実です。それに、一人暮らしの高齢者も多かったこともあって自治体も当日のうちに公民館や体育館に避難所を開設し、そちらに住人を集めたわけです」

「止まったのは、電力だけじゃありませんよね。道路も寸断されて物流網も機能しなくなったし、鉄道だって止まったんじゃありませんでしたっけ」

「東北は食べ物には苦労しないんですよ」

老山はくすりと笑った。「畜産農家はたくさんありますし、専業でなくとも、自家消費目的で米や野菜を作っている人たちも当たり前にいますから。さすがに家畜を潰すまではいきませんでしたけど、畜産業の主な出荷先は都市です。停電すればストックしておいた肉は駄目になる。卵に至っては、出荷の目処が立たなくなっても、鶏は人間の事情なんかに関係なく勝手に産みますから。そうした食材が、山ほど避難所に持ち込まれたんです」

「そんなことになっていたんですか」

「水は井戸。味噌だって自分で作っている人は大勢いますし、ガスはプロパン。石油にしたって寒冷地では、一冬分の灯油を大きなタンクに貯蔵している家庭がほとんどです。それに、納屋や蔵の中には、昔の調理器具や暖を取る道具が眠ったままになっていますし、トイレはいまだポットンってところだってけっこうありますからね」

そういえば——。

笠井の実家も、被災地といわれる地域にあり、震災から連絡が取れるまで、五日間を要したことを思い出した。その時、「交通機関が動き始めたら、すぐに駆けつける」と申し出た笠井に向かって、「別に来てもらっても、何もしてもらうことはない。食べ物にも困っていない」と拍子抜けするこたえが返ってきたものだった。

「その点、東京なんかじゃそうはいきませんからね」

「交通網が寸断されれば、回復するまで食料は入ってきません。水だって井戸なんてものはありませんし、トイレの問題も深刻です。もちろん、東京も停電した地区はあったし、交通も麻痺状態に陥りもしましたが、帰宅難民が出た程度で、生命の危機に瀕(ひん)したとは程遠い状況でしたからね」

老山は、そう言うと、「だから、この新型ウイルスの封じ込めに失敗し、都市部で新たな患者が出ようものなら、日本人といえども、あの時と同様に秩序が保てるとは思えないんです」

声を落とした。

「かもしれませんね……」

笠井の声も自然と暗くなる。「封じ込めに失敗したと分かった時点で策を打とうにも、感染者が人と接する機会は、田舎の比じゃありませんからね。どこにウイルスに感染している人間が潜んでいるかも分からないとなれば……」

「仙台でさえ、人口は百万を超えるんですよ」

老山は言う。「その時、国民がどんな反応を示すか。どんな行動を取るのか……それを考えると、ほんと……恐ろしくて……」

行く手に東北道のインターチェンジが見えてくる。

首にぶら下げていた老山のスマホが鳴ったのは、その時だ。

「ちょっと停めます」

老山は車を路肩に寄せ、スマホを耳に押し当てた。「はい、老山です……あっ、課長……はい、笠井さんを乗せて、そちらに向かっているところです。いま、仙台のインターチェンジまできておりますので、あと一時間ほどかと……はい、分かりました。電話、代わります」

老山は、スマホを差し出してくると、

「上司からです」

笠井に手渡した。

「お電話で失礼いたします。私……」

そう言いかけた笠井の言葉を、

「挨拶は後にしましょう。また、感染が疑われる症状を示す患者が出ました」

男の声が遮った。「治療に当たった医師と看護師の中から二名。それから、入院患者が五名。この様子だと、間違いなく院内にいた全員に感染が広がっていると思われます。木下先生は症状の経過を見た上で、トレドールを服用させることにするとおっしゃいまして、その旨を笠井さんにお伝えするようにと……。それで、ご連絡した次第です」

事務的な口調だが、声には切迫感がこもっている。

スマホを持つ手に自然と力が入った。手が微かに震えるのが抑えきれない。

喉に渇きを覚える一方で、背筋に嫌な汗が滲み出す気配がある。

笠井は、生唾を飲み込むと、

「分かりました。とにかく、そちらに向かいます。もし、状況に動きがあったら、些細なことでも構いません。すぐに連絡をお願いします」

回線を切った。

「笠井さん……まさか……」

老山が不安と緊張感のこもった目を向けてくる。

「院内で、新たな感染者が出たようです。それも、一気に七名も……」

「七名？」

老山は、目を見開く。

「急ぎましょう。院内で感染者が出るのは、想定していたことです。とにかく、なんとしても感染を院内に留めないと……。もう一度、接触者に確認漏れがないかどうかを徹底的に調べ直す必要がありますね」

笠井の言葉に、老山は慌てて頷くと、アクセルを踏み込んだ。

第六章

1

「病院関係者の中から発症者が出たとなれば、世間の関心は、ますますトレドールの優先順位に向きますよ。相変わらず厚労省には問い合わせや抗議の電話が殺到しておりますし、マスコミの最大の関心事でもありますからね。厚労省としても、方針を決めておくべきだと思いますが」

新たな発症者が確認された報告が厚労省に入って三十分。

急遽、大臣室で行われた会議の席上で、兵頭は梶本に向かって進言した。

「またその話か……」

うんざりした口調で織田は言う。「院内で新たな感染者が出ることは想定されていたことだし、いまだ町外で感染者が出ていないのは、鈴森町全域を封鎖したことが効果を発揮しているってことじゃないか。仮に、全町民がこのウイルスに感染したって、トレドールの備蓄量からすりゃ微々たるもんだ。追加してやりゃ十分対処できるわけだし、そう説明すれば──」

「そんなことを言ってる場合じゃないと思いますがね」

兵頭は内心の苛立ちを抑え、やんわりと織田の見解を否定した。「我々は、スペイン風邪以来の脅威となるかもしれない危機に直面しているんですよ。何が起こっても不思議じゃないんです。ならば、最悪の状況を想定して、策を講じておくべきです。万が一にでも、町外で感染者が現れたらどうするんですか。方針を定めておかなければ泥縄になる。いたずらに混乱を招くだけです」

織田は兵頭に険しい視線を向け、

「策ったって、どうせ将来ある若い世代を優先しろっていうんだろ。そんな方針を公表して、国民が納得すると思うか？　それこそ、パニックになるに決まってんだろうが」

声を荒らげる。

「じゃあ、どうするんです。新たな感染者が確認されたことをマスコミが知れば、官邸も会見を開いて今後の方針を公表せざるを得なくなるんです。当然、最悪のケースを想定した質問が出るでしょう。その時、佃さんにどうこたえさせるつもりなんですか。ただちに影響はないと、どこぞの間抜けな党と同じ見解に終始すればいいとでも？」

「お前が言ってることは、人命の重さを国が決めるってことだぞ！」

ついに、織田は怒りを爆発させる。

しかし、兵頭は怯むことなく返した。

「人命の重さ？　そんなことを言ってるから、そこにつけ込む輩が出てくるんですよ」

「なにい？」

目を剝く織田の顔が、朱に染まっていく。

「日本の健康保険制度が外国人に悪用されているのはその典型じゃありませんか」

兵頭は構わず言った。「留学ビザ、経営・管理ビザを取得すれば、外国人も国民健康保険に入れるのが我が国の制度です。そこに目をつけた中国人が、治療目的でやってきているのはご存知でしょう。しかも、前年の年収次第では、保険料はわずか月額四千円。日中間にはまだまだ所得格差がある上に、一旦健康保険証を手にしてしまえば、翌月から保険料を支払わなくとも一年間は治療を受けられる。おまけに、高額療養費制度のおかげで、自己負担分には限度がある。どんな高額医療も受け放題」

織田は、反論しようにも言葉が見つからないとばかりに黙り込む。

兵頭は続けた。

「オプジーボは？　高度な技術を要する手術は？　いったいいくらすると思ってんですか。中国の医療制度に命の重さなんて概念はありませんからね。まず、患者に医療費を支払う能力があるのかないのか。なけりゃ門前払い。それが、飛行機でわずか数時間の距離にある日本に行けば、ただ同然で遥かに高度な治療が受けられる。そりゃあ、中国人には夢の国に映るでしょうね」

「それとトレドールの優先順位とどんな関係があるんだ。無茶苦茶だぞ、お前が言ってることは」

織田は、ぷいと視線を逸らし吐き捨てる。

「そんなことはありませんよ」

兵頭は冷笑を浮かべた。「ただでさえ、健康保険の財源が不足しているってのに、かかる事態を放置しておけば、日本の医療制度の崩壊を早めるだけです。そうじゃなくとも、このままじゃ、日本の医療制度が崩壊するのは時間の問題です。博愛主義を口にするのは簡単ですが、財源が枯渇すれば制度を見直さざるを得なくなるんです。誰のため、何のための制度なのか、今回のケースは社会保障制度そのもののあり方を議論する上でも、絶好のチャンスなんです」

「そんなことをしようものなら――」

織田の言いたいことは分かっている。

「いまここで議論を避ければ、この問題はより一層深刻になるだけですよ」

兵頭は、織田の言葉を遮った。「考えてもみてください。政府は、国内の労働力不足を解消するために、外国人労働者の受け入れを決めましたが、就労ビザを持ち、国内で職を得た外国人に扶養家族がいれば、たとえ家族が日本国内に居住していなくとも、現制度下では、日本の健康保険が適用されることになるんですよ。そうですよね、次官」

「その通りです……」

興梠が苦しげにこたえる。

「日本に職を求めてやってくる外国人労働者が、健康保険に加入した途端、海外にいる家族が母国で医者にかかりはじめたらどうなります？　治療内容や費用の正当性をどうやって検証するんです？　加入した直後から、それこそいくらも保険料を払っていない外国人の家族の分まで面倒を見るってことは、日本国民が支払った保険料、税金で、他国の国民の医療費を負担することじゃありませんか。そんな馬鹿な話がありますか！　それとも、これも人命の重さの一言で片づけるんですか？　それで国民が納得しますかね。冗談じゃない。優先すべきは社会保険料を支払ってきた、ジャパニーズネイティブだ。海外にいる外国籍家族のために支払ってきたわけじゃない。それが圧倒的多数の国民の反応でしょう」

「しかし、現行制度では……」

さすがに、織田の口調は苦しげになる。

「まあ、そう興奮するな」

それまで黙って聞いていた梶本が口を開いた。「兵頭君の言うことにも一理ある。しかしね、優先順位だ、保険制度の見直しだなんて言おうものなら、野党の連中は人命軽視だって鬼の首を取ったように、ここぞとばかりに騒ぎまくるに決まってるよ」

「しかし大臣、トレドールの優先順位は、すでに国民の間で関心が――」

「私は、織田君が言っているとおりになると思うがね」

梶本は、あっさりと言う。「感染は鈴森町内、それも院内に留まっている。これは、封鎖が効果を発揮しているってことだよ。院内感染者の治療にトレドールが効果を発揮し、町外に感染が広がる様子がないとなりゃ、騒ぎも収まる。熱しやすく、冷めやすい。それが世間の常じゃないか」

なんという危機意識のなさ。無責任さだ。

失望したなんてもんじゃない。

これじゃ、事業仕分けの場で、防災の必要性を軽視し、程度の低さを露呈した野党議員と同じだ。

『数百年に一度の災害』。防災の有無を議論する時、その必要性に疑念を呈する人間は、必ず大災害が起こる確率を持ち出すが、馬鹿の極みだ。なぜなら、確率は低くとも、いつそれが起こるかは誰にも分からない。数百年に一度が、明日起きてもなんら不思議ではない。それが確率というものだからだ。

実際、異常気象の影響で、数十年、数百年に一度という豪雨によって、全国各地で大災害が頻発しているのが何よりの証だ。つまり、確率を算出するに当たっての根拠となるデータに、『異常』という要素が加わった場合、数十年、数百年に一度などという論は成り立たなくなるのだ。

まして、十年から四十年のサイクルで発生するといわれている新型インフルエンザが現に出現し、感染の拡大に備える対策を話し合っている最中での発言である。

やるせなかった。猛烈な怒りがこみ上げてきた。

しかし、政務官にすぎない兵頭には、厚労省を動かす力もなければ、総理に直訴することもできない。

梶本のスマホが鳴ったのはその時だ。

パネルに表示された名前を見た梶本は姿勢を正すと、

「梶本でございます……」

丁重な声でこたえた。

「えっ……これからすぐに？　……兵頭君と輿梠君を伴ってですか？」

梶本はちらりと兵頭に目をやると、「分かりました。すぐに伺います」

回線を切り、不愉快そうに言った。

「官邸からだ。総理が話があるそうだ」

2

官邸の玄関に入った途端、ロビーにたむろする報道陣の間からテレビの撮影用の強烈な光が灯った。同時に、無数のフラッシュが点滅しシャッター音が鳴り響く。

日頃、厚労大臣がこれほどの注目を浴びることはあまりない。これもトレドールの優先順位がいかに国民の関心事となっているかの現れである。

果たして報道陣の間から、梶本に向かって「大臣、トレドールの投与について方針は決まったのですか」、「これから、優先順位を検討する会議が開かれるのでしょうか」といった声が相次いだ。

彼らの声に必死さが籠っているように感ずるのは気のせいではない。

プレパンデミックワクチンのガイドラインに準ずるかどうかで、自分たちの生命が危機にさらされることになるかもしれないからだ。

先頭に立つ梶本は、問いかけにこたえることなく、足早に報道陣の前を横切り、エレベーターホールへと向かう。

ドアを開けたまま待機していた職員が、一行をエレベーターの中に誘う。

行先は危機管理センターがある地階だ。

用件は告げられてはいないが、梶本と共に呼び出されたとなれば察しがつく。

「総理がお見えになりました」

鍋島が佃と共に現れたのは、一行が入室して五分ほど経った頃だった。

「集まってもらったのは、他でもない。トレドール投与の優先順位のことだ」

案の定、鍋島は早々に切り出した。「院内に限定されているとはいえ、新たな感染者が出たことで、もっか国民の関心は、万が一にでも感染が拡大する兆候が見られた場合、トレドールの投与が受けられるのかどうかに集中している。こうなった以上、政府としての方針を決めておかねばならんだろう」

梶本は眉間に深い皺を刻むと、

「しかし、総理。そんなことを言い出そうものなら――」

あからさまに困惑の表情を浮かべる。

「方針が決まったからといって、ただちに公表するわけじゃない。方針を決めておくべきだと言ってるんだ」

鍋島は梶本の言葉を遮ると続けた。「梶本さんが言いたいことは分かっている。しかしね、感染が鈴森町の外に広がる可能性は否定できないんだ。万が一の事態に備えておかなければ、対応が後手に回ってしまう。見ただろ？　ロビーの様子を。マスコミの関心も、いまやその一点にあるんだ。もし封鎖地域の外で新たな感染が確認され、政府の方針が定まってはいないなんてことになってみたまえ。それこそ、マスコミは読者、視聴者の不安を掻き立てるような報道を行うに決まってるよ」

「どっちにしても同じですよ」

梶本は猛然と反論に出る。「封鎖地域外で感染者が出た時点で優先順位を公表すれば、順位が低いとされた国民は猛反発しますよ。第一、トレドールはたった百五十万人分しかないんです。優先順位を決めるなんて無理ですよ」

「全国民が感染するわけないじゃないですか」

佃がふたりのやりとりに割って入った。

「それなら、なおさらですよ」

梶本は怯むどころか、ますます語気を荒らげる。「どう決めたところで、完全に感染が収束しない限り、トレドールの備蓄が尽きたら生命の危機に晒されることになるんです。後回しになる国民が圧倒的多数なんですから、どんな理屈をつけたところで、生存する価値がないと国に宣告されたと誰だって思いますよ。第一、全国民が感染するわけないとおっしゃいますが、ならば次の選挙はどうなります？　自分を見捨てた政党に誰が票を投じますか。マスコミだって、あらゆる罵詈雑言を浴びせかけ、野党だってここぞとばかりに責め立ててくるに決まってるじゃないですか。候補者全員、雁首揃えて討ち死に。党は存亡の危機どころか消滅しますよ」

兵頭は心底情けなくなった。

国家の存亡を脅かしかねない事態に直面しているというのに、ここに至ってもなお、代議士としてあり続けることに考えが向く。もっとも、いまの国会議員は、与党だろうが野党だろうが、そんな人間ばかりだ。

兵頭もその一人なのだが、与党の議員は世襲ばかりだし、野党は当代が多数を占めるとはいえ、確たるビジョンもなく、ただ政権批判に明け暮れる、声だけがでかい連中ばかりだ。そんな対立構造が定着してしまったおかげで、国家の立法機関である国会は、小学校の学級会以下の惨状ぶりだ。

「過酷な決断を下すのも、為政者の義務のひとつだと思います」

兵頭は言った。

「なにい」

梶本が嚙みつかんばかりの形相で睨む。

「じゃあ大臣、選挙とおっしゃるならひとつお聞きしますが、万が一、新たな感染者が封鎖地域外で次々に現れたらどうなります？　病院に担ぎ込まれ、診断が下された順番にトレドールを投与していったら、やがて備蓄は尽きてしまう。以降の患者は放置するしかないということになれば、なぜ十分な量を備蓄しておかなかったのかとマスコミはもちろん、国民だって批判の矛先を政府に向けますよ。どっちにしたって、結果は同じじゃないですか」

そうなれば、次の選挙どころか、矢面に立たされるのは厚労大臣のあんただ。その時点で、あんたの政治生命は終わるんだ、と続けたくなるのを兵頭はすんでのところで飲み込んだ。

顔を朱に染め、こめかみをひくつかせる梶本を無視して兵頭は佃に視線を転じた。

「佃さんがおっしゃるように、国民全員が感染することはまずないでしょう。しかし、感染が収まったとしても、いずれ新型インフルエンザが出現することが予想されていながら、十分な策、特にトレドールの備蓄量が圧倒的に少なかったことへの非難は免れないと思うのです」

興梠が、慌てて反論する。

「いや、それは違います。新型インフルエンザの出現を想定していたからこそ、プレパンデミックワクチン、トレドール双方の備蓄を行い、さらにプレパンデミックワクチンについては、接種対象者の優先順位を定めたわけで、今回のようなウイルスの出現は全くの――」

「想定外と言いたいんでしょうが、トレドールが全く足りないんですから、そうなりますよ」

興梠は、困惑しながらも、さらに反論に出る。

「おっしゃることも分からないではありませんが、現実問題としてプレパンデミックワクチン、トレドールともに、全国民分の備蓄は不可能です。莫大な費用を要する上に、有効期限内にそれらの薬剤を必要とする事態が起こらなければ、すべて無駄になってしまいます。それはそれで問題が生ずるわけでございまして――」

「そうした問題があることを、事前に広く告知し、議論することを避けてきたからこうなるんですよ」

兵頭は断じた。「備えが無駄に終われば批判する。備えておかなくても批判する。野党、マスコミ、いや国民だって、勝手なもんだと分かっているなら、想定されていた事態が起きた時に、どうするのか。せめて、全員分を用意できない事情を国民に事前に説明し、コンセンサスを得ておくべきだったんです」

もちろん興梠に言ったのではない。梶本、いや自分を含めた全国会議員に言ったのだ。

「君と倉本君が考えた優先順位についての案は、的場さんから聞いたよ」

鍋島が口を開いた。「沈む船からまっ先に逃がすのは、女、子供だと言ったそうだね」

「それについては、誰も異議を唱えないと思いますが？」

「もちろん、私もそう思う」

鍋島は頷くと、「しかしね、沈みゆく船と違うところは、乗客の数に比べて救命ボートの定員があまりにも少ないという点だ。肝心の女、子供でさえ、全員が救命ボートには乗り切れないかもしれないかもしれないんだからね」

静かな声で言った。

「もうひとつ異なる点がある」

佃が鍋島の言葉を継いだ。「仮に助かったとしても、彼ら、彼女らは、船に残された乗客の存在なくして生きてはいけないということだ。将来ある若い世代を優先するる。その論については、一定の理解は得られるかもしれない。だがね、若い世代といっても様々だ。幼児はひとりでは生きられない。となれば、一緒に親が感染すれば母親も、父親がいなければ生活に行き詰まるというのであれば、幼児ひとりに対して、三人分のトレドールが必要になる」

佃の言う通りだ。

一家で三人分のトレドールが必要となれば、投与を受けられるのは、五十万世帯。

子供をふたり、三人と抱えているならば、投与できる世帯はどんどん少なくなっていく。

黙った兵頭に向かって、佃は続ける。

「それに、プレパンデミックワクチンの優先順位の中で最も優先度が高いのは、事態を打開するために、必要不可欠な医療、救急、行政といった職業の従事者たちだ。救命ボートに乗せても、太平洋の真っ只中に放り出したままってわけにはいかんからね」

兵頭は返す言葉が見つからず視線を落とした。

トレドールが圧倒的に不足しているのは、重々承知していたが、絶望的に不足していることに、改めて気がついたからだ。

「スペイン風邪の死亡率はどの程度だったかな」

鍋島は興梠に向かって訊ねた。

「二パーセントと言われております……」

「仮にパンデミックが起きたとすれば、どれほどの命が失われることになるんだろう……」

「現時点においては、致死率は一〇〇パーセントですが、いずれも高齢者ですので……」

「しかし、毒性は極めて強いんだろ？」

「はい……」

鍋島は深い溜息を漏らし、天井を見上げて黙考すると、

「かつて、一人の生命は地球より重いと言って、テロリストを刑務所から釈放した総理がいた。人の生死が懸かった事態に直面すると、人命はカネで買えない、日本には超法規的措置も止むなしというコンセンサスが社会に根づいているが、果たして本当にそうなのだろうか」

誰に問いかけるともなく、一同を見渡した。

「とおっしゃいますと？」

梶本が怪訝な顔をして問い返す。

「国民がどこまで気がついているかは分からんが、現実は人命はカネで買えるものになっている。そういう社会になっているんじゃないのかね」

鍋島は言った。「全国民が所得の多寡にかかわらず、同じ治療を受けられるのは、医療費の多くの部分を国の健康保険が負担しているからだ。もちろん、健康保険料だけでは足りず、多額の税金によって維持されているわけだがね」

鍋島は、そこで一旦言葉を区切ると続けた。

「高齢者は一割か二割、それ以外は三割、乳幼児、義務教育期間にある若年層は無料

という自治体が圧倒的に多い。じゃあ残りの費用を誰が負担しているのかと言えば、健康保険だ。当たり前の話だが、医療だって立派なビジネスだからね。つまり、医師や病院に治療を拒まれることなく、国民が平等に医療行為を受けることができるのも、医療費が全額支払われる目処があればこそってことなんじゃないだろうか」

「その通りだと思います」

兵頭は相槌を打った。「医師が高額治療を躊躇わず行うのも、治療費が全額支払われる仕組みが確立されているからです。まして日本には高額療養費制度がありますから、患者の自己負担比率はさらに低くなるわけです。総理がおっしゃるように、取りっぱぐれる心配があるなら、医療だってビジネスです。患者の懐具合に応じた治療を施すでしょうからね」

「財政にだって限りがある。これから先二十年の年齢別人口構成を考えれば、現在の医療制度を維持することは不可能だ。すでに、国、地方自治体の負担は十六兆円を超えているし、高齢者の医療費がかなりの部分を占めている。日本は、世界第一位の長寿国だが、それを可能にしているのも保険制度があればこそ。つまり、命をカネで買っていることに他ならないんだよ」

「これから先、団塊ジュニアが高齢者に加わるわけですからね。新薬も登場すれば、治療技術も進歩していく。そのことごとくが高額となれば、費用の大半を健康保険で賄っていたのでは、現状の医療制度を維持することは絶対に無理です」

兵頭の言葉に鍋島は頷くと、

「私は、君と倉本君の考えは、検討する価値があると思うし、用意しておくべきものだと思うね」

決意の籠った声で言った。「長寿は人間の夢だ。しかし、その果てにどんな社会が開けるか。高齢者の割合が増加していけば、社会保障費は増すばかり。その一方で負担する現役世代が減少していけば、家庭を持ち子供を産み育てるどころの話じゃない。少子化に拍車がかかるだけ。それでは国がもつわけないからね」

「総理……お言葉ですが、優先順位を決めるにしても、裏づけになる法がございません。これから、法案を作成し、議会に諮ったのでは時間が……」

恐る恐る切り出した興梠だったが、その時、ドアがノックされると、秘書官がメモを持って現れた。

それを目にした、鍋島の顔色が変わった。

「法案を通す時間がないのは、分かっている。だが、万が一にも、感染が拡大する兆候が見られた場合、優先すべきは、やはり将来の日本を背負う世代だと私は思うね」

鍋島の声音が、明らかに変わった。切迫感と緊張感が漂ってくる。

「ですから、そのためには法整備が必要でございまして……」

「そんな、悠長なことをやってる時間はないんだよ。現場の運用で、なんとかするしかないんだ」

「しかし、運用と申されましても――」

興梠は、すっかり困惑した体で言葉を飲む。

「それを可能にする策を考えて欲しい」

鍋島は、冷徹な口調で命じた。「時間がない。鈴森町の入院患者に新たに三名、感染が疑われる症状を示す人間が出たそうだ。国民は政府がどんな方針を打ち出すか、固唾を飲んで見守っているんだ。ただちに検討に入ってくれ」

3

「状況、症状の双方からして、新型インフルエンザに間違いないでしょうね」

鈴森町役場に設けられた、現地対策本部で木下は、緊張した面持ちで言った。「医師、看護師二名、入院患者五名に続いて、新たに入院患者三名。全員が同じ症状を示しています。入院患者は院内感染としか考えられません。これから先どこまで感染が拡大するか……。しかも、入院患者は高齢者が大半ですからね」

過疎高齢化が進む一方でも、鈴森町民病院にはＣＴやＭＲＩといった検査機器があり、医療設備は整っている。車中で老山が語ったところによれば、これもかつての箱物行政の産物で、機器の稼働率は高いとはいえず、順番待ちを強いられる都市部の病院から、検査を受けるだけの目的で来院する患者も少なくないのだという。実際、常駐している医師は内科の医師が一名のみ。他の診療科目は週に二日、つど医師が仙台からやって来て診療にあたることになっている。

隣接する役場の窓からは、事実上の隔離施設となった町民病院の様子が見て取れた。玄関前に設置されたテントは、外部と院内を完全に遮断する機能を持つ特殊なもので、その周辺には防護服に身を包んだ人間たちの姿がある。

「原理的には機能するはずなんですがね……」

理知的な木下の顔に、深い憂慮(ゆうりょ)の色が浮かぶ。「今回のウイルスに想定通りの薬効を発揮するのか。薬効が先か、それともそれ以上の速さでウイルスが増殖するのか、これればかりは今後の経過を見ないと判断できません。万が一、このウイルスが想定を超える威力を持つものであれば、少なくとも病院内にいる人間は、かなりの確率で生命の危機に晒されることを覚悟しておかなければなりません」

「こんなことを言うのは、不謹慎かもしれませんが……」

笠井は、言葉を濁しながらそう前置きすると、「初期の段階で、この地域を封鎖できたのは不幸中の幸いと言わなければなりませんね。院内にいる方々には申しわけないのですが、少なくとも感染が町外に広がることを防げたわけですから……」

　木下は、何事かを考えるかのように沈黙すると、

「実は、それがずっと気になっていたんです」

　重い声で言った。

「とおっしゃいますと」

「厚労省から、亡くなった夫婦が病院に搬送された後、院内に立ち入った人間の有無を再度確認するようにという指示がありましてね」

「その必要性を進言したのは私です」

「結果、やはりいないという報告を受けたんですが、本当にそうなのか……」

「えっ？」

　笠井は、思わず小さな声を上げ、「いるんじゃないか、とおっしゃるのですか？」

　と訊ね返した。

「可能性を考えればきりがないのですが……」

　木下は憂えるように小さく息を吐く。「私も医局員時代には県内の病院、それも僻地の病院を転々としましたが、田舎の病院は都会とは違って、ルールが完全に機能しているとは言えないんですよ」

「それは、どういうことでしょう」

「たとえば、見舞いの来院者です。都会の大病院はセキュリティーもしっかりしているし、最近では受付で氏名を記載して、IDカードを発行してもらわないと病室には立ち入ることができない仕組みになっているところも多々あります。でも、田舎は違うんです。友人、知人が入院したと聞くと、近くに来たついでにふらっと立ち寄ることが多々あるんです。たぶん、この辺では、家の鍵すらかけずに外出する人たちが大半でしょうから、入退室記録に名前を書かずに病室に入る人たちもいるんじゃないかと……」

そういえば……と笠井は思った。

笠井の生家も東北の寒村にある。近隣どころか、集落丸ごとお互いが知った者同士、付き合いは密だったし、外出時に鍵をかけるという習慣もなかった。たぶん、それはいまでも変わってはいまい。

「看護師だってそうした町で暮らしているんですから、病棟を訪ねる人がいてもあまり注意を払いません。事実、全職員に聞き取りはしましたが、見舞いについては一〇〇パーセント記載漏れがないかというと、たぶんとか、ないはずですとか、断言できませんでしたからね」

「しかし、これだけの騒ぎになっているわけですから……」

「高齢者の中には、世の中の動きに関心を示さない人だっているでしょうからね。それに――」

　語尾を濁す木下に向かって、

「それに……なんです？」

　笠井は問うた。

「新たな感染者が出たことを知ったとしても、感染の可能性があるというだけで病院に出入りした人間を隔離しただけでなく、町全域を封鎖しましたからね。名乗り出れば、今度は自分がその対象になるかもしれないとなったら、果たして……」

「感染していれば、命を失うかもしれないんですよ」

「人間は危機的状況に直面した時、悲観と楽観、相反するふたつの考えを抱くものだと思うんです」

　笠井は、はっとしながら木下の見解に聞き入った。

　木下は続ける。

「いまの我々だってそうじゃないですか。トレドールが効果を発揮することを期待しながらも、効果が見られなかった時のことを考えていますし、感染は封鎖地域で止まることを願いながらも、外で発症者が出た時のことも考えている……。感染の可能性があるかもしれないと思う一方で、名乗り出ればそのまま隔離。それもいつまで続くかわからない。もし、その人が仕事を持っていたら、どうしても変更できない予定があったら、悲観と楽観、どちらが優ると思います？」

そんなことは考えたこともなかった。

インフルエンザに限らず、感染症の対策は、まず予防からはじまる。それでも感染者が出た場合、感染の拡大を防ぎ、治療体制を整えるのが定石だ。同時に感染の拡大を防止するための啓蒙活動を行う。今回も地域住人に対する情報提供、注意喚起は徹底的に行われているはずだ。発症すれば死亡する確率が極めて高いことも知られているのだから、体調に異変を感じれば、病院に患者が殺到するだろうと考えていたのだが、言われてみればというやつだ。

笠井は、ぞっとして背筋が冷たくなるのを覚えた。

「まさかの事態は、誰の身にも起こり得ることです」

木下は続ける。「しかし、まさかの事態に直面するまで、そんなことが我が身に降りかかるとは考えない、いや考えたくないのが人間です。ガン、脳梗塞、生活習慣病にしたってそうじゃないですか。定期的に健康診断を受け、医師から適切なアドバイスを受ければ、発症を未然に防ぐことができるのに、怠っている人はたくさんいますからね。ましてウイルスは目には見えません。その分だけ、不安を覚える人がいる一方で、安易に考える人もいる。いまこの瞬間にも、このウイルスに感染した人が、町外のどこかにいるんじゃないかと思うと……」

木下の顔には深い憂慮に加えて、疲労の色が濃く滲み出ている。

無理もない。発症者が確認された直後に鈴森町に駆けつけ、感染の拡大を防ぐべく、陣頭に立って指揮を執ってきたのだ。同時に感染が疑われる人間たちを観察し、発症が確認された時点でトレドールの投与。そして、経過観察はいまも続いている。

「もし、先生の懸念が現実のものとなったら、どんな対策を講じるべきだとお考えになりますか？」

短い沈黙の後、笠井は問うた。

「感染者の居住地、職業、行動範囲にもよるでしょうね」

木下は答えた。「高齢者なら行動範囲は限られているでしょうが、現役で働いていらっしゃる方だったら、職場、取引先、あるいはこの間にもさらに遠くへ出かけている可能性もありますからね。移動範囲が限られていて、発症までに誰とも接触していないのなら、鈴森町同様、その近辺を封鎖し、厳重な監視下に置くことができますが、もし、広範囲に移動していて多くの人と接する場、たとえばスーパーに出かけたとなると……」

木下は、最後まで言わず、そこで言葉を飲んだ。

なにを言わんとしているかは明らかだ。

対処のしようがない。事態は最悪の状況を迎えると言いたいのだ。

「発生地が地方の、それも高齢化が進んだ過疎の町であったことが不幸中の幸いだったなんて間違いでした……」

考え得る最善の策を取ったつもりだが、笠井は己の迂闊さを恥じた。

「感染症予防に関する注意を喚起するのは、本当に難しいものだと思います」

木下は溜息をつく。「数年前に国内で、外国人が持ち込んだ麻疹への感染者が出たことがありましたが、日本人はほとんど関心を示しませんでしたからね。インフルエンザの感染力は麻疹の比ではありません。あれが今回のウイルスだったら、今頃はすでに、全国、いや全世界に感染が広がっていたでしょうからね」

その通りである。笠井は無言のまま頷いた。

「正直言って、私は神に祈りながら事態の推移を見守っているんです」

木下は、沈鬱な声で言った。「いま、我々が直面しているのは、近代医療がはじめて直面する最大の危機といっても過言ではありません。もちろん、エボラ、マールブルグといった感染力、致死率ともに極めて高く、かつ治療法が確立されていないウイルスによる危機に人類は直面したことがありますが、発生地は主として途上国で、人の移動も限定されている地域でのことです。少なくとも、日常的に人間が広範囲に、それも国内どころか世界レベルで移動する先進国で、こんな事態が起きた例はないのです」

「CDCが私を日本に派遣したのも、そこに強い懸念を抱いたからです」

笠井は言った。「来日観光客は増加する一方。しかも、SNS上では膨大な情報が行き交い、当の日本人が目もくれない田舎に外国人が押し寄せる光景が日常化してるんです。そんな人たちの中に感染者がいて、帰国する機内で発症しようものなら……、感染は瞬く間に世界に広がってしまいますからね」

二人の間に重苦しい沈黙が流れた。

「そんなことになったら、優先順位を決めたところで、意味がありませんね……」

やがて笠井がふと漏らすと、

「優先順位？　優先順位ってなんのことです？」

木下は、眉間に深い皺を刻み、あからさまに怪訝な表情を浮かべながら問うてきた。

「トレドールの備蓄量には限りがある。投与するにあたっては、優先順位を決める必要があるという意見が、厚労省内で出ておりまして……」

笠井が石坂の見解を話して聞かせると、

「それは助かるかもしれない命を見捨てるってことじゃないですか」

暴論だといわんばかりに、木下は語気を荒らげた。

「その通りなんですが……しかし、現にプレパンデミックワクチンの接種については、有識者会議の場で方針が示され、優先順位のガイドラインが公開されているんです。先生だって、それはご存知でしょう?」

「それは……まあ……」

木下は口をもごりと動かし、視線を落とす。

「先生のお考えはよく分かります」

笠井は言った。「しかし、救える命に限りがあるとなれば、国の将来を担う世代を優先すべきだという有識者会議が出した結論も理解できなくはないように思えるんです……」

「じゃあ、笠井さんは、それも止むなしとお考えなわけですね」

そう念を押しながら、木下は冷たい視線を向けてきた。

「正直、私には判断がつきません……。命の重みを国が決めるなんて、あまりにも傲慢に過ぎますからね……。でも、優先順位の概念はプレパンデミックワクチンだけでなく、救急医療の現場では、すでに取り入れられているのも事実なわけで……」

「救急医療の現場?」

「トリアージはまさにそれじゃありませんか」

笠井はこたえた。「緊急治療を要する患者が搬送能力、医療現場の対応能力を超えて発生した場合、まず最初に行われるのが、助かる命の選別じゃありませんか」

木下は、ふうっと鼻で大きな息を吐くと、複雑な顔をして押し黙る。

「優先順位の話を聞かされてから、私、ずっと考えていたんです」

笠井は続けた。「すでに、トリアージという概念が、社会に受け入れられているものであるなら、今回のケースにも当てはまるのではないかと……」

木下の顔が険しくなった。

そこに浮かんでいるのは、怒りだ。

「優先順位ね……」

果たして、押し殺した木下の声が震える。「じゃあ、いったい誰が、その指示を実行するんですか。我々医者じゃないですか」

今度は笠井が黙る番だった。

「救急医療の現場でトリアージが行われていることは事実です。しかしね、傍(はた)から見れば、救う命に優先順位をつけているように見えるでしょうが、現場で救命措置を行う人間は、失われる命を最小限に止めるために、悔しさ、虚しさ、やるせなさ、自責の念に駆られながら、断腸の思いで行っているんです」

返す言葉がない。

俯(うつむ)くしかない笠井に、木下は続ける。

「トレドールを投与すれば助かるかもしれない患者を前にして、あなたは優先治療の対象外です。お引き取りください。そんなことを言えますか？　それとも、医師が診察を行う前に窓口を設け、厚労省の役人が事前に対象者かどうかを判定するとでも言うんですか。そんなこと、できるわけないでしょう。当たり前の話じゃないですか。医者の診断なくして、新型インフルエンザに罹患しているかどうかなんて、どうして役人が分かるんです？　結局、命の選別をするのは医者じゃありませんか」

木下の見解に異論を挟む余地はない。

笠井は己を恥じた。しかし、かかる事態が発生した時、他に策はないようにも思える。

「だいたい、プレパンデミックワクチンとトレドールを同列に並べて優先順位だなんて発想自体がどうかしてますよ」

木下は怒りを爆発させる。「ワクチンは感染防止のために投与されるもの。投与の対象は未罹患者。健康な人間ですよ。トレドールの投与対象者はすでに罹患し、一刻を争う状態で医者の前にやって来るんです。投与されなければ、死ぬ確率が極めて高い。前提も、状況もまったく違うじゃないですか」

ドアが突然開いたのは、その時だ。

「先生、感染者と疑われる新たな患者が発見されました！」

老山は顔面を蒼白にし、駆け寄りながら叫んだ。

まさか……。

老山の表情、切迫した声から、恐れていた事態が起こったのは察しがつく。

果たして老山は言った。

「町外……封鎖地域の外です」

木下の視線が笠井に向いた。

そこに浮かんでいるのは、驚愕と恐怖。それも絶望的な恐怖だ。

「大変なことになった……」

木下は、呆然とした面持ちで譫言（うわごと）のように呟くと、その場で固まった。

4

『――現時点での感染は、いま現在も鈴森町民病院内に限られており、封鎖した地域外での感染例は報告されておりません。ただ、先に死亡した二名の感染源は野鳥が持ち込んだウイルスに感染した鶏と推定されることから、鈴森町以外でも鳥からの感染の可能性は否定できません。よって、現在鈴森町周辺の養鶏の殺処分に取りかかっておりますが、国民の皆様には野鳥の死骸を発見した場合、絶対に手を触れず、ただちに最寄り（もより）の保健所に連絡を入れていただくようお願いいたします。政府といたしましては、考え得る対策は全て講じておりますが、今後とも事態の推移を最大限の注意を払って監視していく所存です』

衆議院議員会館の執務室に置かれたテレビには、官邸で行われている記者会見の様子がリアルタイムで映し出されている。

画面に見入る倉本は、「さて、ここからや。佃さんはどうこたえるんやろ」、足を組み替え身を乗り出した。

記者が真っ先に質問してくるのは、トレドールの投与の優先順位のことに決まっている。兵頭によれば、鍋島は優先順位の必要性を認めた上で、裏づける法がないのなら、現場の運用でやれる方法を考えろと命じたというが、そんな指示をマスコミが知ろうものなら、それこそ大問題になるどころの話ではない。

『では、質疑応答に入ります。この後、官房長官は対策会議への出席を控えておりますので、質問は一社ひとつ、簡潔にお願いいたします』

官邸の担当者が告げると、多くの手が上がったらしい。佃は、記者席を見渡すと指差した。

『万が一、感染拡大の封鎖に失敗した場合、その後の状況次第では、トレドールが不足する可能性がでてまいります。その際、トレドールの処方方針について、政府はどう考えているのでしょうか』

『処方方針については、現在検討しております』

佃はすかさずこたえる。

『それは優先順位を定めるということでしょうか。もしそうならば、どのような基準で優先順位を決めるのでしょうか』

『それも含めて検討中です』

『プレパンデミックワクチンの優先順位を定めたガイドラインがベースになるのでしょうか』

『参考にはするかもしれませんが、必ずしも同じになるとは言えないと思います』

佃は表情一つ変えることなく、淡々とこたえる。

『しかし、特定接種の対象となっているのは、感染を最小限に止めるために、必要不可欠とされる職業従事者ですよね。今回の場合も、同じ結論になるのではありませんか？』

質問は一社ひとつと言われているのに、同じ記者が繰り返し訊ねる。

『仮定の質問にはおこたえできませんが、プレパンデミックワクチンの優先順位に関しては、今回のインフルエンザが新型ウイルスと確認された直後から、大々的に報道されたこともあって、国民の皆様から、官邸、厚労省に様々なご意見、ご批判、問い合わせが寄せられております。中でも、特定接種の対象となっている職業が、多すぎるという点と、住民接種の対象者にも優先順位が定められてはいるものの、特定接種対象者が優先になるのであれば、事実上ワクチンは住民に投与されないのではないかという二点に、批判が集中しております。トレドールの備蓄量は、百五十万人分しかなく、プレパンデミックワクチンの備蓄量、一千万人分を遥かに下回るわけですから、政府としてはガイドラインを参考にするのは難しいと考えております』

佃は、すかさず別の記者を指差す。

『それでは、万が一の事態が発生した場合、感染の拡大を最小限に止めるという目的が果たせなくなるのではありませんか?』

『特定接種の対象とされていても、当該業務の中には機能が重複しているものも多々あります。最小限で最大の効果を得られるよう、業務内容を吟味し、絞り込むのは当然のことだと思います』

『業務が重複しているのは、たとえばどんな職種でしょう』

『それについては、現在検討中ですのでおこたえいたしかねます』

記者が何を聞きたいのかは、明らかだ。

メディアは特定接種の対象にはなっているが、優先順位が最も高いのは公共放送、NHKである。民放、新聞社は特定接種の対象だが順位は低い。つまり、会見場にいる大半は、対象から漏れることになる。

『よろしいでしょうか』

会場から別の記者の声が上がった。

『どうぞ』

佃が質問を許可すると、記者はすかさず質問に入る。

『住民接種に優先順位を設けた理由として、将来国を背負っていく年齢層を優先すべきとあります。ならば、高齢者に罹患者が出た場合、すぐにはトレドールを投与しないということになるのでしょうか』

『仮定の質問にはおこたえしかねます』

相変わらず事務的な口調で答える佃に、

『でも、そうなるんじゃありませんか？　住民接種の優先順位を見る限り、高齢者は死んでも構わないと、政府が言っているのも同然としか思えないのですが』

記者は執拗に食い下がる。

『もちろん、国民全員の生命を救いたい。我々だってそう考えています。命の重みに年齢も性別も関係ありませんからね。しかし、現実問題として、いつ発生するか分からない新型ウイルスのために、莫大な国家予算を投じて国民全員分のワクチンや新薬を備蓄することはできないのです』

『でも、現実にその危機に直面することになったわけですよね。しかも、トレドールの備蓄量は、プレパンデミックワクチンにはるかに及ばないとはいえ、増産に入る以前に、すでに三十五万人分が用意されていた。これは、ワクチンが効かないウイルスの出現を想定していたってことじゃないですか。ならば、せめてトレドールもワクチンと同程度の備蓄をしておくべきだったのではないでしょうか』

うんざりした表情を浮かべた佃だったが、

『備蓄しておくべきだというのは簡単ですが、巨額の予算を投じて、万が一に備えた薬を使わずに済んだ。有効期限が来て廃棄となったら、みなさん何とおっしゃいます？　使わずに済んだのは、幸いだったと喜んで下さるんですか？』

驚いたことに、記者に問うた。

記者会見は、政府が質問にこたえる場であって、意見交換の場ではない。もっとも、最近では滔々（とうとう）と持論を述べる記者がいないではないが、そもそもがそんな行動に出るのが間違いなのだ。おそらく、佃はそれを黙認しているメディア側に、日頃から腹に据えかねる気持ちを抱いていたに違いない。

『……そ、それは……』

果たして記者は言葉に詰まる。

『プレパンデミックワクチンの優先順位については、国民の理解を得ることが必要不可欠という有識者会議の見解を、厚労省はかなり以前に公表しております。それに際してては、みなさんにプレスリリースをお渡しし、各社の取材にも対応してきたはずです。何をどう報じるかは、マスコミ各社が決めること。政府が強要できるものではありません。つまり、あなた方マスコミが報じない限り、国民は知ることができません。厚労省に記者クラブがあるのは何のためです。ガイドラインに問題があるとおっしゃるのなら、どうしてそれを報じなかったんですか？　あなた方が問題提起しなければ議論にもならないし、国民の理解が得られるわけがないでしょう』

こたえられるわけがない。

危機に直面して、はじめて慌てるのが人間の常だ。いつ起こるか分からない事態への備えを報道したところで、世間が大きな関心を示すとは思えないし、特定接種対象者に報道機関が含まれていることが知れようものなら、国民の間から批判の声が上がるのは目に見えている。下手に議論を喚起すれば、それこそ寝た子を起こすようなもので、手にした特権を手放すということになりかねない。

冷ややかな目で、記者を睨みつける佃の顔が画面に大写しになる。

もはや質問を発する者すらいない。

佃は、記者席を見渡すと、

『いずれにいたしましても、政府は感染の拡大防止に全力を尽くすことは言うまでもありませんが、仮に事態が収束したとしても、人命に関わる感染症が発生する可能性は常にあることが実証されたのです。これを機に、マスコミの皆さんには、かかる事態に再び直面した場合、どうすべきか。報道を通じて議論を喚起することをお願いしたいと思います。権力を監視するのも結構ですが、いつ起きても不思議ではない危機を想定して、議論し、国民の意見を政策に反映させるのも、メディアの務めだと私は思います』

そう言い放ち、ファイルを閉じた。

なるほど、さすがは策士、佃さんや。

倉本は、胸の中で唸った。

マスコミが、ガイドラインに定めた優先順位に、国民の理解が得られていないところに焦点を絞って責めてくるのは、会見を行う以前に想定していただろうが、それを逆手に取って、報じなかったマスコミの姿勢を突くとは、よくぞ考えたものだ。

まして、プレパンデミックワクチンの接種においては、特定接種の対象になっているマスコミは、一般国民からみれば特権の享受者だ。ネットを通じて誰でも情報が瞬時に発信できる時代に、なぜ彼らを優先しなければならないのかと批判が殺到するのは明らかだ。もちろん、ネットを使えない高齢者もいるだろうが、それでもＮＨＫ一局で十分だ。となれば、議論の焦点は、おのずと住民接種対象者の優先順位へと向く。高齢者か国の将来を背負う若者か。侃々諤々（かんかんがくがく）の議論になるだろう。それは、医療保険制度はもちろん、社会保障制度全体の見直しの是非へとつながっていくことになるだろう。

いや、そうならねばならないのだ。そうでなければ、この国の将来は——。

スマホが甲高い音を立てて、メールの着信を告げた。

画面に浮かび上がった、ショートメールの文面を見て、倉本は息を飲んだ。

「鈴森町外で、新たな感染者が出た模様」

発信者が誰かを確認するまでもない。

兵頭だ。

5

「先生が懸念された通り、やはり入退室記録には漏れがあったんですね」

鈴森町役場に設けられた現地対策本部で、笠井は木下に向かって言った。

「新型ウイルスへの感染が疑われるまでの間は、院内への立ち入りは制限されていませんでしたからね。迂闊でした……」

蒼白になった木下の顔には、極限に達した緊張が見て取れる。

「でも、患者を病院に運んだのが奥さんで、症状を聞いた時点で病院も、すぐに隔離したのは幸いでした。ふたりとも外出もしていなければ、他の人間との接触もなかったといいますから、感染は拡大しない可能性もあるわけですし……」

報告によると、新たな発症者は七十一歳の男性で、発熱と関節痛、悪寒を訴えて、鈴森町に隣接する河北（かほく）市の病院を訪れたという。

河北市の人口は三万人。地方都市の例に漏れず、栄えているのはバイパス沿いに立ち並ぶ中央資本の大規模店舗だけで、中心部にある旧商店街はシャッター通りと化しているらしい。しかも、平成の大合併以前は六つの市町村に分かれていたこともあって、鈴森町同様、過疎高齢化が顕著で、発症者の住所は空き家が点在し、耕作放棄地が目立つ農村地帯にあるという。

患者の居住地は封鎖ラインから五キロしか離れておらず、本来ならば鈴森町民病院へ行くところ、鈴森町は封鎖状態にあり、河北市民病院に駆け込んだというのだ。

隣町で新型インフルエンザが発生し、町が封鎖されているところに、発熱、関節痛、悪寒を訴える患者が来院すれば、医療従事者ならば真っ先に感染を疑う。診察に入る以前に症状を聞いた看護師から報告を受けた時点で、医師はただちに患者を隔離、同時に感染の有無が確認されるまで、院内にいた全員を足止めした。

対処は満点だ。報告通りなら、感染の拡大は限定的なものに終わる可能性はなきにしもあらず、というのが救いではある。しかし、楽観することはできない。

「可能性というなら、院内に立ち入った人間が、まだ他にもいることだって考えられますからね」

果たして木下は言う。「感染者の居住地域、病院周辺を封鎖するよう指示しましたが、もし河北市、それ以外の地域で新たな感染者が出れば、封鎖範囲はどんどん広がって行くことになります。感染者が狭いエリアに集中しているのならまだしも、点在していようものなら、封鎖にあたる人員が追いつきません。それこそモグラ叩きになってしまいます」

それが、なにを意味するかは明らかだ。

お手上げ――。パンデミックは避けられないということだ。

そこに思いが至ると、笠井は絶望的な気持ちになった。

「問題は封鎖地域外で感染者が出たことに、世間がどういった反応を示すかです」

木下は言った。

「といいますと？」

「感染の拡大を防ぐ最良の手段は、人の動きを止め、人間同士の接触を断つことですが、日頃から危機的状況に陥ることを想定し、十分な備えをしている人はまずいませんね。事実、東日本大震災の発生直後、東京では食料、水、トイレットペーパー、ガソリンなどの生活必需品の買い占めが起きましたからね。コンビニ、スーパー、ガソリンスタンドに人々が押し寄せ、長蛇の列ができました。あの時と同じ状況になれば、感染拡大を防ぐという点では最悪です。列の中に感染者がいて、人がごった返す店内に入り、押し合いへしあいしようものなら、あっという間に感染が広がってしまいます。そして、商品を購入した後は、店を起点にして広範囲に散らばっていく……」

「河北市でも、旧商店街は中央資本の大型店舗に客を奪われ壊滅状態と聞きました。地方都市の大型店舗の商圏は広範囲にわたりますからね」

「それだけじゃありません。あの震災の直後、福島第一原発の原子炉建屋で水素爆発が起きた途端、何があったか覚えてますか？」

「確か……」

「避難です」

笠井のこたえを待たずに木下は言った。「政府がただちに影響はないと声明を出したにもかかわらず、原発周辺の住民はもちろん、近隣の県、果ては東京居住者までも、より遠くへと避難する人が続出したんです」

「そうでしたね……」

「ウイルスと放射性物質には、目に見えないという共通点があります。それが、人々の不安と恐怖を増幅する。感染、被曝から身を守ろうとするなら、まず安全圏に身を置くこと。つまり物理的距離を置くに限ると誰しもが考えるはずです。人々があの時と同じ行動を取りはじめれば、どんなことになるか。その中に、まだ発症していない感染者がいたら。車や列車、あるいは飛行機で全国各地に散らばっていったら……」

それは最悪のシナリオ以外の何物でもないが、現実となる可能性は捨てきれない。

「かといって、人の移動を広範囲にわたって遮断することなんてできませんよ。物流が止まれば生活物資が不足しますし、経済活動だって――」

「今回のような事態は誰も想定していませんからね。もし、そうなったら、我々にはなす術はありません。感染が自然に収束するのを神に祈るだけです……」

もはや、返す言葉がない。

二人の間に、絶望的な沈黙が流れはじめたその時、笠井のスマホが鳴った。

パネルにカシスの名前が表示されている。

「ハロー」

応えた笠井の耳に、

「アメリカ政府が動き出したわよ」

カシスの緊迫した声が聞こえた。

「アメリカ政府？」

「正確にいえば国務省だけど、日本に滞在しているアメリカ人に注意勧告を出すことになったの」

「注意勧告?」

笠井の声が裏返った。「そんなもの出したら、日本国民の不安を掻き立てるだけだ。こっちは大混乱になる」

木下が英語に長けていることはいうまでもない。注意勧告という言葉を聞いた瞬間、ただでさえ青ざめていた顔から、血の気が引いていくのが見て取れた。

「それだけじゃないの。日本への渡航自粛を宣言することを決めたみたいなの」

「なんだって……」

「日本でサリエルが確認されて以来、アメリカ政府は、高い関心と細心の注意を払って推移を見守ってきたし、CDCとも連絡を密にしてきたの。当然、封鎖地域外で感染者が確認された場合、CDCにアドバイスを求めてくることは、私たちも想定していましたからね。もし、感染が拡大する兆候が見られた場合、まずは日本に滞在中のアメリカ国民に感染防止のために必要な情報と指示を与えるべきだ。さらに感染が拡大するようならば、渡航自粛、状況次第では渡航禁止令を出してでもアメリカ国内へのサリエルの侵入を防止すべきだと方針を立てていたの。それによって、日本国内が動揺するとしても、CDCとしては、そう結論せざるを得なかったのよ」

「それは分かるけど……」

自国民の安全を第一に考えるのは、国家の使命である。

反論なんかできるわけがないのだが、やはり問題は、それによって日本の社会がどんな反応を示すかだ。注意勧告はまだしも、渡航自粛となれば、日本には大きなリスクが存在する、禁じはしないが、日本に渡航した後はどんなことになろうとも自己責任といっているに等しい。

「それともうひとつ、悪い知らせばかりで申しわけないけど、国務省が渡航自粛を検討しはじめたことを察知した航空会社が、日本便の運航停止を考えはじめているようなの」

「運航停止？」

「当たり前じゃない。アメリカのトレドールの備蓄量は日本よりも格段に少ないのよ。万が一にも、感染者が入国しようものなら打つ手がないし、アメリカは日本とは違いますからね。銃は簡単に手に入るし、所有者はごまんといる西部劇の時代がずっと続いている国なのよ。アメリカで感染者が出れば、社会の混乱は日本どころの話じゃありませんからね」

「注意勧告を出すことは、日本政府には伝えたのか？」

「たぶんね。それは国務省がやることだから、私にはわからない」

カシスは沈鬱な声で言った。「とにかく、封鎖地域外で新たな感染者が出てしまった以上、早期発見に努め、疑いのある人間をいち早く隔離して、かたっぱしからトレドールを与えるしかないわ」

たぶん、それしか手はあるまい。

「危機に際しても冷静で、秩序立った行動を取ると世界から賞賛される日本人の国民性、社会性が、今回も発揮されることを心の底から願っているわ……」

もはや、言葉を発する気力も湧かない。

注意勧告、渡航自粛、運航停止、自国民を守るという観点からすれば、いずれの措置も絶対的に正しい。だが、アメリカがそうした措置を打ち出せば、間違いなく世界の国々は雪崩(なだれ)を打って後に続く。それは日本が世界中の国々から隔離されることを意味する。

人の流れが止まれば経済も止まる。隔離は、自分たちが鈴森町に行ったのと同じ措置だが、過疎高齢化が進んだひとつの町が隔離されたのとはわけが違う。影響は日本国内にとどまらず、世界へと広がっていくのは間違いない。

電話が終わったところで、

「アメリカが注意勧告を出すんですか……」

木下が言った。

「それどころか、渡航自粛、航空各社は、すでに日本便の運航停止を検討していると……」

「まあ、それしかないでしょうが……しかし、さすがはアメリカですね」

木下は意外な見解を口にする。

「さすが、とおっしゃいますと？」

「これも東日本大震災の時のことですが、福島の原発で水素爆発が起きた直後、間髪を入れず自国民の保護に乗り出したのがアメリカだったんです。すぐに日本滞在中のアメリカ人にメールが発信されましてね、万が一の場合に備えてヨウ素剤を配付する。ただちに最寄りの大使館、領事館を訪ね、ヨウ素剤を受け取っておくようにと指示を出したんです。もちろん、服用のタイミングは別途指示を出すと申し添えて」

「それ、本当のことなんですか？」

そんな話ははじめて聞く。

「事故の状況については、随時情報が更新され続けましたし、実際にヨウ素剤は、滞在中のアメリカ人の大半に行き渡ったと聞きます」

「大半って、大変な量じゃないですか。アメリカはそれほど大量のヨウ素剤を万一の場合に備えて備蓄していたってことですか？」

「私は実際に現物を見ましたが、ヨウ素剤はアメリカ製でしたからね。どういう状況を想定していたのかは分かりませんが、おそらく在日米軍が備蓄してたんじゃないでしょうか。それに比べて、日本政府は……」

木下は、溜息を漏らし、肩を落とした。

「ただちに影響はない……その一点張りでしたもんね」

「しかし、さすがのアメリカも、トレドールの備蓄量は僅かしかありません。国内で感染者が出れば、どんなことになるか。アメリカで長く暮らしている笠井さんなら想像がつくでしょう」

「上司も今の電話で、同じことを言ってました……」

笠井は頷くと、「そうなると、政府がどういった対策を打ってくるかですが、どんな策を出したとしても、国民がどう反応するか、今回ばかりは想像もつきません。被曝の影響はすぐに出るものではありませんが、ウイルスは違います。感染すれば、それこそ一分一秒を争う治療が必要になるんですから――」

声を落とした。

6

再度会議が招集されたのは、アメリカ政府の注意勧告が出た一時間後のことだった。

「早まったことをしてくれたもんだ。注意勧告なんか出したら、日本国内の混乱に拍車がかかるってことは分かりそうなものなのに……」

首相官邸の地下一階、危機管理センターに併設する会議室で、鍋島は苦々しげに吐き捨てた。

「まあ、他国で感染症が流行する兆しが見られた場合、まず自国民に対して注意勧告を出すのは当然のことですよ。我が国だって中国でSARSが流行した時は、同様のことをやったわけですし……」

隣に座る大鷹が、渋い顔をしながらもアメリカ政府の対応に理解を示す。

「これは、いよいよ万が一の方針を決めておかなければならないね」

鍋島は言った。

「それなんですがねえ……」

大鷹は困惑した様子で軽く溜息を吐く。「トレドールをなんとかしてくれないかという依頼が殺到しておりましてねえ」

「私のところにも……」

佃がそれに続くと、

「何も、お二人のところだけじゃありませんよ。実際、直接電話をかけてくる人もいますし、事務所には数え切れないほどの依頼が舞い込んでいると、秘書からも報告を受けていますからね」

鍋島は応える。

「しかも、呆れたことに、大メディアの会長、社長、政治部長までがですよ」

大鷹はそう言って眉を吊り上げる。「毎朝新聞の豊川会長なんて八十六歳。それが必死になって、トレドールを回してくれって頼むんです」

「豊川さんは、私のところにも言ってきたよ」

「しかも最後は恫喝するんです」

大鷹は言う。「いままで与党の側についた論調で報道してきたが、断るならこっちにも考えがあると……」

「毎朝グループを挙げて、野党側につくっていうんでしょう？」

大手新聞社は、系列にテレビ局や出版社を持つが、毎朝新聞もその一つだ。

報道機関は概してリベラルだが、毎朝は中道右派、保守的な論陣を張る媒体で、影響力は極めて大きい。そのグループの頂点に君臨するのが豊川であり、彼の意向次第で毎朝の報道姿勢はいかようにも変えられる。

「ええ……」

大鷹は、肩を竦めると、「困った人ですよ……。パンデミックが起きたら、新聞どころじゃなくなるかもしれないのに」

溜息を吐いた。

トレドールの確保に必死になっているのは、彼らばかりではない。兵頭の元にも同様の依頼が殺到しているし、厚労省内では幹部職員にすら、懇願する人間がいるという。しかも、日頃厚労省を担当しているマスコミの人間までもがだ。

おそらくは、厚労省のみならず、官邸はもちろん、他の省庁にも同様の依頼が殺到しているはずだが、命の危険に直面すると、人間の本性が剝き出しになる典型的な現象と言えるだろう。まして報道機関の幹部はもれなく中高年だ。先のある世代を差し置いて、生き延びようとする様は、呆れを通り越して哀れでさえある。

「よろしいでしょうか」

兵頭は口を挟んだ。「ならば、感染の拡大が限定的に抑えられ、収束した後、そういった申し出があったことを公表すると言えばいいじゃありませんか。後々公になろうものなら、地位も名声も地に落ちる。それこそ晩節を汚すことになってしまうんですから」

「ところが、依頼してきているのはメディアのご重鎮だけじゃないんだ」

鍋島は困惑した表情を隠さない。「財界人からの依頼も相次いでいてね。もっともこっちは、メディアのお偉いさんよりは丁重だし、恫喝するってわけじゃないが、日頃の仲に免じてと持ち出されれば、なにをいわんとしているかは明らかだ。叶わないとなれば、政治献金、組織票の取りまとめの依頼があっても、今後協力しないということだ」

「脅しなんか意味ありませんよ。治療薬はトレドールしかないんです。大鷹副総理がおっしゃるようにパンデミックが起きようものなら――」

自分ひとり、家族が生き残ったところで、機能しなくなった社会の中で生きていくことを強いられることになる。

そう続けようとした兵頭を遮って、

「厄介なのは皆一様に、我々政治家がトレドールを、確保していると思い込んでいることなんだよ」

鍋島は言う。「まあ、そう考えるのも無理はないさ。事態収拾にあたる人間が倒れてしまったのでは対処不能ということになってしまうからね」

「実際、この件に関しては、党内どころか、野党議員からも、国難に発展しかねない危機だ、国会の機能が停止に陥らないための方針を早急に打ち出すべきだという意見が、党の政策委員会に寄せられているそうですからね。はっきりとは言いませんが、要は国会議員に、トレドールを優先的に回せって言ってるわけです」

佃が鍋島の言葉を継ぐ。

「そうした観点から定められたのが、プレパンデミックワクチンの接種優先順位ですが……。となると、あのガイドラインに倣うということになるわけですか？」

兵頭は鍋島に向かって問うた。

「公表するかどうかは別として、もし感染がさらに広がるようであれば、あれをベースにせざるを得んだろう。もちろん、対象はずっと絞らなければならないがね」

「ですが総理。それで世論が納得するでしょうか」

兵頭は疑念を呈した。「感染拡大阻止、治療に当たる人間を優先することには、理解を得られるでしょうが、政治家に対する不信感は世の中に鬱積してるんです。資質はもちろん、そもそも数が多すぎる。そう考えている国民が大半なんです。政治家が優先されるとなれば――」

「政治家を優先するなんて言っちゃいないよ」

鍋島は、きっぱりと言い放った。

「えっ？」

「国民の間に、そうした不満が鬱積していることは十分承知している。しかしね、衆参両院の議席数は、法に定められている限り、そう簡単に変えられるもんじゃない」

言われるまでもなく、そんなことは十分承知だ。

「減らそうと思えば減らせるのに、やろうとしないから、国民は不信感を抱くんですよ」

兵頭はすかさず返した。「なぜ議席数を減らさないのか。減らせば失職する議員が出るからじゃないですか。たちまち生活に行き詰まる。数々の特権も手放さなければならない。それじゃ困るからじゃないですか。それを法で定められているからって、国民からすれば、泥棒が法律を作っているように聞こえますよ」

「口を慎め！　総理に向かって、その言い草はなんだ！」

怒気を含んだ声で佃が言った。「お前さんのように、親から盤石の地盤を引き継いだ議員ばかりじゃないんだ。定数減なんてことをしようものなら、与党議員同士で議席を争う選挙区だって数多く出てくる。そんなことになったら党は分裂、お前さんだって、議員でいられるかどうか分からないんだぞ。それじゃ、お前さんだって、困るだろう」

「まあ、佃さん、そう興奮しないで」

割って入った鍋島は、意外な言葉を返してきた。「兵頭君。私はね、全議員分のトレドールを確保するつもりはまったくないんだ」

「えっ……」

「言いたいことは分かっている。そんな方針を打ち出せば、議員にも優先順位をつけることになる。対象から外れた議員が黙っているはずがないからね」

ならばどうするというのか。多分、閣僚、事態の収拾に当たる役職にある議員を優先するというのだろうが、結局は方針を決める人間が都合のいいように決めたという誹（そし）りを受けることに変わりはない。

「私を含めて、少なくとも閣僚はトレドールの優先順位の対象から外そうと考えている」

意外……というより、想像だにしていなかった言葉に、兵頭は耳を疑った。

鍋島は続ける。

「トレドールは新型インフルエンザに効果が見込める唯一の治療薬だ。配付の方針を決める立場にある人間たちが、真っ先に身の安全の確保に動いたんじゃ、国民の理解なんて得られるわけがないからね」

「トレドールの確保依頼が殺到しているのは、我々閣僚に限ったことじゃないんだ」

大鷹が言葉を継ぐ。「与野党に限らず、議員の元には同様の依頼が数多く舞い込んでいる。それは誰しもが、議員は真っ先にトレドールを確保するに違いないと思い込んでいるからだ。この疑念を晴らせなければ、それこそ次の選挙では全員揃って討ち死にだ」

「政府がいかなる方針を打ち出すかは、いまや世間の最大の関心事だ。感染の拡大を抑え込めたにしても、閣僚分のトレドールを確保していたなんてことが知れてみろ。野党は待ってましたとばかりに、厳しい攻撃を仕掛けてくる。そして、圧倒的多数の国民は、それに快哉(かいさい)を叫ぶはずだ」

鍋島の読みに異論はない。

そこにトレドールの優先順位の対象外とされたメディアの批判が加われば、その後の展開は火を見るより明らかだ。国民の生命をないがしろにし、己の命を優先した。政治家として、いや人間としてあるまじき行為。こんなやつらに国家の運営を任せてはおけないと、鬨(とき)の声が上がるに決まってる。

しかしだ――。

あまりにも潔(いさぎよ)すぎやしないか。

誰だって命は惜しい。まして、ここにいるのは政界の中で功成り名を遂げた人間たちばかりだ。しかも、人並みはずれた権力欲に魅せられた人間たちが権謀術数を駆使する戦いを繰り広げる政界で、いまの地位を摑んだ者ばかりだ。失意の中にあれば、人生を早く終わらせたいと願う人間もいるだろうが、毎朝新聞の豊川で知れたこと、権力を手にし、あるいは財を成しと、成功を収めた人間ほど生に執着するはずだ。

兵頭は、そこに違和感を覚えた。

「ですが総理。閣僚が感染してしまったら、誰が指揮を執るのですか？」

兵頭は訊ねた。

返ってきた鍋島のこたえは、拍子抜けするほど、単純なものだった。

「感染しなければいい」

「感染しなければいいって……どうやって」

「官邸、対処にあたる主要部署を隔離状態におくことにする」

「隔離？」

「外部からの人間の出入りを制限し、限られた人間以外との接触を絶つんだよ。突拍子もない策に聞こえるだろうが、感染の拡大を防ぐ最善策は、感染の可能性のある人間との接触を避けることだ。人の出入りを遮断すれば、ウイルスに感染する恐れはまずない。実際、鈴森町で感染が確認されて以降現地で治療、感染拡大防止に当たっている人間の中からは、まだ一人の感染者も出ていない。それは、感染防止策が確実に機能していることの証左だからね」

「一般国民はどうするのです。会社もあれば学校もある。買い物にだって出かけるでしょう。そりゃあ、人との接触を避けるに限るってのは分かりますが、社会が完全に麻痺してしまうじゃないですか。官邸や省庁なら、外部からの人間の出入りを制限できるでしょうが、一般国民は違います。それだって立派な特権とみなされますよ」

「じゃあ、トレドールをあてにせず、指揮を続ける策が他にあるのかね？」

そう問われると対案はない。

兵頭は黙った。

「とにかく、そうでもしないことには、収拾がつかんのだ」

佃が言った。「対処にあたる人間が、ばたばた倒れるようなことになれば、感染は拡大する一方になる。誰もその点には異を唱えはしないだろうし、議員だって我々にもトレドールは用意されないと聞けば、なにも言えんさ」

「官邸の意思を世間が信じるでしょうか」

兵頭は言葉に皮肉を込めた。「皆さんがそのつもりでも、マスコミはもちろん、国民もまた、絶対にトレドールを確保しているに決まってる。そう疑うんじゃないですかね」

「だから、他に策はあるのかと総理がお訊ねになったんじゃないか！　信じるか信じないかなんて言ってたら、なにもできやせんだろが！　マスコミのようなことを言うんじゃない！」

それまで、一切口を挟まなかった梶本が、突然怒鳴った。

あの梶本にこんな策を飲む度量があるとは思えない。

違和感がますます強くなるのを覚えながら、

「では、総理。対処にあたる人間以外の優先順位はどうなさるのです。案はおありなのでしょうね」

兵頭は訊ねた。

「やはり、国の将来を担う世代を優先すべきだろうね。医療保険、社会保障制度のあり方を議論するチャンスだという点も含めて、君の言っていたことは間違ってはいないように私も思えてきてね……」

鍋島は兵頭の考えを肯定したが、「ただし、さっきも言ったが、優先順位については、現時点で公にする必要はないと思う」

改めて慎重な姿勢を示した。

「これほど、世間の関心がトレドールの処方方針に向いているというのにですか？」

「感染が鈴森町の外に広がったと言っても、極めて近いところで、しかも一例だけしか確認されていないからね。過疎地だし、感染がこれ以上広がらないことだって考えられる。それに、対処にあたる人員が確定しないことには、決めようがないじゃないか」

「ですが、現に封鎖地域外で感染が確認されたのは――」

「それ以上の感染が報告されていないのは事実なんだ。可能性の問題を言い出せば切りがない」

鍋島は、それ以上の議論を拒むように断言すると、「考えなければならないことは、他にもたくさんある。アメリカが在日アメリカ人に注意勧告を出したということは、今後の展開次第では、渡航自粛、渡航禁止命令を出すことを視野に入れているはずだ。もし、そんなことになってみたまえ、日本の経済が受ける影響は甚大なんてもんじゃない。オリンピックが目前に迫っているというのに、準備に遅れが出れば、開催自体が取り止めになることだって考えられる。三兆円以上もの公金をつぎ込んだイベントが中止になろうものなら、見込んでいた経済効果はゼロ。それどころか、注ぎ込んだ公金がそのまま焦げ付くことになるんだぞ」

と苛立った声をあげた。

オリンピック——。

そのことをすっかり忘れていた。

鍋島の懸念はもっともだ。

ほとんどの競技施設はすでに完成しているが、この段階になると円滑な運営を行うための準備スケジュールは一日単位で組まれている。仮に数週間でも遅れが出ようものなら準備が間に合わない。万が一にでも感染が拡大し、渡航自粛、渡航禁止となれば、オリンピック目当ての観光客も来日を躊躇い、予約をキャンセルするだろう。

開催自体が中止ということになろうものなら、チケット代、放映料、宿泊施設、交通機関、飲食、小売業と、日本の国内産業が被ることになる打撃は計り知れない。それどころか、三兆円以上もの公金をドブに捨てることになる。

いつ、この事態が収束するのか。いつ、安全宣言を出せるのか。

国の命運は、その一点にかかっている。

「次の記者会見の内容は、私と佃君との間で案がある。梶本さんは、厚労省で感染拡大防止にあたる人間たちに、どれほどのトレドールを優先的に確保しておかなければならないか、必要最小限の分量をただちに検討させていただきたい」

鍋島はそう命じると、「いいですか。必要最小限です。とにかく徹底的に絞り込んでください。お願いしましたよ」

改めて念を押した。

7

ひっきりなしに鳴る電話の着信音が、ドア越しに聞こえる。それも固定電話、スマホと複数だ。

すかさず受話器を取り、応対にあたる秘書たちの声がそれに被る。

厚生労働大臣政務官という立場にいるのだから、トレドールの一人分や二人分、なんとかなるだろうと考えるのも無理はない。電話の相手は地元の支援者が大半だが、中にはどこかの会合で名刺を交わしただけの者もいる。これも世間の人々が、新型インフルエンザの感染をいかに恐れているかの表れだ。

「大変ですね。私のところにも電話が殺到していますが、桁違いですわ」

衆議院議員会館の執務室にやってきた倉本が言った。

いま厚労省内では鍋島の命にしたがって、実務者レベルで感染拡大阻止に必要な対象者の絞り込み作業が行われている。原案が作成されるまでには、しばらく時間を要することもあって、衆議院議員会館の執務室に戻ってきたのには理由がある。

倉本に官邸の方針を告げることだ。

そもそも優先順位の必要性を説いたのは倉本だし、官邸での会議の場で総理が話した内容について、彼の見解を聞きたかったこともあった。

倉本の執務室はフロアこそ違うが同じ館内にあり、移動が人目につくことはない。

そこで、倉本を執務室に呼び出したのだ。

「みんな必死だ。携帯の番号を知ってる人間は、何度も直接電話をしてくるし、留守電だって、ほら、こんなに……」

兵頭はスマホをテーブルの上に置き、画面を目で示した。

「百五十三件……」

倉本が目を丸くする。

「何度かけても留守電モード。メッセージを残しても返信はない。ならば、議員会館、事務所にってことになるさ」

「兵頭さんは対処にあたる当事者ですからね。相手も対策に忙殺されて電話どころの話やないのは、容易に想像がつくやろうけど、こっちは大変ですわ。留守電にしておくわけにはいかへんし、事務所にかかってくる電話かて、秘書じゃ埒があかないとなると政務官を出せってえらい剣幕でがなりたてるんですから。オリンピック担当の政務官が、トレドールを手に入れられるわけがないのに……」

「さっき官邸で行われた会議でも、オリンピックの話が出たよ。現時点では注意勧告だが、感染がこれ以上拡大する兆候が見られれば、アメリカは渡航自粛、渡航禁止を躊躇しないだろう。開催中止なんてことになったら、大変なことになると」

「まだ、そないなこと言うてるんですか」

倉本は絶望的な面持ちで、溜息を吐いた。「開催中止いう状況になるってことは、日本が終わるってことですよ。当たり前やないですか。それ、感染拡大阻止に失敗した。パンデミックが起きてしもうたってことやないですか」

達観というか、焦りも恐怖も感じられない倉本の口調に、兵頭はぎょっとなった。

倉本は続ける。

「そもそも、オリンピック開催を経済の起爆剤にするなんて発想自体がどうかしてるんですよ。箱物をばんばん建てて、インフラを整備してって、少子高齢化が進み、人口が減少していくこの国にどんなメリットがあるいうんですか。発案者も、それを後押した国のご重鎮も高齢者。施設の維持費を負担するのは現役世代。その人口が減っていくわけやから、現役世代の負担は年を経るごとに重くなる一方。そんなこと、馬鹿でも分かるやないですか。しかも少なくとも今後二十年、社会保障費はますます増大する一方やっていうのに、たった二週間のお祭り騒ぎのために、大金を投じる余裕なんてどこにもありませんよ」

「まあ、にっちもさっちも行かなくなった頃には、誘致した連中はとっくにあの世に行ってんだ。気楽なもんさ。ツケを払わされる人間は、たまったもんじゃないがな」

「せめて、トレドールの備蓄量が四十倍あれば、新型インフルエンザは国家再建のための起死回生の一発になったんでしょうけどね……」

倉本は、心底残念そうに言う。「今の社会保障制度をこのまま維持していくのは、どう考えたって無理ですわ。健康保険制度ひとつとっても、治療困難だった病が次々に克服される。登場する新薬は、途方もない金額になる。それが、高額療養費制度のおかげで、個人負担はただ同然。医者は薬価に無関心。治療のためならばんばん使う。かくして長寿化は進むばかり。もし、トレドールが六千万人分、国民の半分程度にしか行き渡らないとなれば——」

「前にも言ったが、そんなこと絶対に俺以外の前で言うんじゃないぞ」

兵頭は、倉本の言葉を遮った。

「分かってますよ」

倉本は眉を吊り上げ、口の端を歪ませる。「本音を言えば叩かれる。一瞬にして社会的に抹殺されてまう世の中ですからね。でも、若い世代の中には、同じことを考えている人間はごまんといると思いますよ」

「だとしてもだ！」

兵頭は睨みつけた。

「でもね、私がこないなことを考えるんは、いまの政治じゃ何も変えられないからです。票を減らして議員でいられなくなるのを恐れて、やらなければならんことに目を瞑り、いかにして議員でい続けるか。それぱっかりを考えて、将来の国のあるべき姿、たとえ国民に痛みを強いることになる改革でも、やり遂げなければならないことをやろうとする、政治家が持つべき矜持を捨て去った人間ばかりが国政を担っているからなんです。トレドールにしたって、どうせ閣僚、そのお友達たちの分は、ちゃっかりキープしてるんでしょうからね」

「それについては、鍋島さん、ちょっと妙なことを言ってるんだよ」

「妙なこと？」

「それで、お前を呼び出したんだ」

兵頭は、そう前置きすると切り出した。「実は、総理も含めて閣僚分のトレドールは確保しない。もちろん、国会議員も同様の扱いにすると言い出してね」

「それ、ほんまのことなんですか？　鍋島さんがそう言わはったんですか？」

倉本は目を丸くして驚く。

「ああ……。鍋島さんだけじゃない。大鷹さん、佃さん、梶本さんまでもが、同意してるんだ」

「まさか……信じられへん」

「鍋島さんは、官邸や各省庁への外部の人間の出入りを制限し、事実上外部から隔離した状態にしてしまえば感染は防げるっていうんだが、ウイルスは目に見えないからな。誰がどこで、ウイルスを拾ってこないとも限らない。まして、あの人たちだって命は惜しいはずだし、第一そんな綺麗事を言うタマかよ」

倉本は首を傾げ、腕組みをすると考え込む。

兵頭は続けた。

「鍋島さんは、事態収拾にあたる必要最小限の人員を早急に出せと厚労省に命じたが、同時に感染が拡大する兆候が見えた場合は、将来国を背負っていく世代の治療を優先するという方針を決めた。その時、自分たちがトレドールを確保していたんじゃ、とても国民の納得は得られないと言ってね」

「それ、どないして国民に納得させるんですか。本人が言うてるだけで、エビデンスがないんじゃ誰も納得しませんよ」

倉本と話せば、鍋島の言葉に覚えた違和感の正体がなんであったのかが分かるかもしれないと考えていたのだが、どうやら期待外れに終わったようだ。

音声を消し、つけっ放しにしていたテレビの画面が切り替わったのはその時だ。

アナウンサーが現れ、官邸の記者会見室が画面に映し出された。

「おっ、会見がはじまるぞ」

兵頭はリモコンを手にすると、音量を上げた。

「……現在映し出されているのは、官邸の会見室です。間もなく、佃官房長官の記者会見がはじまります」

アナウンサーが言い終えるより早く、佃が画面右手から登場し、国旗に一礼すると、演壇に立った。

『鈴森町で発生いたしました新型インフルエンザ及び、封鎖地域外で確認された感染者一名のその後の状況について、今後の政府の方針とあわせてご説明いたします』

佃は、そう言い終えると、演壇の上においたファイルを開いた。

『現在のところ、鈴森町民病院内で感染したと見られる患者の容態は、安定しており、症状の悪化は確認されていないとの報告を受けております。また、封鎖地域外の河北市で確認されました一名につきましても、同様の報告を受けております。感染が確認された全員に投与されたトレドールが新型インフルエンザに有効であると判断し、政府といたしましては、感染の拡大防止に全力を挙げると同時に、万が一にでも新たな感染者が確認された場合には、すみやかにトレドールを投与し治療にあたる所存です。また、すでに河北市の一部、新たな患者の居住地、及び河北市民病院周辺を封鎖地域とし、人の移動、交通、物流を禁じる措置をとりました。当該地域内の住民の皆様には、大変なご不便を強いることになりますが、関係各所、及び自衛隊が生活物資の供給を行うべく準備を進めておりますので、今しばらくご辛抱(しんぼう)をいただくことをお願いいたします。なお、封鎖地域外の住民の皆様におかれましては、外出を控え、特にスーパーやコンビニなどの頻繁に人が出入りする施設への立ち入りは、控えてくださるよう、お願いいたします。以上です』

佃は、用意した原稿を読み上げると、視線を上げた。

すかさず、記者の間から手が上がる。

指名された記者が声を上げた。

『鈴森町が完全封鎖されたにもかかわらず、封鎖地域外で新たな感染者が出たということは、これから先、次の発症者が出ることも十分に考えられると思うのですが、その際はどういった対策を講じるのでしょうか。政府のお考えをお聞きしたいと思います』

『今回感染が確認された患者は高齢者で、居住地域周辺もまた高齢者が多く、過疎化が進んでいる地域であり、来院するまで外部の人間との接触はなかったという報告を受けております。したがって、感染が広がる可能性は極めて低いと考えられますが、万が一、新たな感染者が確認された場合、すみやかに隔離の上トレドールを投与することになると思います』

『もし新たに感染者が出た場合、それも複数人、居住地、あるいは職場が別であった場合、一気に感染がネズミ算式に拡大していく可能性も考えられると思います。現地には三百人分のトレドールが用意されているそうですが、次々に投与していけば、尽きてしまうのは時間の問題です。その場合はどうなさるのでしょうか。プレパンデミックワクチン同様、あらかじめ優先順位を決めておくのでしょうか。検討をはじめているとのことですが、政府は何かしらの指針を決めたのでしょうか』

『最悪の事態を想定し、備えておくのが政府の使命だと考えております』

『それは、優先順位を定めるということだと思いますが、誰がどう決めるのでしょうか、すでに案はできあがっているのでしょうか』

やはり優先順位が気になるのだ。

記者の声に緊張感が籠ってくる。

『まずは、感染拡大の阻止に努めるのが先決です。優先順位については、現在検討中ですので、おこたえは控えさせていただきますが、最も優先順位が高いのは、治療、感染拡大阻止の任務にあたる要員になるでしょう。ただ、ご存知の通り、トレドールの備蓄量には限りがありますので、必要最小限の人員分のみとすべく、現在厚労省内で検討を進めているところです』

『それは、プレパンデミックワクチンの優先順位は適用されないということでしょうか』

女性の記者が訊ねた。

『参考にするかもしれませんが、必ずしも沿うものにはならないと思います。プレパンデミックワクチンのガイドラインにつきましては、政府、厚労省に、批判を含め、様々な意見が殺到しております。特定接種、住民接種双方ともに、再度検討を進めているところです』

『どっちにしても政府が、つまり国が命の重さを決める。対象にならない国民には治療を施さない。死んでくれといっているのと同じことじゃありませんか』

別の女性記者の声が、いきなり聞こえた。

舌鋒(ぜっぽう)鋭くというよりも、収まり切らない感情が滲み出ている。

『トレドールの備蓄量に限りがある以上、何かしらの方針は決めざるを得ないのではないでしょうか。感染が確認された患者さんに、随時投与していけば、備蓄が尽きた時点で、治療不可能ということになってしまいますので……。ただ、優先の基準をどこに置くかは、現在検討中でございますので、おこたえすることはできません』

『決めざるを得ないとおっしゃいましたが、決めたからには仕方がないんだ、死んでくれというのですか？』

『そんなことは言っていませんよ。そうした事態は断じてあってはならない、だから、感染拡大阻止に全力を尽くしているわけです』

佃は落ち着いた声でこたえると、『ただ、前回の会見でも申し上げましたが、プレパンデミックワクチンの接種優先順位、特に住民接種の優先順位については、有識者会議の答申に広く国民の間で、議論する必要があるという一文がありました。将来国を担う年齢層、国を支えている生産年齢層の優先順位が高いことについて、あの指針が出てからかなりの時間が経っていますが、これまで国民の間で大きな議論になったことはありませんでした。もし、あの指針が公表された時点で、ここにいらっしゃるメディアの方々が、議論を喚起してくれていたら、今回の事態に際して、なにかしらのコンセンサスが得られていたかもしれないのです』

前回の答弁を踏襲する。

「相変わらず抜け目がないな。そこを、二度も突かれたら、マスコミもぐうの音もでえへんで」

倉本が、鼻を鳴らして苦笑する。

『この際ですから、メディアの皆さんに是非お願いしたいことがあります。トレドールの投与をどうするか。これは、現社会保障制度、特に健康保険制度が早晩直面することになる大問題との共通点があるのです』

なるほど、ここで社会保障制度に振るわけか——。

やはり、佃は切れ者だ。

兵頭は内心で唸った。

佃は続ける。

『病の克服は人類の夢です。夢を叶えるべく、技術は進歩します。実際、かつては難病とされていた病が、次々に克服されるようにもなりました。しかし、新治療、特に新薬は大変高額なものになるのが常です。現行の健康保険制度には、高額療養費制度があり、どれほど高額な治療でも、患者本人の負担には上限が設けられております。当然、医療費は増大の一途を辿るわけで、おそらくこの傾向は、今後ますます顕著になるでしょう。すでに国民の皆さんから徴収しております保険料では賄いきれず、多額の税金を投じて現行制度が維持されているのは、みなさんご承知のとおりです。今後、高齢者人口が増加する一方で、少子化に伴う生産年齢人口の減少が避けられない以上、現制度を維持することは、将来国を背負っていく世代へ、極めて重い負担を強いることになるのです』
　そこで、佃は記者席を見渡すと、『国民全体の医療費は、すでに四十二兆円を超えています。その中で高齢者が占める割合は、七十五歳以上で三五パーセント。六十五歳以上となると、全体の五九パーセントにも達します。高齢になるにつれ医療機関にかかる機会が多くなるのは当然のことですが、原資は無限ではありません。先んじて使ってしまえば枯渇します。孫子の代が医療を必要とする世代になった時、現在のような手厚い社会保障の恩恵には与れない。ならば、どうすべきなのか。今回のことを機に、是非、国民の間で広く議論していただけるよう、世に問うて欲しいのです』
　一気呵成に喋り、長い演説を終わらせた。
『それを決めるのが政治じゃありませんか。政治では解決できない問題を、国民に丸投げするように聞こえますが』
　指名を待つことなく、くだんの女性記者が甲高い声を上げた。
『人命に関わる方針を国が決めるのかと、さっきあなたはおっしゃったじゃないですか。この問題だって同じだと思いますよ』
　佃は平然と返すと、『自戒を込めて言うのですが、厳しい現実に直面するのは時間の問題であることを知りながら、敢えてそれに触れないできた我々政治家は猛省しなければなりません。そして、プレパンデミックワクチンの接種にあたり、優先順位が設けられていることを、国民の間で議論する必要があると有識者会議が申し添えたにもかかわらず、ほとんど報じてこなかったメディアもまた、猛省しなければならないと私は思います』

女性記者を睨みつけた。

反論などあろうはずもない。

会見場が静まり返る。

『最後に、もうひとつお伝えすることがあります』

佃はファイルを閉じると、きっと前を見据えた。『皆さんは、我々閣僚がトレドールをすでに確保しているのではないかとお考えでしょうが、それは一切ございません。全優先順位を決めるにあたっては、国会議員もまた、その対象としない。行政関係者についても、あくまでも感染の拡大を阻止するための必要最小限に止めるようにとの指示が総理から出されていることをお伝えして、会見を終わりといたします』

佃は、頭を下げると演壇を離れていく。

「原資が限られている以上、先んじて使うてしまえば枯渇するか……」

倉本が言った。「つまり、医療費の大半は高齢者。健康保険の原資は高齢者に使われている。感染者に順次トレドールを投与していこうものなら、感染した者勝ち。健康保険の現状と同じことになってまうと言ったわけだ」

「そこを、匂わせただけで、明確に言わないところが、佃さんだが……」

兵頭は、そこで短い間を置くと、「こりゃあ、大博打だ。沈没する船から真っ先に逃がすのは、女、子供だってことは頭では理解しているだろうが、実際に決断を強いられるとなると、そうはいかないのが人間だ。まして、自分の意に添わない言動には、エゴと欲求をむき出しにして集中砲火を浴びせてくるのがいまの世の中だ。さて、世間がどう反応するかな」

画面に見入りながら、首をひねった。

賛否両論に世論が二分されることは分かっているが、これはチャンスだと思った。政治もメディアも見て見ぬふりを決め込んできた、極めて近い将来日本社会が直面する大問題に、国民的議論が沸き起こるのは間違いないからだ。そしてそれは、平時において提起しようものなら、命取りになるのが分かり切っている難題中の難題なのだが、それがこんな形で可能になるとは……。

しかし、それも感染拡大を抑え込めればの話だ。パンデミックが起きようものなら、日本の国家としての終焉を意味することになりかねないからだ。

「審判が下される時だな……ここで感染の拡大が終わるのか、それとも……」

兵頭の言葉に、倉本は黙って頷いた。

ドア越しに聞こえてくる電話の呼び出し音は、鳴り止む気配がない。

兵頭には、それが神に助けを請う人間の悲鳴のように聞こえた。

終章

1

それから三日――。

鈴森町で対応に当たっている人間たちにとって、息が詰まるような時間が流れた。

この間、河北市では新たな感染者が一名確認された。それは感染者の妻で、関係者にとっては想定されていたことではあったが、このニュースが流れた途端、世間の緊張は極限に達した。

最も敏感に反応したのは諸外国である。

第一報が報じられた直後からアメリカに続き、各国が日本への渡航に注意勧告を出したのだ。勧告の効果は覿面(てきめん)で、入国者数は激減、観光産業には予約のキャンセルが殺到し、来日中の外国人の中には、予定を切り上げ帰国する者も現れた。

国内の変化は人の行動に現れた。

首都圏の交通機関は、早朝の通勤、通学客が増加した反面、ラッシュアワーは減少に転じ、長距離路線、特に新幹線の乗客数が激減した。さらに、飲食店や商業施設、果ては漫画喫茶、カプセルホテルといった簡易宿泊施設の客の入りも目に見えて落ちているという。

飛行機、電車は、いずれも閉鎖空間の中での移動を強いられる。その中に一人でも感染者がいれば、移動中に感染してしまう可能性が極めて高い。それは何も交通機関に限ったことではなく、人の集まる場所は、どこに危険が潜んでいるか分かったものではない。外出の際にはマスクの着用が当たり前となり、株価が軒並み暴落する中でトレドールはもちろん、ウイルス対策に効果があるとされる製品を製造するメーカーやうがい薬、果ては薬用石鹸やハンドソープといった衛生用品製造メーカーの株価だけが高騰するという現象を生んだ。

そんな風潮に拍車をかけたのが、マスコミの報道だ。

なにしろ、テレビは長い時間を、新聞は大きく紙面を割いて、連日新型インフルエンザ関連の大報道だ。いまや、世間の関心は新型インフルエンザのみにあるといっても過言ではない過熱ぶりだ。

「トレドールの効果は、期待以上のものがあるようですね。患者は全員快方に向かっていますし、鈴森町の病院関係者は全快と判断してもいいところまで回復しています。正直、ほっとしました」

　現地対策本部の一角で、昼食の仕出し弁当に箸をつけながら、正面に座る木下に向かって笠井は言った。

「まったくです。効くとは思っていましたが、これほどまでとは……。投与開始直後から、容態が安定し、みるみるうちに快方に向かうんですから、驚くべき効果です」

　明るい声でこたえた木下だったが、「しかし、その効果のおかげでトレドールへの世間の関心を、ますます高めることになってしまったのは困ったものです。いま、日本を席巻（せっけん）している議論が、いったいどういう結論に行き着くのか。それを考えると、正直暗澹（あんたん）たる気持ちになります」

　一転して顔を曇らせた。

　トレドールを服用した患者の容態が、劇的に改善する兆しを見せたと報じられた途端、報道内容は一変し、感染が拡大した場合の優先順位の是非と、社会保障制度を見直す必要性の有無の二点に集中するようになっていた。

　激しい論争が繰り広げられる中で、次第に論点は、「優先されるべき命」と「医療費の六割を占める高齢者医療のあり方」の二点に絞られつつある。

「確かに——」

頷いた笠井に、

「優先順位もさることながら、社会保障制度のことも、本当はずっと以前に議論しなければならない問題だったんです。少なくとも合計特殊出生率が、二・〇八を割り、回復の見込みがないと分かった時点でね……」

木下は箸を置きながら言った。

合計特殊出生率とは、一人の女性が一生の間に産む子供の数のことで、人口を維持するために必要な数値は最低二・〇八人とされている。

「いまや一・四三……回復は絶望的ですからね」

「人口減少問題が注目されるようになったのは最近のことですが、合計特殊出生率が二・〇八を割るのが常態化したのは、一九七四年からのことで、七五年からは二・〇を割り、ずっと一点台が続いてきたんです」

「一九七四年といえば、昭和——」

「四十九年です」

木下は言った。「つまり、半世紀近く前には、日本の人口が減少に転ずる日がやってくる。その時、どんな問題に直面することになるのか、予測が立てられたはずなんです。人口減少が、どれほど深刻な問題であるかもね。それを知りながら、政治も、行政も、ずっと見て見ぬ振りをし続けてきたわけです」

知らなかった……と、いうより気がつかなかった。

最近でこそ頻繁に見聞きするが、少子化という言葉がメディアに取り上げられるようになったのは、それほど昔のことではない。なのに、いまに至ってもなお、少子化に対する社会の危機感は、それほど高まっているとは思えない。もちろん、自分もその一人ではあるのだが、生まれるより遥か以前から人口が減少に転ずる時代が来ることを分かっていながら、なんら有効な手立てを講じることなく放置され続けてきたことに、笠井はいまさらながらに愕然となった。

「高額療養費制度が設けられたのは昭和四十八年ですから、合計特殊出生率がかろうじて二・〇八を上回っていた年のことです」

木下は続ける。「当時の平均寿命は男性が七十歳、女性が七十六歳。この間に男女ともに十歳以上寿命は延びました。もちろん、その間に国民の所得も格段に上がり、物価もまたそれに応じて上がり続けてきたわけですが、医療費については、ここまで費用がかかる医療や医薬品が登場するとは、誰も想定していなかったでしょうからね」

「すでに、健康保険制度は国の財源、税金の投入なくして維持できなくなっていますしね」

「それどころか、国家予算そのものが税金だけでは賄いきれず、赤字国債を発行して財源を捻出しているわけです」

木下は、やりきれないとばかりに溜息を吐いた。「私は経済の専門家ではありません。政治についても、あまり関心はないし、深く考えたことはありません。でもね笠井さん、健康保険制度だけではなく、社会保障制度、いや、いまの日本社会そのものが、借金によって回っていることは確かなんです。じゃあ、その借金を誰が返すのかといえば――」

「それは、高齢者じゃない。いずれ、財源の枯渇に直面することになるのは、生産年齢層であり、そこから先の日本を背負っていく若い世代ということになりますね」

「いま、盛んに議論されている優先順位、社会保障制度の論調を見聞きするにつれ、私は絶望的な気持ちになるんです」

木下は声のトーンを落とす。「ここに至ってもなお、メディアの論調は相変わらず建前(たてまえ)論で、厳しい現実を直視しないものばかり。つまり、具体的な策についての議論を避けているんですから」

その点については、笠井も同じ考えを抱いていた。

対応に追われているとはいえ、睡眠も取れれば食事も摂る。宿舎は河北市にあるビジネスホテルで、眠りにつくまでの間テレビも見れば新聞にも目を通す。

だが、そこで交わされる議論は、「人間の命に優先順位を設けるのは間違いだ。政府の横暴だ」、「年齢で保険が適用される医療内容が変われば、高齢者に死ねと言っているのも同然だ」、さらには、「社会保障制度が行き詰まることは以前から分かっていたことで、それを放置してきたのは政治だ」といった、批判ばかりである。

笠井は言った。

「いわゆる、助かる命に限りがある事態に遭遇した時、女、子供が先だという論は、みんな頭では理解しているでしょう。しかし、誰であろうと公言した途端、世間から袋叩きに遭うのは目に見えている。へたをすれば、社会的地位も、仕事も失うことにだってなりかねないんですから、そりゃあ建前論しか言えませんよ」

「でもね、これは本当にどうにかしなければならない問題なんですよ」

木下は、真剣な眼差しで笠井を見据える。「そして、こうも思うんです。自戒を込めて言うんですが、これらの問題は、本来、我々医師が提起すべきことだったんじゃないかとね」

「でも、実際にプレパンデミックワクチンの接種にあたって優先順位を決めた際には、有識者会議の場で議論する必要があると――」

「問題を提起したのは事実です。でもね、それが医師の間でさえ議論になったことはない。全くとは言わないまでも、真剣に考えた医師は、そう多くはないと思いますよ」

木下は、笠井の言葉が終わらぬうちに言った。「それどころか、プレパンデミックワクチンの接種に優先順位があることも知らない医者がほとんどでしょう。医者といっても、全員がインフルエンザワクチンを扱うわけではありませんし、患者を治療するのは医師の義務です。人の命に優劣はない。貧富の差にかかわらず、最善の治療を施す。それが当然だとも考えています。だから、高額な医療だろうと薬の処方であろうと、躊躇することなく行うわけです」

笠井は、黙って聞き入ることにした。話には、まだ続きがありそうだ。

木下は続ける。

「保険治療の診療報酬は定額です。患者が窓口で支払うのはその一部ですが、残りは健康保険によってカバーされます。医療機関からすれば、取りっぱぐれることはない。そして患者もまた、どこの病院に行っても負担額は同じ。まして、高額医療となれば、負担額には上限がある。患者はもちろん、医療機関にとっても、日本の健康保険制度は実にありがたいシステムなんです」

笠井は相槌を打った。「一概には言えませんが、保険は基本的に個人で入るものですし、保険に入ってたって、治療内容は厳しくチェックされますからね。日本のよう

「少なくともアメリカじゃ、そうはいきませんからね」

に、気軽に医者にかかれるわけじゃありませんから」

「これは、そもそも論になるんですが、医師を養成する教育者からしますとね、本当に医者になりたくて医学部に進んできたのか分からない学生が実に多いんです。高校で良い成績を収めれば、教師も親も医学部受験を勧める。本人もまた、医者になりたいのかどうかよりも、成績がいいから医学部を受験する。そんな学生ばっかりになっているんですね」

「確かに、そうした一面はあるかもしれませんね」

笠井は頷いた。「その点、アメリカは違いますからね。医学部にあたるメディカル・スクールは、まず四年制の大学を終えるのが大前提で、さらにＭＣＡＴ（医科大学入学試験）に合格して、はじめて医者の道が開ける。しかもＭＣＡＴは共通試験ですし、面接もありますから、教師や親の勧めがあっても、単に高校時代の成績がよかっただけでは医学部には進学できませんからね」

「子供を医者にしたいという親はたくさんいます。社会的地位もある、経済的にも恵まれる、一生食うに困らない職業だと考えられているのがその理由です。確かにその通りではあるんですが、じゃあ経済的に恵まれるのはなぜなのか、一生食うに困らないのはなぜなのか。突き詰めて考えると、やっぱりそれも日本の健康保険制度のお陰だと思うんですよ」

「えっ？」

考えもしなかった言葉に、笠井は思わず言った。

「そうじゃありませんか。診療報酬が焦げつくことはない。高額医療を行っても、差額分はきちんと保険から支払われる。それなら医者もこの検査、この薬がいくらかなんてことは考えなくなりますよ。効果があれば、医者も患者も万々歳。誰が困るってわけじゃない。その先のことなんか、考えもしなくなりますよ」

「つまり、日本の健康保険制度が維持される限り、医療費は膨れ上がる一方となる。先生はそうおっしゃるわけですか？」

「間違いなくそうなります」

木下は断言した。「製薬会社だって慈善事業をやっているわけじゃありません。病を治し長寿を可能にすれば、巨額の利益を得られる。とどのつまりはビジネスなんです。莫大な研究開発費を投じ、心血を注いで新薬の開発に成功しても、価格が高すぎて誰も使えないのでは話になりませんからね」

「言われてみれば、オプジーボにしたって、日本と海外の国では薬価が随分ちがいますものね。確か、イギリスでは日本の半額以下でしたよね」

「言われてみればとおっしゃった時点で、笠井さんも、いままで保険によって差額分が賄われていることに無頓着(むとんちゃく)だったことを認めたことになりますよ」

苦笑を浮かべながら木下に指摘され、

「いや……その通りで……」

笠井は、思わず俯いた。

「いや、私もそうだったんですよ」

木下は笑いを消し、真剣な眼差を向けてきた。「でも、今回のトレドールを巡る優先順位、そして社会保障制度の見直しという政府の提案には、最初はそんな馬鹿なとは思いましたけど、よくよく考えてみると、確かに真剣に議論をする必要があると思えるようになってきましてね。オプジーボにしても、日本で高額になったのにはそれなりの経緯があるにせよ、そもそも基本的に医療費が無料のイギリスでは、財源はすべて税金、国家予算で賄われるものですから総枠が決まっているわけです。薬価は開発した企業が決めるものですが、それを鵜呑みにしていたのでは財源がたちまち枯渇する。だから、日本以上に厳しい価格交渉が行われるわけです」

「イギリスが半額以下というなら、日本はまだまだ甘いということになりますよね」

「医師も患者も財源には無関心。不足分は国家予算から。しかも借金です。つまり、我々医師も製薬会社も、医療産業に従事するすべての人間が、もれなく借金で食っているわけです。児孫のために美田を買わずとはいいますが、買うどころか莫大な借金を負わせながら生きている。そんなことがあっていいわけないでしょう」

返す言葉がないとはこのことだ。

再び黙った笠井に向かって、木下は言った。

「病の克服、長寿は人類の夢です。そして、夢を叶えるために医療技術は進歩し続けてきました。しかし、このままでは、その進歩もそろそろ限界を迎える時が近いかもしれませんね」

「それはなぜです？」

「いまさら社会保障制度の改革に着手したとしてもドラマティック、かつドラスティックに変えるわけにはいかないからですよ。結局、行き着くところまで行くしかないということになるんでしょうが、その時何が起こるかといえば、健康保険制度の崩壊です。治療費、薬剤費は全額患者の自己負担となれば、高額治療は受けられない。製薬会社や医療機器メーカーが新薬や革新的な医療機器を開発しても、医療費を負担できる人間は、ほんのひと摘みの富裕層だけ。それじゃあ、莫大な研究開発費を投じて新薬や医療機器を開発しても意味がないってことになるじゃないですか」

病は医師個人の力だけでは治せない。機材や薬があってはじめて克服可能になるものだ。そして、それらのものが無料で手に入ることなどあり得ない。なぜなら、労働への対価なくして、人の暮らしは成り立たないからだ。

高度な治療を施そうとすれば、高額な医療機器が必要になる。導入費用が回収できなければ病院経営は成り立たない。薬もまた同じだ。新薬の開発に成功したところで、研究開発費が回収できなければ、いや、それ以上の収益が得られなければ、次の難病克服に向けての資金が得られない。つまり、医療の進化はそこで限界を迎えることになる、と木下は言っているのだ。

サリエル……。

笠井は、ふと思った。

医療に通じ、癒す者とされる一方で、一瞥で相手を死に至らしめる強大な魔力、『邪視』の力をもつ堕天使――。

医療の進歩も、国民が限られた自己負担で最先端の治療に与れるのも、すべては健康保険制度があればこそ、そして病の治療がカネになればこそだ。だがこのままでは、現行制度を維持することは不可能だ。制度を改めるにしても、健康保険料を増額し、制度が適用される疾病に限度を設け、患者の自己負担割合を高くし、さらに適用外となる疾病は、個人が民間の保険でカバーするような制度を設けるといったところが精々だろう。

そうなれば、国民は二重の保険料負担を強いられることになるのだが、保険会社だってビジネスだ。万一の時に手厚いケアを望むなら、掛け金もそれに応じた額になる。それが、どれほどのものになるかは、オプジーボの薬価を考えてみれば想像がつくし、高額治療ともなれば、厳格な審査が行われるだろう。

保険は万一の時への備えだ。使う時が来るのかどうかも分からない。ただ備えるだけのものに、高額な保険金を支払う余力のある人間が、果たして世の中にどれだけいるか。結果、健康保険の適用外となった疾病にかかった人間は、その圧倒的多数が治療を受けられず、死を迎えるしかないということになる。

サリエルは、健康保険制度が抱える大きな矛盾、そして到底解決不能な大命題を日本社会に突きつけることになったのだ。

「日本の健康保険制度は、世界に類を見ない手厚いものです」

木下は言う。「でもね、あまりにも恵まれすぎたんですよ。人の暮らしだってそうでしょう。所得に応じた生活をしなければ必ずや破綻する。制度だって同じですよ」

木下の言葉が腑に落ちる。

「裕福な暮らしをしてきた人間は、苦しくなってもなかなか生活レベルを落とせないと言いますからね……。レベルを下げるどころか、借金を重ねて暮らし向きを維持しようとしてるのが、日本の健康保険制度なんですから、このまま制度を維持すれば、破綻する日は間違いなくそう遠からずやってくるでしょうね」

「たぶん、その時がきたら、社会は非難の矛先を政治に向けるでしょう。でも、それは間違いです。医療産業従事者、そして国民だって、その恩恵に与ってきたんですから……」

「いったいどうなるんでしょうね……」

笠井は、ぽつりと漏らした。

「私には分かりません……」

木下は、そこで一旦言葉を区切ると、「ただ、イギリスが保険適用の基準としているＱＡＬＹ（質調整生存年）の概念は早急に取り入れられるべきだと思います」

ＱＡＬＹは医療行為に対して高いカネを払うに足りる意味があるのかを判断するもので、イギリスでは健康余命を一年延ばす一ＱＡＬＹあたり三万ポンドというのが基準である。

「しかし、それでは助かる命が助からなくなるという批判が必ず出ますよ」

「分かっています……。ですが、そうでもしなければ、いずれ全国民が満足な医療を受けられなくなってしまうかもしれません。もっとも、時すでに遅しかもしれませんがね……」

木下の考えは、間違ってはいないだけに、返す言葉が見つからない。

部屋の中に沈黙が流れた。

木下は、重い溜息を吐きながら腕時計に目をやると、

「会議の時間です。笠井さん、そろそろ行かないと……」

まだ残っている弁当を片づけにかかった。

これから、治療に当たっている医師や、患者の身体状態を分析している研究者を交えた会議が開かれる。トレドールの効果についての詳細な分析結果の報告がテーマで、笠井も同席することになっている。

笠井も半分ほど残った弁当を片づけながら、ギリシャ神話の『パンドラの箱』の物語を思い出した。神話の中では、箱を開けた途端に、あらゆる厄災(やくさい)が世に飛散し、箱の底に残ったのは「希望」だけだったが、はたして「希望」は残っているのか。もし、あるとすれば、その希望とは、いったい何なのだろう——と、ふと思った。

2

「感染拡大阻止に必要な絶対量の発表はいつになるんですか? 厚労省はすでに検討を終えて、官邸に案を上げたんと違うんですか?」

衆議院議員会館の執務室にやって来るなり、倉本が訊ねてきた。

「昨日のうちに案は提出してあるんだが、河北市で二名の感染者が確認されて以来、新たな感染者は出ていない。それで、様子を見ることになったんだ」

兵頭がそうこたえると、

「わざわざ寝た子を起こすことはない……いうわけですか」

倉本は呆れたように、眉を吊り上げた。

「それを言うなら、火に油を注ぐ必要はないだろ。子供はとっくに起きちまって、顔を真っ赤にして泣き喚いてるんだからさ」

「そんなことやろうと思いましたわ」

やれやれとばかりに、倉本は首を振る。「このまま収束に向かえば、騒ぎも自然と収まる。ひと月もすれば、忘れてまうと踏んでるんでしょうが、それじゃあ、せっかく議論に発展した優先順位、ひいては健康保険制度の見直しの大チャンスを逃すことになってしまいますよ。今回はこのまま収束しても、いつ別の新型インフルエンザが現れるとも限らへんのです。それに備えるためには、国民全員分のトレドールを備蓄するしかないわけですが、財源はどないするつもりなんですか。政府に考えはあるんですか」

「その点も考慮した上で、発表を控えてるんだ」

兵頭は言った。「確かに、議論は高まっちゃいるが、トレドールにせよ、健康保険制度にせよ、政府の見解にネガティヴな論調ばっかりだからな。まして、国の将来を背負う世代を優先する方針を打ち出そうものなら、政権を失うどころか、野党転落は間違いない。感染の拡大が止まっているいまの時点で、政府の方針を公表するのは、どう考えたって得策じゃない」

「そしたら、公表するのは感染が拡大する兆しが見えた時と考えてはるわけですか？」

「そういうことだ」

兵頭は頷いた。「だが、健康保険制度の改革については、近いうちに政府案を公表する。ただし、その前に布石を打っておく」

「布石？　それはどんな」

「河北市で感染者が確認されて以来、東北地域での人の移動は激減している。封鎖地域に指定されている鈴森町、河北市はもちろん、近隣では工場を一時停止した企業も多いし、大型ショッピングモールの客も激減だ。感染が拡大する兆候が見えないのは、国民がどれほどこのウイルスに恐怖を覚えているかの表れだし、封鎖が功を奏していることの証左でもある。ここまではいいな」

念を押した兵頭に、倉本は黙って頷く。

兵頭は続けた。

「まだ楽観はできないが、今回の感染は封じ込めることができる可能性が出てきたと専門家は見ている。しかし、これは健康保険制度を改革するまたとないチャンスだ。新型インフルエンザが発生したのが事実なら、国民が恐怖を覚えているのもまた事実。そこで、全国民分のトレドールを備蓄する費用を、全額自己負担してもらおうという案が出てるんだ」

「国が備えるのではなく、個人に負担させようというわけですか？　しかし、トレドールは確か――」

「八日分で五千八百円だ。ただし、いまのところはな」

兵頭は倉本の言葉を先回りした。

「いまのところはって、どういう意味です」

「当たり前だろ？　全国民分を備蓄するとなりゃ、一億二千万人分のトレドールが必要になるんだぞ。製薬会社にしてみりゃ、まさに特需だ。大量に生産すれば、当然製造コストは下がる。売価だってそれに応じて安くなるに決まっててんだろうが」

「確かに――」

「いま、厚労省は製薬会社との間で、その交渉をやっている最中でな。価格に折り合いがつくまで、そう長い時間はかからんはずだ」

「なるほどねえ」

倉本は感心したように唸り、「で、厚労省としては、どの程度の価格でと考えてはるんですか」と、訊ねてきた。

「半値以下だ」

「半値以下？　そらまた随分ハードルを高くしたもんですね」

「高いもんか」

兵頭は笑った。「新型インフルエンザの治療薬は、トレドールしかないんだ。今回は、たまたま日本だったが、どこの国で発生したって不思議じゃない。となればだ、世界中の国がトレドールの備蓄を迫られるわけで、膨大な需要がそこに生ずることになるんだぞ。半値だって高いもんだ」

「そうか……そうなりますね」

「だがな、たとえ売価が半値になろうと三千億以上だ。国がその時に備えるにしては、あまりにも負担が大きすぎる。その点からしても、万一の備えは個人に負担してもらう。手厚い健康保険制度を持つ日本が、そうした方針を打ち出せば、他国もそれに続くだろうし、その程度の負担で新型インフルエンザの恐怖から解放されるなら、国民にしたって安い出費じゃないか」

「確かに、お守り代わりになると思えば、国民も納得するかもしれませんね」

「そしてワクチンだ」

兵頭は笑みを消し、真顔になって話を進める。「現行では、無料、有料は自治体によって違うが、ワクチンもまた全額国民に負担してもらおうってのが政府の考えでな」

「治療薬があるのに、ワクチンもですか？」

倉本は、怪訝な表情を浮かべ首を傾げる。

「今回のウイルスは極めて毒性が強いことが分かっている。トレドールが劇的に効くことは証明されたが、それも早期のうちに服用すればの話だ。つまり感染すれば、服用までの時間が生死を分けることになるわけだ。だったら、感染前に接種して発症を未然に防げれば、なおいいっていうことになるだろ」

「そうか……そういうことか。それも、お守りってわけですね」

ようやく、布石の意味が理解できたらしく、倉本はソファの上で身を乗り出した。

「万が一の備えは自己負担。トレドール、ワクチンを備蓄するにあたって、そうした概念が国民の間に浸透していけば、その対象枠を広げていき、健康保険制度の改革につなげていこうってわけですね」

「やっと分かったか」

にやりと笑ってみせた兵頭に向かって、

「誰です。こんな策を考えたのは」

倉本は訊ねてきた。

「決まってるじゃないか。佃さんだよ」

「でしょうね。さすがやなあ」

倉本は感心しきって、腕組みをする。

「健康保険制度を見直すなんて、真正面から言おうものなら、そりゃあ世間の猛反発を食らうのは目に見えているからな。だが、危機に直面し、恐怖に駆られているいまならば、万が一の備えは、国民に等しく負担してもらうという論も通るだろう。マスコミだって、異を唱えんだろうしな」

「マスコミねえ……」

倉本は苦々しげに言う。「ここに至っても、命の重さに優劣はつけられない、その一点張りですからね。建前論、批判一辺倒で、策ひとつ出してこないんですから、呆れたもんや」

「もっとも、マスメディアは相変わらずだが、ネットはまったく逆だ。世論はいまや真っ二つだ」

兵頭はニヤリと笑った。「最近じゃSNSをやる高齢者も珍しくはないが、ネットを使って情報や意見を発信するのは、やっぱり若い世代、学生や生産年齢層だ。将来国を背負っていく年齢層を優先すべきだという意見が圧倒的に多いし、それ以上に目につくのが、現行の医療制度に対する将来的な不安だ。こんな話題が、SNSを通じてこれほど活発に議論されるのは、前代未聞だぜ」

「それは、私も気がついていました」

倉本が即座に同意する。「医療費のほぼ六割が六十五歳以上の高齢者、しかも国民全体の医療費は四十二兆円を超えているんですからね。高齢になるにつれ、病にかかる頻度が高くなるのは仕方がないことやけど、少子化が改善されない以上、財源は減ることはあっても、増えることは絶対にありませんからね。その一方で、寿命は延びる。それを可能にしているのが、現行の医療制度なわけですから、国の医療費負担が増えることはあっても、減ることはない。そこに不安を覚えているんでしょう」

「佃さんは、こうも言ったよ。見直しが必要なのは、健康保険制度だけじゃない。人口動態の変化に対応し、国を存続させるためには、制度や仕組みを根本的に変えるしかない。年金制度、公共事業、税金を投じるあらゆる分野を根本から見直さなければならないとね」

「当たり前ですよ。生産年齢層の減少は、税収の減少を意味するんですから」

「その当たり前のことを放置してきたのが、いままでの政治であり、国民だったんだ。有権者の要求を叶えてやらなければ能無しの烙印（らくいん）を押される。議員でいられなくなる。少しでも多くの予算をぶんどってくるのが、有能な政治家の証だ。そんな考えで議員を選び、議員も要求に応え続けてきたんだから、選ぶ側も、選ばれる側も出鱈目すぎたんだよ」

兵頭は声を荒らげた。「その結果、この国はどうなったよ。誰も使いもしない公共施設は山ほどあるわ、耕作放棄地の中に立派な道路はあるわ、カネをドブに捨てたも同然のものだらけだ。選挙区の十年先、二十年先を考えりゃ、そんなものが本当に必要かどうか、議員なら分かるはずじゃねえか。そんなことを議員が何十年もやり続けりゃ、そりゃあ予算なんかいくらあっても足りねえよ」

「オリンピックなんか、その典型ですからね」

倉本は溜息を漏らす。「政務官を拝命しているからには、成功に全力を尽くしますが、終わった後のことを考えると、溜息が出ますわ。これも、発案者や誘致に動いた人間たちの大半は、問題が顕在化した頃にはいなくなっているわけですから。無責任すぎますよ」

「佃さんは、こと健康保険制度に関しては、イギリスの制度を見習うべきかもしれないと言いだしてね」

「イギリスの制度って……医療費を無料にするってことですか？」

倉本は、驚いたように声を張り上げる。

「そうじゃない。まず保険でカバーする医療費の総額を決める。そうすれば、新薬を保険適用にするためには、薬価はもちろん、治療費の価格もそれに応じたものにしなければならなくなる。実際、オプジーボだって、イギリスは日本の半値以下でなければ保険適用薬とは認めないといってるんだ。日本が保険適用を認めてから五年以上経っているのにだぞ。もちろん、その間にはオプジーボを使えば助かる命もあっただろうが、だからといって認めてしまえば、医療費の総額が決まっている限り、他の病気の患者に回すカネを減らさざるを得ない」

「ものすごく、ドライですね」

「ドライというより合理的なんだよ」

兵頭は言った。「どんな薬だって、病状や個人差によって薬効には違いがある。年齢だって考慮の対象にするのが本来のあり方なんだ。そして、それを判断するのも医者の仕事のはずなんだ。ところが、いまの日本じゃ、この病気にはこの薬。患者だって病名を聞けば、効果があるとされる薬を簡単に調べられるから、当然処方を要請するわけだ。患者が処方を望めば、医者も断れない。断れば、処方してくれる医者を患者は探す。そんなことをやってたら、医療費なんていくらあっても足りねえよ」

「じゃあ、効く、効かないの診断を厳密にするってわけですか？」

「そうでもしなかったら、これから先も医療費は膨らむ一方だ。公的医療費を抑え、持続可能性を高めていくには、それしかないじゃないか」

日本の健康保険制度の最大の問題点は、費用対効果という概念が欠けている点にあるというのが佃の考えだ。

日本の医療は検査漬け、薬漬けと言われて久しいが、一向に改善されないのは、事実上医療保険費が青天井になっているからだ。患者の病に対する知識レベルは格段に上がった。文献に当たるまでもなく、検索エンジンに病名を入力すれば、瞬時にして膨大な情報が手に入る。当然、特効薬とされる薬品名も併記されているから、患者は医師に処方を願い出る。そして医師もまた、効果が期待できない、あるいは必要ないと分かっていながらも、患者の要求に応じてしまう。

患者の側には、診察と同時に薬を処方されて当然だという思い込みがあり、医者が「必要ない」と言ったところで納得しないことが分かっているからだ。つまり、病院に行くことは医師に診断を仰ぐと同時に、薬を手に入れることでもあるのだ。

しかも、困ったことに、仕事に追われる現役世代は、多少の体調不良は我慢するものだが、時間に余裕がある高齢者は、すぐに病院へ行く。それもこれも、世界に抜きん出た手厚い医療保険制度があるからだ。他国のように、ホームドクター制度があり、さらに保険の適用範囲に制限が設けられていれば、病院に行くたびに、決して少なくはない自己負担を強いられるのだから、そうはいかなくなる。

「確かに、その通りや」

倉本は頷く。「国の財政に限りがある以上、なんぼ人の健康、命は何ものにも代えがたいとはいうても、青天井ってわけにはいきませんからね。国家予算の不足分は国債で賄っているわけですが、四割以上を引き受けているのは日銀です。中央銀行が国債を引き受けるのは、本来禁じ手ですし、延々と買い続けるわけにもいきません。限界がくるのは時間の問題ですから、その点からしても、今回の新型インフルエンザの発生は、医療制度を見直すチャンスになったわけですね」

国家財政の赤字を国債で賄う、いわゆる赤字国債問題は、たびたび議論されることではあるが、常態化してしまっているせいで世間の関心は薄い。

欧米の中央銀行の利上げがさらに進めば、世界中のマネーがそちらに向かう。流出を防ぐための策はただひとつ、日銀も金利を上げるしかないわけだが、政府の負債総額は一千兆円を超えており、一パーセント上げただけでも、国債の利払いが十兆円も跳ね上がってしまうことになる。日本の税収は約五十八兆円。利払いの穴を埋めるためには、さらなる国債の発行しかないわけだが、銀行に預けた方が高い利子が得られるとなれば、買い手は現れない。その時点で国債は大暴落。日本は最悪の事態に直面することになる。

「遅きに失した感はあるがな」

兵頭は言った。「後の世代のことなんか考えもしないその場凌ぎの借金の後始末をするのは、正直面白くはないさ。それどころか、怒りしか覚えないが、政治の過ちを正すのは、政治しかないんだ。少なくとも、そのきっかけができ、政治が動く兆しが見えたのは不幸中の幸いと考えるべきだろうな」

その時、テーブルの上に置いた、スマホが鳴った。

パネルには『興梠』の文字が浮かんでいる。

「はい……」

兵頭はこたえた。

「鈴森町の対策本部から連絡がありまして……」

対策本部と聞いた瞬間、

「まさか、新たな感染者が出たんじゃないでしょうね」

緊張に襲われた兵頭は、硬い声で問うた。

その言葉を耳にした倉本もまた、息を飲んで会話に耳を傾ける。

「いえ、そうじゃありません。グッドニュースです」

安堵する興梠の心中が、声に滲み出ている。

兵頭が覚えた緊張感も、たちまちのうちに緩んでいく。

興梠は続けた。

「治療中の感染者全員から、ウイルスが検出されないことを確認した。全快と判断されたそうです」

「全員？　全員ってどういうことです？　河北市で確認された患者は、トレドールの服用を開始してから、まだ五日しかたっていないじゃないですか」

「トレドールの服用期間は八日間ですが、どうやらそれよりもずっと短い投与期間での快癒が期待できる可能性が出てきたんです」

「短い期間って、どれくらいですか」

「それは、さらなる分析を待たなければなりませんが、分析チームは鈴森町民病院で感染した医療関係者にトレドールを服用させた直後から、薬効を確認するために随時サンプルを採っていたのです。それを時系列で比較したところ、四日目にはいずれの患者からもウイルスが検出されなくなったというのです」

「四日？　そんな短期間で？」

「これが、今回のウイルスに限ったことなのか、それとも他のウイルスにも同じ効果が期待できるのかは現時点ではなんとも言えません。ただ、トレドールは遺伝子レベルで、ウイルスの増殖を阻止する薬ですから、今回とは別の型のウイルスが現れた場合でも、十分対応できるのではないかと……」

「つまり、仮に新たな感染者が現れたとしても、現時点でも倍近くの患者にトレドールを投与できるってわけですね」

「まだ確定したわけではありませんが、計算上はそうなります」

興梠は、官僚らしく慎重な言い回しでこたえる。

確かに、グッドニュースだ。

「このことは官邸には伝えたんですか？」

兵頭は訊ねた。

「大臣には報告いたしましたので、お伝えしている最中ではないかと――」

ということは、さほどの時間をおかず、記者会見が行われるはずだ。

「分かりました。私も直ちに、そちらに向かいます。詳しい話は後ほど……」

兵頭は回線を切ると、興梠からの報告の内容を倉本に話して聞かせた。

「そらよかった。事実上、トレドールの備蓄量が二倍になったとなれば、この騒ぎも少しは落ちつくでしょうね」

倉本は、ほっとしたように言う。

「そうかな。俺は逆だと思うけどな」

「逆？」

「鈴森町で発生したインフルエンザの感染源は野鳥とみて間違いないとされているんだ。ということは、またどこで発生するかも分からないってことじゃないか。備蓄量が倍になったことは確かだが、全国民に行き渡るにはほど遠い。プレパンデミックワクチンの備蓄量にだって遠く及ばないんだぜ」

「そうか……。備蓄量が倍になったからいうても、全国民分にはほど遠いんやし……」

「それどころか、トレドールさえ手に入れれば、生き残れることが証明されたんだ。なんとかして手に入れたい。誰もがそう思うに決まっててんじゃねえか」

　兵頭はにやりと笑った。

「そこで、個人負担による備蓄を提案するってわけですか」

　倉本は、ようやく合点がいった様子で目を見開いた。

「八日が四日で済むようになりゃ、国民の自己負担額も軽減される。それどころか、一億二千万人分の需要が発生すれば、製造原価は格段に下がる。納入価格は半値どころか三分の一、いやそれ以下になるかもしれない。それなら文句なんか出るわけがないさ」

「まあ、野党やマスコミの中には、それでも異議を唱えるやつが出てくるやろうけどね」

「その時は、こう言ってやりゃあいいんだよ。何でもかんでも国の制度に頼ってきた結果がこんな事態につながったんだとね。そこで改めて現実を突きつけ、他に策はあるのかと問えば、ぐうの音も出ないさ。健康保険制度、社会保障制度のあり方を、真剣に考えるようにもなるだろうさ」

「政治の過ちを正すのも、また政治か……」

　倉本は感慨深げに漏らすと、「大仕事になりますね」

決意の籠った目で兵頭を見た。

「国の命運がかかった大仕事だ。国民に大きな負担を強いることになる改革だが、もしそれを拒否するというのであれば、この国に先はない。全国民が生きながらにして、塗炭の苦しみを味わうことになる」

兵頭は、そう断言すると席を立った。

3

笠井がアトランタに戻ったのは、それから三ヵ月後のことだった。

河北市で二名の感染者が確認されたのを最後に感染は収まった。

あれだけ強力な感染力を持つウイルスがパンデミックにつながらなかったのは、発生地域が高齢化が進んだ過疎の町であったこと、感染者が高齢者であったことに尽きるといっていい。

もし、感染者が人と接する職場を持つ現役世代であったなら。学生や学童であったなら。間違いなく感染は瞬く間に拡大し、パンデミックにつながっていたはずだ。少子高齢化が深刻化する一方という日本が抱える大問題が、結果的に日本を、世界を救うことになったのだからなんとも皮肉な話だ。

厚労省が終息宣言を出したのは、河北市での感染者が確認されてから、二ヵ月後のことだったが、トレドールの服用期間が四日間で済む可能性が出てきたことを政府が会見で述べた途端、日本の社会では二つの大きな動きがあった。

ひとつは、政府が全国民分のトレドールを備蓄する必要性を説き、それに要する費用を自己負担とする方針を打ち出したことだ。

世間の反応は様々だった。

真っ先に異を唱えたのは野党と、いわゆる左派系メディアである。

彼らの言い分は相も変わらずで、「たとえ数千円でも、家族全員分となると、高齢者世帯や低所得者層には大きな負担だ」、「国民の安全を保障するのは国家の義務だ」、「トレドールの有効期限は五年。恒常的に費用が発生するわけではない。五年ごとなら、国家が負担すべきだ」といったものである。果ては、「これは、医療費の個人負担分を増額する、あるいは保険対象治療、薬代を制限するための布石ではないのか」という論まであった。

議論百出、世を挙げての論争へと発展したのだが、方針が提示されたのは、終息宣言が出されるふた月前のことである。いつ、どこで、新たな感染者が出るか分からぬ状態が続いていたことに加えて、プレパンデミックワクチンの投与に優先順位が設けられていることが広く認知され、圧倒的多数の国民が対象外であったことに恐怖と怒りを覚えたせいもあっただろう。メディアや野党が異を唱えるのとは裏腹に、SNS上では、「五年に一度、一人数千円の負担で安心できるなら、安い出費だ」、「何から何まで、国におんぶに抱っこ。だから、医療費が膨れ上がる一方なんだ」といった意見が多数を占めた。果ては、特定接種の対象者とされていたマスコミや、医療費の約六割を高齢者が使っている現状に、読むに堪えない罵詈雑言を浴びせる輩も数多く現れた。

ネット上でそうした意見が大半のところに、メディアに登場する有識者と目されている人間や、芸能人は、当然政府の打ち出した方針に異を唱え、さらにはSNS上でも同様の見解を示したものだから、待ってましたとばかりにアカウントは大炎上。政府の方針に異を唱える論調は徐々に小さくなり、トレドールの備蓄は個人負担も止むなしという流れが日本社会に醸成されていったのだった。

もちろん、この方針を実施するに当たっては、法の整備が必要なわけだが、ここで、全く想像だにしなかった『事件』が起きた。

鍋島、大鷹、佃、梶本といった主要閣僚が相次いで病に倒れたのだ。さらに、驚いたのは、その全員がギラン・バレー症候群という共通の病であったことにある。

ギラン・バレー症候群の原因はいまだ解明されてはいないが、高齢者に多い疾患で、発症率は十万人に一人とされる。それが、政府の主要閣僚を狙いすましたように発生するのは確率的にあり得ないことで、原因を巡って様々な臆測が飛び交うことになった。

特に、鍋島と佃の症状は深刻で、職務遂行不可能となり、比較的症状が軽い大鷹が総理の代行を務めることになった。しかし、それも形の上に過ぎず、大臣が倒れた省庁でも、副大臣が大臣職を代行し、当座を凌ぐと同時に、与党は次期総裁選の準備に入った。

閣僚の多くが病に倒れても、政権与党には総裁の地位を虎視眈々と狙う大物議員は数多いる。本来ならば、様々な思惑が交錯しながらも、派閥の力学によってしかるべき人間が鍋島に代わって総裁の座に就くはずであったが、今回ばかりはそうはいかなかった。

若手議員の多くが派閥を抜け、新たなグループを作り、以前から鍋島の政策に批判的であったがために干されていた有力議員を総裁候補に擁立し、党員選挙で圧倒的な票を集めることに成功したのだ。

その動きの中心になったのは、兵頭と倉本である。

彼らは、これまでの政治のあり方を、「日本の将来に途方もない負の遺産を残すもので、無責任極まりないもの」と断じ、人口動態をベースに、これから先の日本がどれほど困難な問題に直面するかを具体的に挙げ、国民の危機感を喚起した。もっとも、これだけでは高齢者が多数を占める党員の共感は得られなかっただろう。政治評論家の解説によると、最も説得力を持ったのは、「孫子の代に、莫大な借金を負わせ、塗炭の苦しみを与えることになっても構わないのか」という言葉だったという。

誰もが気づいていながら、敢えて見て見ぬふりを決め込んできた、これまでの政治の最大の出鱈目さを正面から国民に突きつけたのだ。

党員投票で大勝利を収めた兵頭と倉本らが擁立した議員の当選が確実視されるようになると、与党内の空気は一変した。勝ち馬に乗ろうとするのは、議員の本能だ。対立候補は、立候補を取り止め、無投票で新政権が誕生することになったのだった。

CDC内にある、ハイパーティションで仕切られた執務席は、急遽日本に向かったあの日のままだ。これから先の任務はカシスが決めることだが、おそらく当分の間、サリエルが変異したメカニズムの解明と、トレドールが想定されていた以上の効果を発揮した要因を分析していくことになるのだろうと笠井は考えていた。日本での感染拡大は最小限に抑えることができたが、サリエルとの戦いは、これからも続くのだ。

「長い里帰りになったわね」

背後からカシスの声が聞こえ、笠井は立ち上がった。

「おはよう、ヴィッキー。やっと帰ってこれたよ」

笠井は握手を交わしながらいった。

「やっぱりね……」

カシスが目元を緩ませる。

「やっぱりって、なにが？」

「コーヒーよ」

カシスは白い歯をのぞかせながら、「オフィスに来たら、まず一杯。それがここでのあなたの習慣だったでしょ？　日本に行っている間に、忘れてしまったんじゃないかと思ったら、案の定だわ」

コーヒーを差し出してきた。

「すっかり忘れてたよ。日本じゃデカフェはポピュラーじゃないもんでね」

このオフィスでは、カフェインレスのデカフェを愛飲する者ばかりで、それをコーヒーと称する。

紙コップに入ったそれを受け取りながら、

「ありがとう」

笠井は礼を言い、熱いデカフェを一口啜った。

「それにしても、良かったわ」

カシスはほっと小さく息を吐くと、しみじみした口調で続けた。「あのまま、感染が拡大していたら、いったいどれほどの人が亡くなったか。今頃は、それこそ世界中に感染が広がって、収拾がつかない事態になっていたに違いないんだもの。その時のことを想像するとぞっとするわ……」

「まったく……」

笠井は同意すると、「いくつかの偶然の賜物(たまもの)だよ。発生した地域が過疎地、感染者が高齢者、そしてトレドールの薬効……どれか一つでも欠けていたら、感染が確認されてからの地域封鎖なんて効果はなかっただろうからね。それを思うと……」

語尾を濁し、こみ上げる恐怖を胸に押し流すようにデカフェを口にした。

「今回の件では、いろいろ考えさせられることばかりだったわ」

カシスは言う。「治療薬に限りがある場合、誰を優先するか……。日本で起きた論争は、こちらでも連日大きく報道されましたからね。大半のアメリカ人は日本の医療保険制度の仕組みを初めて知って、その充実ぶりに驚きもしたし、もしサリエルがアメリカに侵入したら、トレドールの投与は誰が優先されることになるのかって」

優先順位を巡る論争が繰り広げられたのは、日本の医療制度が全国民に等しく治療を受ける機会が開かれていればこそ。優先順位を定めれば、医療の平等性に反するからだ。

その点、そもそも全国民に等しく医療を受ける機会が開かれているとは言い難いアメリカは異なる。議論したところで、結局はカネがある者、富裕層がいち早くトレドールを手に入れることになるのは目に見えている。

「貧富の差にかかわらず、国民が等しく手厚い医療を受けられるって点からすれば、日本の医療制度は図抜けているのは確かだけど……。でもね、今回の件で改めて気づかされたのはその点なんだよ。医療費は年々増大する一方で、健康保険の財源では賄えず、税金で補塡しているわけだし。しかも、年に四十二兆円を超える医療費の六割が六十五歳以上の高齢者に使われているんだからね」

「知ってるわ。それも大きな話題になりましたからね」

カシスは、複雑な表情を浮かべる。「高額医療にも、自己負担額に限度があって、残りは保険制度が負担してくれることもね。それが、報じられた時なんて、病気になったら日本に行こうって、冗談とは思えないコメントがネット上に溢れ返ったもの」

「現地で、対策本部の指揮にあたっていた教授が言ってたよ。製薬会社が莫大な研究開発費を投じて新薬の開発に血眼(ちまなこ)になっているのは、売価がべらぼうな価格になっても使ってもらえる目処が立てばこそ。日本の医療制度は、彼らにとって理想的なもの以外の何物でもないし、医者もまた治療費、薬代がどれだけ高額になっても、国が支払ってくれるなら、費用対効果なんか気にすることなくばんばん使う。それがまた、長寿を可能にし、医療費を増大させていくことになるんだって……」

「難しい問題だわ……」

カシスは、また溜息を吐く。「アメリカの医療制度は決していいとは思えないけど、かといって、日本のように全国民が等しく医療の恩恵に与れるとなれば、いくらおカネがあっても足りませんからね。財源が捻出できなくなれば、制度の見直しを迫られる。そして、新たに設けられる制度は国民に負担を強いるものになっても、負担を軽減するものには絶対にならないんだもの」

「そう考えると、誰がつけたものか、サリエルってのはなんとも皮肉な名前だよ」

「それ、どういうこと？」

カシスは、怪訝な顔をして問い返してきた。

「手厚い医療制度によって、誰もが高度な医療を受けられるおかげで、日本は世界有数の長寿大国になった。だけど、そのツケが回る時がくれば、助かる技術や、薬があるにもかかわらず、ほんのひと摘みの富裕層、権力者を除いて、圧倒的多数の国民が見殺しにされてしまう。カネ次第じゃないというなら、どうするんだ。制度も含め、医療のあり方、命の重さを、とことん突き詰めて考えなければならなくなるんじゃないかとね……」

カシスは、すぐには言葉を返さなかった。

どれほど議論を重ねたところで、万人が納得する結論など出ようはずがないことを知っているからだ。

「恩恵に与れるのは権力者に富裕層ね……」

カシスは、ふいに呟くと、口元に皮肉な笑いを宿した。「そうでもないかもよ」

「そうでもないって、どういうこと？」

「日本の閣僚たちが、ギラン・バレー症候群を発症したでしょ？」

「不思議っていうか、あんな偶然はあり得ないよ」

「ひょっとして、ワクチンを打ったんじゃないかって噂があってね」

「ワクチンってどんな？」

「決まってるじゃない。サリエルのよ」

「しかし、どうやってワクチンを？」

「サリエルは実験室の中で、人工的に作られたウイルスよ。原株はこっちにあるわけだし、ワクチンを作るのは簡単じゃない。ただし、安全性を確認するステップを短縮すればの話だけどね」

「そ、それじゃ――」

「大統領と鍋島総理は、とてもケミストリーがお合いになって、お互いファーストネームで呼び合う仲ですからね。お友達の命に万が一のことがあろうものなら、一大事。それに、日本はアメリカの同盟国。鍋島政権が続く限り、両国関係は安泰だし、総理が有力閣僚にワクチンを分け与えてやれば、とてつもない恩を売ることになるじやない。それは大統領が鍋島総理への貸しを作ったことにもなるわけでしょう」

「なんて、やつらだ……」

それ以上の言葉が見つからない。

笠井は、怒りのあまり絶句した。

なるほど、それなら自分も含め、閣僚分のトレドールは確保しないと鍋島が公言するわけだ。何かあるとは思っていたが、そういうことだったのか。

「まあ、いまのところは噂だし、真相は永遠に藪の中ってことになるでしょうけど、可能性は大ありよ。既存のインフルエンザワクチンでも、副作用としてギラン・バレー症候群が起こる可能性があると疑われているわけだし、そうじゃなかったら、日本政府の閣僚に、同じ病が集中することなんて、あり得ないわよ」

「呆れた話だ」

「そう考えると、確かにサリエルとはうまい名前をつけたものね」

カシスは言った。「政治家は国家、国民のために働くものだけど、我が身の安全のためならば、国民の命を見捨てるのに躊躇しない……。まあ、当たり前かもね。そうじゃなかったら、国のためだ、命がけで戦ってこいなんて、兵士を戦場に送り出せないわよ。幸福にするのも、不幸にするのも政治家次第。政治家、権力者が持つ二面性を、サリエルは見せつけてくれたことになったんだもの」

電子顕微鏡の中でしか見ることのできないウイルスには、意識も感情もない。宿主の体内に入ると、無限に自己増殖を繰り返す能力を持つだけのものにすぎない。それが、人間の生命を脅かす存在と認知されると、普段決して表には出さぬ人間のエゴであり本性を剥き出しにさせてしまう。

ウイルスとは、なんと不思議な存在なんだろう。

そして、笠井はこうも思った。

確かに河北市での二名を最後に感染者は出ていない。仮に、新たな感染者が出たとしても、トレドールを以て完治することが分かった以上、もはや脅威とは言えなくなった。しかし、これで新型インフルエンザの恐怖から解放されたわけではない。なぜなら、いまこの瞬間にも、自然界にはサリエルが存在し、折り合いがつく宿主の中で増殖を続けているかもしれないからだ。

ウイルスは、宿主をことごとく死なせてしまったのでは種を維持することができないことを知っているかのように振る舞う。水禽類がインフルエンザウイルスを保有していても、その多くが発症しないのがその証左である。まるで、意識や感情は持たずとも、学習、あるいは本能として種を維持する能力を持っているかのようにだ。

サリエルは、折り合いをつけた宿主の中で、何世代にも亘って増殖を繰り返すうちに、突然変異を起こし、やがてトレドールに耐性を持つ別の種となって人間に感染し、パンデミックを引き起こす機会を辛抱強く待ち続けているのかもしれない。いや、そうなる可能性は十分すぎるくらいにある。

なぜなら、ウイルスの種を維持する能力は、薬への耐性という形で現れるものだからだ。

その時がいつくるのかは誰にも分からない。来年なのか、十年後なのか。いずれにせよ、インフルエンザとの戦いは、未来永劫（えいごう）続くことだけは間違いないのだ。

「終わりなき戦いだね……」

笠井は、ふと漏らした。

「なにが？」

カシスは怪訝な顔をして訊ね返してくる。

「インフルエンザウイルスとの戦いさ。やつらは、必ず変異する。トレドールに耐性をつけた種に変異して、必ず戻ってくる」

「そのために、私たちがいるんじゃない」

そろそろ同僚たちが、出勤してくる時刻だ。パーティション越しに、人の気配が伝わってくる。

カシスは言う。

「ここはウイルスとの戦いの場。常に戦場なの。どんな新型が現れようとも、パンデミックは起こさせない。そのためには、チームに所属する人間が、常に緊張感を持って、持てる力を最大限発揮し続けていくしかないの。ここに、必要とされない人間はいないのよ」

　その言葉を聞いた瞬間、自分がなにを期待されているのか、なぜここに戻ってきたのか、笠井は自分の使命を改めて悟った。

「朝一番のミーティングでは日本で感染が確認されてから、収束するまでの状況を、詳しく報告してもらうけど、準備はできてるわよね」

　カシスの口調が改まり、上司のそれになる。

「もちろん。この中に……」

　笠井はデスクの上に置いた、ノートパソコンを目で示した。

「ミーティングは十五分後。A会議室、会議には部長も出席するから――」

　カシスは矢継ぎ早に指示を出しはじめる。

　笠井は、終わりなき戦いの新たなステージに立った。

解説　リアル・パンデミック小説の白眉

村上貴史（ミステリ書評家）

■新型コロナウイルスに先だって

二〇一七年から一八年、もしくは一九年にかけて書かれた小説だ。

もう少し詳しくいうならば、「小説現代」二〇一七年六月号から一八年九月号にかけて連載され（一八年六月号は除く）、加筆訂正のうえ、一九年六月に単行本として刊行された小説である。

そして今回、二〇二一年に文庫化されることになった。

単行本と文庫の間になにがあったかといえば、そう、新型コロナウイルスである。新たなウイルスによるパンデミックで四百万人以上が亡くなり、世界の人々が行動様式を変えざるを得なくなった。それを体験した人々が、『サリエルの命題』文庫版の読者となるのである。

そうした読者は、おそらく連載や単行本の段階でこの小説を読んだ読者より、遥かに本書の記述内容を自分の問題として実感するであろう。それほどまでに正確に、本書はコロナ禍の影響を見通していたのである。

繰り返すが、ＣＯＶＩＤ－19という言葉はおろか、武漢で最初に原因不明の肺炎患者が発見されたとされる一九年十二月よりも前に、だ。

■日本でパンデミックが発生したなら

カリフォルニア工科大学からサリエルの研究データが流出した。

サリエルとは、実験室の中で生み出されたインフルエンザウイルスである。遺伝子操作により、強い毒性と感染力を持つ。この研究データをもとに悪意を持つ誰かがサリエルを作ったならば、それはすなわちその人物がパンデミックを引き起こせることを意味する。

この事態に強烈な危機意識を持ったのが、米国ＣＤＣ（疾病管理予防センター）であった。そんなＣＤＣに、ある報せが飛び込んできた。日本海の孤島で未知のインフルエンザが発生し、島民全員が死亡したというのだ。どうやらそのインフルエンザウイルスはサリエルらしい。ＣＤＣは、メンバーの一人である笠井久秀を日本に派遣する……。

楡周平の『サリエルの命題』は、主に三つの要素からなる小説だ。これらはいずれも小説の序盤から登場しており、当然ながら互いに関係を持っている。

一番目は、もちろんサリエルだ。この人工的なインフルエンザウイルスの名は、大天使サリエルに由来する。著者によれば、大天使サリエルは〝医療に通じ、癒やす者とされている一方で、一瞥で相手を死に至らしめる強大な魔力、『邪視』の力を持つことから、堕天使であるともされている〟とのこと。人類はこのインフルエンザウイルスを誕生させたことで、その分析を通じてウイルス変異メカニズムを解明できる可能性を獲得すると同時に、悪用されれば人為的にパンデミックが引き起こされる可能性も生じさせてしまったのだ。まさに〝サリエル〟なのである。この新型ウイルスに関する記述を読むだけで、実は十分に刺激的である。読者は、インフルエンザの流行を体感してきていることに加え、ウイルスの変異の怖ろしさもコロナ禍によって思い知らされているため、この記述を、単なる説明文としてではなく、自分の体内に侵入してくる存在に関する必要不可欠な情報として受け止めることになる。夢中になって読んでしまうのも当然といえよう。

二つ目の要素は、本書で重要な役割を果たす研究者たちである。東アジアウイルス研究センターからＣＤＣに派遣されているインフルエンザの研究者の笠井をはじめ、同センターの名誉理事長であり、ウイルス学の権威でもある八重樫栄蔵、さらには、世界中のウイルス研究者が情報交換を行うサイトにおいて、ウイルスに関する正確な知識を披露する『教授』と『もう一人の教授』。こうした研究者たちが、どのような想いで研究者として生きてきたか、そのなかでどのように処遇されてきたかが綴られている。出世、解雇、飼い殺し。そうされた気持ちも語られれば、そう判断した者の心に宿っていた計算も語られる。彼等の言葉は、それぞれの人間の物語として――しかも研究者に限定されたものではなく、組織で働く者に普遍的な物語として――読者を魅了する。

まずはこれら二つの要素が組み合わさってサリエルが日本海に浮かぶ孤島の住民を全滅させるに至るのだが、『サリエルの命題』には、もう一つの大事な要素が織り込まれている。政治家たちである。社会保障や医療の現状に関して、彼等の間にある温度差が、またサリエルが引き起こす問題に中盤以降、深く関わってくるのである。なにしろ闘う相手はパンデミックだ。国としての対策が必須であり、となれば、総理大臣をはじめとする政治家が、如何に適切に判断し、指示し、人々を導くかがカギとなる。判断を誤ったり、時期を逸したり、指示が機能しなかったりすれば、パンデミックに負けてしまうのである。というわけで、楡周平は、『サリエルの命題』に内閣総理大臣の鍋島慶介を中心とする重鎮たちや、あるいは、若手の政治家たちを登場させている。彼等の言動を通じて、前記の現状や、将来への見通しを読者に伝えているのだ。これもまた緊急事態宣言が続く日々を体験している読者にとっては我が身の問題であり、やはり一言一句を真剣に読んでしまう。

という紹介からおわかりだろうが、『サリエルの命題』は、人が次から次へとバタバタ死んで恐怖をあおるパニック小説でもなければ、残忍なバイオテロリストや悪意あるスーパー・スプレッダーが暴れる恐怖を描くわけでもない。しかしながら、感染が一歩また一歩と広まっていく姿を丁寧に描きながら、本書はそれら以上の恐怖で――もっともっと身近でリアルな恐怖で――読者を包み込んでしまう。冷静な筆致で、それ故に眼をそらしようのない現実の問題として、だ。

その問題とは、戦後の日本が築いてきたシステムの疲弊、さらにいえば破綻である。昭和の高度経済成長期に日本人が築いてきたシステムは、その時代に向けて最適化されたものであり、平成の三十年を経て令和となった現在、再構築が必要となっている。例えば、国民健康保険制度だ。寿命も変化し、人口構成も変化するなかで、財源が不足し、それを税金で補う状況が続いている。だが、支出に見合うように制度を改革して保険料を値上げしようとすれば、国民は歓迎しない。政治家もそんな改革を推し進めれば自分の再選に赤信号がともるため、動こうとしない。政治家も国民も、すなわち投票される側もする側も、必要ではあるが身を切ることになる改革を先送りしているのが現状なのだ（そもそも本稿において政治家と国民というくくりで語らざるを得ないという政治との距離感そのものも問題だが、ここはそれを語る場ではない）。そうした日本国民の変化に基づく制度疲労に加え、日本で暮らす外国人の増加の影響もある。さらには、高額な治療薬の普及という変化も、保険財政の危機を加速させる。こうした状況でパンデミックが発生するとなにが起きるか——命の選択だ。平時ならば平等に医療で救われていたはずの命が、なんらかの判断基準（例えば支払能力の多寡）によって、救われる命と救われない命に選別されるのである。そうした状況が身近に迫ってくる。それこそが本書で語られている生々しい恐怖なのだ。

しかもそれは、本書が刊行された二〇一九年当時でさえ十分に生々しかったのだが、コロナ禍の真っ最中にある文庫版の読者にとっては、遥かに生々しい恐怖といえよう。なにしろ、サリエルと新型コロナというウイルスの相違こそあれ、本書で楡周平が指摘した問題点の数々は、既に現実のものとなって現代日本に表出しているからだ。緊急事態宣言や特措法といったキーワードも本書には登場しており、いかに執筆当時の楡周平の目が正しかったかを思い知らされる一冊となっている。

そのうえで、本書の結末はなかなかにナイスだ。トンチもパンチも効いている。現実の問題を生々しく描きつつも、エンターテインメントとしてピリオドを打つための絶妙の一手である。この手を見つけた楡周平には感服するしかない。

■世界を知り、日本を知り、洞察と考察を重ねて

大学卒業後、米国企業の日本法人で働き始めた楡周平。彼は、米国長期滞在中に書き上げたという『Cの福音』（一九九六年）で小説家デビューを果たした。その『Cの福音』をはじめとする犯罪小説《朝倉恭介・川瀬雅彦》シリーズは、一作毎に主役が交代するという点に加え、犯罪のビジネスモデルが秀逸であることが大きな特徴であった。その後の楡周平は、そうしたビジネスセンスを活かしたエンターテインメントを放ち続けるなかで、ビジネスの背景となる政治、あるいはその根幹となる人の命と医療へと対象領域を広げ、小説を放ち続けてきた。

例えば、『終の盟約』（二〇年）だ。『サリエルの命題』の翌年刊行された作品だが、この小説では、医師と弁護士の兄弟を登場させ、介護と安楽死について語った。生き方、あるいは死に方、そしてその選択――こちらもまた自分を重ねて読まざるを得ない小説である。その他、高齢化すなわち長寿という観点では、遡って『プラチナタウン』（〇八年）にも着目しておきたい。大手商社の部長職を離れ、財政破綻寸前の東北の町で町長となる道を選んだ男を主人公に、高齢者ばかりの町をいかに運営していくかを語った一冊で、しっかりとした現実認識に基づき、アイディアと希望を

語っている。姉妹篇の『和僑』（一五年）とあわせて、知恵を絞って未来を読み、先手を打つことの難しさと喜びを堪能したい。

政治について言えば、政治家を直接に描いた『ワンス・アポン・ア・タイム・イン・東京』（〇八年）と続篇の『血戦　ワンス・アポン・ア・タイム・イン・東京2』（二〇年）もあれば、政策について踏み込んで語った『ミッション建国』（一四年）もある。やはり本書と共通する考えが示されているので御注目を。

CDCから日本人を含む研究員が感染が広まる現場に送り込まれるという小説が『レイク・クローバー』（一三年）だ。こちらはインド洋の小島という密閉環境で怪死が連続する様などを描いた文庫上下巻のサスペンス大作である。米国大統領と副大統領の会話を通じて政治と経済の情勢を国際的な視野で語る場面もあるが、軸足はエンターテインメント。是非とも刺激をたっぷり堪能されたい。文化とはなにか、という深い問題を考えさせる余韻も楽しめる。

本稿執筆時点の最新作『逆玉に明日はない』（二一年）では、研究職の処遇や薬の開発という本書と共通する題材を用いつつも、米国でのベンチャービジネスや訴訟に軸足を置き、さらにタイトルからも明らかなように、コミカルな要素をふんだんに盛り込んだエンターテインメントであった。もちろんユーモアの背後にある現代社会の問題認識は『サリエルの命題』と共通しているので、本書の読者にもお勧めしたい。

両方を読めば（改めていうまでもないのだが）、〝小説家・楡周平〟の柔軟さ、幅の広さがよく判るだろう。

つまり、だ。楡周平は、（前職での経験を含めて）世界を知り、日本の過去と現在を知り、洞察と考察を重ね、未来を予見してきた作家なのである。しかも、幅広く多様なエンターテインメントを放ち続けてきた実績を持つ作家でもある。さらに、いささか余談になるが、米国企業に勤めていたころ、米国人上司から「お前のプレゼンを聴いて買わない奴はいない」といわれたことがあるほどの情報伝達スキルや顧客説得スキルを持つ人物である。

そんな才能が現実の日本社会を注視し、仮説としてパンデミックをそこに配置してなにが起きるかを描いた『サリエルの命題』。不幸にして現実にパンデミックは発生してしまったが、それはいささかも本書の価値を損なうものではなく、むしろ、本書の強さを世に示す結果となった。

『サリエルの命題』は、注目不可避な作家の、その特長を実証した小説なのである。

本書は二〇一九年六月、小社より単行本として刊行されました。

本作品はあくまでも小説であり、作品内に描かれていることはすべてフィクションです。

|著者| 楡 周平　1957年生まれ。慶應義塾大学大学院修了。米国企業在職中の1996年に発表した初の国際謀略小説『Cの福音』がベストセラーに。翌年から作家業に専念、綿密な取材と圧倒的なスケールの作品で読者を魅了し続けている。主な著書に『再生巨流』『プラチナタウン』『ドッグファイト』『レイク・クローバー』『バルス』『食王』『ヘルメースの審判』などがある。

サリエルの命題（めいだい）

楡 周平（にれ しゅうへい）

定価はカバーに
表示してあります

2021年10月15日第1刷発行

発行者――鈴木章一
発行所――株式会社　講談社
東京都文京区音羽2-12-21　〒112-8001
電話　出版　(03) 5395-3510
　　　販売　(03) 5395-5817
　　　業務　(03) 5395-3615
Printed in Japan

デザイン―菊地信義
本文データ制作―講談社デジタル製作
印刷―――豊国印刷株式会社
製本―――加藤製本株式会社

ISBN978-4-06-525753-1

講談社文庫刊行の辞

二十一世紀の到来を目睫に望みながら、われわれはいま、人類史上かつて例を見ない巨大な転換期をむかえようとしている。

世界も、日本も、激動の予兆に対する期待とおののきを内に蔵して、未知の時代に歩み入ろうとしている。このときにあたり、創業の人野間清治の「ナショナル・エデュケイター」への志を現代に甦らせようと意図して、われわれはここに古今の文芸作品はいうまでもなく、ひろく人文・社会・自然の諸科学から東西の名著を網羅する、新しい綜合文庫の発刊を決意した。

激動の転換期はまた断絶の時代である。われわれは戦後二十五年間の出版文化のありかたへの深い反省をこめて、この断絶の時代にあえて人間的な持続を求めようとする。いたずらに浮薄な商業主義のあだ花を追い求めることなく、長期にわたって良書に生命をあたえようとつとめるところにしか、今後の出版文化の真の繁栄はあり得ないと信じるからである。

同時にわれわれはこの綜合文庫の刊行を通じて、人文・社会・自然の諸科学が、結局人間の学にほかならないことを立証しようと願っている。かつて知識とは、「汝自身を知る」ことにつきていた。現代社会の瑣末な情報の氾濫のなかから、力強い知識の源泉を掘り起し、技術文明のただなかに、生きた人間の姿を復活させること。それこそわれわれの切なる希求である。

われわれは権威に盲従せず、俗流に媚びることなく、渾然一体となって日本の「草の根」をかたちづくる若く新しい世代の人々に、心をこめてこの新しい綜合文庫をおくり届けたい。それは知識の泉であるとともに感受性のふるさとであり、もっとも有機的に組織され、社会に開かれた万人のための大学をめざしている。大方の支援と協力を衷心より切望してやまない。

一九七一年七月

野間省一

磯﨑憲一郎

鳥獣戯画／我が人生最悪の時

「私」とは誰か。「小説」とは何か。一見、脈絡のないいくつもの話が、〝語り口〟の力で現実を押し開いていく。文学の可動域を極限まで広げる21世紀の世界文学。

解説＝乗代雄介　年譜＝著者

いAB1
978-4-06-524522-4

蓮實重彥

物語批判序説

フローベール『紋切型辞典』を足がかりにプルースト、サルトル、バルトらの仕事とともに、十九世紀半ばに起き、今も我々を覆う言説の「変容」を追う不朽の名著。

解説＝磯﨑憲一郎

はM5
978-4-06-514065-9

講談社文庫　目録

西村京太郎　新装版 天使の傷痕
西村京太郎　新装版 D機関情報
西村京太郎　十津川警部 猫と死体はタンゴ鉄道に乗って
西村京太郎　韓国新幹線を追え
西村京太郎　北リアス線の天使
西村京太郎　十津川警部 長野新幹線の奇妙な犯罪
西村京太郎　上野駅殺人事件
西村京太郎　京都駅殺人事件
西村京太郎　沖縄から愛をこめて
西村京太郎　十津川警部「幻覚」
西村京太郎　函館駅殺人事件
西村京太郎　内房線の猫たち〈異説里見八犬伝〉
西村京太郎　東京駅殺人事件
西村京太郎　長崎駅(ナガサキ・レディ)殺人事件
西村京太郎　十津川警部 愛と絶望の台湾新幹線
西村京太郎　西鹿児島駅殺人事件
西村京太郎　札幌駅殺人事件
西村京太郎　十津川警部 山手線の恋人
西村京太郎　仙台駅殺人事件

西村京太郎　七人の証人〈新装版〉
仁木悦子　猫は知っていた
新田次郎　新装版 聖職の碑(いしぶみ)
日本文芸家協会編　愛染夢灯籠〈時代小説傑作選〉
日本推理作家協会編　犯人たちの部屋〈ミステリー傑作選〉
日本推理作家協会編　隠された鍵〈ミステリー傑作選〉
日本推理作家協会編　Play(プレイ) 推理遊戯〈ミステリー傑作選〉
日本推理作家協会編　Doubt(ダウト) きりのない疑惑〈ミステリー傑作選〉
日本推理作家協会編　Bluff(ブラフ) 騙し合いの夜〈ミステリー傑作選〉
日本推理作家協会編　Propose(プロポーズ) 告白は突然に〈ミステリー傑作選〉
日本推理作家協会編　Acrobatic(アクロバティック) 物語の曲芸師たち〈ミステリー傑作選〉
日本推理作家協会編　ベスト8ミステリーズ2015
日本推理作家協会編　ベスト6ミステリーズ2016
日本推理作家協会編　ベスト8ミステリーズ2017
二階堂黎人　ラン迷宮〈二階堂蘭子探偵集〉
二階堂黎人　増加博士の事件簿
新美敬子　猫のハローワーク
新美敬子　猫のハローワーク2
西澤保彦　新装版 七回死んだ男

西澤保彦　人格転移の殺人
西澤保彦　麦酒(ばくしゅ)の家の冒険
西澤保彦　新装版 瞬間移動死体
西村　健　ビンゴ
西村　健　地の底のヤマ(上)(下)
西村　健　光陰の刃(やいば)(上)(下)
西村　健　目撃
楡　周平　陪審法廷
楡　周平　宿命(上)(下)〈ワンス・アポン・ア・タイム・イン・東京〉
楡　周平　血戦〈ワンス・アポン・ア・タイム・イン・東京2〉
楡　周平　修羅の宴(上)(下)
楡　周平　レイク・クローバー(上)(下)
楡　周平　バルス
西尾維新　クビキリサイクル〈青色サヴァンと戯言遣い〉
西尾維新　クビシメロマンチスト〈人間失格・零崎人識〉
西尾維新　クビツリハイスクール〈戯言遣いの弟子〉
西尾維新　サイコロジカル (上)〈兎吊木垓輔の戯言殺し〉(下)〈曳かれ者の小唄〉
西尾維新　ヒトクイマジカル〈殺戮奇術の匂宮兄妹〉
西尾維新　ネコソギラジカル(上)〈十三階段〉

講談社文庫　目録

林　真理子　女のことわざ辞典
林　真理子　みんなの秘密
林　真理子　ミスキャスト
林　真理子　ミルキー
林　真理子　新装版 星に願いを
林　真理子　野心と美貌〈中年心得帳〉
林　真理子　正妻（上）（下）〈慶喜と美賀子〉
林　真理子　大原御幸〈帯に生きた家族の物語〉
林　真理子　さくら、さくら〈おとなが恋して〉〈新装版〉
林　真理子／見城　徹　過剰な二人
原田宗典　スメル男〈新装版〉
帚木蓬生　日御子（上）（下）
帚木蓬生　襲来（上）（下）
坂東眞砂子　欲情
花村萬月　信長私記
花村萬月　續 信長私記
畑村洋太郎　失敗学のすすめ
畑村洋太郎　失敗学実践講義〈文庫増補版〉
はやみねかおる　そして五人がいなくなる〈名探偵夢水清志郎事件ノート〉

はやみねかおる　都会のトム&ソーヤ(1)
はやみねかおる　都会のトム&ソーヤ(2)〈乱！RUN！ラン！〉
はやみねかおる　都会のトム&ソーヤ(3)〈いつになったら作戦終了？〉
はやみねかおる　都会のトム&ソーヤ(4)〈四重奏〉
はやみねかおる　都会のトム&ソーヤ(5)〈IN塀戸〉（上）（下）
はやみねかおる　都会のトム&ソーヤ(6)〈ぼくの家へおいで〉
はやみねかおる　都会のトム&ソーヤ(7)〈怪人は夢に舞う〈理論編〉〉
はやみねかおる　都会のトム&ソーヤ(8)〈怪人は夢に舞う〈実践編〉〉
はやみねかおる　都会のトム&ソーヤ(9)〈前夜祭 内人side〉
はやみねかおる　都会のトム&ソーヤ(10)〈前夜祭 創也side〉
服部真澄　クラウド・ナイン
原　武史　滝山コミューン一九七四
濱　嘉之　警視庁情報官〈シークレット・オフィサー〉
濱　嘉之　警視庁情報官 ハニートラップ
濱　嘉之　警視庁情報官 トリックスター
濱　嘉之　警視庁情報官 ブラックドナー
濱　嘉之　警視庁情報官 サイバージハード
濱　嘉之　警視庁情報官 ゴーストマネー
濱　嘉之　警視庁情報官 ノースブリザード

濱　嘉之　オメガ 対中工作
濱　嘉之　ヒトイチ 警視庁人事一課監察係
濱　嘉之　ヒトイチ 画像解析〈警視庁人事一課監察係〉
濱　嘉之　ヒトイチ 内部告発〈警視庁人事一課監察係〉
濱　嘉之　カルマ真仙教事件（上）（中）（下）
濱　嘉之　新装版 院内刑事
濱　嘉之　新装版 院内刑事〈ブラック・メディスン〉
濱　嘉之　院内刑事〈フェイク・レセプト〉
濱　嘉之　院内刑事 ザ・パンデミック
濱　嘉之　院内刑事 シャドウ・ペイシェンツ
馳　星周　ラフ・アンド・タフ
畠中　恵　アイスクリン強し
畠中　恵　若様組まいる
畠中　恵　若様とロマン
葉室　麟　風渡る
葉室　麟　風の軍師〈黒田官兵衛〉
葉室　麟　星火瞬く
葉室　麟　陽炎の門
葉室　麟　紫匂う

2021年9月15日現在